RECHERCHES

SUR LES RAPPORTS

DES

CHANSONS DE GESTE

ET DE L'ÉPOPÉE CHEVALERESQUE ITALIENNE

AVEC TEXTES INÉDITS

Empruntés au ms. H 247 de Montpellier :

Parties du **Renaud de Montauban**, du **Maugis d'Aigremont**, le **Vivien de Monbranc**

PAR

FERDINAND CASTETS

PARIS

MAISONNEUVE FRÈRES ET CH. LECLERC, LIBRAIRES-ÉDITEURS

25, QUAI VOLTAIRE, 25

—

1887

RECHERCHES

DES

CHANSONS DE GESTE

ET DE L'ÉPOPÉE CHEVALERESQUE

ITALIENNE

Extrait de la *Revue des langues romanes*.

RECHERCHES

SUR LES RAPPORTS

DES

CHANSONS DE GESTE

ET DE L'ÉPOPÉE CHEVALERESQUE ITALIENNE

AVEC TEXTES INÉDITS

Empruntés au ms. H 247 de Montpellier :

Parties du **Renaud de Montauban**, du **Maugis d'Aigremont**,
le **Vivien de Monbranc**

PAR

FERDINAND CASTETS

PARIS

MAISONNEUVE FRÈRES ET CH. LECLERC, LIBRAIRES-ÉDITEURS

25, QUAI VOLTAIRE, 25

—

1887

PRÉFACE

—

Malgré tous les travaux dont le moyen âge a été l'objet, il est encore malaisé d'étudier notre épopée, soit en elle-même, soit dans ses rapports avec les littératures étrangères, en s'appuyant uniquement sur ceux des textes qui ont été publiés. Il faut encore recourir aux manuscrits. On estimera peut-être de prime abord que dans ces *Recherches* j'ai abusé du droit de compléter l'exposé de mes opinions par de longues citations.

A dire vrai, j'ai souvent cédé au désir de faire connaître des textes que j'avais à ma disposition et d'en montrer l'importance. Les idées que je présente sont évidemment contestables, peut-être erronées. Du premier coup, alors qu'il me semblait ouvrir une échappée sur une région peu reconnue de notre littérature épique, étais-je sûr de bien voir, de bien entendre certains faits que j'étais obligé d'interpréter le premier ? J'ai tenu à soumettre à ceux qui sont plus autorisés que moi, les éléments que j'avais réunis : ils en tireront parti, si je n'ai su le faire, et mon travail n'aura pas été complétement inutile.

On verra comment j'ai été amené à m'occuper surtout du cycle de Doon de Mayence et de la légende des Quatre Fils Aymon. En posant la plume, j'ai vivement regretté de n'avoir eu que trop tard entre les mains un manuscrit des plus importants. Il ne contient pas le *Vivien ;* mais, pour le *Maugis d'Aigremont,* il permet de compléter le texte de Montpellier qui est abrégé au point que la narration est réduite de moitié. C'est le manuscrit 766 de la Bibliothèque nationale, fonds français, ancien 7,183.

Comme M. Michelant, j'avais cru d'abord (v. p. 7, n. 1) que la version qu'il a éditée était celle qui s'éloignait le moins du roman en prose des *Quatre Fils Aymon,* tel qu'il fut donné jadis dans la *Bibliothèque bleue.* En y regardant de plus près, j'ai constaté que tout au contraire cette dernière forme de la légende dérive du texte de Montpellier, sauf pour le pèlerinage de Renaud en Palestine. On remarquera également qu'après avoir apprécié sévèrement ce texte (p. 11), je finis par déclarer qu'il est très-digne d'être étudié. Ces contradictions ne surprendront point ceux qui savent avec quelle lenteur on se dégage des idées préconçues, et combien il est difficile de ne juger que par soi-même.

Le *Maugis,* le *Vivien,* le remaniement de Montpellier, sont-ils d'un même auteur ? Je l'ai cru d'abord ; j'hésite maintenant, et la question me paraît moins intéressante qu'au moment où je reconnaissais l'art avec lequel ces trois romans ont été reliés de façon à ne former qu'un seul tout. Mais ce qui est incontestable, c'est l'importance croissante du *Beuves d'Aigremont* et du personnage de *Maugis* dans la suite des transformations que la légende a subies en France et en Italie. Il est bien audacieux de concevoir des projets et surtout de l'avouer. Il me semble qu'il y aurait intérêt à pouvoir comparer les principales versions du *Renaud de Montauban.* J'espère pouvoir achever cette année la copie complète du texte de Montpellier et de celui du ms. 766 de Paris. Il eût, je le reconnais, mieux valu commencer par là ; mais ce sont précisément ces *Recherches* qui m'ont fait comprendre l'utilité qu'il y aurait à publier ces versions *in-extenso.* Les meilleurs manuscrits restent d'une lecture lente et fatigante pour les plus exercés à déchiffrer les anciennes écritures, et, d'ailleurs, la difficulté de les consulter en rend l'usage à peu près impossible.

Le travail de recherche et de comparaison auquel je me suis livré était à lui seul très-complexe, et, préoccupé constamment de plusieurs objets, allant du manuscrit aux textes imprimés, de ceux-ci aux ouvrages de critique, je n'ai pu apporter à l'édition des textes l'attention patiente et calme qui est si nécessaire. Je me suis borné à reproduire fidèlement le manuscrit, et, si, parfois, je me risque à proposer quelque correction, c'est uniquement par suite de cette tendance involontaire qui nous pousse à modifier ce que nous avons sous les yeux, et qui, lorsque le temps fait défaut, est si dangereuse conseillère. Je n'insiste pas davantage, car je sais que les plus compétents sont d'ordinaire les plus indulgents : j'ai voulu seulement avertir le lecteur que je n'ai point songé à donner des textes *définitifs.*

TABLE

—

Montpellier, Imprimerie centrale du Midi. — Hamelin Frères

RECHERCHES

SUR LES RAPPORTS

DES

CHANSONS DE GESTE

ET DE L'ÉPOPÉE CHEVALERESQUE ITALIENNE

L'épopée chevaleresque a ses origines en France, ses derniers rejetons en Italie. Plus brillants, ceux-ci pendant longtemps ont fait dédaigner et oublier leurs aînés. De nos jours, l'on est plus juste pour nos vieux poëmes, et les chansons de geste, les romans de la Table Ronde, les romans d'aventure, ont repris la place qui leur était due dans l'histoire de la littérature du moyen âge. Mais, à mesure que l'on s'occupait d'œuvres peu connues et dont un grand nombre sont encore inédites, on voyait se poser plus nettement les termes d'une question intéressante et difficile : « Comment s'est accompli le travail de transition et de transformation qui de la *Chanson de Roland* devait aboutir au *Roland furieux*? » Le premier ouvrage où cette question ait été abordée avec la compétence et la sagacité nécessaires est l'*Histoire poétique de Charlemagne,* de M. Gaston Paris [1]. Le chapitre IX, intitulé : « la Lé-

---

[1] M. Léon Gautier, dans son livre *les Épopées françaises,* s'est occupé incidemment de la question. (V. surtout I, p. 428 s.)

Parmi les ouvrages antérieurs qu'il est bon de consulter, je citerai de préférence Valentin Schmidt, *Ueber die italienischen Heldengedichte aus dem Sagenkreis Karls des Grossen* (1819-1821) et une étude de Ranke dans les

gende de Charlemagne en Italie », est une vue claire et féconde du sujet, et si, depuis, des recherches nouvelles ont amené la critique à modifier, ou même à abandonner certaines des opinions émises par M. Paris, il n'en est pas moins vrai que ceux qui l'ont suivi avaient trouvé le terrain reconnu et la voie tracée. Il est évident que l'épopée italienne a ses sources dans les récits de nos trouvères : le fait n'a pas autrement besoin de démonstration ; mais, si l'on veut examiner en quoi exactement a consisté l'imitation italienne, dans quelle mesure elle se conforme à ses modèles ou s'en écarte, quels éléments de toute date et de toute nature elle associe insensiblement à ceux qu'elle trouvait dans les romans français, en un mot comment et jusqu'à quel point elle est originale, l'on reconnaît que la discussion du problème est aussi étendue que complexe et qu'il n'est plus possible de se borner à des généralités banales.

Henri Estienne, dans sa *Précellence du langage françois,* avait dit avec raison : « Nous avons des romans qui pourroyent estre » les bisayeulx, voire trisayeulx du plus ancien auteur qu'ils » ayent [1]. » Mais une telle affirmation, si fondée qu'elle soit, ne

Mémoires de l'Académie de Berlin (1837), intitulée : *Zur Geschichte der italienischen Poesie.* Sous le titre : *Recherches sur l'épopée française,* M. P. Meyer a publié un compte rendu critique de l'*Histoire poétique de Charlemagne* et du premier volume des *Épopées françaises* dans la *Bibliothèque de l'École des Chartes,* t. III, 6e série, p. 28-63, 304-342.

[1] Ce mot d'Henri Estienne est cité par Rathery dans son *Mémoire* sur l'influence qu'a exercée l'Italie sur les lettres françaises depuis le XIIIe siècle jusqu'au règne de Louis XIV (1852). Mais pourquoi l'auteur n'avait-il pas lu plus attentivement les ouvrages dont il parle ? L'on rencontre, p. 89, n. 2, l'affirmation suivante : « D'autres indices semblent prouver que Pulci a puisé » à des sources françaises. Par exemple, dans son poëme, Gano ou Ganelon » est pendu comme Loup, duc de Gascogne, qui joue le même rôle dans notre » histoire, au lieu d'être tiré à quatre chevaux, comme dans toutes les compo- » sitions italiennes......» Il y a là plus d'une erreur. Dans les compositions rançaises, le supplice infligé à Ganelon était déjà celui de l'écartèlement (voir *Roland,* édit. Gautier, vv. 3960-3974), et, dans le *Morgante,* Pulci s'est conformé sur ce point à la tradition ; mais, suivant son habitude, il a amplifié, et, dans son récit, Ganelon est tenaillé d'abord, puis tiré à quatre chevaux (c. xxviii, ott. 7-14).

Comme tout le monde n'a pas sous la main une édition du poëme de Pulci, je me permettrai de relever encore une inexactitude de même nature, quoique moins grave. Dans ses *Épopées françaises* (II, p. 419, note), M. Gautier apnous apprend rien sur la série intermédiaire qui relie les chansons de geste aux romans italiens du XVe et du XVIe siècles. M. G. Paris a, le premier, essayé de porter la lumière dans des périodes obscures où à chaque pas l'on est arrêté par la difficulté de réunir les éléments d'une information suffisante. Autant que j'en puis juger, les progrès faits depuis la publication de l'*Histoire poétique* ne sauraient détourner de continuer cette sorte d'enquête, où chacun apporte la contribution de son travail et de ses vues propres. Des résultats importants et nombreux sont acquis déjà; mais les meilleurs moissonneurs savent qu'il reste toujours à glaner après eux [1].

précie ainsi Pulci : « Le *Morgante* de Pulci n'est qu'une parodie de nos vieil-
» les épopées; c'est une sorte de *Don Quichotte* italien, qui n'a peut-être pas
» été moins funeste que celui d'Espagne à la chevalerie et à la foi. Toute-
» fois Pulci le sceptique, Pulci le railleur, a été saisi lui-même par le grand
» spectacle de la mort de Roland. Il a dû imposer silence à son rire, quand
» il s'est trouvé face à face avec cette mort héroïque. Son héros enfonce alors
» sa Durandal dans la terre, et sa dernière action est un baiser énergique dé-
» posé par ses lèvres mourantes sur la croix que forme la garde de son épée.»
(xxviie chant, oct. cliii.)

Sans rechercher si le *Morgante* et le *Don Quichotte* ont été réellement fu-
nestes à la chevalerie et à la foi, je me borne à remarquer que, dans Pulci, le
dernier acte de Roland ne consiste pas à embrasser son épée. Le chevalier
meurt sans doute au xxviie chant, oct. cliv, mais il ressuscite quelques octaves plus loin. La scène est touchante : Charlemagne, arrivé à l'endroit où
son neveu est étendu sur le sol, descend de cheval, embrasse Roland, lui
donne sa bénédiction, lui demande pardon de l'avoir envoyé à Roncevaux, et
le prie de revenir un moment à la vie pour lui rendre, en souriant, l'épée bé-
nite, selon la promesse qu'il lui avait faite quand, à Aspremont, l'empereur
l'avait fait chevalier et comte. Le désir de Charles est exaucé : Roland se lève
en pieds, puis s'agenouille, et, souriant, remet Durandal entre les mains de
son seigneur (c.xxvii, ott. 202-206). Cette dernière scène termine heureusement le récit de la mort de Roland. M. Rajna en a trouvé la première forme
dans un manuscrit de la *Spagna* en vers, conservé à la bibliothèque munici-
pale de Ferrare. (Voy. *la Rotta di Roncisvalle nella letteratura cavalleresca
italiana*, Bologne, 1871, p. 176. — Extrait du *Propugnatore*, t. IV.)

[1] Au premier rang des chercheurs qui ont parcouru un champ si vaste et y
ont fait de précieuses découvertes, il faut citer M. Pio Rajna. *La Materia
del Morgante in un ignoto poema cavalleresco del secolo XV* (Propugnatore, t. II), *Rinaldo da Montalbano* (Propugnatore, t. III), *la Rotta di
Roncisvalle nella letteratura cavalleresca italiana* (Propugnatore, t. IV),
l'étude sur les *Reali di Francia*; deux grands ouvrages, le *Fonti dell'
Orlando Furioso* et le *Origini dell' epopea francese*, sont de la lecture

Il m'a semblé ressortir de la comparaison des textes que, si les Italiens ont eu de bonne heure sur les trouvères, dont ils s'inspiraient, l'avantage d'une culture plus complète et surtout d'une forme plus littéraire, il n'y a à peu près rien dans leurs œuvres dont les romans français ne contiennent le germe ou le modèle. Lorsque l'on oppose les termes extrêmes, le *Roland* et le *Roland furieux*, l'écart est immense, et l'on incline à attribuer au poëte italien tout l'honneur de la transformation que le genre a subie ; mais nos légendes n'ont franchi les Alpes et ne se sont répandues en Italie que profondément modifiées, par suite d'une évolution naturelle, de l'insensible mélange des cycles et d'autres causes encore. Présentée ainsi, la question prend un aspect très-différent, et j'ai pensé qu'elle pouvait être examinée en s'appuyant sur quelques exemples et sans entrer dans des développements où l'on aurait à passer en revue tout ce que la fécondité des romanciers du moyen âge nous a légué de narrations épiques.

Les textes remaniés du *Renaud de Montauban* et les romans de *Maugis d'Aigremont* et de *Vivien de Monbranc* sont un exemple remarquable de la manière dont les trouvères introduisaient dans le domaine de la chanson de geste primitive des données soit plus récentes, soit de nature tout autre, empruntées tantôt au récit des croisades, tantôt aux romans de la Table Ronde. Or, si une légende fut populaire au monde, c'est bien celle des quatre fils Aimon, et surtout en Italie. Cette popularité seule peut expliquer comment, de bonne heure, il s'établit entre le héros de Roncevaux, Roland, et un simple chevalier, cette sorte d'égalité de situation et de rivalité de vaillance qui est un des motifs les plus intéressants dont aient tiré parti l'auteur anonyme de l'*Orlando*, puis Pulci, Boiardo et Arioste. Je crois qu'il y a utilité à faire ressortir, ne serait-ce qu'en partie et sans songer à épuiser la matière, comment les Italiens ont trouvé dans l'*Histoire des Quatre fils Aimon* et de leurs cousins un premier exemple d'association et de com-

la plus instructive, soit par la nouveauté des faits eux-mêmes, soit par l'originalité des aperçus et des rapprochements. On peut n'être pas toujours d'accord avec M. Rajna ; mais les meilleurs critiques reconnaissent que ses travaux ont complétement modifié l'état de nos connaissances sur une des plus difficiles périodes de l'histoire littéraire.

binaison d'éléments d'origine diverse [1]. Il peut y avoir également avantage à examiner si d'autres chansons de geste, connues des Italiens, n'ont pas eu quelque influence sur leur manière de traiter la *matière de France*. Enfin, la *Chronique de Turpin* pouvant être considérée comme un exemple très-ancien du mélange le plus audacieux d'éléments légendaires de toute provenance et de toute sorte, je désirerais reprendre quelques-unes des idées que j'ai émises dans les notes de mon édition de Turpin [2], au sujet des rapports de la *Chronique* et des romans de date plus récente, français ou italiens.

[1] Les caractères distinctifs de l'épopée italienne sont réunis dans le passage suivant de M. G. Paris, qui est vraiment le passage classique sur la matière, et qu'à ce titre je crois devoir citer : « Dès la clôture de cette première » période, qui consiste principalement en imitations, la plupart des grands » traits qui doivent persister sont dessinés : dans ces poëmes, Charlemagne » joue un rôle très-secondaire ; Roland est mis au premier rang ; la maison de » Mayence et la maison de Clermont sont perpétuellement opposées. *Aspre-* » *mont* fournit un des grands motifs qui se retrouvent par la suite à satiété : » un roi païen délibère avec ses vassaux d'envahir la chrétienté. Un autre est » dans l'*Espagne :* un paladin, offensé par Charlemagne, s'éloigne de la France » et court le monde, généralement l'Orient, en rencontrant les aventures les » plus diverses. L'*Aspramonte,* à son début, en contient un autre qui appa- » raît seulement dans la version des *Reali :* c'est l'introduction d'une femme » guerrière, Galacielle, si souvent imitée depuis.

» L'origine d'un autre trait propre à la forme italienne des récits carolin- » giens est plus difficile à préciser : nous voulons parler des exploits de Re- » naud de Montauban, autres que sa guerre contre Charlemagne. *Le premier* » *linéament de ces récits* se trouve dans la chanson de geste française où, » après avoir fait la paix avec l'empereur, il va en Terre Sainte, conquiert » Jérusalem et y établit un roi. Mais aucun poëme français, *en dehors de* » *celui-là et de ses suites,* ne parle de Renaud ; aucun surtout ne lui attri- » bue de part dans les guerres de Charles contre les Sarrasins et dans la con- » quête de l'Espagne. Peut-être est-ce Pulci qui, le premier, l'introduisit dans » le cercle des paladins consacrés par la tradition et le plaça sur le même » rang que Roland.» (*Histoire poétique,* p. 195.)—J'ai souligné les mots qui se rapportent au *Renaud de Montauban* et à ses suites, telles que le *Maugis d'Aigremont,* parce que c'est précisément dans ces romans que je crois voir en partie l'origine, non-seulement de l'importance attribuée par les Italiens aux personnages de Renaud et de Maugis, mais aussi de la méthode ou du procédé qu'ils ont employé en remaniant à leur goût les sujets carolingiens. Dans sa notice sur le *Maugis,* Paulin Paris avait déjà relevé l'imitation de Lancelot du Lac. (*Histoire littéraire,* t. XXII, p. 701 et 703)

[2] *Turpini Historia Karoli Magni et Rotholandi ;* Montpellier-Paris, 1880, dans la série des publications de la Société pour l'étude des langues romanes. Maisonneuve, éditeur.

I

RENAUD DE MONTAUBAN

Le texte du *Renaud de Montauban* a été publié pour la première fois par M. Michelant, en 1862, dans la *Bibliothèque de
l'Association littéraire* de Stuttgart, d'après le manuscrit 39 du
fonds La Vallière (Bibliothèque nationale), corrigé d'après divers manuscrits et complété vers la fin à l'aide du ms. 775 de
la Bibliothèque nationale. Il contient plus de dix-sept mille
vers. Cette édition, tirée à peu d'exemplaires, ne saurait être
considérée comme définitive. L'auteur a eu le soin d'expliquer
que, dans le choix du texte, il avait été guidé surtout par la
pensée de reproduire la version de la célèbre chanson de
geste qui s'éloignerait le moins du roman en prose des *Quatre
Fils Aimon,* tel qu'il fut donné jadis dans la *Bibliothèque bleue*
et que nos pères l'ont lu et goûté [1]. Dans la seconde partie de
l'appendice, il décrit les principaux manuscrits, et c'est là
qu'en parlant de celui de Montpellier il fait la remarque qu'il
est incomplet et s'arrête à l'endroit où Renaud engage un
combat singulier avec l'amiral de Perse, « épisode », dit M. Michelant, « qui est raconté tout autrement que dans les autres
» versions. »

Le manuscrit de Montpellier dont il s'agit est très-connu :
il se trouve à la bibliothèque de la Faculté de médecine, pro-
vient, comme beaucoup d'autres de cette série, de la collec-
tion du président Bouhier, et figure au catalogue avec la cote

[1] P. 510-511.

H. 247 [1]. Le *Renaud de Montauban* y est précédé immédiatement des romans de *Maugis d'Aigremont* et de *Vivien de
Monbranc*. C'est en étudiant ces compléments de la légende
des fils d'Aimon que j'ai été amené à comparer le texte donné
par M. Michelant et celui du manuscrit de Montpellier, là où
précisément le second, au lieu de rester la reproduction souvent
abrégée et incorrecte du premier, affecte une allure indépen-
dante. Il est malheureux que le manuscrit soit incomplet et
que les feuillets de la fin soient en mauvais état : la dernière
page est absolument illisible. Mais la partie conservée permet
suffisamment de reconnaître que l'auteur avait donné au récit
des aventures de Renaud en Palestine un développement considérable et que la chanson de geste y devenait un vrai roman.

Le *Renaud de Montauban* est un livre très-rare. Pour que
la comparaison des deux versions soit possible, je suis donc
obligé de donner d'abord un sommaire traduit du résumé général que l'on trouve à la fin de l'édition de Michelant.

Charlemagne a fait précipiter le cheval Baiart dans la Meuse,
avec une meule au cou. Mais Baiart brise la pierre, se dégage
et s'enfuit dans la forêt des Ardennes, où on l'aperçoit encore
souvent.

Renaud arrive à Constantinople et rencontre dans l'hôtel-
lerie où il loge un pèlerin, dans lequel il reconnaît Maugis.
Les deux cousins se saluent tendrement et décident de continuer ensemble leur pèlerinage. Ils se remettent en route et
arrivent à Jérusalem. Ils s'étonnent à la vue de la ville, qu'ils
trouvent entourée par une nombreuse armée. Un homme du
pays leur apprend que les Sarrasins ont envahi la ville, s'en
sont emparés et ont massacré les chrétiens. Les princes du
pays se sont réunis pour assiéger la ville et l'arracher aux

---

[1] Ce manuscrit du XIVe siècle contient la plupart des poëmes de la geste de
Doon de Mayence, c'est-à-dire : *Doon de Mayence, Gaufrey, Ogier de Dan-
nemarche, Gui de Nanteuil, Maugis d'Aigremont, Vivien l'Amachour de
Monbranc, les Quatre Fils Aymon.* (Voy. pour plus de détails, le *Catalogue
général des manuscrits des bibliothèques publiques des départements*, t. 1.
p. 377, et la préface de l'édition de *Doon de Maience*, par M. Pey.)

mécréants. Renaud et Maugis se rendent au camp et s'y construisent une cabane. Sur ces entrefaites, les Turcs font une sortie. Joffroi de Nazareth se bat avec l'amiral de Perse, qu'il renverse de cheval. Quand Renaud voit la bataille se développer, il veut y prendre part, lui aussi. Maugis lui donne le conseil de se reposer encore ici pour ce jour, et lui promet de combattre avec lui le lendemain. Cependant les chrétiens mettent les Sarrasins en déroute. Ceux-ci, en fuyant, renversent la cabane des deux chevaliers sur eux. Renaud, furieux, saisit une perche qui soutenait le toit, monte sur un mulet et poursuit les païens en les abattant, tandis que Maugis lance contre eux une grêle de pierres. Les chrétiens sont tout étonnés de voir deux hommes faire de tels ravages dans les rangs des ennemis. Ceux-ci réussissent enfin à rentrer dans la ville. L'amiral, vaincu, rassemble son conseil ; il se propose de renouveler la partie, mais il craint les deux Français dont chaque coup abat tant de guerriers. Ses chevaliers le réconfortent. Les chrétiens, de leur côté, questionnent Renaud, qui se fait connaître, ainsi que Maugis. On lui offre le commandement en chef, mais il le refuse. Les princes insistent ; Maugis lui-même l'engage à accepter. Il cède enfin aux prières de Joffroi et des autres chefs, qui lui promettent obéissance et fidélité. Pour les préparer au combat, il adresse un discours à ses chevaliers et leur recommande de n'épargner ni l'ennemi, ni leur propre vie.

Qui perd la vie, dit-il, en combattant pour Dieu, gagne le ciel.

Au matin, les Sarrasins font une sortie et attaquent le camp. Les chrétiens leur opposent une vigoureuse résistance et se battent avec le plus grand courage. Les païens sont mis en fuite. En vain l'amiral invoque ses dieux, il doit céder. Il se retire et s'échappe par ruse avec un petit nombre de chevaliers, pendant que les chrétiens, conduits par Renaud, entrent dans la ville sainte. Aussitôt ils se rendent au Saint Sépulcre pour y faire leurs dévotions. Quand ils en sont revenus, ils délibèrent pour savoir qui l'on proclamera roi. Renaud refuse la couronne qui lui est offerte ; de même Maugis, à qui on veut également la remettre. C'est Joffroi de Nazareth qui accepte la royauté. Malgré toutes les prières, les deux chevaliers font connaître leur intention de repartir pour la Gascogne. Ils prennent congé du roi, s'embarquent à Acre et arrivent à Brindisi.

Ce résumé répond à un développement de 528 vers, de la p. 401, v. 36, à la p. 418, v. 37.

Ainsi conté, le pèlerinage de Renaud est une continuation toute naturelle de la chanson de geste, et garde certainement quelque chose de la gravité et de la sobriété des récits qui précèdent. L'idée première de faire de Renaud le défenseur en tous pays de la chrétienté y est en germe, mais elle n'apparaît que discrètement et sans chercher à frapper l'imagination. Renaud se comporte, non en chevalier errant, mais en robuste et courageux guerrier, que le hasard a jeté au milieu de batailles auxquelles il ne songeait point, et qui donne modestement à la bonne cause le secours de son bras et de son expérience. Il est venu à Jérusalem pour s'acquitter de son vœu, et, une fois ce devoir religieux accompli, il refuse la couronne et revient le plus tôt qu'il peut en son pays auprès des siens. Le voyage d'Acre à Brindisi est conté en dix vers. D'autre part, l'ennemi, qu'il bat et chasse de la ville sainte, est indiqué d'une façon vague, sans aucun détail caractéristique : c'est l'amiral de Perse. Aucun prince de l'Asie ou de l'Afrique ne figure à sa cour. Lors de la scène, d'ailleurs si courte, où il consulte ses barons, aucun n'est désigné par son nom, ne se détache du groupe indécis dont il fait partie. L'auteur ne paraît nulle part désireux de faire preuve d'esprit inventif. Il effleure le monde oriental sans essayer de le décrire. Que lui importent tous ces chefs sarrasins qui entourent l'amiral, comme jadis les princes païens s'étaient réunis autour du roi Marsile ? Il a hâte, comme son héros, de revenir en France, où la famille de Renaud aura encore des trahisons à déjouer et des luttes à soutenir. Cette manière d'entendre le sujet est conforme à l'idée que l'on devait garder en France du personnage du plus vaillant des fils d'Aimon, et, si l'on jette un coup d'œil sur la version de la Bibliothèque bleue, on remarquera qu'elle développe peu cet endroit de la narration que les variantes de la chanson de geste auraient permis sûrement d'allonger et d'enrichir outre mesure[1].

[1] Dans l'édition en 95 pages que j'ai sous les yeux (Carpentras, chez Gaudi-

Le texte de Montpellier, au contraire, qnand il arrive à cet endroit de l'histoire de Renaud, tourne décidément au romanesque, et, tout incomplet qu'il est, montre clairement quel parti l'on pouvait tirer de la présence d'un champion tel que Renaud, dans la contrée où chrétiens et Sarrasins se disputaient avec tant d'acharnement la possession de la ville sainte.

Malgré le mauvais état de cette partie du manuscrit, et bien que les incorrections y soient nombreuses, la reproduire ne semblera peut-être pas un travail inutile [1]. La version du Renaud qui la précède n'aura probablement jamais et ne mérite guère l'honneur d'une publication intégrale ; or ce fragment, si mutilé qu'il soit, est un des documents que devra consulter l'auteur de l'histoire encore à rédiger des destinées de l'intéressante légende des Quatre Fils Aimon et de leurs cousins [2].

bert-Penne, sans date) ce chapitre contient moins de quatre pages ; mais il est aisé de reconnaître que certaines parties ne sont que des sommaires de développements très-étendus. La bataille entre les chrétiens et les Turcs commandés par Margaris est contée en six lignes ; le siége, *dans les formes*, de Jérusalem ne prend que deux lignes. Le retour des pèlerins en France ne se fait pas si simplement que dans le texte de M. Michelant. Partis de Jaffa, ils restent six mois sur mer et relâchent enfin à Palerme, où le roi Simon profite de leur aide pour se délivrer des Sarrasins. Dans la bataille qui a lieu, c'est Maugis qui a le commandement. De Palerme, les deux cousins vont à Rome, où le pape leur donne l'absolution de leurs fautes, et c'est après cette odyssée qu'ils arrivent à Dordonne.

[1] Ce texte, comme tous ceux que contient le ms. 247, est écrit en dialecte picard ; je le donne sans songer à le corriger. Beaucoup de vers sont faux ; à certains endroits, l'écriture est complétement illisible. On ne peut rien déchiffrer au verso du dernier folio. Çà et là on trouvera entre crochets quelques lettres ou quelques mots que j'ai cru devoir suppléer sans inconvénient. Entre les vers 127 et 128, il y a une lacune. Dans le résumé donné plus haut, on a vu que les deux pèlerins, arrivés près de Jérusalem, apprennent d'un homme du pays les derniers succès des Sarrasins. Le copiste, trompé par la ressemblance des rimes, a passé un ou deux couplets. Les vers 128-133 ne peuvent être placés dans la bouche de Renaud ou de Maugis. J'ai reproduit en note le passage du texte imprimé qui comble cette lacune.

[2] Voir au sujet des origines de cette légende le travail de M. A. Longnon, *les Quatre Fils Aymon*, dans la *Revue des questions historiques*, 1879, janvier, p. 173-196. Cf. *Romania*, VIII, 648. et M. Rajna, *le Origini dell' Epopea francese*, p. 228-233.

La pes est greantée, si com povez entendre.
Kalles depart son ost et fet son tref destendre,
Et lez .iii. fix Aymon vont lor voiage prendre ;
En Montauben en vont que Kalles lor fist rendre.
5 Kalles en vint o Liège qui plus n'i vout atendre,
Droit au pont de Muese qui rade est o descendre.
Là fist Baiart venir que Renaus li fist rendre :
« Baiart, dist Kallemaines, ta valor m'as fet vendre ;
» Maint jour m'as fait courout, maint povre disner
                                    [prendre ;
10 » Mèz par cheli seignor qu'en crois se laissa pendre,
  » Ne leiroi pour nul home qui me seüst deffendre,
  » Que le votre forfet ne vous fache chier vendre.
  » Jamez ne mangerez, tel saut vous feroi prendre. »

    Le roi fist Baiart prendre iluec demaintenant,
15 Une muele li pent à son col maintenant.
   Baiars fu sus le pont : Kalles le boute avant,
   Ens en Muese l'embat qui est rade et courant.
   Il va au fons de l'eve trestout demaintenant.
   Quant le voit Kallemaines, si en ot joie grant :
20 « Baiart, ce dist le roi, or ai quanque demant.
  » Je ne t'ai pas menti, tenu t'ai couvenant :
   « S'or ne povez tout boire, jà morrez, piez estant. »
   Quant François l'entendirent, si en ont mautalent :
   « Ogier, dist l'archevesques, par Dieu le roi amant,
25 » Moult est Kalles cruel, moult m'en vois merveillant
  » Qu'à une beste mue a mené tel content. »
   « Fox est », dist Oliviers. « Voire », chen dist Rollant.
   N'i ot prinche ne per, pour voir le vous greant,
   Ne plorast pour Baiart, le bon cheval courant.

30 Or est Baiars en Muese que trestout le mont loe.
   Kalles garda aval par dejouste une noe,
   Voit Baiart dessus l'eve qui par grant vertu noe ;
   La muele fiert du pié, faite en a mainte escroe ;
   Si la fiert et debrise com s'ele fust de boe.
35 D'autre part s'en issi par dejouste une noe ;
   Adonc s'en va poingnant, plus tost ne vole aloe ;

En la forest entra d'Ardenne que grant roe.
Quant chen voit Kallemaines, de mautalent esbloe,
Et si home en sunt lié, chascun Ihesus en loe,
40 Tuit en font à Kallon par deriere la moe.

Escapez est Baiars de si grant aventure ;
Encor dit on ou regne, si com dit l'escripture,
Qu'il vit en la forest, si i prent sa pasture.
Quant voit home ne fame, d'aler à lui n'a cure,
45 Ains s'en refuit ou bois moult trez grant aleüre.
Or vous lairai de lui, ne sai se il plus dure,
Si diron de roi Kalle qui en fist chiere oscure.
Touz sez barons depart dont il tenoit la cure.

Departis sunt lez os, s'est la guerre affinée,
50 Et Renaus s'en ala à la chiere hardie,
Lui et son escuier que Ihesus benëie.
Il vit Costentinnoble, la chité seignorie,
Ou bourc se heberga delez une abeïe,
La dame li a dit, qui est de bonne vie :
55 « Amis, entrez là sus en la chambre voutie.
» Il n'i a fors .i. home que ne connoisson mie,
» Mèz moult par est malade, la color a noirchie.
» Pelerin est com vous, s'a sa voie acueillie.
» Se mal vous fet de rien, gesez d'autre partie. »

60 Renaus entre en la chambre, qu'il ne demore pas ;
Si a gardé amont et en jus et en bas,
Si vit Maugis jesir, couvert de .ii. blans dras.
Renaus le connut bien, à lui en vint le pas ;
Le chief li descouvri trestout isnele pas.
65 « Amis, comment vous est, por le cors saint Thomas ? »
Maugis connut Renaut, si saut sus a itas ;
Puis lui dist maintenant, il ne lui chela pas :
« Amis, où alez vous ? » — « O sepulcre clas. »
« — As tu fet pes au roi ? Comment en escapas ? »
70 « Oïl, chen dist Renaus, issi com tu orras,
» Car je vois au sepucre aussi com tu i vas.
» Rien n'en ai amené, ne mèz .i. cheval cras,

» Et mon vallet à pié, bien le connoisteuras.
» Mez frerez ont lor terrez que tu tant amé as. »
75 Quant Maugis ot Renaut, ne fut pas lié par gas,
Adonc saut de son lit là où il jut en bas.

Maugis saut de son lit, si acole Renaut.
« Sire, chen dist Maugis, pour le dieu qui ne faut,
» Tout sui sain et heitié, ains mès ne fut si baut ;
80 » Or en iron ensemble, de poverte qu'en chaut ?
» Tant trouveron vitaille, de porter serez caut.
» Je sai bien demander, je suis jà bon ribaut. »
» Et je, chen dist li dus, se mon argent me faut. »
La dame oï parler sez ostez si trez haut,
85 Lor corout en la chambre, n'i a fait que .I. saut.

L'ostesse vint corant en la chambre pavée,
Là où li dui baron ont fet lor demorée.
Quant Maugis voit s'ostesse, si l'a bien saluée.
Quant l'a veü lever, tantost sans demorée
90 El demande : « Estez sain ? ne m'en feitez chelée. »
Et il dist : « Oïl, dame, comme pomme parée.
» Moult m'avez fet de bien. Chil qui fist la rousée,
» Le vous rende à l'ame, quant serez trespassée. »
Et la dame respont qui ot bonne pensée :
95 « Se je vous ai bien fet, la roine henorée
» Me rende la merite, quant seroi trespassée. »
Adonc parla Renaut à la chiere membrée :
« Avon nous que mengier ? est la chose aprestée ? »
« Oïl », chen dist la dame. Or tost, sans demorée,
100 La table est toute mise, s'ont l'eve demandée,
Et Renaus et Maugis n'i ont fet arrestée.
Au mengier sunt assis, s'ont l'ostesse appelée,
Puis mengierent et burent tant comme il lor agrée.
Lors font oster la table qui fu et grant et lée.
105 Atant se vont couchier, que l'eure fu passée.
Li baron s'endormirent de si à l'ajornée,
Que il se sunt levé quand l'aube fu crevée.
Il s'en vont lor quemin, lor voie ont trespassée,
Et si ont tant erré toute jour ajournée

110 Qu'il vindrent à Marceille qui siet sus mer salée.
Iluec trouverent nef qui estoit aprestée,
Renaus parla o mestre, la nef a alouée
Pour lui et pour Maugis ; il laissa en soudée
.IIII. livres d'argent : il l'a bien enerée.

Fol. 222, r° a. Et puis entrerent ens sans nule demorée,
116 Et il ont tant siglé et jour et matinée
Qu'en .II. mois et demi ont la mer trespassée :
A Acre pristrent port à une matinée.

A Acre pristrent port chil qui sunt arrivé.
120 Tant com furent en l'eve il n'orent point doté,
De bon cœur et de vrai en ont Dieu aoré.
Et Renaus et Maugis s'en sunt ensemble alé,
Moult demainent grant joie li vassal aduré ;
Il le doivent bien fere, tous jors se sunt amé.
125 « E Dex », chen dist Maugis, « vous soiez aoré !
» Or iron au sepucre où Ihesus fu posé. »
« Sire », chen dist Renaus, « vous avez bien parlé. »
. . . .[1].

---

[1] Le texte imprimé me paraît présenter une lacune à partir du moment où Renaud et Maugis se séparent de leur hôtesse. Par contre, le passage qui suit immédiatement comble la lacune que j'ai notée déjà dans le ms. de Montpellier, entre les vers 127-128. Je le reproduis jusqu'à l'endroit où les deux récits, malgré leurs différences, se rejoignent :

> Mult sont lié li ami, si s'entrefirent joie ;
> Lendemain par matin ont acoilli lor voie,
> Et ont tant esploitié, ge voil bien que l'an l'oie,
> Vindrent à Iherusalem qui mult de loing bien voie
> Et la grant tor David qui contremont baloie,
> D'autre part lo sepulcre où il tinrent lor voie.
> Quant li baron lo voient, si en orent grant joie,
> A terre descendirent enmi la sablonoie ;
> La sainte vile aorent et cascuns por lui proie,
> Atant sont levé sus de la grant sablonoie,
> Si vont en la cité qui tant est beneoie.

> Or s'en vont li baron qui furent esjoï ;
> Il n'ont gaires alé qu'un grant ost ont choissi
> Entor Iherusalem, la cité signorie.

« Le roi de Ierusalem si est deserité,

» Le roi sodant de Perse l'a de guerre enuié ;

130 » Plus de .x m. caitis en a o lui mené.

» Sachiez ès plains de Remez a son ost atravé,

» De crestienne gent i a poi aüné,

» Quant contre l'amiral ont poi de poosté. »

« Ne me caut, dist Maugis, que j'ai à Dieu voé

135 » Ne porterai mes armez en trestout mon aé.

» Ne ne vous aideroi vaillant .i. oef pelé.

» Or, se vous estez pris en bataille campel,

» Jà n'i serez par moi aidié ne delivré,

» Que tant ai fet pour vous, malement sui mené.

140 » Jà vers notre seignor ne seroi acordé. »

Quant Renaus l'a oï s'a tendrement plouré :

« Ahi, cousin Maugis, aiez de moi pité ;

» Cousin, secorez moi, se je sui destorbé ;

» J'en iroi en bataille à tout .i. branc letré,

145 » Et se je muir de bonne volenté,

» Là sus avec les angrez en seroi coronné :

» Icel louier atent qui muert pour s'amisté. »

Maint treif virent drecié et maint chastel basti,
Tant pavillon de soie, tant destrier arrabi.
« Maugis, ce dist Renaus, or sui ge esbahi.
» Ha Dex ! quex gens est ce que nos veomes ci?
» Ne sont pas Crestien de Iherusalem saisi. »
« Ne sai, ce dit Maugis, par Dex qui ne menti.
» G'en ai si grant merveille, toz en sui esbahi. »

Esbahi sont li prince, si s'en vont lor chemin ;
Il n'ont gaires erré lo chemin enterin
Qu'ont rencontré .i. home sor .i. gaste roncin.
Cil repaire de l'ost, vendu ot pain et vin.
Renaus vint devant lui, si cria à cler tin :
« Amis, cil te conduie qui confondi Cayn.
» Car me dites noveles, par lo ber saint Martin,
» Quel gent sont ce logié, se ce sont Sarrazin ? »
« Nenil, ce dist icil, leaument lo vo dis. »

« Paumiers, vels tu oïr verté de cele gent ? »
« Oïl, amis, biax frère, mult en ai bon talant. »
« Et ge lo te dirai », etc....

(Édit. Michelant, pp. 404-405.).

« Renaut, chen dist Maugis, [u]ne rien vous diroi.

» Je vous di loialment, ne soiez en esmai,

150 » Feitez quanque voudrez, que jà ne vous faudroi,

» Et je meïsmeｉen la bataille iroi ;

» Se puis, au branc d'acier cez païen ochirroi,

» Que jà Turc ne Persant pour voir n'espargneroi,

» Et se vous estez pris [je] vous delivrerai.

155 » Assez avez vitaille ; s'ele faut, j'en querroi. »

Quand Renaus l'a oï, il n'i a fet delai ;

Doucement le merchie de bon cuer et de vrai :

« Quant vous m'i aiderez, nule paor je n'ai.

» Se je vieng en l'estour, durement i ferrai,

160 » De sanc et de chervele la terre joncheroi.

» Sachiez, à haute vois Montauben crieroi.

» Cousin, *à haute vois Montauben crieroi ;*

» *Cousin,* a mon pooir, la mort Dieu vengeroi,

» Qu'il fu mis en la crois qu'il trouvèrent ou tai,

165 » Et, se je muir pour lui, couronnez en seroi

» Devant la fache Dieu, que je trez bien le sai. »

Amaugis le bon lerre son cousin confortait,

Renaut le fix Aymon, que durement amoit.

La nuit jurent aeise et chacun s'endormoit,

170 Et quant vint o matin que le soleil levoit,

Amaugis ne Renaus, nul jus ne se targoit.

Vers Ierusalem vont où Ihesus fu destroit,

Vindrent ès plains de Remez où chascun s'aünoit.

Li prince de la terre chascun s'i assembloit,

175 Quanqu'il porent de gent chascun à l'ost menoit,

Que la bataille atendent ; or en soit **Dex** au droit.

Fol. 222ｊ r⁰ b. Le riche roi David bien lez reconfortoit,

Et Renaus et Maugis chascun par là venoit

Et par dehors les tentez duc Renaus se couchoit.

180 Segnors frans chevaliers, oez une merveille.

Maugis fet une loge et moult bien s'appareille

V. 162. Vers répété du précédent.

Où Renaus reposa qui de dormir sommeille.
Sachiez de verité, Maugis de faim baaille,
Renaut le fix Aymon dist souëf en l'oreille,
185 Pain ira pourcachier, de vin une bouteille;
Et Renaus l'otroia qui pour le dit s'esveille.
La gent a encantée, n'i feisoient ore veille;
Une nape avoit prise, ains ne fu sa pareille.

Une toaille prist chil qui bien le sot fère,
190 Et pain et char et vin, de plus n'avoit que fère;
Il en vint à Renaut qui ot simple viaire.
Renaus si l'a veü, le franc duc debonnaire,
Il a dit à Maugis que il fet que pechière.
« Taisiez », chen dist Maugis, « ne vous doit pas des-
[pleire.
195 » Dex le me pardonra, qui tout le monde escleire.
» Sachiez pour soe amor ai je vestu la haire.
» Couronné en seroi, se il puet à Dieu plaire. »

Amaugis le bon lerre à genoullons se mist,
Et par devant Renaut le mez de char deffist.
200 Renaus leva sa main, le seignacle Dieu fist.
« Mengiez seürement, che li a dit Maugis,
» Si priez pour cheli qui à mains l'a conquis. »
Renaus le fix Aymon moult durement en rist,
De la joie de lui durement s'esbaudist.
205 » En [n]om Dieu, dist Renaus, un deables vous fist. »
« Non fist », chen dist Maugis, « bien ait qui le
[m'aprist. »
Et, quant il ont mengié, demoranche n'i fist.
Maugis prist la touaille, arriere ou tref la mist,
Et puis se va dormir, panche levée gist.

210 Renaus se dormi bien, entre lui et Maugis,
Toute nuit jusque jour que il fu esclarchis.
Or la gent paiennor s'atorna et vesti.
Le roi David s'escria à haut cri:
» Barons, or tost as armez, pour Dieu de paradis. »
215 Si crent lez paien durement envaïs,

2

Et crestien s'esmuevent, ne [lor] faut pas advis.
Tel noise demenoient et tel hu et tel cris,
Que bien de .ii. grans lieuez en oïst on le cris.
Naburdagant apele sez païen de Lutis.
220 Turs et Popeliquains en sunt a li vertis,
Et si out bien .xm. de la gent Antecris ;
Il ne croient en Dieu que il fust surrexis.
« Seignors païen », dist il, « jà seron envaïs.
» Isson nous ent là hors contre nos anemis. »
225 Et il si furent tost ès chevax arrabis,
Baus et liez et joians ont lor espiez brandis.
Crestiens vont encontre, ne sunt pas relenquis ;
Le roi de Ierusalem estoit premier guenchis,
.Va ferir Bredamot en l'escu [vert et] bis.
230 Ne li vaut le haubert une feuille de lis ;
L'espié li met ou cors, d'autre part est guenchis,
Et chil trébuche en terre *tant par est il guenchis,*
Et chil trebuche en terre du destrer arrabis :
« Outre », dist il, « païen cuvert, Dieu maleïs. »
235 Le roi crie s'enseigne clerement à haut [cris]:
« Hé! vrai Dieu, secorez vos amis. »

L'estour fu moult fier à chele comenchaille
Guiffroi de Nazareth................
La gent Naburdagant tout à moitié detaille ;
240 Tant i feri li quens que la chière avoit pale.
Atant ès vos la gent de ferir ne lor caille,
Lez brans sachiez tous nus fierent en la bataille,
Coupent testez et piez, de bus font dessevraille.
Chele esquiele vainqui qui fu de gent sauvage,
245 Mèz, se Ihesus n'en pense qui pour nous se travaille,
Et Renaus et Maugis qui as logez baaille,
Mar virent notre gent chele eschiele sauvage.

Moult fu fort la bataille a ichele envaïe.
[Li] sodant de s'ensegne sa gent a resbaudie,

Vv. 232-233. Hémistiches répétés par suite d'une distraction du copiste.

250 Dont viennent a milliers tous par connestablie.
Roi Nabugor lez maine, Ihesucrist lez maudie ;
.I. vassal va ferir qui estoit de Sulie,
Ne hiaume ne haubert n'i valut une alie,
Tres par mi lieu du cors son bon espié li guie :
255 Chil a sentu le coup, s'a la selle voidie.
Le Turc si s'escria, si li dist vilennie :
« Outre, fol crestien, tu as perdu la vie. »
Saint Michiel li archangre si a l'ame saisie.
Seignors, bien fet morir pour Dieu le fix Marie,
260 Quant s'ame est couronné[e] en pardurable vie.

Moult sunt li crestien courouchiez et destrois.
Nous lairon du vassal qui iluec estoit frois,
Mèz jà le comperront li Turc tout de manois.
Notre gent les acueillent as bons brancs viennois,
265 De sanc et de chervele jonchierent li campois.
Le bon visquens de Jafrez, I. chevalier courtois,
En la presse se tient, qui mult i fu destrois ;
Va ferir .I. paien qui sire iert de Lutois,
La char avoit plus noire qu'errement d'estenpois ;
270 De l'aubert qu'ert vestu, li derumpi les plois,
Le foie li coupa à l'achier qui fu frois,
Puis cria : « Saint sepucre, aidiez moi, sainte crois !
» Que secorez hui en chest jor votre rois. »

Li visquens feri bien qui mautalent eng[r]a[ig]ne ;
275 Maint païen i gist mort ens enmi la campengne.
Sodant i est venu desor une brehaigne ;
Tel noise vient menant, tout en tentist le plaigne.
Il fait sonner ses cors de laitin et d'araine.
Sachiez.......moult...........se paine

280 A ichel...........bien l'amiral de Perse,
O li .xx. chevaliers de chele gent engresse.
Guiffroi de Nazareth d'autre part ne rechesse
Et le ....fiert en la presse.
Chil qu'il est gent et coint malement le confesse.
285 Bertaut.............aprez lui l'empresse

Trez . . . . le païen jus verse :

« . . . . . . », dist-tu, « . . . . tu confesse »

« En enfer t'en iras à chele gent averse. »

Li bon Bertaut caï tout mort de son cheval.

290   . . . . la noise et le fort bautestal

Et . . . . estal

Renaus . . . . la noise et Maugis autretal :

« E Dex », chen dist Renaus, « roi pere esperital,

» . . . . n'ai je là mon destrier natal,

295 . . . . chele gent criminal

» . . . . si verron chel vassal. »

« Renaus », chen dist Maugis, « que vaudroit notre aler ?

. . . . espiez ne fort escu bouglier

. . . . notre vie tenser. »

300   « Cousin », chen dist Renaus, « chen me fet conforter.

Fol. 222, v° b.   » Qui muert pour Ihesucrist, il se fet couronner ;

» Là sus avec lez angrez fet son siege aprester.

» Sachiez de verité, coart n'i puet aler.

» Cousin, bien devrion de la mort Dieu penser,

305   » Qui pour nous se laissa traveillier et pener.

» Que feron nous pour lui ? Que voulez deviser ?

» Se Dex nous veut aidier, bien nous pourra sauver. »

Quant Maugis l'a oï, si commenche à plourer,

Quant de la mort Ihesu li prist à remembrer.

310   Il a dit a Renaut : « Et que vaut dementer ?

» Quer alon en l'estour chez païen greventer. »

Le feste de la loge prent Renaus à lever,

En son col le leva, moult fist a redouter,

Et Maugis le sievi, à son col .i. grant pel.

315   Es païen se feri, moult en a fet verser,

De sanc et de chervele fist le camp arouser,

Et Maugis ensement qui moult le pot amer.

Or sunt il en l'estour, Dex penst du retorner.

Renaus le fix Aymon ot la perche levée ;

320   Le jour en a donné mainte pesant colée,

Maint mort i fist caïr, senglant, gueule baée.

Et Maugis le sievi qui fiert en la meslée,
Et crestiens lez sievent à qui il moult agrée.
Aussi comme espervier qui vole a rechelée,
325   Lez va cachant Renaus à la perche quarrée.
Païen tornent en fuie sans nule demorée,
Naburdagant s'en fuit, sa targe a jus jetée.
Jusques as paveillons n'i ot resne tirée,
Et sa gent après lui toute desbaretée :
330   Crestiens les encauchent, ichele gent loée.
Renaus le fix Aymon donna mainte colée,
Et par lui sunt vaincu chele gent desfaée,
Et l'ost notre seignor est en la vile entrée.

     A Iherusalem entre li ost notre seignor,
335   La gent sodant de Perse vainquirent en l'estour.
Li sodant est moult tristre, il en a li peor,
A sez barons demande et fet le jour clamor :
« Barons », dist li sodant, « or sommez nous au tour
» De perdre notre regne ou de rechoivre henor. »

340   Or est Renaus en l'ost entre lui et Maugis,
Là où furent ensemble li prinche du païs.
La messe estoit finée, le servise estoit dis,
L'ève fu demander, au mengier sunt assis,
Et Renaus et Maugis se furent laiens mis.
345   Avec la povre gent sistrent, je vous plevis.
Jamez n'iert tant haut home, pour que il soit mendis,
Qu'en tiengne plet de lui nient plus que d'un caitis,
Mèz anchois que il lievent, pour Dieu de paradis,
Sera moult henorez et durement chieris.
350   Lez païen assemblèrent de trestout le païs,
S'i fu le roi d'Egypte et l'enor du païs,
Et chil d'Inde la grant est venus ou païs,
Li amiral de Cordres et cheli del Larris,
Et chil de Babiloine qui tant est posteïs ;
355   Sire est de paiennie, il justise Arabis.
Sor Mahon ont juré qui est devant lor vis,
Que l'un ne faudra l'autre tant comme il soient vis,
Tant qu'il aient la terre que tient le roi Davis,

Qui fu à lor ancestre dant sodan li persis ;
360 Il erent traîné à queue de ronchis,
S'il ne rendent la terre de qui il sunt saisis.

« Mèz mandon lor anchois, si feron que gentis,
» Qu'il nous rendent la terre qui fu à nos amis,
» Et il s'en voist arriere là outre en son païs. »
365 « Par foi », dist Nabugor, « je pris trop bien tes dis,
» Mèz o païs destruire est mauvez gieu partis.
» Mèz mandon lor .i. camp tout arramis
» D'un homme vers .i. autre armé et fervestis.
» Se le sien est vaincu, si voide le païs,
370 » Que lui et sa mesnie s'en iront sans estris.
» Se li notre est vaincu, si tiengne le païs
» En pez, que de païen n'iert jamez contredis. »

A chest conseil se tiennent li petit et li grant,
Dont se lieve sus piez tantost Naburdagant.
375 Rois est de Babiloine, sus la païenne gent
Il ot la seignorie, si parla en oiant :
« Seignors frans chevaliers, alez tost eslisant
» Cheli qui en ira sor la païenne gent.
» Oez qu'il conquerra s'il va les Frans vaincant.
380 » Roi sera de la terre, je li vois otroiant
» Que jà ne la perdra tant com soie vivant. »
Dont s'en leverent .iii., si se vont presentant,
Safadin .i. d'Egypte qui fu de fier semblant,
Et Marados .i. roi qui est d'Inde la grant,
385 Le tiers de Damieite, neuvu à l'amirant.
Nabugor les aloit trestous .iii. regardant,
Dont parla que l'oïrent Turs et païen errant :
« O quel vous tenez vous, ditez le moi errant. »
Dont s'escrient païen : « N'alez jà refusant
390 « Le Sarrasin d'Egypte ; veez comme il est grant,
» Veez comme est corsu, Mahom li soit aidant,
» Il est plus grant que chil dui en estant.
» Il conquerra la terre où li Frans sunt manant. »
« Amis, dist Nabugor, or tien je et greant
395 » La terre o roi David sil l'ara conquerrant,
» Et chil l'a recheüe qui en sera dolent;

» De son mal, de sa mort, va joie demenant. »
Egyptiens saillirent, lor paumez vont batant,
Et escrient : « Mahom, henor vous va croissant !
400   » Quant or a recheü notre segnor li gant,
   » Encore aron la terre où mort ala soufrant
   » Ihesucrist, le prophete, que Frans vont aorant ;
   » Mèz jà vers Safadin ne lor sera garant.»
Renaus qui menjue avec la povre gent,
405   Ochirra Safadin à l'espée trenchant
Que Kalles li donna, le riche roi puissant.

Naburdagant apele errant son latinier,
Ses leitrez li fet fere que mande l'aversier
O riche roi David qui tant fet à prisier.
410   Le mesage s'en torne, si se met o frapier,
Il ne finera mès, si fera courouchier
Le roi de Ierusalem et il et si princhier.
Nabugor en apele Safadin le guerrier :
« Va tantost et si fai par ta terre crier
415   » Que home n' i remaigne qui puist armez porter,
   » Que tous soient garni jusques .xxx. millier,
   » Si tost com li mesage iert mis au reperier. »
Parleron d'autre chose, si cheler ne vous quier.
Or lerroi chi des Turs qui Dex doinst encombrier,
420   S'orrez du roi David......................
Entre li et sez homes que il a forment chier.
.... que fera courouchier,
Fol. 223, ro b. Que li mez sarrasin deschent de son destrier.
Son destrier atacha, puis monte le planchier
425   Là où il vit le roi, sel prent à aresnier.

Li mes Naburdagant ne s'est pas arestez,
Du cheval deschendi, s'est ou palez montés,
Parmi la greignor [presse] o roi en est alés,
Les letrez en sa main ; si s'est haut escriés :
430   « Roi, fai ta gent taisir tant que t'aie monstrez
   » Et dite la parole comme il t'est quemandés.
   » Naburdagant te mande, le fort roi coronnez,
   » Que tu vuidez la terre que trop i as estés,

» Qui fu à son ancestre, che est la verités ;
435 » Mèz par sort la perdirent. Or est le temps passés :
» Il en sera saisi et tu deserités.
» Jà ne sera par home qui vive, trestornez,
» Que tu ne soies pris et à honte livrés.
» Or esgarde en ches leitrez chen que il t'a mandés. »

440 Le roi tint .I. seel que le Turc li bailla.
Il a brisié la chire, les leitrez desploia,
Son capelain apele et puis si li monstra.
Quant les ot parchevez, le cuer li engroissa ;
A paine pot parler, chascun le regarda.
445 Lors surent bien de voir que grant dolor i a,
Et que il atent guerre ; chascun s'en embruncha.
Le clerc si tint le brief, demaintenant parla
Et fist taisir chascun et la noise acoisa,
Et le clerc maintenant la parole monstra :
450 « Seignors, or entendes pour Dieu qui tout créa,
» Roi Nabugor vous mande, ne le che[le]roi jà,
» Que vous alez en France, si n'i demorez jà ;
» Ou il vendra sus vous, grant ost i amerra,
» Ou vous prenez .I. home qui .I. champ fornira
455 » Vers Safadin d'Egypte qui cheste terre ara ;
» Et se ne vient avant qui contre lui sera,
» Trestoutez sainez voiez aler vous en leira
» Que jà de Sarrasin contredit ne sera.
» Or gardez que ferez, le mez ne s'en ira
460 » Devant à ichele [heure] que il respons ara. »
Quant le roi l'a oï, vers terre s'embruncha
Que d'une pose grant nis un mot ne sonna ;
Toute la baronie moult grant paour en a.
Le roi a pris bon cuer, pour li Turc s'efforcha,
465 Les tablez à oster vistement quemanda.
Trestout le plus hardi que ou palez trouva,
De la bataille fere moult tost l'aresonna,
Mèz ne comte ne duc nul ne s'i presenta,
Et quant chen vit le roi de pitié lermoia ;
470 Moult se failli petit que il ne se pasma.
Quant le roy David vit nul ne se veut lever,

Le sire de Damas en prist à apeler :
« Amis, venez avant, ne deves refuser,
» Si prenes la bataille pour cheste gent sauver. »
475 Et il li respondi : « Ne me deves gaber,
» N'ai talent de morir, je ne l'os greanter :
« Ains que me combatisse à Safadin le ber,
» M'en fuiroie par Dieu pour ma vie sauver.
» Vous, prenez la bataille qui devez [bien] garder
480 » La terre et le païs, vous qui devez penser.
» Se.....voulez, nous vous devon aidier. »
Quant le roi l'entendi si prist à lermoier,
A poi ne chiet pasmé par delez .i. pilier.

Fol. 223, vo a.   Quant le roi a veü le sire de Damas
485 Li faut de la bataille et ne li chele pas,
Le comte d'Acre apele et si li dist en bas :
» Amis, pren la bataille, grant osmosne feras ;
» Si garantis la terre, tant bien esploiteras. »
Et il li respondi : « Or ne m'amez vous pas.
490 » Ains m'en fuiroi là outre dessus mon cheval cras.
» Vous ferez la bataille, à vous en est li gas. »
Et quant le roi l'entent, si tint li chief en bas,
Et a dit moult souvent : « Caitif, que devendras ?
» Maleoite soit l'eure que coronne portas.
495 » Or la te couvient rendre, plus durer n'i porras.
» Trop sui de viel aage, ichen n'est mie gas. »

Quant le bon roi se fu moult forment dementés,
Au mestre dez Templiers a conseil demandez
Et chil de l'Ospital et à l'autre barnez :
500 « Seignors, que feron nous, pour sainte caritez,
» Que manderon as Turs qui nous ont deffiez,
» Quant en tout chest roiaume ne puet estre trouvez
» .i. homme encontre .i. Turc alast en camp armez ?
» Onques en nul roiaume n'avint mèz tel viltez. »
505 » Sire », dist le Templier, « or oez mon pensés.
» Mandon à Nabugor que point n'avon trouvé
» .i. campion contrere alast en camp armé ;
» Mèz à tout notre effors, quant seron assemblé,

» Deffendron nous la terre qui est notre herité. »

510 « Par foi, che dist le roi, il me vient bien à gré. »
Lors ont .I. brief fet fere et si l'ont seelé,
Dont a Maugis Renaut fierement regardé.
« Cousin », che dit Maugis, « avez vous escouté
» Que le roi n'a chiens nisun conseil trouvé,

515 » Qui vers Safadin voist le cuvert desfaé,
» Tant doutent le païen qui si est forsené ?
» Ber, quer pren la bataille, pour Dieu de majesté,
» Encontre Safadin qui tant est redouté ;
» Se tu ne la veus prendre, tu me verras armer.

520 » Jà a il tant en vous et proeisce et bonté,
» Bien sai Dex t'aidera ; il me vient en pensé
» Que tu vaincras le Turc, si seras henoré. »
Quant Renaus l'a oï, si en a grant pitié,
Si a dit à Maugis : « Jà ne vous iert veé. »

525 Dont se lieve Renaus, s'est vers le roi alé,
De Dieu le salua qui en crois fu pené,
Et le roi li respont : « Dex te croisse bonté.
« Que veuz et que demandez ? ne nous soit pas chelé. »
» Sire, jel vous diroi volentiers et de gré. »

530 « Or entendez à moi », dist Renaus le guerrier,
» Je sui .I. pelerin, .I. don vueil demander.
» Donez moi la bataille, je vous en vueil prier.
» ...je combatroi, se voulez otroier,
» Dont tous vous ont failli et li comte et li per.

535 » Je deffendroi la terre à l'espée d'achier,
» Où Dieu lessa son cors pener et traveillier
» Pour vous et pour lez autrez que chi voi esmaier. »
Et quant le roi l'oï, sel courut embrachier,
Et les iex et la bouche li commenche à baisier.

540 Par le palez en lieve la noise et le tempier.
Le roi a pris Renaut, si le maine saier
Amont au mestre dois pour son cors aeisier.
Il fu grant à merveille et ot le regart fier,
Longue ot l'enforcheüre pour lui miex chevauchier ;

Fol. 223, vo b. E Dex ! tant le regardent serjant et chevalier,

546   Et dist li .I. à l'autre : « Chil fet moult à proisier.
    » Damedieu par sa grace le nous fist envoier. »

    « Seignors », chen dist Renaus, « entendez ma reson.
    » Feitez feire unez leitrez et si lez seelon,
550   » Et si mandez le terme que nous nous combatron.
    » Si envoiez li mes tantost à l'Esclavon,
    » Si li nommez la plache où nous nous combatron. »
    Et le roi respondi : « Votre commant feron. »
    Tost sunt les letrez feitez et le seel enson,
555   Puis apelent le mes et il vint à bandon :
    « Sarrasin », dist le roi, « chest seel te baillon.
    » Va dire à ton seignor chen que nous li mandon,
    » Que d'ui en .xv. jors la bataille feron
    » Es plain[e]s de Remez que jà ne l'en faudron. »

560   Le mez a pris lez letrez et Renaut resgarda :
    Moult li est bien avis en lui grant bonté a.
    Il demande congié, de la sale avala,
    Venus est o cheval, demaintenant monta,
    De la chité issi ; moult durement pensa
565   De chel home qui si la bataille fera.
    Bien cuida tout avoir chen que il demanda,
    Et dit que onques mès si biaus hons n'avisa.
    Il li est bien avis que Safadin vaincra.
    Or leiron du mesage qui son chemin ala,
570   Si diron de Renaut que Dex i amena.

    « Renaus », chen dist Maugis, « pour Dieu l'esperital,
    » Or avez pris bataille vers la gent criminal.
    » Aeisier vous couvient, trop avez eü mal ;
    » Or osté de la cave Froberge la roial,
575   » Mise a esté en mue, pourris est le chendal. »

    Renaus prist son bourdon, voiant la baronnie ;
    Une cave i avoit qui iert grant et fornie,
    Froberge en a hors traite qui luist et reflambie ;
    Et cheli l'empoigna qui forment la brandie,
580   Si que l'amore en est près du heut atouchie ;

Dont dist li .i. a l'autre: « Dame sainte Marie,
» Vous avez bien de cuer notre priere oïe
» Il deffendra la terre où Dieu prist mort et vie,
» Vers Safadin d'Egypte que Ihesus maleïe. »

585   Or est Renaus à court entre lui et Maugis,
Il a esté aeise trestout à son devis.
Tant qu'aprocha le terme qui o païen fu mis,
Renaus en apela le riche roi David :
» Sire, entendez à moi, pour Dieu de paradis,
590 » Feitez mander vos homes de par tout le païs ;
» Qu'il soient à chest terme aprestés et garnis.
» Je ne m'i fieroie pour tout l'or du païs ;
» Je sai bien, se il pueent, que nous seron traïs,
» Et pour chen lo je bien que nous soion garnis. »
595 « Renáus, » che dist le roi, « or soit à vo devis. »

Le roi de Ierusalem fist ses briés seeler,
Et par toute la terre fet ses homez mander,
Que nis un n'i remaigne qui armez puist porter,
Que tous viengnent à lui sus les membrez couper,
600 Devant Ierusalem la bataille esgarder,
« Pour chen se Safadin i vouloit reveler ,
» Que nous nous deffendron com hardi bacheler. »
Par trestout son roiaume a fet son ban crier.
Quant oent la nouvelle, il ne l'osent veer.
605 Devant Ierusalem pristrent à amasser,
Et paveillons et tentez i font lever.

Fol. 224, ro a. Ains le tiers jour i pueissiez trouver
xxx.m. hommes tous près de s'assembler.
Devant Ierusalem se sunt..........
610 Dont atendront le terme que il orront nommer,
Et pour veïr quel chose Dex lor voudra monstrer
De lor campion vers Safadin le ber.

Devant Ierusalem la chité seignorie
Iluec est atravée la riche baronnie ;
615 Moult i a grant empire, par Dieu le fix Marie.
xxx.m. furent bien, de chen ne doutez mie.

D'eus lairon ore chi ; bien est drois que je die
Du mesage païen qu'a sa voie acueillie.
Des que il vint en l'ost a sa resne sachie.
620 Là estoit Nabugor et sa grant compengnie.
Bien i ot .xxx. roi que Nabugor mestrie.
Atant ès vous li mez desus l'aire polie,
Il deschendi à terre du mulet de Sulie,
Nabugor salua, il et sa compengnie.
625 « Di nous de tez nouvelez et ne nous chelé mie
» Que nous mande le roi ; tendra il la folie ? »
Et li mes li respont : « Or soit ma vois oïe.
» Il vous mande par moi, ne vous cheleroi mie,
» Que jà tant comme il vive n' iert la terre guerpie ;
630 » Il requist la bataille à sa grant baronnie,
» Ains de nul qui i fust ne pot avoir aïe,
» Tous li orent failli, de chen ne doutez mie,
» Quant .i. paumier sailli en la sale voutie,
» Le don de la bataille demanda à hasquie.
635 » Par Mahom si li fu donnée et otroïe.
» Il en rechut le don, voiant la baronnie. »

« Pour Mahom, entendez, sire Naburdagant,
» Le paumier sailli sus en piez demaintenant
» Vestu d'une esclavine, aussi comme .i. truant ;
640 » Le don de la bataille demanda à itant,
» Et il l'ot volentiers sans nul contredisant.
» Moult fu lonc et ahuege et parcreü et grant.
» Et moult me merveillai, par Mahom le puissant,
» Où tex hons fu trouvé si parcreü et grant.
645 » Je en oi grant paour quant l'aloi esgardant,
» Que il aloit lez iex si forment roïllant,
» Et si fist ses dens croistre aussi comme jéant.
» Bien aura Safadin chen que il va querrant. »
Quant Safadin l'oï, si en ot joie grant,
650 Et li mez va le brief à Nabugor baillant :
« Sire, tenes chez letrez que dedens est li mant,
» Le jour de la bataille et tout le couvenant,
» Si com le roi David i est alé devisant. »

Nabugor tint le brief, la chire depeça
655 Lez leitrez desploiez à .ı. clerc les bailla,
Et le clerc les porvit ; maintenant demanda
Se il dira en haut chen que trouvé i a.
« Oïl », dist Nabugor, « ditez, ne mentez jà. »
« Le roi vous mande, sire, que son campion a
660 » Tout prest et tout garni quant Safadin voudra.
» De demain en .vııı. jors la bataille sera ;
» Enmi lez plains de Remez, iluec lez atendra. »
« Par Mahom, dist le roi, jà li Frans n'i durra.
» Où es tu, Safadin ? bon, ber or i parra.
665 » N'i a que demorer : grant gent te couvendra
» Mener aveques toi, je dout moult cheus de là. »
Et Safadin respont que grant plenté en a :
« Bien en a .xxx.ᴍ. qui o moi . . . . . voudra. »
Fol. 224, rᵒ b. Et Nabugor respont : « Safadin, or . . . .
670 » Se tu pues le Franc vaincre, grant henor [te sera].
» Roi serez de la terre . . . . . . conquerre là. »
Et li mes li respont : « Anchois le comparra ;
» Se il en revient vif, grant merveille sera. »
Seignors, ichesti mes si païen effréa
675 Que tout le plus hardi la color en mua.

Safadin s'appareille, lui et si barbarin,
Du roi ont pris congié, li cuvert de put lin.
Là veïssiez vestir maint haubert doublentin,
Et lachier maint vert elme qui fu du temps Cayn.
680 Puis montent ès chevax, li cuvert, li bastin.
Bien furent .xxx.ᴍ. qui firent grant hustin
A prendre le congié de la gent Apolin.
Pour Safadin ploroient maint comte palasin.
A la voie se mettent, s'acueillent lor chemin.
685 Toute jor chevauchierent jusques vers le serin.
O Trible se hebergent li cuvert, li mastin.

Au Trible se hebergent la gent à l'aversier,
Toute nuit i sejornent desi à l'escleirier,
Que païen se remistrent en lor chemin plenier ;
690 Jusques ès plains de Remes ne se voudrent targier,

Et de Ierusalem coisirent le terrier,
Et la grant tour David et le palez plenier.
Quant che voit Safadin, si fet sa gént logier.
Le tref Safadin tendent chil qui en est coustumier.

695   Quant le tref fu tendus, si fu alé le jour
Et li queu apresterent le mangier sans demor.
O le roi Safadin sunt .v. rois païennour,
Et l'amiral de Cordez qui tint Rochemadour.
Quant le mangier fu prist, s'asuient sans demour.
700 Apres mangier tantost a pris .i. poigneour,
Va en Ierusalem jusqu'à l'empereour,
Qu'il ara la bataille demain o point du jour.

Tant a li mes couru qu'il vint en la chité,
Il monta ou palez, si a le roi trouvé :
705 « Roi, Mahom te confonde et toi et ton barné,
» Quanque j'en voi ichi, qui i sunt aüné,
» Ne jà ne veez vous que il soit ajorné,
» Et il gart Safadin et lui et son barné.
» Roi David, il vous mande que aiez apresté
710 » Demain ton campion, ains miedi passé.»
» Mesager », dist le roi, « il est tout apresté.
» Or t'en va, si li di, pas ne li soit chelé,
» Que demain ara chen que il a demandé. »

Or s'en reva li mes que ne se vout targier
715 Et le roi est remez et lui et si princhier,
Et Renaus parla dont que ne se vout laschier :
« Sire, fet il au roi, je vueil aler veillier
» Devant le saint sepucre où Dieu le droiturier
» Lessa son disne cors pener et traveillier.
720 » Toute nuit i voudrai de bon cuer deproier. »
Renaus a apelé Maugis que moult ot chier :
» Feitez moi fere .i. chierge, je vous en vueil prier,
» Qui ardra toute nuit desi à l'escleirier. »
» Par foi », che dist Maugis, « bien fet à otroier. »
725 Quant tout fu apresté, s'alerent o moustier.
Renaus le fix Aymon, li nobile guerrier,
Onques de toute nuit ne fina de proier

Desiques o matin que il dut escleirier,
Et ot en sa compengne maint vaillant chevalier
730 Qui prient tous à Dieu que Renaut vueille aidier.

Fol. 224, v° a.   Au matin par som l'aube, quand ele fu crevée,
Et Renaus ot veillié jusqu' à la matinée,
L'archevesque li a une messe cantée ;
Du saint Esperit fu, Renaus l'a escoutée.
735 Roi David et lez autrez orent une pensée :
L'ofrande fu riche que il ont aportée.
L'archevesque li a beneïchon donnée.
Tantost com l'ont eüe, sans autre demorée,
Retornerent ariere en la sale pavée.
740 Renaus a s'armeürs erroment demandée,
Et il trouva tantost que li a apportée.

Renaus le fix Aymon, le hardi combattant,
S'arma enmi la sale desoz .i. bouguerant.
Il vesti le haubert, lache l'elme luisant ;
745 Une cote à armez li vi[nt] Maugis vestant,
Qui onques n'empira pour nule arme trenchant.
Encore hui li ara mestier vers le Persant.
Puis demande l'espée, Maugis li va chaignant.
» Froberge», dist Renaus, « mestier m'a eü grant
750 » Par souventez fieez vers Kalle le puissant. »
Quant il fu adoubé, à merveille fu grant,
Le roi et tous lez autrez le vont moult regardant.
En lui ont grant fianche que il lor soit aidant
Vers Safadin d'Egypte le cuvert soudoiant.
755 A icheste parole vont du pales issant.
Devant la tour David fu Renaus en estant.
.i. destrier li amainent qui fu fort et courant.
Renaus vint o cheval, si le va esgardant ;
Es archons est monté qu'à estrief ne se prent,
760 Puis a point le destrier qui li va randonnant
Plus de .xiii. piez dessus le pavement.
Puis retorne Renaus et vint au roi devant :
« Sire, or cha mon escu et .i. espié trenchant. »

V. 731. Ms. « par sous. »

« Chertez », chen dist le roi, « je l'otroie et greant.
765 » Jà avez le meillor qui soit en chest terrant. »

Le roi fist aporter .i. escu au lion,
A son col le pendi Renaus le fix Aymon,
Et a prise la lance o vermeil gonfanon.
A l'issir de la porte fu grant la crieson,
770 Pour lui plore le roi et li autre baron,
Desus trestous lez autrez Amaugis le larron.
« Cousin », che dist Maugis, « bien voi que departon ;
» Or ne sai, Dex le sache, se mès assembleron. »
« Oïl », chen dist [Renaus], « se Dex plest et son nom. »
775 Et le bon archevesques li fist beneïchon
De Dieu et de ses sains et absolucion.
Adonques a parlé Renaus le fix Aymon :
« Sire roi, or oez que dire vous voulon.
» Feitez armer vos gens coiement à larron,
780 » Et se païen vouloient esmouvoir la tenchon
» Que me secorissiez à forche et à bandon. »
« Amis », chen dist le roi, « moult bien en penseron.
» Et verron la bataille ; moult de prez vos sieurron.
» Ales à Damedieu, et nous nous hasteron. »
785 Et Renaus s'en torna, destors le gonfanon.

Quant Renaus fu issu de la chité loée,
La gent notre Seignor ne s'i est oubliée ;
As armez sunt courus la bonne gent loée,
Et quant il sunt armez n'i ont fet demorée.
790 De la chité issirent, chascun lanche levée,
Et sunt plus de .xx.m. de bonne gent armée ;
Fol. 224, vo b. Après Renaut s'en vont sans nule demorée.
Et Renaus chevaucha à qui proeiche agrée,
Tant qu'il vint en la plache qui devant fu nommée,
795 Et vit l'ost des païen qui estoit atravée.
Là estoit Safadin à mesnie privée,
A qui li mes avoit la nouvele contée.
Safadin regarda vers la chité loée,

V. 774. Ms. « Maugis », ce qui est contraire à la suite des idées.

3

A sez rois le monstra, s'en a or joie menée :
800 « Seignors, or esgardés com feite destinée
» Mahomet nous envoie : il n'a pas oubliée
» Sa mesnie qui chi atent cheste jornée,
» Que jà li crestien n' ara vers moi durée,
» Et si aroi la terre qui m'a esté donnée. »

805 Ainsi comme ot chen dit le fort roi Safadin,
Il demande sez armez, le cuvert de put lin ;
Moult vistement l'armerent païen et Sarrasin.
Il vesti .i. haubert peinturé à or fin
Et a lachié .i. elme qui fu du temps Cayn,
810 Puis a chainte une espée qui ot le pont d'or fin
On li a amené .i. sor bauchan ronchin ;
Safadin i monta qui Dex doinst male fin.
Une targe li baillent où fu paint Apolin,
Puis a pris .i. espié à euvre sarrasin.

815 Safadin fu armé, le cuvert mescréant ;
Il s'afiche es estriez que le fer va ploiant.
Adonc saillent en piez li cuvert soudoiant,
Tant clavain, tant broigne alerent endossant,
Et montent ès chevax arrabis et courant,
820 Et sunt bien .xxx.m. à armez reluisant.
Safadin les apele, si lor va quemandant :
« Se je ai grant besoing, si me soiez aidant. »
Et li Turc s'escrièrent : « Tout à votre quemant. »
Et Safadin s'en ist des logez maintenant,
825 La [targe] o col pendue, la lanche paumoiant,
Et le cheval s'en va par desous lui saillant.
Jusques à Renaut vint, ne se va arestant,
Puis li a escrié : « Vassal, qu'ales querrant ?
» Lai moi quitte la terre que je vois demandant,
830 » Mès que itant feras, se veus avoir garant :
» Tu me leiras tes armes, va les tost despoillant. »
Quant Renaus l'a oï, à poi ne va desvant.

Ms. « La lanche o col pendue... »

Il a dit o païen : « Mès di, que vas querrant ?
» Mar venis en chest regne que tu vas calenjant ;
835 » Ainchiez que tu m'escapes, t'en iras recreant.
» Mès n'iras en Egypte, mar en alas partant.
» Jamez ne reverras ne ami ne parent.
» De Dieu et de ses sains te vois chi deffiant,
» Or te garde de moi dès ichi en avant. »
840 Pour Dieu, or escoutez et si soiez taisant :
S' orrez bonne canchon que je vois chi disant.
Ains n'oïstez meillor en cheste siecle vivant,
Ne du roi Alixandre, ne du roi Agoulant,
Ne du roi Kallemaine qui fu oncle Rollant,
845 Qui mourut en Espengne à duel et à torment.

Or se sunt ramposné li vaillant chevalier,
Et deffié de mort, puis brochent li destrier.
Renaus le fix Aymon ne se vout atargier.
L'escu par les enarmez a pris à embrachier,
850 Et a brandi la hanste qui estoit de quartier ;
Va ferir le païen sus la targe d'or mier,
Dessous la bougle d'or li fet fraindre et perchier,
Mèz le clavain fu fort, ne le pot empirier.

Fol. 225, ro a.. Et Safadin fiert si en l'escu de [quartier]
855 Qu'il fet outre passer tantost l'espié d'achier.
Et lez lanchez sunt fortez et li vassal sunt fier,
Par tel vertu les boutent que ens en font brisier
Les archons de deriere et trestous esmier.
Le poitral et les chenglez couvint tout depechier
860 Quo par desous les cropez les couvint trebuchier,
Que les hiaumez forirent ambedeus en l'erbier.
Les chevax se hurterent par si trez grant tempier
Que à terre caïrent desous li chevalier,
Et gisent estonné tout envers ou gravier,
865 Si que ne l'un ne l'autre ne se pot redrechier
De plus d'une louée, par le cors Saint Richier.
Crestiens en plorerent et pristrent à noisier,
Et dient qu'il sunt mors andeus sans recovrier.
Aussi font d'autre part païen et aversier
870 Et issoient des tentez pour lor seignor aidier.

Quant les virent an .ii. en lor scant drechier,
Dont bessierent lez lanchez, si se tirent arrier,
Mèz itant vous di je, jà ne vous quier noier,
Que Renaus toutez voies se leva tout premier,
875 Et Safadin aussi se prist lors à drechier.

Li baron sunt levé qui moult i ont gieü,
Que du caïr qu'il firent sunt trestuit esperdu.
Li .i. esgarde l'autre, ne set dont sunt venu,
D'iluec à moult grant pieche se sunt apercheü.
880 Renaus le fix Aymon n'i a plus atendu,
Il a treite l'espée, si embrache l'escu.
Quant Safadin le voit, si en fu irascu,
Moult forment le redoute quant il l'a conneü.
De sa targe se cuevre, si a paour eü,
885 Et Renaus li escrie : « Mar vous est avenu.
» Encore hui vous rendroi ou mort ou recreü. »
Le branc nu en la main seure lui est couru,
Et Safadin se cuevre qui moult fu irascu,
Et Renaus giete à lui, si l'a aconseü
890 Sor le hiaume d'achier qui fu roi Caralu ;
Mès il ne l'empira la monte d'un festu,
Ains resorti le branc com s'il eüst feru
Sor .i. enclume à fèvre ou sor caillou cornu.
Et quant Renaus le vit, près n'est du sens issu
895 De che que il n'avoit le païen confondu ;
Onques mèz en sa vie n'en ot homme feru
Que il n'eüst ochis ou trestout pourfendu.
S'espée regarda, si fu moult irascu ;
Cheli qui la forja a il amenteü
900 Que Ihesu li doinst estre à male hart pendu.

Renaus le fix Aymon a moult le cuer irié
De chen que le païen n'a malmis n'empirié ;
Cheli qui fist Froberge a escommenié,
Dont embrache l'escu, vers lui en est alé,
905 Et Safadin l'atent qui n'a pas reculé.
Renaus hauche Froberge, tel coup li a donné

Amont desor son elme où Mahom iert drechié,
Que Renaus à Froberge li a parmi trenchié
Et la targe fendue moult près de la moitié ;
910   Mèz le hiaume fu fort, petit l'a empirié.
Le cop fu merveilleus, le païen est plessié.
Ou il vous[is]t ou non s'est il agenoullié,
Mès for..u et delivre s'est tost redrechié.
Il a l'espée traite, si a l'escu drechié,
915   Jà sera, se il puet, du ber Renaut vengié.

Fol. 225, r° b.   Moult par fu corouchiez Safadin l'Esclavon,
Du coup qu'il ot eü et vit couper Mahom,
Et de chen qu'il l'ot mis issi à genoullon.
Donc haucha le bon branc, si escria Mahom,
920   Tervagant et Jupin et son Dieu Baraton :
« Car me venez aidier, bons dieus, je vous semon,
» Envers chest crestien qui tant par est felon.
» S'or ne me puis vengier, ne me pris .I. bouton. »
Lors corut sus Renaut, irié comme lion.
925   Il le cuida ferir seur son elme à bandon,
Mès Renaus se couvri de l'escu au lion,
Et Safadin i fiert par tel devision
C'un quartier en abat devant lui ou s[ab]lon
Mès le branc escapa desus [l'el]me.......
930   Il va escoloriant siques...............
Que .c. mailez li trenche de...........
Et puis s'en vint li cous pardesus [l'esperon]
Et du cuir li trencha aveques le ta[lon]
Que de sanc qui en ist fu vermeil le sab[lon].
935   Quant Renaus l'a veü, il taint comme carbon,
Et le païen s'escrie : « Chà vous traïez, bons hom !
» Mar venistez chà outre, je vous tieng à bricon.
» Jà ne vous vanterez en cheste region
» Que vous m'aiez vaincu et mené en prison. »
940   Et quant Renaus l'oï, si s'escrie à haut ton :
« Par Dieu, vous i mentez, fix à putain, glouton.
» Mort serez ou vaincu, ains que nous departon.
» Se Dex plest, où je croi, et son saintisme nom,
» Jà ne te gardera Tervagant ne Mahom.»

945   Renaus le fix Aymon, qui moult fist à loer,
Ot grant duel et grant ire quant il s'ot ramposner.
Il vit de son talon le cler sanc degouter,
S'or ne se puet vengier, il cuide forsener.
Il a hauchié l'espée, l'escu prist à lever,
950   Sore li est couru, irié comme senglier.
Et Safadin l'atent qui ne vout reculer,
De la targe se cuevre le felon, li Escler.
Et Renaus fiert sor l'elme qui ne se vout targier,
A Froberge en a fet une moitié voler
955   Droit devant Safadin, or le puet esgarder ;
Mès la coife ne pot empirier ne quasser.
Devers la destre espaule a fet le branc torner,
Le haubert li a fet esmier et fausser,
De l'espaule li trenche, che vous os greanter,
960   Une tel carbonée o bon branc d'achier cler,
De quoi on peüst bien .I. faucon desjuner,
Tout contreval l'esquine en fet le sanc [c]oler.
Puis li dist par ramposne : « Ains[i cou]v[i]ent ovrer.
» Si en sui meillor mestre que n'estez de garser.
965   » Votre mestier est povre, pensez de l'amender. »

    Grant duel ot Safadin quant il ot entendue
La ramposne Renaut, et vit sor l'herbe drue
Grant pieche de sa char gesir toute crue
Du mautalent qu'il a, tout le sanc li tressue ;
970   De sa targe se cuevre qui li fu remanue,
Et queurt seure à Renaut, ou poing l'espée nue.
Et Renaus saut encontre qui ne crient sa venue ;
En l'escu s'embracha, et Safadin li rue
Que le chercle n'i vaut nient plus c'une cheue.
975   Or desiques ou chercle l'a li glous embatue:
Se ne fu du chiel qui tout li mont salue,
Mort eüst le vassal et sa bonté perdue.

[F° 225 v°]........ ....¹

V. 962. Ms. « voler. »
¹ Tout le verso de ce dernier folio du ms. est illisible.

Les deux récits se séparent à partir du vers 110. Dans le second, les deux pèlerins reviennent de Constantinople à Marseille ; le trouvère regardait sans doute cette ville comme le port d'embarquement le mieux désigné pour les voyageurs se rendant en Palestine. La traversée dure deux mois et demi, et Renaud et Maugis arrivent à Acre. Le passage qui suit (119-165) me paraît incomplet, bien qu'à la rigueur on puisse admettre que l'auteur du remaniement ait placé dans la bouche de Renaud les renseignements qui, dans la version plus ancienne, sont donnés par un homme du pays.

Les chrétiens ont perdu Jérusalem, mais leur roi David (et non Thomas) n'a pas été fait prisonnier. Il a réuni ses forces dans la plaine de Ramès et se prépare à livrer bataille aux mécréants, que conduit le sultan de Perse. Maugis débute par un tour de sa façon, et lui, qui avait fait tant de difficultés pour accepter de prendre part à la guerre, il n'hésite point à recourir à ses enchantements d'autrefois. Grâce à lui, les deux pèlerins font un excellent repas. Cet épisode (183-209) est gai, mais trivial.

Le lendemain, Naburdagant appelle aux armes ses païens de Lutis, des Turcs, des Popeliquains, toute la gent Antechrist. Il attaque les chrétiens. Le roi David et Geoffroy de Nazareth se distinguent dans la mêlée. Le roi païen, appelé tantôt Nabugor, tantôt Naburdagant, suivant le besoin du vers, a décidément l'avantage. C'est alors que Maugis pousse Renaud à montrer sa vaillance. Armé d'une lourde perche, le fils d'Aymes met en déroute les Sarrasins, et la ville sainte est reconquise.

Cependant Naburdagant appelle à lui tous ses alliés, les rois d'Egypte et d'Inde *la grant,* les amiraux de Cordoue, du Larris, de Babylone. Dans un conseil, il est résolu, pour éviter de ruiner la contrée, de s'en remettre à deux champions, dont la valeur décidera du sort de la Judée. Naburdagant, que le trouvère finit par identifier avec le roi de Babylone, a tenu le conseil devant tous les guerriers assemblés. Il demande qui veut se charger de la querelle des Sarrasins. Trois champions se présentent : Safadin, roi d'Egypte, en qui nous reconnaissons Seyfeddin, frère de Saladin ; Marados, roi des Indes, et un roi de Damiette. Safadin est désigné.

Autant les païens ont montré d'empressement à s'offrir pour
défendre leur parti, autant les chrétiens hésitent à accepter
l'honneur de descendre dans la lice. En vain le roi David
s'adresse au sire de Damas, au comte d'Acre, au maître des
Templiers, au maître de l'Hôpital et aux autres barons. Nul
ne veut se risquer en combat singulier contre le redoutable
Safadin. Maugis, pour sauver l'honneur des chrétiens, engage
vivement son cousin à s'offrir pour champion. Renaud y consent et les chrétiens applaudissent.

Je passe sur les détails qui suivent et qui ont pour objet les
préparatifs du combat. Le trouvère, heureux d'avoir ainsi fait
de Renaud le représentant de l'intérêt chrétien, ne se refuse
aucun développement. Pour mieux rompre avec la tradition,
il fait reparaître l'épée invincible, Froberge. Renaud l'aurait,
d'après lui, cachée dans son bourdon de pèlerin.

Le combat entre Safadin et Renaud est longuement conté.
A l'endroit où le manuscrit s'arrête, Renaud a l'avantage. Il
est probable que ce premier duel était suivi de deux autres,
puisque les Sarrasins avaient désigné trois champions. Enfin
la défaite définitive de Naburdagant pouvait être la matière
d'un long récit, où le sire de Damas et les grands-maîtres du
Temple et de l'Hôpital auraient eu l'occasion de se relever de
leur première défaillance.

Dans cette version incomplète du pèlerinage de Renaud
apparaît l'idée de transformer en un représentant de la chrétienté en Orient le héros de l'opiniâtre guerre soutenue par
les fils du duc Aymes contre Charlemagne. Contenue en germe
dans la première version, elle est ici développée, sinon avec
un talent que nous ayons à louer, du moins avec assez de décision et d'ampleur pour ne pas rester inaperçue. Si l'imitation italienne avait eu pour objet nos diverses chansons de
geste, dans l'ordre où elles se sont produites, le fait aurait
moins d'importance ; mais, quand les cycles qui forment notre
épopée nationale ont passé les monts, ils étaient déjà formés
de textes de toute espèce et de toute date, et cet immense
recueil était répandu çà et là par les chants des jongleurs,
sans'que nul songeât à discuter sur le plus ou moins d'autorité des variantes et des remaniements. Chacun se faisait une
légende d'après les chansons qu'il connaissait, et le texte le

plus développé avait toute chance de paraître le plus authen-
tique.

La courte campagne que font les fils Aymon contre le prince
sarrasin de Toulouse, pour le compte du roi Yon, ne suffisait
point pour amener à voir dans Renaud le champion de la chrétienté ; mais la manière dont Roland et Renaud sont opposés
l'un à l'autre en plusieurs circonstances, leur égalité en courage et en vigueur, l'amitié qui les unit à partir du moment
où un miracle interrompt la dernière et la plus terrible de
leurs luttes, préparaient la pensée de les unir dans des entreprises communes. Dès lors, le seul pèlerinage de Renaud en
Palestine devenait un motif suffisant de placer le vaillant chevalier à côté de Roland, et de les regarder comme les deux
défenseurs par excellence de la chrétienté. La conception italienne est donc ainsi en germe dans le roman des Quatre Fils
Aymon ; et, sans la force de la tradition bien plus grande dans
le pays d'origine des légendes, sans la détermination plus pré-
cise chez nous des grandes gestes, une évolution pareille eût
placé en France Renaud au même rang que Roland et à côté
de lui.

Si nous lisons dans la *Chanson de Roland* que le neveu de
Charlemagne s'était emparé de Constantinople, nous voyons,
dans une des versions de Renaud de Montauban, un tableau
de conquêtes qui embrassent tout l'Orient :

> Et puis recorderay et vouray deviser
> Comment Karle les fist de Gascongnie semer,
> Comment reurent leur pais, com Regnaut passa mer,
> Jhérusalem conquist, comment voult raporter
> Les trois clous, la couronne dont Dieu du trosne cler
> Fust sà jus couronnés et ses menbres fichier
> Pour tout humain lignaige hors d'enfer rachater.

Ailleurs, évidemment vers la fin du poëme, Renaud dit :

> Pour l'amour de toy, Dieu, oultre mer m'en iré
> Veoir Richier en Acre, qui est roy couronné,
> Qui pour l'amour de moi a été déserté
> Ly et Huon son père, mon cousin l'alosé.
> Là iray armes prendre contre la gent maufé,

Sans moy faire connoistre à homme qui soit né ;
Enchois serai en Acre au roy de joue (*sic*) ayé
Je iray au Saint Sépulcre et si le conquerré
A Robacre combatre qui tient la royaulté
Et à son fils ossy, Durendal l'amiré.
Ou il mouront par mi ou il seront sacré ;
Puis yrai Angorie conquerre, c'est mon gré,
Et les clous et le fer dont ton corps fu frappé,
Et la sainte couronne et le suaire orlé
Dont tu fus ou sépulcre jadis enveloppé [1].

---

[1] Ces passages sont cités par Fr. Michel dans la préface du Charlemagne (p. cxii-cxiv), d'après un manuscrit qu'il n'indique pas clairement ; il en a collationné le texte sur le ms. 7182 de la Bibliothèque nationale de Paris, fo 1 vo, et fo 66 ro.

II

MAUGIS D'AIGREMONT

Nos plus belles chansons de geste, celles qui méritent le plus
justement le titre d'épopées, sont des récits essentiellement
guerriers, où le merveilleux chrétien lui-même n'apparaît que
rarement, et qui ne font point songer aux superstitions germaniques ou celtiques. Telles sont les chansons de Roland et
d'Aliscans, pour ne citer que les plus renommées. Mais l'épopée française dans son ensemble ne présente pas ce caractère.
Les trouvères n'hésitaient nullement à user des ressources que
leur offraient les croyances populaires sur les nains, les géants,
les enchanteurs et les fées. Dans *Huon de Bordeaux*, le petit
roi Auberon nous transporte au pays des prodiges. Dans *Gaufrey*, Robastre est fils d'un lutin, Malabron, qui soumet son
fils à des épreuves qui rappellent celles que Protée impose à
Aristée avant de consentir à l'instruire. Ce lutin figure déjà
dans *Huon de Bordeaux*. Dans *Jehan de Lanson*, les deux pro-
tagonistes sont les deux enchanteurs Basin et Malaquin. Les
géants Fierabras, dont triomphe Olivier; Bréhus, qui est tué
par Ogier; Otinel, qui est vaincu par Roland, et ces personnages de proportion colossale, Rainouart au Tinel, Ogier le
Danois, ont fait penser aux géants des *Sagas* germaniques [1].
Dans ce merveilleux d'origine très-reculée, où le christianisme
n'a aucune part, il restera difficile de séparer exactement les
éléments germaniques et les éléments celtiques. Une précision

[1] Pio Rajna, *le Origini dell' epopea francese*, p. 439-443.

très-grande n'est guère possible avec les documents dont nous disposons. Si l'on remonte aux époques antiques, on reconnaît que l'imagination des races aryennes peuplait le monde d'êtres surnaturels, et la croyance aux fées et aux sorciers est à peine éteinte chez les peuples les plus civilisés de l'Europe moderne. Quand l'empire romain s'écroula, le christianisme était encore de date récente ; les Gaulois avaient-ils en quelques siècles perdu tout souvenir des rêveries de leurs aïeux ? On peut donc supposer sans témérité que l'invasion franque eut pour conséquence de raviver des croyances déjà existantes, et que l'imagination celtique n'était pas à l'état de table rase au jour où les Mérovingiens devinrent les maîtres de la Gaule[1].

Il est admis que le cycle de la Table Ronde a fourni des données nombreuses aux œuvres de date relativement récente. Dans *Doon de Mayence*, les aventures de l'enfance du héros semblent découpées dans un roman du cycle d'Artus. L'on demande au jeune chevalier s'il *va quérant pour venger le roi Artu* (v. 2668). Dans la version de Huon de Bordeaux qui nous est parvenue, l'épisode de l'Orgueilleux est développé conformément à toutes les règles du genre. Rien n'y manque, ni une jeune fille qui a été enlevée par le géant et qui s'intéresse au chevalier, ni deux hommes de cuivre battant d'un fléau de fer et gardant le passage, ni armes merveilleuses, ni anneau enchanté. Ces données sont-elles primitivement celti-

---

[1] M. Rajna a démontré la persistance, dans l'épopée française, d'éléments d'origine germanique. Il reste à faire la contre-partie de ce travail, à relever les éléments d'origine celtique ou romaine. A la fin de son livre (p. 539), il reconnaît que l'épopée demeura en France fidèle à sa nature, et y conserva l'énergie et la virilité plus longtemps que dans sa propre patrie. Il trouve la chose merveilleuse, et vraiment ce n'est pas la destinée ordinaire des arbres transplantés. Il ajoute : « Questa maggiore vitalità vuol certo attribuirsi, non » ad una causa unica, bensì ad uno complesso di ragioni, che qui poco gio- » verebbe l'analizzare. Essa di sicuro può compensare largamente la Francia » di quella certa offesa che reca al suo amor proprio il doversi riconoscere » debitrice dell' epopea ad un' altra nazione. » L'amour-propre de la France n'est pas en cause ; ce qui est digne d'attention, c'est l'aptitude de nos trouvères à garder à l'épopée son caractère primitif. Il y a là le point de départ de recherches dont le résultat pourrait être d'amener M. Rajna à modifier ou à restreindre certaines de ses conclusions.

ques ou germaniques? Ce qui est certain, c'est qu'elles ont le caractère de l'ensemble des inventions qui constituent le fonds ordinaire des romans de la Table Ronde et de tous ceux qui en dérivent, et qu'on doit y voir d'abord des imitations d'œuvres composées dans des conditions où l'emprunt direct aux races teutoniques n'est guère vraisemblable.

Maugis, le cousin des fils d'Aymes, nous offre l'exemple d'un personnage dont le type premier, celui de la Chanson de Renaud de Montauban, peut être considéré comme d'origine germanique, comme introduit dans une épopée à laquelle il fut d'abord étranger, par le désir de donner aux vassaux révoltés un auxiliaire capable de les protéger contre la rancune de Charlemagne. D'après M. Rajna, Maugis n'est qu'une forme dérivée de l'allemand *Madalger,* nom d'un nain fils d'une reine des nains. Son office de protecteur bienveillant serait emprunté de celui que remplit le nain *Alberich,* prototype d'Auberon, de même que sa qualité de *larron* [1].

Cette opinion, fondée sur les rapprochements les plus ingénieux, est d'autant plus plausible, que l'intervention de Maugis dans les aventures des fils d'Aymes ne se relie à la suite des faits que d'une manière tout épisodique. A un moment de l'action, un parent dévoué vient s'y mêler, donne çà et là un concours efficace, puis se retire sans attendre la fin et sans raison. La réapparition de Maugis dans l'histoire du pèlerinage à Jérusalem est tout aussi peu motivée. On peut admettre que l'auteur d'un des nombreux remaniements qu'a dû subir l'antique légende a voulu renouveler le sujet par l'introduction d'un personnage et d'un élément nouveaux. Reste à se demander dans quelle mesure la légende de Merlin peut être écartée du débat. Si l'on accepte qu'à un moment donné l'influence germanique se continuait encore, tandis que les légendes celtiques redevenaient l'objet de conceptions nouvelles, on ne verra pas d'inconvénient à admettre qu'il y ait eu çà et là fusion d'éléments d'origine très-différente, sans que l'on soit autorisé à voir partout des imitations précises de personnages ou de récits déterminés. Tel poëme, perdu ou dont la forme première ne pourrait être retrouvée, a eu sa part dans

[1] *Origini dell' epopea francese,* p. 434-439.

la série d'additions et de modifications dont on essaye aujour-
d'hui de reconstituer la suite.

Maugis, le bon larron, l'enchanteur serviable, qui, tout en
secourant ses amis, ne peut s'empêcher d'exciter le ressentiment de leurs adversaires par les mauvaises plaisanteries qu'il
se permet, est présenté dans *Renaud de Montauban* comme un
chevalier qui se distingue de ses cousins uniquement parce
qu'il sait le grimoire et peut accomplir les prodiges les plus
étranges ; c'est un homme, ce n'est point un gnôme ou un
génie. Que le type primitif vienne de Germanie ou d'ailleurs,
le chevalier hardi et rieur qui égaye la suite sombre de la
lutte des fils d'Aymes contre leur suzerain n'a rien des conceptions symboliques des âges primitifs ; sa physionomie est
bien arrêtée, sans rien de nuageux. A ce propos, il est bon de
remarquer que le problème des origines de l'épopée française
est double. Établir par quelles transformations successives
l'on aboutit des chants germaniques aux œuvres de nos trouvères est un travail aussi méritoire que difficile, et sans lequel
notre connaissance historique de la question ne reposerait sur
rien de solide ; mais, cela fait, l'on n'en doit pas moins consta-
ter que l'épopée française, telle que nous l'avons dans les plus
anciens monuments, est héroïque, mais humaine ; qu'elle constitue un art original et nouveau. La *Chanson de Roland* est
une œuvre essentiellement française, et la grandeur des situa-
tions, la noblesse des caractères, n'y ont rien perdu.

Maugis est un personnage d'autant plus digne d'étude, que
l'on peut faire son histoire littéraire aux trois âges de l'épopée :
à l'époque primitive et mythologique, il appartient à la Germanie ; puis il est associé aux chevaliers des chansons de geste
dans le roman des *Quatre Fils Aymon;* enfin il devient l'objet
d'un poëme particulier qui offre l'exemple d'une imitation
voulue et complète des romans de la Table Ronde. Je me bornerai à revenir sur le rôle de Maugis dans le *Renaud de Montauban* avant d'aborder l'examen de la chanson de geste qui
finit par être consacrée au fils du duc Beuves.

Maugis et ses cousins se rencontrent pour la première fois
au moment où commence la seconde partie de la légende épique des Quatre Fils Aymon. Après avoir été forcés d'abandonner Montessor et s'être réfugiés dans la forêt d'Ardenne,

Renaud et ses frères, épuisés de fatigue, mourant de faim, se décident à revenir à Dordone, dans l'espoir que leur père, qui s'est montré jusque-là acharné à leur perte, se laissera attendrir. Leur mère les accueille avec effusion ; mais le duc Aymes, quand il les voit assis à sa table, ne peut contenir sa colère. Craignant de paraître se *forjurer* envers l'empereur, il leur reproche durement d'oser recourir à lui. Après une scène violente entre les fils et le père, celui-ci consent à laisser la duchesse traiter ses enfants comme son cœur lui conseille. C'est ici qu'apparaît un cousin dont le nom n'avait pas encore été prononcé, et qui prendra longtemps part aux aventures de Renaud et de ses frères.

> Atant es vos Maugis, ki est preus et senés
> Et repairoit de France ù esté ot assés.
> A la cité d'Orliens ot un tresor enblés.
> Quatre somiers amaine d'or et d'argent torsés.
> Il avoit oï dire et si fu verités,
> Que li fil Aymon sont dedens Dordone entrés.
> Venus est cele part ; es le aceminés,
> Parmi le maistre porte en la vile est entrés [1].

Maugis est donc un voleur, mais la chose n'est point de nature à effrayer ses parents. Quelques instants avant, le duc Aymes ne reprochait-il pas à ses fils de n'avoir pas, pour se nourrir, pillé le pays, saccagé les abbayes et, au besoin, mangé des moines ?

> Brisies les abaïes et froisies à bandon.
> Ki del sien vos donra, si li faites pardon,
> Et qui nel voldra faire, mar aura raençon.
> Cuisies les et mengies en feu et en charbon ;
> Jà ne vos feront mal niant plus que venison.
> Dame Dex me confonde, qui vint à passion,
> Se ensois n'es mengoie que de faim morusom.
> Mioldres est moine en rost que n'est car de mouton [2].

Une telle ironie est la marque des mœurs violentes du

[1] *Renaus de Montauban*, éd. Michelant, p. 96-97.
[2] *Op. l.*, p. 93.

temps. J'y vois même une certaine éloquence naïve, mais passionnée, qu'il me semble juste de noter. J'aurais à cet égard quelque peine à me placer au même point de vue que tel critique, d'ailleurs plus compétent que personne [1]. Cette brutalité est fréquente dans nos chansons de geste, dans celles-là mêmes que l'on compare le plus volontiers aux épopées homériques : elle n'en diminue aucunement le mérite. De même, lorsque les fils d'Aymes, reposés, équipés à nouveau par les soins de leur mère, partent suivis de sept cents chevaliers, pour chercher aventure, il n'y a pas lieu d'être surpris que le trouvère nous montre leur cousin s'associant à leur destinée :

> Vont s'en li fil Aimon, ne s'aseürent mie.
> .vii. c. chevaliers a en la lor compaignie
> Et Maugis li cortois les enconduie et guie [2].

Ce bon compagnon va nous égayer désormais par les tours qu'il jouera aux ennemis de ses cousins, et en bien des circonstances il sera pour ses parents d'un précieux secours. Pourquoi le frapper d'anathème ? « Mais, à côté d'eux, voici un » nouveau venu qui paraît tout à fait associé à leur fortune.... » Il monte un cheval noir ; il a je ne sais quelle physionomie » étrange et je lui trouve trop de finesse dans les yeux..... » Quand il a rencontré ses cousins, il venait de voler un trésor » à Montauban. Ce magicien est doublé d'un coupe-bourses. » Pour tout dire, je me serais bien passé de cet oblique per- » sonnage. Maugis entrant dans le roman des *Quatre Fils* » *Aymon,* c'est la légende celtique pénétrant dans le domaine » de notre vieille épopée nationale ; c'est la fable, c'est le » mensonge, c'est la magie, ce sont d'odieux mélanges. » Si l'on me permet d'exprimer nettement ma pensée, et en laissant de côté l'hypothèse de l'origine celtique du personnage de Maugis, j'avouerai ne pouvoir partager ce dédain pour le mélange incriminé. La chanson de geste, bornée d'abord à des récits de combats où la monotonie des faits est trop rarement compensée par la variété des caractères, ne

---

[1] M. Gautier, *Ep. nation.,* 2e édit., III, p. 205-209.
[2] *Renaus de Montauban,* p. 97.

pouvait continuer à vivre qu'en acceptant l'aide du merveilleux. Est-ce, après tout, un dogme qu'il faille entendre par épopée nationale une seule série des compositions épiques de notre moyen âge? S'il est vrai que les mœurs et les institutions de la France féodale ont été le résultat du mélange des Gallo-Romains et des Germains, pourquoi considérer comme hétérogène un élément national et lui refuser tout droit de cité? L'on sait que, malgré l'acceptation de la religion chrétienne, l'on crut longtemps à l'existence d'un monde où régnaient les fées, les lutins, les enchanteurs, les sorciers. Lorsque la chanson de geste primitive ne suffit plus à distraire les châtelains et les châtelaines, ce merveilleux qui hantait toujours l'imagination populaire reparaît de tous côtés et se hâte d'étaler ses inventions. Toutes ne sont pas également heureuses et intéressantes ; mais, sans cette première fécondité, posséderions-nous ce qu'il y a de plus agréable dans notre poésie moderne, Arioste et *Don Quichotte?*

Le rôle de Maugis dans le roman des *Quatre Fils Aymon* consiste à tirer d'affaire ses cousins dans les circonstances où leur vaillance est impuissante, et à jouer à l'empereur des tours où la dignité de Charles est fort compromise. L'auteur lui-même auquel j'ai fait allusion déjà ne peut s'empêcher de reconnaître que, sans ce mélange de scènes amusantes, la narration semblerait longue : « Maugis représente, dans cette » chanson, cet élément héroï-comique que nous ne rencontrons » pas fréquemment dans les monuments de notre littérature » épique[1]. »

Ainsi associé à l'histoire des héros les plus populaires de notre légende épique, Maugis devait à son tour, comme la plupart des personnages qui ont un rôle important dans les chansons de geste, devenir l'objet d'une composition épique particulière. De là le roman de *Maugis d'Aigremont,* que l'on pourrait appeler, pour se conformer à l'usage, les Enfances Maugis. L'auteur s'est demandé, à propos de Maugis, quelle est son origine, *sa droite nation,* d'où il a tiré sa science d'enchanteur, et, une fois engagé sur ce terrain, il a voulu nous donner la clef de tout l'élément merveilleux de la légende des

[1] M. Gautier, *l. l.,* p. 220.

fils d'Aymes. Cette légende nous présente en effet un personnage qui est tout aussi digne d'intérêt que les personnages
humains: c'est Bayard, le cheval *faé*, dont l'intelligence est si
utile à ses maîtres et contre lequel Charlemagne nourrit une
rancune aussi vive que celle qu'il ressent à l'égard de Maugis
lui·même. D'où vient ce Bayard? D'où vient également Froberge, l'épée avec laquelle Renaud tient tête à Roland armé
de Durandal, à Ogier armé de Courtaine[1]?

On a déjà remarqué que le roman de *Maugis* est une imitation de *Lancelot du Lac*[2]: une analyse détaillée en fera mieux
ressortir le caractère et l'importance. Le texte du *Maugis
d'Aigremont* étant encore inédit, je reproduis en entier le
commencement du poëme: le trouvère nous y raconte la naissance de Maugis et de son frère Vivien, l'éducation de Maugis
auprès de la fée Oriande, la conquête du cheval Bayard et de
l'épée Froberge[3].

---

[1] M. Pio Rajna a remarqué que, dans le *Renaud*, il n'y a aucune indication
sur l'origine de l'épée Floberge, et que ce qui est dit dans la version de Venise (fol. 16) sur la façon dont Renaud est devenu le maître de Bayard paraît bien vulgaire quand il s'agit d'un animal aussi merveilleux:

> Renaus ot tiel cheval qui valoit Alemaine :
> Baiart avoit a non, si fu nez en Bretaine :
> Un borziois l'acheta au duc de Loeraine,
> Qi bien l'avoit nori et de ble et de vaine.

Il ajoute: « Sarebbe mai più prossimo al vero, per quanto poco attendibile
in generale, il *Maugis d'Aigremont,* che fa del cavallo un dono di Malagigi ?
Può darsi ; ed è poi certo che il Maugis ha una grande apparenza d'aver con-
servato un resto della tradizione originaria facendo dono di Malagigi la
spada. » *Orig. dell' ep. fr.*, p. 438-439.

[2] *Hist. littér. de la France,* t. XXII, p. 700-704. Paulin Paris analyse
brièvement et exactement ce roman, mais non sans quelque sévérité.

[3] Le texte dont je me sers est toujours celui du ms. H 247 de Montpellier.
Il y est suivi du texte du *Vivien de Monbrant*. Le *Maugis* remplit les feuillets 154-173. Le *Vivien* commence au milieu de la première colonne du verso
du feuillet 173. A raison de deux colonnes à la page et de 62 lignes par colonne, cela fait 4868 vers. Quelques-uns sont répétés ; la fin de quelques autres a été laissée en blanc par le copiste. Paulin Paris, dans sa notice, se sert
du ms. 7183 de la Bibliothèque nationale, qui lui paraît remonter au commencement du XIVe siècle.

Fol. 154, r° a. Segneurs, or escoutes, n'i ait noise ne ton ;
Que Damedieu de gloire nous doinst beneïchon,
Et je vous canteroi d'une bonne canchon ;
Feite est de vraie estoire, poi i a se (se) voir non.
5 Chil jougleor nous chantent de Maugis le larron
Comment il guerroia l'emperere Kallon
Pour aidier ses cousins les .IIII. fis Aymon ;
Mès chen n'est pas d'ileuc que nous vous canteron,
Mès je vous en diroi la droite nation,
10 Où il aprist le sens que il sot à foison.
Il est voir que Maugis fu asses gentis hom :
Son pere fu duc Buef, li sire d'Aigremon ;
La ducheise, sa mere, à la clere fachon,
Fille Hernaut de Moncler o le flouri grenon ;
15 Si fu aieus Maugis qui ot cuer de lion ;
Et d'Espolice le riche roi Othon,
Et Doon de Nantueil, Girart de Rousillon,
Et Aymez de Dordonne qui moult par fu preudom.
Si furent si cousin lez .IIII. fix Aymon,
20 Quar né fu et estrait de bonne nation.
Or vous diroi l'estoire com en escript trouvon.
A une Pentecouste, aprez l'Ascention,
Tint à Aigremont feste le riche duc Bevon.
Tout i fu le barnage entour et environ,
25 Moult fu la court pleniere que de fi le set on.

Le duc Buef d'Aigremont, qui moult fu preus et ber,
Ot moullier bele et gente qui moult fist à loer.
Ains que portast la dame o le viaire cler,
Furent lonc temps ensemble, chen sachiez sans douter ;
30 Mès puis ot tiex enfans, si com m'orrez conter,
Dont il leur couvint puis mainte lerme plorer,
Et li et le duc Buevez mainte paine endurer.
Segnors, or escoutez, lessiez la noise ester.
A une Pentecouste que len doit celebrer,
35 Tint le duc Buef grant feste à Aigremont sus mer ;
Là fu court si pleniere que ne vous sai conter.
Quant fu fet le servise, si alerent laver.

Moult i ot riches mes d'oisiaus et de sengler.
Quant il orent mengié, les napes font oster.

40 Chil damoisel de pris se coururent armer,
Tost et isnelement vont es chevax monter,
Et issent d'Aigremont pour lor cors deporter.
Contreval la riviere sunt alés behourder.
Le duc Buef d'Aigremont i va pour esgarder.

45 La ducheise en .i. car s'i est feite mener,
Pour chen qu'ele iert si grosse que el ne pot aler.
Prez estoit li terme qu'el devoit enfanter.
O li ot .ii. pucheles où moult se pot fier.
L'une iert sa suer Ysane qu'ele pot moult amer,

50 L'autre fu née esclave, qu'ele acata sus mer :
Fille fu l'Amirant de Palerne sus mer.
Moult lor plet le deduit que font li bacheler.
Une lieue pleniere font le behourt aler.
Si com le soleil prist sus le vespre à tourner,

55 Prist la dame ses mains, si commenche à crier.
Le duc Buef l'a oïe, le behort fet cesser.
En l'oraille d'un bois fist le char esconser,
Tant que Dex eüst fet la dame delivrer.

De son mal la duchoise durement traveilla,
60 Damedieu et sa mere douchement reclama.
· Ne demoura puis gueirez que Ihesus li aida,
Fol. 154, r° b. Quar .i. moult bel enfant la duchoise donna ;
Mès le mal la rengoisse, quar .i. autre en i a.
Damedieu et sa mere douchement reclama,

65 Et Dieu par sa pitié manois la delivra,
D'un autre bel vallet la dame delivra ;
Ele prist .i. chier paile qu'en sez chambrez trouva,
La dame en .ii. moitiez maintenant le trencha,
Les .ii. enfans petis dedens envolepa ;

70 Et .ii. aniax d'or fin que en ses .ii. mains a,
Le duc li ot donné le jour qu'il l'espousa,
As .ii. enfans petis que durement ama
As .ii. oreillez destrez les aniax pendu a,
Que che est la coustume de chel païs de là.

75 En .i. a une pierre : ja qui la portera,

Anemi ne maufe ne l'enfantosmera.
La dame fu malade, à paine reposa.
Au duc Buef d'Aigremont la nouvele ala
Que la dame est delivre, .ıı. enfans eüs a.
80 Quant le duc l'a oï, Damedieu reclama,
Souef et belement mener lez quemanda
De si à Aigremont, et ileuques gerra.
Atant le char s'en va et la gent s'arouta,
Tout droit à Aigremont belement chemina;
85 Mez anchois qu'il i soient, grant damage i ara;
Je cuit que lez enfans ambedui i perdra.

Moult est lie le duc Buef d'Aigremont et sa gent
Que la dame est delivre, qui tant a le cors gent.
Tout droit à Aigremont qui sus la roche pent,
90 La quemande amener souef et belement;
Mez il n'ont point alé plus de demi arpent
Que il ont encontré l'amiral Sorgalant,
Qui Monbrant la chité avoit en chasement.
Moult haoit le duc Bueve et le grevoit forment.
95 De Melent revenoit d'assaillir l'Amustant
Que il reguerrioit moult angoisseusement.
Le duc oï la noise et le tabourement.
De chen poveit estre s'emerveille forment.
L'ensengne à l'aumachour voit balier o vent:
100 Bien l'a reconneüe, si a dit à sa gent:
« Barons, dist il, pour Dieu omnipotent,
» Ves ichi de Monbrant l'amiral Sorgalant.
» A la bataille sommez, jel soi à essient.
» Comment le feron nous? pour conseil le demant.
105 » De la ducheise sui en grant esgarement,
» Quar ele est moult malade et en .ı. grant torment. »
« Sire, dist Savari, .ı. quens de Bonivent,
» Meton les en chel bois en .ı. esconsement,
» A .xxx. chevaliers plains de grant hardement,
110 » Jusqu'à tant que l'estour ara pris finement;
» Quar au devant nous sunt li Sarrasin pullent.
» Loing sommez d'Aigremont, le notre chasement. »
« Voire, dist le duc Buef, le cuer en ai dolent. »

Le duc Buef d'Aigremont, qui ne fu pas vilains,

115 A .xxx. chevaliers, tous ses amis chertains,
Armez d'aubers et d'elmez, es destriers castelains,
Atant es vous la route de païens primerains,
I t le bon duc leur sailli d'un costains.
Alés les sunt ferir iries comme ferains,

120 Ne les pot garantir targe, escu ne clavains.
Ochis ont les premiers, n'en est remez .i. frains.
Dez armez s'adouberent esroment qui ains ains.
Grant noise demenerent li mal fix à putains.

Fol. 154, v°a. Sorgalan l'aumachour en a oï les plains ;

125 Il fet sonner ses cors plus de .v°. au mains.

Moult par i ot estour merveilleus et pesant ;
La duchoise en son char est u bois verdoiant,
Et a oï la noise et la criée grant.
« Hé Dex, biau sire pere, dist la dame vaillant,

130 » Quel noise est chen que j'oi, moult me vois merveillant. »
« Dame, chen dist l'esclave, estour i a pesant. »
Et la ducheise pleure, moult ot le cuer dolent,
Et Ysane sa suer la va reconfortant.

Moult fu grant la bataille et merveillex l'estour,

135 De sanc et de chervele fu tout couvert entour.
Ileuc ot .i. païen fel et mal engignous,
Tapineas espie ; moult fu let et hidous :
Au char vint à la dame qui moult estoit tristous,
L'ainsné enfant a pris, ainc ne li fu descous ;

140 Atant s'en va fuiant le païen orgueillous
Droitement à Touleite, tout le quemin herbous.

Or emporte li enfez Lapiniaus l'espie
Droitement à Monbranc, la fort chité garnie ;
Là le vendra, chen dist, à la gent païennie.

145 Et la duchoise pleure, moult forment bret et crie,
Quar grant fu li estour et plaine l'envaïe.
Et, quand l'esclave voit la pesant arramie,
Tost et isnelement est du char departie ;
L'autre enfant a seisi, ne s' i atarga mie.

150 Atant s'en va fuiant, que ne detrie mie,
Droitement à Palerne où elle fu ravie.
Moult par fu grant la forche de la gent païennie,
Du char ont trait la dame sus l'erbe qui verdie.
Là fu Ysane prise, la bele, l'eschevie,
155 Qui fille fu Hernaut de Moncler la garnie.
.I. païen l'a ravie, Sorbare de Nubie :
Damedieu le confonde, le fix sainte Marie.

Moult par i ot estour merveilleus et plenier
Environ la duchoise u bos sous l'olivier.
160 Le duc Buef i fiert du riche branc d'achier,
Cui il ataint à coup n'a de mire mestier.
En Aigremont le sorent, n'i ot que courouchier ;
Par le pales en lieve la noise et le tempier.
As armez sunt couru serjant et chevalier,
165 A l'estour sunt venu pour duc Buef aidier,
Et furent bien as armez cent millier.
Là veissiez estour merveilleus et plenier.
Sorgalant l'Amachour fist ses cors grilloier,
Ses païen assembla par dejouste .i. rochier.
170 Atant es Sorbare, le cuvert losengier,
Qui Ysane en aporte, la bele au cors legier,
Au fort roi Aquilant de Maiogre le fier.
Le fort roi Aquilant la prist à aresnier :
« Amie, dist le roi, gardez ne me noier :
175 » Es fille de vilain, de duc ou de princhier ? »
« Sire, dist la puchele, à cheler ne vous quier :
» Suer sui je à la ducheise fille Hernaut de Moncler.
» Se vous me voulez rendre sans mon cors empirer,
» Vous en arez d'argent carchié .IIII. sommier. »
180 « Par Mahon, dit le roi, que je doi avoir chier,
» Je n'en prendroie mie tout l'or de Montpellier. »

Lies fu roi Aquilant quant oï la nouvele,
Que ele [fu] gentille et avenant et bele.
« Par Mahommet, dist il, que on prie et apele,
185 » O moi vous en vendrez, si serez mon ancele. »

Chele en a si grant duel, à poi que ne canchele;
La nuit fu moult serie et la lune fu bele.

Le duc Buef d'Aigremont à la fiere vigour
Ot sa gent assemblée que n'i a fet demour,
190 Tout environ le char où fu la franche oisour,
Qui pour ses .ii. enfans fet grant noise et [grant] plour.
A icheste parole s'estoit mis au retour
Tout droit à Aigremont dessous le pin antour.
La ducheise ont couchié en sa chambre à flour :
195 .Viii. ans jut puis malade dessous le couvertour.
Et païen s'en tornerent quant il virent le jour.

Au matin parsom [1] l'aube, quant elle fut venue,
S'en tornerent païen, chele gent mescreüe.
Aquilant de Maiogre à la pensee aguë
200 A Maiogre s'en va que il a maintenue.
O li enporte Ysane, d'un paile fu vestue.
Quant il vint à Maiogre, sans point d'aresteü(r)e
L'espousa à moullier, si en a fet sa drue ;
Puis l'a roi Aquilant tant longuement tenue
205 Qu'il en ot roi Brandoine qui puis tint Valfondue,
Quant Maugis ot la teste roi Aquilant tolue.
L'esclave qui l'embla en la se[l]ve ramue,
S'en va droit à Palerne dont ele fu issue :
Miex li vausist encore qu'ele fust remanue.

210 L'esclave à tout l'enfant a sa voie tornée
Droitement à Palerne, là où ele fu née ;
Et Tapiniaus a l'autre qui sa voie a hastée
Droitement à Monbrant, la fort chité loée.
Tant erra qu'il i vint à une matinée ;
215 [Esclarmonde [2]] trouva en la chambre pavée,
La fame Sorgale qui plus bele est que fée.
De Mahon l'a l'espie hautement saluée:
« Que est chen que tu portes, dist la dame henourée ?»

---

[1] V. 197. Ms. « Au matin par sous l'aube quant le jour esclerie. »
[2] Ms. Et Clermont le.

« Che est le fix duc Buevez à la chiere membrée
220 » Qui sire est d'Aigremont qui siet en mer salée.
» De .ii. en est la dame n'a gueirez delivrée.
» Je li emblai chesti en la forest ramée,
» Or le voudroi porter outre la mer salée.
» Là en arai d'avoir une quartée. »
225 Et la dame respont quant el l'a escoutée :
« Tu le me leiras chi par bonne destinée ;
» Je t'en donroi d'avoir une mine comblée. »
« Dame, dist le païen, bien me plest et agrée »
« Par Mahom[met], dist ele, qui ma vie a sauvée,
230 » Or ait nom Vivien par bonne destinée. »
Vivien fu clamé tant comme il ot durée,
Tant vesqui longuement qu'il ot fame espousée.
Es l'esclave, qui s'est de la dame sevrée,
Si va droit à Palerne dont ele fu robée.
235 En une lande large, sous l'espine à la fée,
Ileuques s'aresta et fist sa reposée.

Là s'aresta l'esclave, ainsi com je vous di,
Sous l'espine à la fée, enmi le pre flouri.
N'ot pas sa reposée longuement fet issi,
240 Quant du bois .i. [liepart[1]] et .i. lion issi.
Fain les cache et argue, moult estoit agrami ;
Quant il voient l'esclave, chele part sunt guenchi.
Droit à l'esclave sunt tout maintenant verti,
Et quant lez vit venir moult s'en espeüri.
245 Tost et isnelement en son estant s'asist,
Fol. '55, ro a. L'enfant met deriere li, si a .i. pel coisi,
Ele s'est abessié, maintenant le saisi.
Atant es le lion que plus n'i atendi.
L'esclave tint le pel, par vertu le feri,
250 Mez chen ne li valut la monte d'un espi.
Ne pourquant ele l'a durement estourdi.
Le lion bret et crie que li gaut en tenti ;
Puis a geté la poe que plus n'i atendi.
Amont u chief la fiert que il li a croissi.

[1] Ms. serpent.

255 A douleur la depiechent, ele a geté .i. cri.
Tost l'orent devourée et le cors departi,
Puis en vont à l'enfant qui noient ne dormi.

A l'enfant sunt andui lez bestez reperiés,
Pour chen qu'il fu petit, fu forment convoitiés,
260 Le liepart saut avant, puis s'estoit avanchiés.
Quant le lion le voit, moult en fu aïrés;
Ne veut que il i soit de noient parchonniers,
De lui est le liepart fierement rechigniés;
Mez sachies, le liepart fu fier et engaigniez.
265 Quant le lion le voit venir si esragiés,
Adonc est li estour merveilleux commenchiés.

Les bestez se combatent, si com povez oïr,
Pour le petit enfant qu'il veulent engloutir,
Mez li un ne vouloit l'autre pas acueillir.
270 Tant dura la bataille pres fu de l'aserir.
Ne peuvent mès l'estour endurer ne soufrir,
Quar de lor sanc ont fet la terre acouvertir.
La terre en est vermeille, chen sachiez sans mentir;
Lor bouiaus veissiez à la terre gesir,
275 Tant ont fet lor costez et lor cuirs desmentir.
Toutez .ii. lez couvint à la terre flatir.
Or aït Dex l'enfant, s'il li vient à plaisir.
En tel sens les couvint devier et mourir.

Ainsi com vous oes, l'estour remes estoit
280 Des .ii. bestes sauvagez, qui tant duré avoit
Que l'une deles l'autre morte à terre gesoit,
Et l'enfant sous l'espine crioit haut et braoit.
Ne demoura puis gueirez que par ileuc passoit
Oriande la fée qui Rocheflour tenoit.
285 A .iiii. de ses fées vint à l'espine droit;
Le jour ont chevauchié, durement se douloit;
Sous l'espine ramée maintenant deschendoit.
Sus .i. paile s'asist que on li estendoit,
Et devant lui lez bestes ambedeus regardoit.
290 La teste de l'esclave deles veüe avoit.

«De fame fu, chen dit, bien le voit et bien soit ;
» Chest bestez l'ont mengié sans doutanche orendroit.»
Atant de l'autre part l'enfant plourer oeit.
Ele vint chele part, maintenant le prenoit.
295 En son geron le met, li enfes li rioit.

Oriande la fée à la clere fachon
Tint le petit enfant qui li rit à foison.
El le desmaillota, vit chen fu valleton.
L'anel vit à l'oreille qui valoit maint mangon.
300 Ne l'ama pas petit, pour voir le vous dison :
« Il est de haute geste, foi que doi .S. Simon »
A icheste parole es venir le troton
Espiet une espie venir tout le sablon.
Nies estoit à la fée dont nous ichi parlon.
305 N'ot que .III. piez de lonc, si queurt plus de rando n
Que cheval espanois ne mulet arragon.
.I. enfant de .VII. ans resemble à la fachon,
Fol. 155, r° b. Si en a plus de c. et est trop fort larron.
Il va droit à la fée sans nule aresteison.
310 De Dieu la salua qui fist .S. Lazarun.
« Biau nies, dont venes vous et de quel region? »
« Dame, je vieng de Franche, le royalme Kallon.
» Ma revenue fu tout droit par Aigremont .
» .III. jours i sejornai, par Dieu et par son nom ;
315 » Et chil enfant, qui est, dedens vostre giron ? »
» Biau nies, chen dist la fée, par Dieu et par son nom,
» Nous l'avon chi trouvé tout seul, sans compengnon
» Et ves là une teste qui gist sus le perron. »
Espiet prent la teste, si l'esgarde environ,
320 Bien l'a reconneüe au vis et au menton ;
Puis a dit à la fée : «Le voir vous en diron.
» Chil enfes si est fix au duc Buef d'Aigremont.
» .II. en ot l'autre jour la dame au bois d'Abron,
» Et veschi une esclave, Dex li fache pardon. »

325 Moult est liée la fée à la fresche coulour
Quant ele a de l'enfant oïe la vraiour,
Qu'il est nes et estreit de la geste franchour,

Et qu'en son lignage a maint gentil poigneo[u]r.
Atant est remonté u mulet Misaudour.
330 Tant vont esperonnant, qu'il n'i firent demour,
Qu'à Rocheflour vindrent que n'i firent demour.
Là descendi la fée en son pales antour.
L'enfant fit baptizier à joie et à baudour.
Pour chen qu'il l'ont trouvé u bois à la verdour,
335 Li a mis nom Maugis, puis ne li failli jour.

Oriande la bele qui moult ot cler le vis,
Les fées entendirent nuit et jour à Maugis.
Oriande ot .I. frere qui avoit nom Baudris,
Esté ot à Touleite .VII. ans et .XV. dis.
340 Plus sot d'encantemens que uns homs qui fust vis.
Quant Maugis fu d'aage qu'il ot auques avis,
A lui aprendre fu nuit et jour ententis,
Et Maugis n'iert d'aprendre parecheus n'alentis.

Oriande la fée o le viaire cler
345 Entendi moult forment à Maugis alever,
As mestrez le feisoit nuit et jour doctriner ;
Et, quant il fu d'aage qu'il pot armes porter,
La fée l'adouba et li chainst le branc cler.
Si en fist son ami, si l'oï je conter,
350 Mès, dont il iert venus, li fist moult bien cheler,
Qu'il ne peüst de li partir ne dessevrer.
Chen fu aprez avril, si com may dut entrer,
Que Maugis et la fée, qui moult fet à loer,
Par dessous Mongibel s'alerent deporter,
355 Tout du lonc du rivage le païs regarder.
Maugis a regardé tout contreval la mer,
Vit l'isle de Bocan moult durement fumer.
A s'amie la bele commenche à demander :
« Dont vient chele fumiere que je voi là ester ? »
360 « Amis, chen dist la fée, ne le vous quier cheler.
» Ch' est l'isle de Bocan, chen sachiez sans douter.
» D'ileuques vient le soufre moult puant et amer ;
» Si comme il est ars, s'en va aval la mer.
» La mestre queminée est d'enfer, sans fausser.

365 » Bocan, il art tous jors, qu'il ne veut pas finer.
  » Mez d'une grant partie n'i pot nul abiter,
  » Quar .ı. cheval i a qui moult fet à loer:
  » Apelé est Baiart, issi l'oï nommer.»

Fol. 155, vº a. « Amis, dist Oriande, sachies à ensient:
370 » Le cheval est faé, je le sai vraiement.
  » .I. dragon l'engendra ileuc en .ı. serpent,
  » Et encore le gardent u grant derubement,
  » Et .ı. moult fier deable, je vous di vraiement.
  » Si a nom Raanas, hideus est durement.
375 » Le cheval est faé, et tant a le cors gent
  » Que le jour porteroit trestout delivrement
  » .III. chevaliers armez en .ı. tornoiement. »

 Maugis pensa .ı. poi, si s'estoit embrunchiez;
 Puis a dit a la fée, quant il fu redrechiés:
380 « Je vous pri, douche amie, que me donnez congiés
  » D'aler veïr Baiart qui tant est resongniés. »
 « Amis, dist Oriande, bien puet estre lessiés.
  » Se vous estiez .c. armez et haubergiez,
  » Sachiez de verité, ja n'en revendroit piés. »
385 « Dame, chen dist Maugis, jamez ne serai liés,
  » Se je nel vois veir, je vous di sans cuidiers. »
 « Amis, dist Oriande, il vous est otroïés.
  » Ales seürement, ne soies esmaïés. »
 Quant Maugis l'a oï, durement en fu liez.
390 T'ost fu maintenant .ı. batel pourcachiés,
 Puis sunt à Rocheflour maintenant reperiés
 Maugis prist maintenant, ne s'i est detriés,
 Une pel d'ours locue que il a escorchiés.
 .I. vestement l'en fu tout maintenant loiés.
395 Au matinet au jour, quant il fu escleiriés,
 De son vestement s'est Maugis appareilliez.
 D'un cuir de buef aussi durement fu froiés,
 Queues de goupil ot environ atachiés,
 Et de chascune part ot .II. cornez drechiés.
400 Il resemble deable, de verté le sachiez.
 Baudris li a son mestre .ı. croc de fer bailliés,

O lui porta s'espée ; si fu moult enseigniés,
Si de lui poveit estre Raanas engigniés.

Maugis de Rocheflour est parti son manoir,
405 A la mer est venu, n'i vout plus remanoir.
En son batel entra, si naja à povoir
Droitement à Bocan qui ne fine d'ardoir.

Maugis nage forment vers Bocan u batel.
Tant esploite et tant nage que il vint isnel,
410 Puis a monté la roche qui fu du temps Abel,
Et a geté .i. bret plus fier d'un lionchel,
Et henist et recane et muit comme .i. torel.
Tout en fet retentir environ le monchel.
Raanas l'a oï, si ist de son fournel,
415 Il a geté .i. bret aussi comme .i. torel,
Qu'on le puet oïr moult prez de Mongibel.
Il a veü Maugis, si li semble moult bel,
Raanas li demande : « Dont viens tu de nouvel? »
Et Maugis li respont, le gentil damoisel :
420 « De Franche où j'ai fet de mon vouloir isnel.
» Je fis au roi ochirre sa fame d'un coutel ;
» La dame de Monmartre, l'abeesse Ysabel
» Fis l'autre jour gesir o l'abbe Daniel. »
Et respont Raanas : « Chi a riche chembel.
425 » Quant en enfer vendras, tu aras bel apel.
» Tu seras ostelé en moult riche vessel. »

Quant acointié se fu Maugis de Raanas,
Si a monté la roche qui fu feite à compas.
Maugis s'est pourpensé, qui n'estoit mie las,
430 Que, se il ne l'encante, il n'est mie de gas.
Fol. 155, vo b. Quanque il pourroit fere ne vaudroit point .ii. as.
Il sot plus de clergie assez que Ypocras.
Le deable conjure souave[men]t tout en bas
Des haus noms Damedieu et de .S. Nicolas.
435 Si fort l'a conjuré que tout isnele pas
Sus une roche bise est queü a .i. quas.
De là ne se mouvroit pour tout l'or de Damas.

Quant Maugis ot issi tant le deable estraint,
.Iii. dez noms Damedieu a sus le perron taint,
440 Qu'il ne se pot mouvoir, ains se doulouse et plaint.
La grant forche de Dieu si le prent et estaint.
Lors s'en tourna Maugis que il plus n'i remaint.
De la roche monter de noient ne se faint,
Venus est à la fosse là où li serpent maint.

445 Le serpent fu moult grant et de leide estature.
Onques mez si hideus ne regarda nature.
Quant Maugis vit venir, si a levé la hure,
Cuida que fust deable quant il vit sa figure.
Quant Maugis l'a veü, de rien ne s'aseüre ;
450 De Dieu le gloriex le grant serpent conjure ;
Puis a sachié l'espée dessous la couverture,
Droitement sus la teste, où ot mainte painture,
A feru le serpent, mez la pel fu si dure
Qu'il n'i forfist vaillant une pomme meüre.

455 Dispeus fu moult grant, moult ot le regard fier,
Quant se senti feru n'i ot que courouchier.
Qui adonc la veïst estendre et herichier
Et la gueule baer et les dens rechignier.
Et Maugis par la goule let aler le goulier,
460 Du croc de fer li va .i. ruiste coup paier ;
Mez ne lit valut mie la monte d'un denier.

Maugis est en Bocan, la grant montaingne aguë,
O le serpent felon qui durement l'arguë :
Toute li avoit arse la grant pel malostrue.
465 Se Maugis ne fust viste, qui tant proesce arguë,
Du cors li eüst l'ame et la vie tolue.
Mès il tourne plus tost que faucon n'ist de mue.
Le serpent va ferir en la teste crestue,
Que la hure li a devant toute abatue.
470 La beste s'aïra, forment s'est irascue,
Et Maugis fist que sage, ne l'a mie atendue.
Deriere lui coisi une pierre fendue :
Le creus en estoit large, mez poi i a veüe.
L'entrée en fu estroite, et petite, et menue.

475 Ens s'est Maugis feru sans point d'aresteüe,
    Et la beste apres lui s'est tantost embatue.
    Par les espaules est u pertrus retenue,
    Ne pot aler avant, ileuc est remanue.

    Dispeus est en la roche dolent et irascus
480 Dont l'entrée est petite, le creus grant et moussus.
    La roche mort et grate le deable crestus.
    Maugis, quant il le voit, s'est ariere tenus,
    Et quant fu eslongniez, si assaut de vertus
    Au branc fourbi d'achier qui bien est esmoulus.
485 Mez chen ne li valut vaillissant .ii. festus,
    Et Maugis reclama Ihesu qui maint la sus
    Que il d'ileuc le giet, qu'il n'i soit confondus.

    Maugis est en la roche moussue et enhermie,
    Courouchié et dolent moult forment se gramie,
490 Mez le serpent felon a l'entrée seisie.
    Il prent le croc de fer, par ire grant le rue.

Fol. 156, r⁰ a. Le grant serpent felon va ferir les l'oïe.
    La gueule avoit baée la beste maleïe.
    Et Maugis li lanche ens à la chiere hardie,
495 Le tret de fer i boute par moult grant arramie ;
    Le cuer et la couraille li deront et esmie,
    Par la gueule le sache une moult grant partie.
    Quant Maugis l'a veü, Damedieu en merchie,
    Maintenant recourt sus à la beste fournie,
500 Mès il ala trop pres, si fu moult grant folie,
    Que la beste s'estent qui la mort a igrie.
    As ongles le seisi par si grant arramie
    Qu'entre ses piez l'abat sus l'erbe qui verdie.

    Le serpent tint Maugis entre sez piés devant
505 As ongles qui sunt grant et agu et trenchant.
    Des flans et des costez en va le sanc raiant,
    Entre ses piés se pasme, tant le va angoissant :
    Jamez jour de sa vie ne ferist coup de brant.
    Mez le serpent mourut, sachiez, demaintenant
510 A mourir enfla si, aheuge fu et grant

N'est hons qui l'en ostast pour tout l'or d'Orient.
Quant Maugis l'a veü, moult se va esmaiant.
Le vespre aprecha, le jour va declinant
Et lez bestez s'esmurent dont il i avoit tant,
515 Escorpions et tigrez, autrez menus serpent,
Culeuvrez et lesardes et boteriax pullent,
Et siflent environ, les testez vont levant.
Se Maugis ot paour, ja nul ne le demant.
Sus une haute pierre est monté maintenant
520 Et tint le croc de fer et sachie le nu brant.
Or le sequeure Dieu le pere tout puissant.

Maugis est en la roche dont il ne puet issir,
Dolent et courouchié n'a en lui que martir.
Trestoute nuit veilla, n'ot cure de dormir
525 Pour les bestes sauvages que il doit moult haïr,
Qu'il voit environ lui tant crier et saillir,
Le feu de Bocan ot environ lui bruir.
Baiart le bon destrier oï si fort henir
Que l'isle de Bocan en fesoit retentir

530 Maugis est en Bocan en la roche soustaine
Qui fu leide et hideuse et de vermine plaine.
Monté fu le vassal sus .i. perron hautaine,
Et prie douchement la vertu souveraine
Qu'en sauveté le giet et hors de cheste paine,
535 Tant forment se complaint et sa douleur demaine
Et prie bonnement que Dex le jour amaine.

Au matin parsom[1] l'aube que le jour esclaira
Et la clarté du jour par le pertrus entra,
Maugis vint au serpent, et, quant mort le trouva
540 Damedieu et sa mere douchement en loa.
Il prist le croc de fer que o lui aporta,
Venus est au serpent, moult grant coup li donna
Et sachie o croc de fer que dedens le tira;
Puis est issu d'ileuc que plus n'i demoura.

---

[1] Ms. « par sous. »

545 Baiart ot cler henir qui prez d'ileuc esta,
Là où il l'a oï droitement s'en ala.
N'ala[st] une gumment quant Maugis assena
Dessous le fier destrier que le draglon garda.
Quant Maugis l'a veü, moult s'en espuanta ;
550 Il sot moult d'ingromance, le serpent conjura
Si que de li meffere nisun poveir n'en a.
Tost et isnelement sus en l'eir s'en ala.
Quant Maugis l'a veü, Damedieu en loa,

Fol. 156, rⁿ b. Puis va veïr Baiart que il tant desira.
555 Gregneur fierté demaine que lion ne liepart
Quant vit venir Maugis le bon destrier Baiart:
Gregneur fierté demaine que lion ne liepart.

Quant Baiart vit Maugis et prist à aviser
Si let et si hideus, moult se prist aïrer ;
560 Quatre caiennez prist estant à pechoier.
Quant Maugis l'a veü, prist soi à pourpenser
Que chen qu'il est si let le fet espuanter.
La grant pel d'ours locüe prist donques à oster
Et remest u bliaut qui à or fu ouvrer.
565 Quant le destrier le voit, prist soi asseürer,
Envers lui s'umilie et fait semblant d'amer,
Devant lui s'agenouille et le prent à amer :
Che est senefianche qu'à li se veut donner.
Quant Maugis l'a veü, Dex prist à merchier.
570 Isnelement et tost le va d'ileuc oster,
Par le frain à fin or le va Maugis combrer,
De la roche le tret hors au jour qui fu cler.

Quant Maugis ot hors tret le bon destrier Baiart
De la roche naïe où l'escarbougle art
575 . . . .
Et Maugis l'aplanoie d'environ et entour :
« Ahy, Baiart, dist il, beste de grant valour,
« S'o moi vous en voulez venir à Rocheflour
« A la fée Oriande à la fresche coulour.»
580 Le destrier iert faes, bien le sevent plusour :
Autresi l'entendi com dame son segnour,

Vers lui s'umilia et par moult grant amour.
Sus le dos li sailli le hardi pongneour,
Puis s'en tourna Maugis que il n'i fist demour.
585 Or le conduie Dex le verai sauveour.

  Quant Maugis fut monté sur Baiart l'arragon,
Maintenant s'en tourna sans nule aresteison,
Et s'en vint à la mer et descent au perron.
En son batel entra belement à bandon,
590 Puis a mis en Baiart, s'a pris .i. aviron
En la mer est empaint, si naga à foison
Tout droit à Rocheflour u plus mestre donjon,
Où estoit Oriende à la clere fachon.
Atant Espiet devant [est v]e[n]us u donjon.
595 Quant la dame le voit si l'a mis a reison :
« Biau niez, dont venez vous, pour le cors .S. Simon ?»
« Dame, dist Espiet, ja ne vous cheleron.
» Je vien d'Esclevonnie du regne à l'Esclavon.
» Toute oi cherquié la terre jusqu'à Carphanaon.
600 » Grant guerre vous est mut et moult grant contenchon.
» Sus vous vient Atenor .i. enclime felon.
» Je li oï jurci Tervagant et Mahon,
» Que s'il vous peut tenir ja n'arez raenchon,
» Que vous ne soies arse en feu et en carbon.»
605 Quant l'oï Oriande ne dist ne o ne non.
A une fenestrele taillie d'or enson
S'est la dame acouté par dessus .i. perron ;
En la mer regarda contreval le sablon
Et coisi tel navie, si grant ne vit nul hom.

610 Quant le navie fu d'Oriande veüs,
Les nes et les dromons et lez chalans menus,
Bien set ch' est Atenor li amirant cremus.
Atant es le navie ens u hamel venus,
Païen sunt descendus et dez chalans issus.
615 Et se tendent et logent emmi le pre herbus.
Fol. 153, vo a. Et Oriande pleure, s'a ses crins derumpus,
Baudris et Espiet en est o li venus.
« Dame, font il, chil duel est trop pour vous tenus.

» Se li roi Atenor est or sus vous venus,
620 » Il s'en repentira, par Dieu qui maint là sus ;
» Vous avez chevaliers plus de .M. à escus.
» Ja deusson bien estre à lor brancs recheüs.»
« Frere, dist Oriande, bien soies vous venus.
» Or feites donc qu'il soient armés et fervestus,
625 » A icheste envaïe soient bien recheüs.»
Atant sus li païen maintenant deschendus.
Baudris et Espiet n'i sunt arrestés plus :
Il sonnerent .II. gresles, bien furent esmeüs.
Tost et isnelement sunt as armes courus.
630 Quant sunt armez, si montent es auferrans cornus.
Ja sera as païen le païs deffendus.

Quant par Rocheflour furent fervestus et armés,
Bien furent .XV. M. atant furent esmés,
Si les conduit Baudris le viel canu barbés.
635 Les lui fu Espiet sus le ver pommelés,
Ne pert sus les archons fors le heaume dorés.
Il tint la lanche droite, le penon fu fremés.
Quant Sarrasin les ont veüs et avisés,
Il coururent as armez, si se sunt adoubés.
640 A la gent Oriande queurent tous abrievés,
Devant trestous les autres vint .I. roi couronnez,
Contre Espiet s'en va, son espie fu ferés.
Quant ne voit fors la teste, moult en fu effreez
Et Espiet le fiert qui fu preus et senés,
645 Tres parmi lieu du cors li est le fer alés :
Tant com hanste li dure, l'a mort enmi le pres,
Puis crie : «Rocheflor, barons, quar i feres .»

Moult fu grant la bataille et pesant l'aatie
Contreval Rocheflor, par devant la marine,
650 Mès trop fu grant la forche de la gent païenie.
Oriande la bele à la couleur rouvine
Fu à une fenestre de la sale perrine.
Là pleure pour Maugis à la fiere tourine.
Bien cuide qu'en Bocan la roche desertine
655 L'ait tué Raanas et la gent sauvechine ;

Mès pour noient se claime lasse, povre meschinc,
Quar il est revenus o port de bonne orine.
Durement se merveille le ber de bonne orine,
Bien set qu'il i a siege de la gent apoline,
660 Moult li poise qu'il n'a sa broigne doublentine.
Ja i en lessast tant tout envers sur l'esquine,
Pour l'amour Oriande la franche palasine.
Lors voit .i. Sarrasin armé sus la marine,
Quant voit venir Maugis si monte sans termine.
665 Mès Maugis point Baiart, tret l'espée acherine,
Ains que le païen ait de sa lanche saisine,
L'a si feru Maugis en la broigne sartine
Jusque u menton le fent, à terre le souvine.
Maugis est deschendu par dejouste l'espine.
670 Tost s'adoube des armes, ch' est la verité fine,
Et mist dessus Baiart la grant sele verrine,
Puis monte le vassal, prist la lanche encline.

Quant Maugis fu monté qui ot cuer palasin,
Dez armez au païen qu'il lessa mort souvin,
675 Vistement esperonne vers le pesant hustin.
.i. païen encontra premier en son chemin,
Amustant fu puissant des puis deles le Rim.
Maugis l'a si feru le damoisel meschin.
Parmi le cors li passe le gonfanon pourprin.
680 Mort l'a jus abatu dessous .i. aubespin.

Sous Rocheflour fu grant li estour en la pree.
Bien i feri Maugis à la proesce isnele.
Oriande l'esgarde amont de la tourele
Et pleure tendrement sa main à sa maissele,
685 Et maudioit de Dieu que on prie et apele,
Chil Sarrasin felon qui ainsi se revele;
Mès, s'or le conneüst la gentil damoisele,
Ne fust mie si liee pour tout l'or de Tudele.
Moult par fu grant la noise de chele gent mesele.
690 Baudri ont abatu deles une tombele.
Baudri sailli en piez dessus l'erbe nouvele,
Mès de gent païennour tant entour s'atropele

Fol. 156, vo b.

Que jamez ne montast en archon ne en sele,
Ne fust Maugis le ber qui vint une sentele
695 Sus Baiart le faé qui vint comme arondele,
Et tint l'espée u poing qui luist et estenchele.
En la presse se met où fu grant la flavele,
Toute cuevre la terre des mors et de chervele.

Baudri fu jus à terre enmi le pre flouris,
700 Entour fu grant la presse des Turs et [des] Persis.
Il crie Rocheflour, de Maugis fu oïs,
Tant i fiert de son branc qu'il les a departis.
Baudri fist remonter qui fu preus et hardis.
Atant es li estour enforchiez, esbaudis.
705 Ja ne fust mès sans perte li estour departis.
Quant le jour trespassa, le vespre vint seris,
Et païen sunt ariere en lor tentes vertis,
Et chil de Rocheflour n'i sunt pas alentis :
U castel s'en entrerent par le pont torneïs.
710 Oriande la bele o le cors eschevis
I vit entrer Maugis, le sanc li est fuïs,
Quar reconnu l'avoit ens u grant fereïs,
Au remonter Baudri lor mestre, chen m'est vis.
Là en vient Oriande ses cors espeüris.
715 » Baudri, dist ele, frere, entendez à mes dis
» Du Sarrasin felon qui tant par est fournis.
·» A il donc le castel? Ditez le moi, amis.
» Se rendu li avez, tuit sommez mort et pris,
» Miex voudroie mon cors fust en .I. feu bruis. »

720 Quant Baudri, le viel mestre à la barbe florie,
Entendi Oriande qui tant est coulourie,
Maintenant li a dit : « Bele suer, douche amie,
» Che n'est miè païen, se Dex me beneïe,
» Ains est Maugis le ber à la chiere hardie. »
725 « Hé Dieu, dist Oriande, dame sainte Marie,
» Ne le cuidai veïr jamez jour de ma vie. »
Maintenant le desarme la dame segnourie,
Ele l'acole et beise par moult grande mestrie.
Moult esgarde Baiart qui queurt par arrami[e].

730 Et païen reperierent à lor hebergierie,
 Grant ire a Atenor le roi d'Esclavonnie.
 « Segnors barons, dist il, par Mahom de Persie,
 » Oriande a o lui moult riche baronnie,
 » Et l'assaut est si fort que ne crient assaut mie.
735 » Lonctemps povon chi estre chen sera grant folie.
 » Mez chen que je vueil fere drois est que le vous die.
 » A l'ami Oriande qui moult est coulourie,
 » Vueul bataille mander cors à cors d'aatie. »
 Et il ont respondu : « A votre quemandie. »

Fol 157, r° a. 740 Quant le roy Atenor ot sa reson contée,
 .I. Sarrasin apele de mesnie privée.
 A Rocheflour l'envoie sans plus de demourée,
 Et si mande Maugis à la chiere membrée,
 Bataille cors à cors à lui enmi la prée.
745 Le mesagier s'en tourne sans nule demorée,
 Et vint à Rocheflour que n'i fit arestée,
 Et a trouvé Maugis en la sale pavée.
 Sa reson li a bien de chief en chief contée.
 Quant Maugis l'entendi, durement li agrée,
750 Et jure Damedieu et la vierge henourée,
 Il ne remaindroit mie pour l'or d'une carrée.
 Quant l'oï Oriande, forment fu effréé[e].
 « Dame, chen dist Maugis, folie avez pensée,
 » Quant voulez destourner à fere la meslée. »
755 Atant li mes s'en tourne sans nule demorée,
 Et vint à Atenor en sa tente dorée.
 Dist li qu'il s'armast tost, qu'il ara la meslée
 Orendroit de Maugis à la chiere membrée.

 Quant le roi a oï le mesage parler,
760 Il demande sez armez et se va adouber,
 As barons quemanda bien le camp à garder.
 Lors est venu o camp où l'estour doit finer,
 Et ses freres Maudras ne s'i vout arester.
 .VII.c. Sarrasin fet fervestir et armer,
765 En .I. brueil prez d'iluec les a fet esconser
 Que bien pourront l'estour veïr et esgarder.

Se le roy Atenor voient au dessous aler,
Tantost le secourront qui qu'en doie peser.

De Rocheflour issi Maugis, il et sa gent,
770 Et vont à Atenor qui u pre les atent.
Mès Maugis ne soit mie le grant traïssement
Que li a fet Maudras qui le cors Dieu gravent,
Mès Espiez le ber sot chel embuschement.
Si fet Baudri armer tost et delivrement,
775 Mil chevaliers des leur monterent esraument,
Et trestout pres d'ileuc desous .i. desrubant.
Maugis vint ens u pre as barons plus de chent.
Atenor l'Esclavon parla premierement,
Il a dit à Maugis : « Vassal, à moi entent :
780 » A toi me combatrai, et ses par quel couvent ?
» Se tu me peus conquerre à ton acherin brant,
» En mon païs irai ariere droitement,
» Que ja n'emporterai ne or fin ne argent ;
» Et se je te conquier, sachez tu vraiement,
785 » Je te todrai la teste à mon branc qui chi pent,
» Et arai Rocheflour trestout à mon talent. »
A icheste parole s'eslongnent .i. arpent.
Sus les escus se fierent andui si fierement,
Ambedui s'entreabatent à la terre en present.
790 Quant Baiart le faé à descarchie se sent,
Grate et fronche et henist si esragiement,
Au cheval Atenor queurt sus ireement,
Si fiert et mort et giete si esragiement,
Que li autre cheval ne peut soufrir noient,
795 Ains s'en torne à la fuie tost et isnelement.
Baiart s'aroute apres com foudre qui descent,
Les paveillons qu'il treuve met en trebuchement,
Devant le tref l'ataint Escorfaut le puissant.
Tantost l'ot estranglé à terre leidement.
800 Païen le cuident prendre et livrer à tourment.
Mès il fiert le premier si qu'à terre l'estent
Fol. 157, r⁰ b. Et le secont aussi et le tiers vraiement.
Baiart ariere tourne, au champ vint vistement,
Où furent li baron ensemble au caplement.

805 Li baron sunt ensemble enmi le pre herbu,
  Atenor li aufage iert de moult grant vertu.
  .III. piez estoit plus grant de Maugis le membru.
  Il tint nue Froberge au branc d'achier moulu,
  Par dessus son heaume a Maugis si feru,
810 Se ne tournast l'espée tout l'eüst pourfendu.

  Maugis fu moult navré à la hardie chiere,
  Le sanc vermeil li raie et devant et deriere.
  Il tint le branc d'achier qui geta grant lumiere,
  Et a feru l'aufage, l'elme li escartele.
815 Une plaie li fist où couvendra bon mire.
  Tout canchela l'aufage, pres ne caï ariere.

  La bataille fu grant des .II. barons u pré,
  Entour eus ont de sanc trestout ensanglenté,
  Mez n'est pas li estour egalment devisé,
820 Quar moult est li aufage grant et desmesuré.
  Lors va ferir Maugis sus son elme safré,
  Se ne tornast Froberge ja fust à mal alé,
  Sus l'espaule senestre est le branc devalé.
  Dex aida à Maugis, le roi de majesté,
825 Du coup qui fu si grant est trestout canchelé,
  Et l'aufage l'empaint par si grant crualté,
  Ou Maugis vueille ou non s'agenouille ens u pré.
  Quant Maugis fu à terre, forment fu vergondé
  Pour la bele Oriande de qui il est amé.
830 Quant il vit as fenestrez du grant palez pavé,
  Pour l'amour de li a hardement recouvré,
  Va ferir Atenor le païen deffaé
  Amont dessus son elme que tout l'a descherclé,
  Les las en a trenchié de quoi on l'ot bendé.
835 Du coup qui fu pesant li est u camp volé
  Le hiaume qu'ot u chief qui est à or gemé.

  Li aufage Atenor o le courage fier
  Tel duel a et tele ire, vis cuida esragier
  Quant voit gesir à terre son bon elme d'achier.
840 Il va ferir Maugis, le nobile guerrier,

Amont dessus son elme qu'il li trenche .I. quartier,
Nis la coife dessus ne li vaut .I. denier.
Tant a pris de la teste sans les os empirier
Que plus de .M. en oste des cheveus au premier.
845 Le sanc vermeil en raie entresi qu'au braier.
Maugis fu moult dolent quant se vit si saignier,
Damedieu reclama qui tout peut justifier,
Qu'il le gart et deffende de mort et d'encombrier,
Quar moult doute Froberge que il voit flamboier.
850 Il tint l'espée nue, l'escu prist à drechier,
Va ferir le païen que il n'ot guerez chier,
Asener le cuida dessus le hanepier.
Mès le païen fu sage, si est glachié arier,
Et l'espée deschent res à res du templier,
855 Que la senestre oreille li abat u gravier.
Sur le senestre bras descent de l'aversier,
Autresi li trencha comme .I. raim d'olivier :
Le bras atout Froberge li abat u terrier.
Maugis sailli avant qui fu preus et legier.
860 Froberge en a levée sans point de detrier.
Quant l'aufage le voit, le sens cuida cangier,
Forment se commencha le ber à gramoier.
Fol. 157, v⁰ a. « Ahy, dist il, Froberge, tant feitez à prisier !
» Vassal, rent moi Froberge, chen te vueil je proier.
865 » Je te donroi d'avoir .XV. mules carchier.
» De toute Esclavonnie te donrai .I. quartier. »
Et respondi Maugis : « En vain vous oi pleidier,
» Je n'en prendroie mie tout l'or de Montpellier. »
Quant le roi l'entendi, prist soi à courouchier,
870 Courant vint à Baiart que il vit estraier.
De Maugis se vouloit sevrer et eslongnier,
Et droit à sa navie s'en cuida reperier.
Mez Baiart le faé tourna les piés derier,
Et assene l'aufage ens u flanc senestrier,
875 Que il a fet u cors .III. des costes bruisier.
Tost et isnelement li sailli o gosier,
Plus tost l'ot estranglé que n'eüst .I. levrier
.I. lievre ou .I. connin, quand il ist du rochier.
Quant Sarrasin le voient, li cuvert losengier,

880   A Maugis queurent sus pour son cors damagier.
      Quant il les a veüs venir et aprechier,
      Il sailli maintenant sus Baiart le destrier,
      Et Froberge tint nue, si feri le premier.
      La teste en fist voler devant li en l'erbier,
885   Et plus de .c. len fierent qui n'ont soi[n]g d'espargnier.

      Sus Maugis fu le caple merveilleus et pesant,
      Del gent païennor dont la presse fu grant,
      Mès il se deffent bien, mestier en a moult grant.
      Mès toute sa proesce n'i vausist pas .i. gant,
890   Se ne fust Espiet qui vi[n]t esperonnant,
      Et Baudri le viel mestre qui a le poil ferrant.
      Ireement se fierent sus la gent mescreant
      Et crient Rocheflour hautement en oiant.
      Atant es par l'estour venu .i. amirant,
895   Qui tint toute la terre devers Ierusalem.
      Nies estoit à l'aufage et son appartenant.
      Et Espiet le fiert a loi d'omme sachant,
      Une plaie li fist merveilleuse et grant,
      Le sanc vermeil en va à l'esperon coulant,
900   Le bras eüst perdu se ne tornast le brant.
      Le païen sent la plaie, si se va gramoiant ;
      Vers Espies torna le chief de l'auferrant,
      Mès ne voit fors la teste sus les archons devant,
      Qu'il n'avoit que .iii. piés et demi seulement.
905   Le païen a juré Mahom et Tervagant
      Onques mès tel froiture ne vit si avenant,
      En la bataille entra et si en part atant.
      Et le païen abat Baudri en .i. pendant,
      Ja en prenist la teste à son acherin brant,
910   Quant Maugis li escrie : « Ne l'ochi, mescreant ! »
      De Froberge li donne .i. coup si tres pesant,
      A terre le trebuche du bon destrier courant,
      Puis a monté Baudri comme preus et vaillant.

      Moult fu grant la criée des gens au Sathenas.
915   Es vous parmi la presse venu pongnant Madras,
      Frere fu à l'aufage et sire de Damas.

Devant Maugis a mort Gautier et Elias,
Parent erent Baudri et neveu Bourias.
Baiart esperonna qui va plus que le pas,
920 Sus l'elme l'a feru qui fu fet à compas,
Jusques dens le pourfent, mort l'abat à .i. quas.
Puis crie Rocheflour, n'ot pas le cuer couars.

Quant Maudras fu ochis, païen moult s'esfreerent,
Mahom et Tervagant hautement reclamerent,
925 Païen et Sarrasin à la fuie tournerent,
Maugis et sa mesnie durement les basterent,
Quanque il en ataindrent ochirent et tuerent,
Quar chil de Rocheflour lez testez lor couperent.
Quant li estour failli as tentez s'en alerent,
930 Les tentez et l'avoir sauvement emmenerent,
Maugis et sa proesce, je vous di, moult loerent,
A Rocheflour la grant grant joie demenerent.

Maugis en Rocheflour fu en son bel manage,
A sejour o s'amie qui l'aime de courage,
935 Garis est de ses plaiez, n'i sent mès nul damage.
« Amis, dist Oriande, vous avez vasselage,
» Bien avez garanti moi et mon heritage,
» Et si avez vaincu roi Atenor l'aufage.
» Chen fu le plus fier homme qui fust en son lignage.
940 » Bien pert qu'estes estret de moult riche barnage
» Dont onques ne fu dit, non sera il ja chertez. »
Et quant Maugis l'oï, si mua son courage,
Jamez ne sera lie en trestout son aage,
Si sara qui il est et de quel parentage.
945 Quant l'oï Oriande, si mua son visage.

« Amis, dit Oriande à la clere fachon,
» Ja si tost ne sarez qui vous estez ou non,
» Quar damage i arez, foi que doi .S. Simon.
» Vous estez plus aeise que ne fu onques hom. »
950 « Dame, chen dist Maugis, pour Dieu et pour son non,
» Dites moi qui je sui et de quel region. »
« Amis, dist Oriande, vous ditez foloison. »

« Sui je donc votre fix? or n'i ait cheloison.

» Se che est verité, mal esploitié avon,

955 » Grant est la penitanche que nous en atendon. »

« Nennil, dist Oriande, n'en aiez soupechon,

» Mès je vous ai nourri des petit enfanchon.

» Vo perez est duc Buef, le sire d'Aigremont,

» Vous estez du lignage où il a maint preudon.

960 » Vos onclez est le duc Girart de Roussillon

» Et Aymez de Dordonne et de Nantueil Doon,

» Et Othez d'Espolice qui est de grant renon,

» Et de Danemarche Gaufroi le preudon

» Et Grifez d'Autefueille qui pere fu Guènelon,

965 » Et Morant de Riviers qui tant a de renon,

» E[t] Sev[i]n de Bordele qui fu pere Hugon,

» A qui fist tant de bien le bon roi Oberon,

» Et Ripeus qui fu pere Anseïs le baron,

» Et .I. roi autresi qui a à nom Peron,

970 » Qui est pere Oriant qui est de grant renon;

» Et aussi est Hernaut qui sire est de Giron,

» Quens Hernaut de Moncler o le flouri grenon.

» Ichil est vos aieus et si est moult preudon.

» Mès là où fustez nés, ot une contenchon,

975 » Que païen i esmurent, li enclime felon,

» A la gentil duchoise qui fu de grant renon.

» Vous embla une esclave, Dex li fache pardon!

» O vous passa la mer sans nef et sans dromon.

» A une avespree la menja .I. lion

980 » Et .I. liepart sauvage, ainsi com nous dison,

» Et puis s'entrestranglerent ambedui de randon.

» Je et mes damoiseles par ileuc passion,

» Si vous oï plourer tout seul, sans compengnon;

» Je vous en apportai sus le mul arragon,

985 » Et or vous ai perdu sans nul recouvroison. »

Lors pleure tendrement et a grant marrison.

Le texte que l'on vient de lire[1] contient l'histoire de Maugis jusqu'au moment où la fée Oriande lui apprend de qui il est fils et de quelle geste il est issu.

L'auteur, après avoir annoncé qu'il dira « la droite nation » de Maugis et

> Où il aprist le sens que il sot à foison,

donne d'abord la généalogie de son héros, puis entre en matière : circonstances de la naissance de Vivien et de Maugis (21-86), les deux enfants sont enlevés (87-278), Oriande recueille Maugis et fait son éducation (279-351), Maugis va conquérir Bayard dans l'île de Bocan (352-585), attaque de Rocheflour par les païens : Maugis tue le roi Atenor et conquiert Froberge (586-932), il obtient d'Oriande qu'elle lui révèle quel est son *parentage*.

La généalogie de Maugis, indiquée au commencement du roman (11-19), est présentée plus loin par Oriande d'une façon complète (958-972). C'est le tableau de la geste de Doon de Mayence, tel qu'on le trouve avec quelques détails de plus dans le *Gaufrey* (79-119) et seulement mentionné dans *Doon de Maience* (7992-8011). Cette généalogie a sa raison d'être, non point dans la réalité des relations de parenté qu'elle semble résumer, mais dans le besoin qu'éprouvèrent les auteurs de réunir en une seule geste les nombreux barons qui ne pouvaient rentrer ni dans la geste du Roi ni dans celle de Garin de Montglane. On l'a déjà remarqué, la geste de Doon « se » constitua le plus tard et fut aussi le plus complétement l'œu- » vre des arrangeurs....... le noyau originaire de cette fa- » mille, c'étaient les quatre grands représentants de la lutte » féodale, Beuve d'Aigremont, Aimon d'Ardenne, Doon de » Nanteuil et Girard de Roussillon avec leurs enfants[2]. » On imagina un ancêtre commun qui aurait eu douze fils[3], et l'on put ainsi établir une parenté entre les personnages dont

---

[1] Après le v. 574 il y a une lacune ; — la fin du vers 941 ne donne ni rime ni sens ; — v. 966 le ms. donne « Eseun ». On lit dans le même ms. au commencement de *Gaufrey* « Esevin. » Il faut corriger : « Et Sevin. »

[2] M. G. Paris dans l'*Histoire poét. de Charlemagne*, p. 77.

[3] On en vint même à lui attribuer douze filles. G. Paris, *ibid*. note.

l'origine était inconnue ou ne semblait pas assez illustre et ceux qui étaient déjà acceptés par la tradition poétique.

Le *Gaufrey* et le *Maugis* donnent les noms suivants :

Gaufrey, père d'Ogier le Danois ;

Doon de Nanteuil, père de Garnier ;

Grifes de Hautefeuille, père de Ganelon[1] ;

Aymes de Dordonne, père de Renaud, d'Alard, de Guichard et de Richard ;

Beuves d'Aigremont, père de Maugis et de Vivien ;

Othon, père d'Yvoire et d'Yvon ;

Ripeus, qui eut Anséis de la sœur de Charlemagne ;

Sevin de Bordeaux, père de Huon ;

Le roi Peron, père d'Oriant ou Euriant ;

Morant de Riviers, père de Raymond de Saint-Gilles ;

Hernaut de Giron ou de Gironde ;

Girart de Roussillon.

> Oï avés les noms des .XII. fix Doon.

Résoudre tous les problèmes qui résultent de la réunion de ces noms n'est pas chose facile. Je me bornerai à quelques remarques.

Dans *Gaufrey*, le vers, où paraît le nom de Vivien, est mal placé. Voici le texte :

> Et le .ve. fix fu duc Buef d'Aigremon :
> Icheli si fu pere Vivien l'Esclavon,
> Qui pere fu Maugis, qui tant fu bon larron,
> Qui puis fist tant d'ennui l'empereór Kallon.

Il est évident, qu'à moins d'accepter Vivien pour père de Maugis, le second vers doit devenir le dernier.

Dans *Maugis*, Othon est appelé Othes d'Espolice. Dans *Aymeri de Narbonne*, on trouve Othon d'Apolice. Dans Gaydon,

---

[1] Dans *Gaufrey* (v. 3999 et suiv.), on a la liste des douze traîtres, fils de ce Grifes ou Grifon de Hautefeuille :

> ......de li issi puis Guenelon et Hardrés,
> Milon et Auboin, et Herpin et Gondrez,
> Pinabel de Sorenche et Tiebaut et Fourrés,
> Et Hervieu du Lion, qui sot du mal assés,
> Et Tiebaut d'Aspremont, qui fu moult redoutés.

Espolice a été donnée par Ganelon à son frère Thibaut d'Aspremont.

Le roi Peron semble être Pierre ou Pierron, qui devint roi d'Orcanie et eut pour petit-fils, à la cinquième génération, le roi Loth, père de Gauvain, d'Agravain, de Gaheriet et de Guerres[1]. Le nom et le titre sont donc empruntés à un cousin de Joseph d'Arimathie, mais on lui attribue ici une autre descendance : il est le père d'Oriant, père lui-même du Chevalier au Cygne, ancêtre de Godefroy de Bouillon. Pour donner plus de relief à sa nomenclature, le trouvère va chercher un des noms des légendes de la Table-Ronde et l'insère dans sa liste en imaginant un lien de parenté, non-seulement avec les héros de l'épopée ancienne, mais avec les personnages d'un cycle récent et de nature toute particulière. Dans le roman de *Doon de Maïence,* nous avons une forme différente de cette invention. Ce n'est pas le Chevalier au Cygne qui descend de Doon, mais bien la dame de Nimègue[2], dont Hélias se fait le défenseur et dont il épousera la fille :

> La dame de [N]imaie dont parole fu grans,
> Le chevalier o chisne fu pour li combatans,
> Quant il sa fille prist, dont il ot .iii. enfans.
> Godefrei en sailli......
>
> (Doon de Maïence, 8007 suiv.)

Ainsi le cycle de la Croisade se trouve rattaché à la geste de Doon et en formerait une des branches. L'idée première a été peut-être suggérée par le passage des Enfances de Godefroy où la duchesse de Bouillon rappelle à quelle famille elle appartient :

> Mais jo sui del linage Rainalt le fil Aimon[3].

Cette simple indication suffisait.

Hernaut de Giron ou de Gironde figure dans la liste des

---

[1] *Romans de la Table Ronde* par P. Paris, t. I, p. 318-349 : Aventures de Pierre, son établissement. Descendances.

[2] Dans le texte imprimé de *Doon de Maïence,* il y a « Vimaie » et le ms. de Montpellier donne en effet cette leçon, mais elle prouve seulement que le copiste ne connaissait pas le cycle de la Croisade et a confondu l'*n* et l'*u*

[3] *Hist litt. de la France,* XXII, p. 393.

fils d'Aymeri de Narbonne. Dans *Maugis,* il est appelé le plus souvent Hernaut de Moncler; la duchesse d'Aigremont est sa fille. Il est dit Hernaut de Vantamise dans un épisode du *Gaufrey,* où Arnaud de Beaulande, père d'Aymeri, Girard de Vienne, Milon de Pouille et Renier de Gennes combattent, en compagnie de Robastre, à côté des fils de Doon[1].

Si Doon de Mayence devient, au point de vue généalogique, le principal de tous ces personnages, la pensée des romanciers n'en revient pas moins toujours de préférence aux vrais héros du cycle. Ainsi, dans *Aye d'Avignon,* il est fait souvent allusion à la parenté de Garnier de Nanteuil et des quatre fils d'Aymes. Aubouin et Milon, qui, dans ce roman, sont fils de Pinabel et n'appartiennent pas à la geste de Doon de Mayence, s'écrient:

> Vos estez de la geste des .iiii. fiz Aymon,
> Qu'il getet a de France, et Maugis le larron[2].

Le roman de Gui de Nanteuil commence par une mention pareille:

> Oï avez de Aye, la bele d'Avignon,
> De Garnier de Nantueil, le nobile baron;
> Près fu de parenté Girart de Roussillon,
> Et fu cousin germain Regnaut, le fiz Aymon[3].

De même, dans le roman de *Maugis,* quand Beuves apprend que Maugis est son fils, et qu'il écrit à ses parents:

> Moult par fu esmaiez le riche duc Bevon:
> Il fet ses brics escrire à son clerc Salemon.
> Ses valles envoia sans nule arestoison.
> L'un envole à son frere Girart de Roussillon,
> Et l'autre si ira à Nantueil, à Doon,
> Et le tiers à Dordonne, che iert au viel Aymon,
> Le quart à Vantamise, à Renier le baron.
>> (Fol. 164 r° *b.*)

De prime abord, on ne voit pas trop ce que vient faire ici ce

[1] *Gaufrey,* v. 2541.
[2] *Aye d'Avignon,* v. 160, cf. 331, 1312.
[3] Cf. v. 1665, suiv.

6

Renier de Vantamise, qui ne figure pas sur la liste reproduite plus haut. Est-il une contre-façon de Renier de Gennes, fils de Garin de Montglane et père d'Olivier? Nous avons vu déjà le nom de Hernaut de Gironde, fils d'Aymeri, attribué à l'un des fils supposés de Doon de Mayence ; mais ce Hernaut, fils de Doon, est appelé aussi Hernaut de Vantamise[1]. Qu'est donc Vantamise?

Dans la chanson de *Jourdain de Blaivies*, le fidèle Renier est dit Renier de Vautamise. C'est bien le même mot, à une lettre près, et l'on sait que l'*u* et l'*n* se confondent souvent dans les manuscrits. L'on a cru reconnaître dans ce nom de lieu *Talmont*, village situé près de Blaye[2]. Le personnage de Renier paraît donc emprunté à la geste d'Amis et d'Amiles, et il le doit sans doute à la notoriété de son dévouement envers le fils de Girard et à l'importance du rôle qu'il a d'un bout à l'autre de *Jourdain de Blaivies*.

Renier de Vantamise, quelle que soit sa première origine, et bien qu'il ne soit porté ni sur la liste du *Gaufrey*, ni sur celle de Maugis, n'en est pas moins, dans ces deux romans, un fils de Doon de Mayence, un *treizième fils*. Dans *Gaufrey*, lors de la conquête des villes qui seront réparties entre les frères, après la prise de Grellemont, les guerriers les plus vaillants sont Hernaut de Beaulande, Girard de Vienne, Milon,

> Renier le duc de Jennes et le petit Renier,
> Qui fix estoit Doon, frère Gaufrey le fier[3].

Plus loin on conquiert Vantamise :

> Si l'ont Renier donnée au petit le menour ;
> Renier de Vantamise ot à nom puis chu jour[4].

---

[1] *Gaufrey*, v. 2541. Dans ce passage sont repris sans ordre les noms des principaux descendants de Doon de Mayence.

[2] M. Koch, auteur d'un essai sur *Jourdain de Blaivies* (Kœnigsberg, 1875), croit pouvoir identifier Val[Vau-]Tamise et Talmont sur Gironde. « Cette » localité est dite, en latin du moyen âge, Tamnus Burgus: en ajoutant à la » syllabe radicale *Tam* la terminaison *ise* et en la faisant précéder de *Val*, de » même que dans l'épopée on place *Mont* devant *Laon*, on aurait notre Vau- » tamise, et j'estime que, vu l'incertitude notoire et la corruption des noms » de lieu dans les Chansons, cette dérivation n'est pas tirée de trop loin. » P. 20. — [3] V. 4440, s. — [4] V. 4698, s.

Dans *Maugis* et *Gaufrey,* il y a donc un treizième fils de Doon, ce qui est en contradiction avec les deux listes données dans ces romans. En comparant ces listes, on reconnaîtra que celle de *Maugis* paraît la plus ancienne. Elle donne les noms dans l'ordre suivant : Beuves, Giard, Aymes, Doon, Othes, Gaufroi, Grifes, Morand, Sevin, Ripeus, Peron, Hernaut. Les quatre célèbres frères sont au premier rang, puis viennent les personnages que l'auteur croit pouvoir leur adjoindre ; Hernaut de Moncler, dont il est probablement l'inventeur, arrive le dernier. Sa liste ne s'étale pas en tête du récit avec la solennité d'une pièce notariée ; elle s'y glisse discrètement, et c'est Oriande qui la présente ; or peut-on exiger qu'une fée ne dise rien que de vrai? Je crois que Ripeu ou Rispeus et Renier de Vantamise font double emploi ; chemin faisant, le trouvère oublie qu'il avait inscrit déjà le nom du père d'Anséis de Carthage et lui substitue celui de Renier. L'auteur de *Gaufrey* semblerait avoir emprunté la liste du *Maugis,* mais sans se rendre compte de la raison de l'ordre suivant lequel les noms y sont placés ; et dans le cours de son récit, trompé par l'exemple de son devancier, il aurait également introduit le personnage de Renier de Vantamise.

L'hypothèse contraire paraît au premier abord également admissible ; mais il n'en est pas de même lorsque l'on remarque que Vivien l'Amachour est mentionné dans le *Gaufrey ;* que, dans le *Maugis* et le *Vivien,* Hernaut de Moncler et Othes d'Espolice lui-même ont un rôle important, tandis que leurs noms sont simplement cités dans le *Gaufrey,* et encore avec une confusion entre Hernaut de Girone et Renier de Vantamise[1]. Je verrais volontiers dans le *Maugis* le point de départ de la conception du cycle de Doon de Mayence, si la liste d'Oriande donnait le nom du père des douze frères. Cette omission est singulière. Vient-elle de ce que ce nom était assez connu pour qu'il ne fût pas nécessaire de le dire ; ou plutôt l'auteur lui-même, après avoir formé sa liste d'éléments si divers, aurait-il hésité à achever son œuvre dans la crainte que le nom qu'il proposerait ne déplût? Il serait possible, dans

---

[1] L'auteur sait mal sa liste. Au vers 1753, on trouve un *Foucon* au nombre des fils dont Doon de Mayence regrette de s'être séparé.

un travail d'ensemble sur le cycle de Doon de Mayence, d'étudier cette question et d'autres semblables. Il suffit ici de marquer le lien que le *Maugis* établit entre l'histoire des Fils Aymon et le cycle de Doon.

La moitié des personnages portés sur la liste due à l'érudi-
tion d'Oriande ne figure point dans l'action de *Maugis* et de
Vivien: l'on y retrouve seulement Beuves, Aymes et ses fils,
Girard de Roussillon, Doon de Nanteuil, Othes d'Espolice,
Hernaut de Moncler. Sauf le dernier, ces noms sont déjà dans
Renaud de Montauban [1]. Quant à Renier de Vantamise, peu habi-
tué, semble-t-il, à une parenté qui lui est nouvelle, il oublie
de répondre à l'appel de Beuves.

Maugis est donc fils de Beuves d'Aigremont et de la duchesse, fille d'Hernaut de Moncler ou de Gironde ; il est le
cousin des fils d'Aymes comme de tous les petits-fils de Doon
de Mayence. L'auteur a donné à Hernaut deux filles : la duchesse d'Aigremont et Ysane, qui est enlevée, puis épousée
par le roi Aquilant de *Maiogre* (Majorque).

Dans *Renaud de Montauban*, les courtes indications qui seraient de nature à faire regarder Maugis comme fils de Beuves
n'arrivent que tard dans la suite du récit, incidemment et de
manière à faire douter de leur ancienneté [2]. Dans la première
partie du roman, qui est une chanson de geste bien distincte,
la *Mort de Beuves,* il n'est dit en aucun endroit que Beuves
ait un enfant. Ni quand la duchesse essaye de le détourner de
mal accueillir Lohier, ni plus tard quand son corps est rapporté à Aigremont, il n'est fait d'allusion à son fils Maugis.
Dans l'histoire proprement dite des fils d'Aymes, il faut passer
toute la première partie avant que ce nom soit prononcé.
Maugis entre dans l'action quand Renaud et ses frères viennent à Dordonne avant de partir pour la Gascogne. Pour les
accompagner, il interrompt ses larcins. Dès lors il est qualifié
le plus ordinairement de *cousin* des fils d'Aymes, sans que l'on
insiste davantage sur l'origine de cette parenté. La plupart
du temps, une simple épithète accompagne son nom. Il est dit

[1] P. 115, on trouve un *Oton de Police* à la cour de Charles.

[2] Je parle, bien entendu, du *Renaus de Montauban* publié par M. Michelant, car le texte du ms. de Montpellier en diffère ici comme en bien d'autres
endroits. Je reviendrai sur ce sujet à la fin de l'analyse du *Maugis*.

tour à tour par ses amis : lerre, faé, sené, le bon larron prouvé, le ber, le courtois, l'aduré, le nobile baron ; et par ses ennemis : traître, larron desfaé, tirant. On fait ressortir volontiers les deux principaux traits de son caractère :

> Mult par fu preus Maugis et de mult grant renon ;
> N'avoit tel chevalier jusqu'en Carfanaon,
> Fors Renaut, son cousin, ki tant fu de halt non,
> Ne plus maistre laron desi el pré Noiron[1].

Mais on n'associe pas le nom de son père au sien. Si, dès l'origine, Maugis eût été accepté comme fils de Beuves, le ressentiment de la mort de son père aurait été la principale des raisons de son alliance avec ses cousins, et son entrée dans l'action eût été mieux motivée. Les quelques passages où la parenté de Maugis est définie avec une certaine précision arrivent tard et ne satisfont pas.

Il dit aux fils d'Aymes :

> Vos iestes mi cousin, près nos apartenon[2]

Alard donne un détail de plus :

> ....cosins Maugis, ne nos contraliez,
> Vos estes de ma jeste, fils mon oncle le fier[3].

Mais on ne sait encore de quel oncle il s'agit. Charles reste dans le même vague quand il dit à Renaud :

> Vos me rendres Maugis, vo cousin naturel[4].

Maugis dit à l'empereur, en l'attaquant :

> La mort Buef d'Aigremont vos volrai demander[5].

On ne comprend pas qu'un fils se borne ainsi à une simple allusion. Ici, comme dans tout le roman, Maugis soutient contre Charles la querelle de ses cousins plutôt que la sienne.

Lorsque Renaud refuse à Charlemagne de s'engager à lui livrer Maugis, songe-t-il à parler d'une parenté quelconque ?

---

[1] Ed. Michelant, p. 138. — [2] P. 201. — [3] P. 212. — [4] P. 288.
[5] P. 293. Le ms. de Montpellier donne « vous feroi comperer », mais cette version tient compte du *Maugis d'Aigremont*.

Maugis est mes secors, m'esperance et ma vie,
Mes escus et ma lance et m'espée forbie,
Mes pains, mes vins, ma charz et ma herbergerie,
Mes serganz et mes sire, mes maistres et ma vie,
Et s'est mes deffensiers vers tote vilonie [1].

Il plaide la cause d'un ami dont l'aide lui a été infiniment utile.

Je concevrais volontiers l'histoire de la légende des Fils Aymon de la façon suivante. Il y aurait eu d'abord deux chansons de geste distinctes, l'une différant peu de la *Mort de Beuves d'Aigremont,* telle qu'elle est conservée dans les plus anciens manuscrits; l'autre ayant pour sujet la lutte des fils d'Aymes de Dordonne contre Charlemagne. Celle-ci n'allait pas plus loin que la prise de Montessor et la fuite des fils Aymon, qui trouvaient peut-être déjà un asile à la cour des ducs de Gascogne. Un trouvère voulut compléter cette chanson en imaginant une seconde guerre des Fils Aymon contre l'empereur. Le lieu de l'action est en Gascogne; le siége de Montauban succède à celui de Montessor. Je crois qu'il faut attribuer à l'auteur de cette continuation l'introduction de Maugis dans la légende des Fils Aymon. Il craignait que la seconde partie du récit ne ressemblât trop à la première, et il y a donné un des principaux rôles à un personnage très-capable d'intéresser par ses talents surnaturels et son activité ingénieuse; mais sûrement il s'est inspiré d'une tradition déjà existante. La haine implacable de Charlemagne pour Maugis, l'acharnement avec lequel il le réclame au point d'oublier ses griefs les plus légitimes, les causes vraies de la guerre, c'est-à-dire les meurtres de son fils Lohier et de Bertolais, me semblent absolument inexplicables si l'on ne suppose qu'entre Charles et Maugis il y avait guerre ouverte depuis longtemps. Maugis et Bayard obsèdent la pensée de l'empereur, et il refusera jusqu'au bout de se réconcilier avec eux. Ne pouvant mettre la main sur Maugis, il voudra satisfaire sa rancune sur Bayard; mais celui-là, comme Maugis, lui échappera encore : leur nature les protége contre ses vengeances. C'est un ad-

[1] P. 337.

versaire de l'empereur qui vient donner son aide aux fils Aymon au moment où ils sont forcés de s'exiler, et son attitude
ordinaire sera plutôt celle d'un allié fidèle que d'un parent. Il
y a dans la geste du Roi un voleur et enchanteur, Basin, qui
sert les intérêts de Charlemagne. Maugis a dû avoir le rôle
contraire ; mais il n'en restait qu'un souvenir confus, ce qui
explique l'absence d'allusions précises à un récit antérieur. On
entrevoit seulement un lutin rusé, taquinant et tourmentant
le chef des Francs et lui faisant la vie dure, se présentant à
lui sous les déguisements les plus divers, le volant, le raillant,
puis disparaissant sans laisser de traces, mais bornant là ses
entreprises, plus impatientant que réellement dangereux[1].

C'est en revenant de son pèlerinage à St-Jacques de Galice
que Charlemagne passe devant Montauban, et songe à reprendre la guerre contre Renaud et ses frères. Ce détail ne me
paraît pas une addition postérieure ; il fait corps avec le reste
de la narration ; j'en induirais que cette seconde forme de la
légende ne remonte pas au delà de la date de la composition
de la Chronique de Turpin, qui est de la fin du XIe ou du commencement du XIIe siècle.

Le *Renaud de Montauban* qui nous est parvenu me semble
représenter une troisième époque. La Chanson de geste s'al-
longe du récit du pèlerinage de Renaud à Jérusalem, de son
retour et de sa fin. Maugis, qui avait quitté ses cousins après
leur avoir livré Charlemagne, revient leur dire adieu avant

---

[1] M. Rajna emploie les mots « neckisch, schelmisch », pour définir le caractère des tours que Maugis joue à l'empereur, et cette appréciation est très-
exacte ; mais je n'entends pas comme lui le vers :

Il ne voit pas que Karles soit à lui aliés.

(Ed. Michelant, p. 330.)

Maugis comprend que cette fois, en livrant Charles endormi à ses ennemis,
il a dépassé les bornes de la plaisanterie permise. Son droit n'allait pas jusque-là. Dès lors, il n'intervient plus dans la lutte. V. *Orig. d. Ep. Fr.*,
p. 435 et note, p. 438, note.

M. Rajna n'accepte pas l'opinion de Simrock (*Deutsche Mythologie*, § 125,
p. 430, 4e édition), qui voit dans Maugis une transformation d'Elegast. Cependant, si l'on remarque qu'Elegast ou Basin était l'ennemi de Charles avant
de lui rendre les services rapportés dans divers romans, on sera moins éloigné
d'accueillir l'idée d'une parenté entre Basin et Maugis. V. Rajna, *op. l.*,
p. 433-434. Cf. Ge Paris, *Hist. poétique de Charlemagne*, p. 315-322.

de partir pour la Terre Sainte. Les deux cousins se retrouveront ensemble à Constantinople. Cette version a été publiée par M. Michelant. C'est elle que j'ai déjà comparée souvent et que j'aurai encore à comparer avec les textes du manuscrit de Montpellier. Un roi chrétien règne à Jérusalem et résiste péniblement aux attaques des mahométans. Maugis n'y apparaît encore qu'après la prise de Montessor, et, fait digne de remarque, le « larron faé » a beau se faire accepter dans le monde des nobles chevaliers, il n'en reste pas moins sans terre et sans cri de guerre particulier. Dans la bataille, son cri n'est pas Aigremont, mais Montauban. C'est un aventurier.

Le texte de Montpellier donne une quatrième époque. La Chanson de geste y tourne au roman d'aventures. On a vu quel développement y prend le récit du pèlerinage. Le nom du frère de Saladin, Seyfeddin, indique à quelle date peut remonter cette version. Les antécédents du sujet sont complétés par la composition du *Maugis d'Aigremont* et du *Vivien de Monbranc;* le personnage de Maugis est indiqué dès le commencement de l'histoire des Fils Aymon. Le trouvère ne se borne pas à des additions; il abrège en plusieurs endroits l'ancien texte, dont il diminue l'importance et modifie le caractère au profit de ses propres inventions. Comme date de composition, on peut accepter le commencement du XIII° siècle. Je ne serais pas éloigné d'admettre que le copiste du texte imprimé par M. Michelant ait connu ce remaniement[1]. J'aurai à revenir sur les rapports étroits du *Maugis d'Aigremont,* du *Vivien de Monbranc* et de cette quatrième forme de la légende des Fils Aymon : ces trois compositions me paraissent l'œuvre d'un même auteur.

Le trouvère a donc le droit de prétendre que les autres jongleurs ont négligé ce qu'il va raconter : l'enfance de Maugis. Mais, en le plaçant dans la même geste que les fils d'Aymes, il ne s'écartait pas de la forme précédente : Maugis était accepté déjà comme le cousin de Renaud, et il était tout naturel de lui attribuer pour père Beuves d'Aigremont, qui était mort sans enfants, et dont la sombre figure domine en quelque sorte

---

[1] C'est une supposition fondée sur les mots relevés déjà : « vous êtes de ma geste, mon cousin naturel, fils de mon oncle le fier. » Le nom de Vivien lui-même, on le verra plus loin, a été de bonne heure introduit dans ce texte.

l'histoire des Fils Aymon. Ainsi la logique des choses, par une évolution insensible, donnait successivement un corps, une famille, un titre de noblesse, à un personnage qui, pour s'être mêlé trop souvent des affaires de l'humanité, était condamné à devenir de plus en plus homme. Comme conclusion dernière, Maugis, une fois vieux, regrettera son passé et finira ses jours dans un ermitage. L'on est loin de la mythologie germanique.

Restait à expliquer le côté merveilleux de la légende des *Quatre Fils Aymon*. Ce merveilleux résulte du rôle de Maugis et des dons surprenants de Bayard. Supprimez ces deux personnages et vous aurez la plus classique des chansons de geste. Le trouvère n'avait qu'à écouter ses contemporains: les récits bretons étaient dans toutes les bouches; il n'était bruit que des aventures d'Artus, de Tristan, de Gauvain, de Lancelot, des amours de Genièvre et d'Iseult. Pourquoi eût-il hésité à puiser à ces sources si accessibles et si fécondes? Un autre trouvère n'a-t-il pas dit:

Li conte de Bretaigne sont si vain et plaisant [1]?

L'auteur du *Maugis* connaissait l'histoire de Lancelot; il savait comment le fils du roi Ban et ses cousins Lionel et Bohor avaient été recueillis et élevés par Viviane, la Dame du Lac, l'amante perfide de Merlin. D'après lui, la duchesse d'Aigremont a deux fils qui sont destinés à lui être ravis dès leur venue au monde. Elle met à l'oreille droite de chacun un anneau d'or, « car, nous dit l'auteur, c'est la coutume de ce pays. » Puis il ajoute qu'un de ces anneaux est garni d'une pierre qui est une protection sûre contre les démons. Ce détail est emprunté du soin que prend la Dame du Lac de donner à Lancelot, quand elle se sépare de lui, un anneau qui conjure tous les sortilèges et qui ne sera pas inutile au chevalier dans l'aventure du *Val sans retour* [2]. Pendant le combat qui a lieu

---

[1] Au commencement de la chanson des *Sesnes*.

[2] Dans *Gaufrey*, Églantine donne à Robastre un anneau possédant des vertus pareilles:

> La pierre a tel vertu que qui la portera,
> Anemi ne maufé ja ne li meffera,
> Ne en feu ne en eve son cors ne perira.
>
> (V. 7801, s.; cf. 7865, s.)

entre les chrétiens et les Sarrasins, un espion (Tapinéas, ou Lapinéas, ou Lapiniaus) s'empare de l'aîné des enfants et le porte à Monbranc, où l'épouse de l'amiral Sorgalé, Esclarmonde, l'achète, se charge de lui et lui donne le nom de Vivien :

> « Par Mahommet, dist ele, qui ma vie a sauvée,
> » Or ait nom Vivien par bonne destinée. [1]»

Le nom de Vivien existe déjà dans les chansons de geste, c'est celui du neveu de Guillaume d'Orange, du jeune héros d'Aliscans ; pourquoi notre trouvère l'a-t-il donné au frère qu'il attribue à Maugis ? Sans doute parce que c'était un des plus illustres, des plus retentissants, peut-être parce qu'il empruntait aux *Enfances Vivien* l'idée de faire élever l'un des deux frères chez les Sarrasins, ou bien encore par une sorte de réminiscence du nom de Viviane. Toujours est-il que Vivien d'Aigremont prend dès lors son rang parmi les paladins. Des textes anciens du *Renaud de Montauban* l'acceptent. Lorsque Ogier, dans sa querelle avec Roland, se vante du lignage dont il est issu, il nomme son oncle Beuves d'Aigremont et un cousin, qui, d'après la comparaison des manuscrits, ne peut guère être que Vivien :

> « Vivien d'Aigremont fu mes prociens cousins [2].»

C'est évidemment une addition au texte primitif ; mais cette interpolation est très-ancienne.

Dans un passage de *Gaufrey* où il est longuement parlé des destinées des descendants de Doon de Mayence, après les

---

[1] V. 229. Dans *Huon de Bordeaux*, Esclarmonde est la fille de Gaudisse, l'amiral de Babylone, et Monbranc est la cité d'Yvorin, frère de Gaudisse. Elle est située en Orient, non loin de Babylone et d'Aufalerne, d'où Huon s'embarque pour Brindes quand il a reconquis Esclarmonde. Dans *Bovo d'Antona*, la ville d'où s'enfuient Bovo et Drusiana est Monbrand ; mais ce nom, dans les *Reali*, est remplacé par celui de *Polonia*.

[2] L'édition de M. Michelant (p. 215) donne « Unnaus d'Aigremont » ; mais il est dit en note que le ms. B. (Bibl. nationale, 775) a « Viviens. » Le ms. de Montpellier H 247 a tout naturellement une leçon plus décisive encore : « Vivien de *Monbranc* iert mon cousin germain. » Fol. 196, vº a. On sait qu'entre *unnaus* et *viviens* la confusion est très-facile, car il n'y a de différence réelle qu'entre l'*a* et l'*e*.

noms des fils d'Aymes, de Maugis le larron, de Beaudouin de Flandres et de Raimbaut le Frison, arrive

Vivien l'amachour qui moult ot de bontés[1].

Dans *Simon de Pouille,* Vivien d'Aigremont figure au nombre des barons qui forment la cour de Charlemagne. Dans un tournoi, il joûte avec Olivier[2]. Mais il apparaît trop tard dans notre littérature épique, et, bien qu'il ait une chanson de geste particulière, la place qui lui est faite est petite. Il y avait

[1] V. 2553. Il y figure aussi dans la généalogie ; mais le vers où son nom est cité n'est pas, nous l'avons remarqué plus haut, à la place qu'il doit occuper. — Dans la généalogie des *Reali,* outre le Vivien *dell' Argiento,* fils de Guérin d'Ansidonie (Garin d'Anséune) et petit-fils d'Aimeri de Narbonne, nous trouvons un Vivien *della faccia grifagna,* fils d'Arnaud de Gironde, et enfin Vivien fils de Beuves d'Aigremont, dit *Viviano dal Babon.* Ces qualifications singulières, destinées sans doute à distinguer les homonymes qui se multipliaient, sont dues à l'auteur des *Reali.*

[2] V. l'analyse de ce roman dans la préface de Fr. Michel à son édition de *Charlemagne,* et dans les *Ep. nationales* de M. Gautier, 2e éd., t. III, p. 347. C'est dans *Simon de Pouille* que *Bernard de Clermont* figure au nombre des douze pairs. Les romans qui ont le lieu de leur action en Italie ou quelque autre lien avec ce pays (ici le nom du fief de Simon) ont eu une influence particulière sur la constitution des légendes et des cycles de l'épopée chevaleresque italienne. Nous en avons ici un exemple. Les auteurs italiens, on l'a remarqué souvent, n'ont pas accepté Doon pour ancêtre de la geste de Mayence. La raison en est, sans doute, dans la popularité du *Beuves d'Hanstone,* où le traître est précisément un Doon de Mayence. Il y avait lieu à équivoque. L'auteur du *Doon de Maience* le reconnaît lui-même. Après avoir dit qu'il y a eu plusieurs Charles à Paris, plusieurs Aymeri à Narbonne, maint Guillaume à Orange, il ajoute :

> Chil Do dont je vous chant, qui chest fet a empris
> Coutre le roi Kallou et qui s'est aatis,
> Chen ne fu pas chil Do, le traître faillis,
> Qui Beuvon de Hantonne cacha de son païs,
> Le mari Josïane, la bien feite au cler vis.
> (V. 6653, s.)

On comprend qu'on ait préféré, pour la geste des loyaux chevaliers, un autre héros éponyme. Le nom de Bernard de Clermont, se rencontrant dans *Simon de Pouille,* rappelant la ville où avait été résolue la première croisade, n'étant revendiqué d'ailleurs par aucune tradition importante, il était tout simple de le prendre. Telle me semble être l'origine du nom de la geste de Clermont. Pour les généalogies données par le *Fioravante* et les *Reali,* v. P. Rajna, *i Reali di Francia,* p. 265 s., et les tableaux à la fin du volume.

trop de grands noms anciens pour qu'il pût sortir du demi-
jour où, dès sa naissance, il nous apparaît à côté de son frère.
Notre trouvère a eu beau lui donner une vigueur et une vaillance qui ne sont surpassées par aucun : pour qu'il reste en
évidence, il lui manque dès le premier jour une physionomie
vraiment originale. Ce n'est qu'un nom de plus.

Nous avons déjà dit qu'Ysane, sœur de la duchesse, est
enlevée par Aquilant de Maiogre, qui l'épouse. Il en aura un
fils, Brandoine, plus tard roi de Valfondu.

Le second enfant a été enlevé par une esclave qui veut
revenir « à Palerne, d'où elle fu robée. » Elle passe la mer
« sans nef et sans dromon[1] » ; mais, s'étant arrêtée sous *l'épine*
à la fée pour se reposer, elle est déchirée par un lion et un
léopard. Cette proie ne suffit pas aux deux animaux farouches,
et ils dévoreraient aussi le petit enfant, s'ils ne commençaient
par se le disputer. Tous deux succombent après une lutte
acharnée. Ce récit peut être rapproché de la lutte du lion et
du tigre devant l'enfant Doon[2]; mais il est beaucoup plus court,
et a de plus le mérite qu'il est étroitement lié à l'action. C'est,
en effet, grâce à l'abandon de l'enfant sur le sol qu'il est rencontré par la fée Oriande. Elle le prend sur ses genoux et le
caresse.

Le lieu où l'esclave s'est arrêtée est dit *l'espine à la fée*, en
souvenir de l'endroit où Viviane obtient de Merlin qu'il lui
communique ses derniers secrets : « Tant qu'il lor avint un jor
» qu'il s'aloient main à main déduisant par la forest de Brios-
» que ; si trouverent un buisson d'*aubes épines*, haut et bel, tout
» charchié de flors. Ils s'assistrent dessouz, etc. [3]. » Ces fleurs
d'aubépine sont bien aussi pour quelque chose dans le nom de
Rocheflour donné au château de la fée.

---

[1] V. 979. L'auteur est surpris lui-même de la facilité avec laquelle l'esclave
se rend d'Aigremont à Palerme. V. v. 234.

[2] *Doon de Maience*, v. 1474-1650. La lutte des deux animaux sauvages
était devenue un pur lieu commun. Ici, pour que la forme antique fût ob-
servée, l'enfant devrait être enlevé par un lion ou un griffon bienfaisant, qui
l'aurait sauvé des atteintes de quelque bête cruelle ; mais le trouvère a mieux
aimé faire intervenir la fée Oriande. Cf. P. Rajna, *Or. d. Ep. Fr.*, p. 448-
449.

[3] P. Paris, *R. d. l. T. R.*, II, p. 184.

Survient un neveu de la fée qui lui révèle que cet enfant est fils du duc d'Aigremont. Espiet, ainsi nommé parce qu'il fait souvent le métier d'espion, est un nain, haut de trois pieds, âgé de cent ans. Il court

> .... plus de randon
> Que cheval espanois ne mulet arragon.

Ce personnage, tout en étant un «folet sené», un magicien à ses heures, prend part aux batailles avec autant de courage et de vigueur que le meilleur chevalier [1].

La fée remonte sur son mulet Misaudour et revient à Rocheflour. Là, elle fait baptiser l'enfant et l'appelle Maugis (mal gisant)

> Pour chen qu'il l'ont trouvé u bois à la verdour.

Donc Maugis est élevé par les fées, comme Lancelot auprès de Viviane. Baudri, frère d'Oriande, qui avait appris à Tolède l'art des enchantements, est chargé de l'instruction de l'enfant. Quand Maugis atteint l'âge d'homme, la fée l'adoube chevalier et en fait son ami.

Ainsi le trouvère a rempli deux de ses promesses : nous savons de qui est né Maugis et de qui il tient sa science d'enchanteur. Restait à faire connaître les origines de Bayard et de Froberge.

Rocheflour, le château de la fée, est situé, paraît-il, en Sicile, non loin du *Mont Gibel* ou de l'Etna. En se promenant sur le bord de la mer avec son amie, Maugis aperçoit une île d'où s'élève une grande fumée. « C'est Bocan, lui dit la fée, d'où nous vient le soufre. » Elle lui apprend alors l'existence du cheval faé, qui est né de l'accouplement d'un dragon et d'un serpent. Il est gardé par un diable horrible, Raanas.

L'éloge qu'Oriande fait des qualités du cheval faé donne à Maugis l'idée d'en devenir le maître. Malgré les objections de son amie, il tentera l'entreprise. Il revêt un déguisement très-compliqué, formé d'une peau d'ours et d'un cuir de bœuf, sur-

---

[1] Il réunit donc les talents de Galopin, de Picolet, de Maubrun d'Aigremolee. V. P. Rajna, *Or. d. Ep. Fr.*, p. 432-433 (ce Maubrun ne dériverait-il pas lui-même de Maugis d'Aigremont?); — mais, de plus, il est beau comme Auberon. Nous le verrons à l'endroit où il se présente à Charlemagne.

monté de deux cornes et se terminant par une queue de re-
nard. Il emporte son épée et un croc de fer. Ainsi équipé, il se
rend en bateau à Bocan.

Ses cris font sortir le diable Raanas de son four. Le déguisement de Maugis lui semble très-beau, ses vanteries lui plai-
sent, et il laisse celui qu'il croit un confrère s'approcher et
l'enchanter. Mais les choses se passent moins bien avec le
grand serpent Dispeus. Maugis est descendu dans la caverne
du monstre ; il en triomphe après une lutte longue et acharnée ;
mais la nuit est venue, et il est forcé d'attendre le jour au
milieu de toutes sortes d'animaux étranges, pendant que le
feu du volcan et les hennissements de Bayard ébranlent l'île
entière[1].

Le jour venu, Maugis conjure le dragon et s'approche de
Bayard ; mais celui-ci, effrayé par le singulier costume qu'il
porte, se démène avec fureur. Maugis dépose son déguisement
et apparaît avec son *bliaut* brodé d'or: Bayard se rassure et
s'agenouille humblement devant le chevalier, dont il sera désormais le serviteur fidèle. Maugis prend le coursier par le
frein d'or et le mène au grand jour[2].

Bocan est *Vulcano,* une des principales îles Lipari, l'ancienne Hiera. L'on y exploite encore le soufre. Toutes ces îles
sont volcaniques. Dans celle de Stromboli est le volcan du
même nom, qui jette de la fumée et des flammes continuelles.
Les indications géographiques du trouvère sont donc d'une
exactitude suffisante ; mais d'où lui est venue la pensée de placer Rocheflour dans les vallées de l'Etna, et pourquoi la fée
Oriande et le cheval Bayard se trouvent-ils dans un pays si
éloigné des forêts de Brocéliande et d'Ardenne?

---

[1] Maugis, au milieu de ces reptiles, rappelle Gauvain dans la *Tour dou-
loureuse* de Karadoc. V. P. Paris, *R. d. l. T. R.,* IV, p. 263, s.

[2] «La versione divulgatasi in Italia, che su per giù, dev' essere quella del
» *Maugis* francese, porta che Bajardo sia il cavallo d'Achille, incantato dalla
» madre in una caverna alla morte dell' eroe. Di là lo trarrebbe Malagigi per
» farne dono al cugino. Quest' incanto nella caverna mi pare aver parentela
» colle note tradizioni intorno ad Uggeri, Carlo, Frederico Barbarossa. Anche
» Scheming, il cavallo di Wittich, proviene *von dem berge,* giusta un allu-
» sione di un *Rosengarten* (Grimm, *Heldens,* p. 196); ma si tratta di tutt'
» altro. » P. Rajna, *Or. d. Ep. Fr.,* p. 447, n. 1. M. Rajna renvoie à son
étude sur *Rinaldo da Montalbano,* sur laquelle je reviendrai quand je traite-
rai de ce roman italien.

On sait que de bonne heure Artus, frère de la savante Morgain, fut regardé comme régnant sur le pays de féerie, dont les limites se déplaçaient et reculaient au gré de l'imagination des romanciers et du peuple :

> Il a des lieux faés ès marches de Champagne,
> Et aussi en a il en la Roche grifaigne,
> Et si croi qu'il en a aussi en Alemaigne,
> Et ou bois Bersillant par desous la montaigne,
> Et non pour quant ausi en a il en Espaigne,
> Et tout cil leu faé sont Artu de Bretaigne [1].

Donc, si une légende ancienne a transporté Artus en Sicile et lui a donné le mont Etna pour séjour, il n'y a rien d'étonnant à ce que les fées l'y aient suivi et que tout le merveilleux de la Bretagne s'étale sous le ciel de Messine et de Palerme. Or une telle légende a existé, nous en avons plusieurs témoignages.

Au commencement du XIIIe siècle, nous trouvons le récit suivant de Gervais de Tilbury. Un certain jour, le palefroi de l'évêque de Catane s'étant échappé, le garçon d'écurie le poursuivit dans les vallées du mont Etna, que les habitants nomment mont Gibel. Il arriva ainsi « à une vaste plaine remplie » de délices de toute espèce ; et là, dans un palais construit » avec un art merveilleux, il vit Arthur étendu sur un lit d'une » magnificence royale. Arthur, apercevant l'étranger et lui » ayant demandé le motif de sa venue, n'en fut pas plutôt in- » formé qu'il fît amener le palefroi perdu, et le fit rendre au » garçon pour que celui-ci le ramenât à l'évêque. Arthur ra- » conta alors qu'il se trouvait là depuis longtemps, malade de » blessures qui se rouvraient tous les ans, et qu'il avait reçues » dans une bataille contre son neveu Modred et contre Chil- » déric, chef des Saxons [2]. » Gervais de Tilbury avait voyagé

---

[1] *Hist. littéraire*, XXII, p. 349, dans l'analyse de *Brun de la Montagne*.

[2] Cité d'après Fauriel, *Dante et les Origines de la langue et de la littérature italiennes*, I, p. 289-290. Fauriel est, que je sache, le premier qui ait remarqué cette légende ainsi que d'autres relatives aux traditions d'origine chevaleresque qui ont été conservées en Italie. Elle est tirée des *Otia imperialia*, sec. decisio, Leibniz, *Scriptores rerum brunsvicensium*, I, 921. M. G. Paris l'a rappelée dans son article *la Sicile dans la littérature française*,

en Italie et connaissait particulièrement la Sicile, où vers 1190 il avait été au service du roi Guillaume[1].

Cent ans plus tard, Césaire de Heisterbach donne une variante de ce conte. Lors de la conquête de la Sicile par l'empereur Henri (1294), le palefroi d'un doyen de l'église de Palerme (in ecclesia Palernensi, *Palerne*, d'après l'usage français du moyen âge) se perdit dans le mont Etna. Le serviteur qui est allé à sa recherche rencontre un vieillard qui lui apprend que le cheval est dans le mont Gyber, où Artus (Arcturus) le retient. Il lui enjoint de faire savoir à son maître qu'il ait à se rendre dans quatorze jours à la cour solennelle du roi (curiam sollennem, *court plenière*). Le doyen, ayant dédaigné d'obéir à cette invitation, tomba malade au jour fixé et mourut[2].

Quand les auteurs latins du moyen âge faisaient des emprunts aux légendes poétiques de leur temps, ils les gâtaient le plus souvent par la lourdeur de leur style, le caractère monacal de leur imagination, enfin par pur pédantisme. C'est le cas, entre autres, du Pseudo-Turpin et de l'auteur latin du voyage de Charlemagne en Orient. Il est donc probable que nous n'avons ici que la reproduction infidèle et décolorée d'une narration d'un trouvère normand. On l'a dit avec raison, les Normands, quand ils arrivèrent en Sicile, furent tellement surpris de la beauté du pays, qu'ils s'imaginèrent y retrouver l'île délicieuse d'Avalon, où, suivant Geofroy de Monmouth, Morgain avait transporté Artus blessé[3]. Mais c'est précisément l'absence de Morgain et de ses compagnes dans ces deux contes qui avertit qu'il y a eu une suppression voulue. La présence d'Artus dans l'Etna n'a de sens que si les fées ont transporté sur les sommets de la haute montagne le

---

Romania, V, p. 110. Cf. Pitrè, *le Tradizioni cavalleresche popolari in Sicilia, Romania*, XII, p. 391. — M. Graf, dans le *Giornale storico della letteratura italiana,* V, p. 80-130, a publié récemment, sous le titre d'*Appunti per la storia del ciclo brettone in Italia,* un remarquable article où, entre autres choses, la légende d'Artus en Sicile est traitée d'une façon complète. Ce travail m'a été très-utile.

[1] M. Graf, *l. l.*, p. 87.

[2] Caesarius von Heisterbach, *Dialogus miraculorum,* éd. Strange, 1851, *Distinctio* XII, c. 12.

[3] M. Graf, *l. l.,* p. 96.

séjour où elles recueillirent le roi vaincu et mourant. Ce que
la tradition latine avait omis, la tradition populaire l'a conservé, et le nom de la fée Morgane désigne encore une sorte
particulière de mirage qui se produit souvent dans le détroit
de Messine.

Ce n'est donc point l'auteur du *Maugis d'Aigremont* qui a
eu le premier la pensée de transporter en Sicile le royaume
de féerie. Il suit une légende antérieure. Il accepte sans hési-
tation aucune et comme chose déjà connue qu'Oriande et ses
compagnes ont leur demeure habituelle dans ce pays, au mont
Gibel. Les fées qui avaient élevé Lancelot étaient mieux dési-
gnées encore pour instruire un futur magicien ; et où pouvait-
on plus naturellement trouver le cheval faé, l'étrange Bayard,
qu'aux portes de l'enfer, dans un volcan gardé par un démon
et des monstres affreux ? S'il a préféré Bocan au mont Gibel,
c'est sans doute pour dissimuler son emprunt et faire parade
de ses connaissances géographiques. En réalité, Maugis fait la
conquête d'un des destriers d'Artus. Au fond des récits latins
que nous avons cités, on reconnaît la croyance à l'existence
dans la montagne de palefrois appartenant au roi et à sa cour[1].

Nous avons jusqu'ici constaté deux données empruntées
par notre trouvère au cycle d'Artus: les Enfances de son héros, le lieu où celui-ci est élevé par les fées. Mais l'auteur du
Maugis d'Aigremont n'est pas le seul qui ait ainsi associé les
Enfances de Lancelot et la légende sur le mont Gibel. Il y a
dans notre littérature épique un poëme qui commence de la

---

[1] Cette idée paraîtra toute naturelle, si l'on rapproche des légendes rappor-
tées par Gervais et Césaire un autre passage de Gervais cité par M. Graf et
qui fait suite immédiatement à celui que Fauriel avait remarqué. « Sed et in
» sylvis Britanniæ majoris aut minoris consimilia contigisse referuntur, nar-
» rantibus nemorum custodibus, quos forestarios, quasi indaginum ac viva-
» riorum ferinorum aut regiorum nemorum, vulgus nominat, se alternis die-
» bus circa horam meridianam et in primo noctium conticinio sub plenilunio
» luna lucente, sæpissime videre militum copiam venantium et canum et cor-
» nuum strepitum, qui sciscitantibus, se de societate et familia Arturi esse
» dicunt. » — M. Graf (*l. l.*) rappelle que l'on nourrissait des chevaux sur
les pentes de l'Etna. Ne pourrait-on pas supposer qu'à des imaginations rem-
plies des légendes bretonnes, il a suffi d'un cheval égaré et hennissant la nuit
dans les vallées pour que l'on ait cru entendre passer sur la montagne le
cortège d'Artus?

7

même manière et se rattache aux mêmes origines : c'est *Flo-riant et Florète*. Ce poëme, composé peut-être au XIII° siècle, plus probablement au XIV° siècle, n'est pas une œuvre origi-nale, car tout ou presque tout y semble emprunté aux précé-dents romanciers et aux dernières chansons de geste ; mais il est bien écrit, d'une lecture agréable, et, comme on l'a remar-qué[1], il donne les antécédents des légendes qui placent Artus en Sicile. Le mont Gibel y devient une sorte de royaume en-chanté, séjour ordinaire de Morgain et de ses compagnes.

Le récit commence avant la naissance du héros. Elyadus, roi de Sicile, est tué par le traître Maragot. Celui-ci veut épouser la reine ; mais elle parvient à s'enfuir avec un vassal fidèle qui la conduit chez lui à Monréal. Pendant le voyage, la reine est prise des douleurs de l'enfantement et se délivre, dans un bois, d'un fils que ses quatre chambrières recueill-lent. Mais trois fées de la mer viennent à passer, en retour-nant «du déduit» à leur retraite habituelle. La première était Morgain. Elles enlèvent l'enfant et le portent au château de Mongibel, où il est baptisé sous le nom de Floriant, nom que l'on trouve déjà dans la geste de Gui de Bourgogne, dans Gui de Nanteuil, dans Ogier le Danois.

Morgain mit Floriant sous la direction d'un maître qui lui enseigna « les set ars », les jeux de tables et d'échecs, la chasse aux chiens et aux oiseaux :

> Toute rien qu'apent à franc homme
> Li a apris ; ce est la somme.

Quand il eut quinze ans, Floriant voulut, à l'exemple de Lan-celot, savoir qui lui avait donné naissance. La fée se contente de lui apprendre qu'il est fils de roi et de reine, puis elle l'a-doube chevalier. Floriant part sur une nef d'ébène, qui le con-duira suivant son gré. Alors commence pour le jeune prince une longue série d'aventures. Il est accueilli par le roi Artus, et avec l'aide des Bretons défait le traître Maragot et son allié

---

[1] *Floriant et Florète* a été publié en 1873 par Fr. Michel, à Edimbourg, pour le Roxburgh Club. L'édition n'a pas été mise dans le commerce, et, comme M. Graf, je ne puis parler de ce roman que d'après l'analyse, d'ail-leurs suffisamment complète, qui en est donnée dans l'*Histoire littéraire*, XXVIII, p. 139-179.

Philemenis, empereur de Constantinople. Il obtient l'amour de
Florète, fille de l'empereur, dans des conditions qui rappellent tel passage de *Maugis :* un verger, un ami qui veille, etc...,
c'est un lieu commun de ce genre de poésie. Florète se laisse
enlever et l'empereur consent au mariage. Floriant, devenu
empereur de Constantinople, touchait à la fin de ses jours ;
mais la bienfaisante Morgain l'attire de nouveau dans le séjour enchanté et y fait aussi venir Florète, sa femme. Artus y
viendra à son tour, à ce que dit Morgain elle-même :

> Li rois Artus au defenir,
> Mes freres, i ert amenez
> Quant il sera à mort menez.

L'auteur du *Maugis d'Aigremont* a-t-il connu *Floriant et
Florète ?* Au point de vue de l'histoire de l'épopée, la question a
peu d'importance. Ce qui fait l'intérêt du *Maugis,* c'est l'introduction, dans la légende des Fils Aymon, d'éléments empruntés au cycle d'Artus, quels que soient les romans dont le
trouvère s'est inspiré. Malgré ces emprunts, le *Maugis* reste
une chanson de geste, tandis que *Floriant et Florète* est d'un
bout à l'autre un roman d'aventures. Il est vrai que celui des
deux auteurs qui a eu le premier l'idée de combiner les données
que lui offraient l'enfance de Lancelot et la légende d'Artus
au mont Gibel, a le mérite de l'originalité et a pu servir de
modèle à l'autre ; mais il n'est pas aisé de reconnaître auquel
appartient la priorité de l'invention. L'auteur du *Maugis,* du
Vivien de Monbranc, probablement aussi du *Renaud de Montauban* remanié, qui a été conservé dans le manuscrit de Montpellier, a donné d'autres preuves d'initiative et de conception
personnelle, et on le verra dans la suite de ces études. Il le
montre ici même par le soin qu'il prend de ne rien dire qui rappelle le souvenir de la Table Ronde. Le nom d'Artus n'est pas
prononcé ; Morgain change de nom et devient Oriande. Mor--
gain était la sœur d'Artus ; Oriande a un neveu, Espiet, nain
et espion à la fois. Rocheflour est situé sur le mont Gibel ;
mais il n'est pas parlé autrement de la célèbre montagne, et
c'est à Bocan que Maugis trouvera Bayard. Oriande est à peine
une fée. C'est le vieux maître Baudri qui apprend la magie à
Maugis. Elle est reine et vit dans un château-fort. Elle a des

ennemis qui lui font la guerre et sa science magique ne lui est d'aucun secours. Quand Maugis la quitte, elle pleure parce qu'elle craint de ne plus revoir son ami; mais elle ne sait rien des aventures qu'il doit rencontrer et ne lui donne aucun conseil.

L'auteur suit un chemin à lui et transforme les données qu'il emprunte de façon à ce qu'elles deviennent siennes. Il s'applique évidemment à en dissimuler l'origine; mais il veut surtout éviter l'invraisemblance qu'aurait présentée la persistance d'éléments hétérogènes restés reconnaissables dans l'ensemble qu'il a créé en complétant et remaniant l'histoire des Fils Aymon. Quelques traits indiquent une imitation directe du *Lancelot du Lac:* la naissance des deux enfants, l'anneau magique, peut-être l'«épine à la fée» et le nom de Rocheflour. On est frappé de certaines différences: dans *Floriant et Florète,* Morgain est une protectrice; dans *Maugis,* Oriande s'éprend du fils de Beuves et devient son amante, trait assez conforme aux traditions anciennes sur la sœur d'Artus. Floriant reçoit d'elle ses armes et son cheval, et n'a pas à les conquérir; elle ne lui révèle que fort tard le nom de ses parents. Il est donc très-possible que nous ayons ici un exemple de deux imitations parallèles et indépendantes. D'ailleurs ces deux romans sont d'importance très-inégale: l'un ne fut qu'un récit d'aventures de plus; l'autre, rattaché avec un plein succès à la légende si populaire des Fils Aymon, devait avoir une part dans l'influence que cette légende a exercée sur les transformations ultérieures de la poésie narrative.

Maugis revient à Rocheflour fort à propos pour repousser une attaque d'Atenor, amiral ou roi d'Esclavonie; en compagnie d'Espiet et de Baudri, il fait des prodiges de valeur. Atenor est armé de Froberge, l'épée célèbre qui passera aux mains de Renaud. Maugis et le païen engagent un duel, où tous deux déploient autant de vaillance que de vigueur. D'un coup heureux, Maugis tranche le bras qui portait Froberge, et, malgré les prières d'Atenor qui le supplie de lui rendre la précieuse épée, il l'achèverait, si le blessé, en voulant monter sur Bayard et s'enfuir, n'était renversé et étranglé par le terrible coursier. D'ailleurs le même Bayard, pendant que son maître était aux prises avec Atenor, a déjà poursuivi, attaqué, étranglé le cheval du païen. Il se comporte déjà en créature intelligente et prélude aux combats qu'il soutiendra pour le compte de Renaud.

Dans les Fils Aymon, pendant le duel de Beges de Toulouse et de Renaud, Bayard engage de son côté la lutte avec le cheval du Sarrasin, si bien que, lors de la rentrée triomphale des vainqueurs, les Bordelais se disaient l'un à l'autre :

> « Ainc mais n'avint tel cose à fil d'emperéor ;
> » Baiars prist le cheval et Renaus le segnor [1]. »

Pendant le combat d'Ogier et de Renaud, quand les deux chevaliers ont perdu les arçons et continuent la lutte à pied, les deux chevaux Broiefort et Bayard imitent leurs maîtres et se jettent l'un sur l'autre avec fureur. Ogier, craignant pour Broiefort, tire Courtaine et veut frapper Bayard, mais Renaud ne lui en laisse pas le temps [2]. De même dans le duel de Roland et de Renaud, lorsque Roland a été porté à terre par la faute de son destrier, Bayard d'une forte ruade blesse Veillantin à la tête, le force à briser ses rênes et à s'enfuir. Roland veut trancher la tête à Bayard :

> Quant Renaus l'a veü, ne le tint mie à befe
> Et a dit à Roland : « Que est ce que vous festes ?
> » Ja est çou vilonie à home de vo geste.
> » Que demandes Baiart ? Ja est çou une beste,
> » Se vos voles bataille, vers moi le venes querre.
> » Vous en aures asses, par les iols de ma teste.
> » Laisies moi mon destrier, il n'a meillor en terre ;
> » Et si est mes chevaux, bien est droit qu'il me serve [3]. »

L'origine donnée ici à Froberge n'a rien de fort intéressant, rien qui explique sa puissance merveilleuse. L'érudition et l'imagination du trouvère ont été à court également. L'auteur de *Fierabras* était mieux renseigné ; il savait que Froberge, comme Hauteclaire et Joyeuse, était l'œuvre de Ga-

---

[1] Éd. Michelant, p. 105.
[2] P. 209.
[3] P. 241-242.

land, le célèbre forgeron [1]. Dans *Garin le Loherain,* son frère
Bègue de Belin possède une épée de ce nom. Mais ce n'est
point à ces romans que pensait notre trouvère. Il songeait à
imiter l'endroit de *Mainet* où Charles enlève Durendal à Braimant, et celui des *Enfances Ogier* où le bon chevalier reçoit
Courtaine des mains du loyal Karaheu et conquiert Broiefort
sur Brunamont :

> Là conquist il Broiefort l'aduré,
> Courtain s'espée qui tant fist à loer.
> N'a homme en France qui l'en ost encontrer,
> Pour que d'Ogier le couvenist garer.
> Par Broiefort fu Ogier alosé
> Et par les cous de Courtain redouté [2].

Les épées et les destriers des héros de nos chansons de

---

[1] *Fierabras,* v. 654-655 :

> Et Galans fist Froberge à l'acier atempré,
> Hauteclere et Joiouse où moult ot digneté.

M. Rajna fait, à propos du noms de Floberge, Froberge, Flamberge, les
remarques suivantes : « In *Floberge* la seconda parte del composto sarà forse
» *bercht,* luminoso ; nella prima vedrei dubitativamente il solito nostro *hlodo.*
» Da confrontare *Hauteclere,* che potrebb' essere traduzione e forse preci-
» samente del nostro vocabolo. *Froberge* dev' essere un' alterazione fonetica ;
» in *Flamberge* suppongo un ravvicinamento intenzionale a *flamme.* Tutt'
» altre ipotesi nel Diez. *Et. W.* » — *Origini dell' Ep. Fr.,* p. 444, n. 2. A la
page suivante, note 1, M. Rajna énumère les épées qui auraient été forgées
par Galand, le Wéland ou Wieland des légendes germaniques.

Dans *Doon de Maience,* quand Charles et Doon s'arment pour se combattre, nous apprenons que, sans doute, Durendal que porte Charlemagne est
l'œuvre de Galan, et qu'elle fut conquise sur l'amiral Braimant ; mais que
Merveilleuse, l'épée de Doon, a été aussi forgée dans l'atelier de Galan « le
fix à la fée » par un de ses apprentis. Quand elle fut achevée et trempée,
la mère de Galan, après l'avoir rendue *faée* par ses oraisons et ses conjura-
tions, la laissa sur un *andier* de fer, le tranchant tourné en dessous. Le lendemain, l'épée avait coupé en deux le landier sur lequel elle reposait. De là
elle tint le nom de Merveilleuse. *Doon de Maience,* vv. 6902-6927. Cf. P.
Michel et Depping, *Véland le forgeron ;* Ed. du Méril, *Histoire de la poésie
scandinave,* p. 361, s.

[2] *Chevalerie Ogier de Danemarche,* v. 3089, suiv. Je cite ce passage-ci
d'après le ms. H. 247 de Montpellier. Le quatrième vers manque dans la
version imprimée.

geste attendent encore leur historien [1]. On me pardonnera, quand je rencontre les noms de Courtaine, de Bayard, de Froberge, de m'arrêter un instant. Nous ne sortons pas de la geste de Doon de Mayence et nous ne nous écartons guère du *Maugis*, qui, en tant que chanson de geste, dérive d'*Ogier de Danemarche* et de *Renaud de Montauban*.

D'après l'auteur de *Fierabras*[2], Courtaine serait l'œuvre de *Munificans*, frère de Galand :

> Et Munificans fist Durendal au pui[n]g cler,
> Musaguine et Courtain, ki sont de grant bonté,
> Dont Ogiers li Danois en a maint caup donné.

Dans *Renaud de Montauban*[3], Ogier explique ainsi le nom de son épée :

> « Ens el perron à Ais te fis jo essaier.
> » Rolans i feri primes et li cuens Oliviers,
> » Et je feri après, s'en trençai demi-pié.
> » Iluec vos brisai jo, le cuer en ai irié.
> » Par votre grant bonté vos fis je apointer,
> » Por çou aves non corte, nel vos quier à nier. »

Mais, dans les *Enfances Ogier*, la légende de Courtaine est fort différente. C'est l'épée que ceint Karaheu avant de rejoindre Ogier dans l'île du Tibre :

> Puis çaint l'espée Brumadant[4] le sauvage,
> Cil qui le fist ot à non Escurable,
> Il n'en fit plus que celi e un autre,
> Plus de vingt fois le fondi e ramasse ;
> Et en argent l'esmera trente quatre.
> Quand il ot fait, si fu mult avenable,
> Puis l'empira par mervillous outrage ;
> Il l'ensaia sur un pérom de marbre,
> Qu'il le fendi de l'un cief dusqu'en l'autre.
> Au resachier em brisa plaine palme ;

---

[1] V. P. Rajna, *Or. d. E. F.*, p. 443-449. Cf. Gautier, *Roland*, 11ᵉ éd., p. 384-386, 395-396.

[2] V. 651-653. — [3] P. 210.

[4] Le ms. de Montpellier, d'ailleurs très-incomplet en cet endroit, donne *Brunadon*, et plus bas *doutable*, que j'ai imprimé au lieu de *boutable*.

Lors ot tel duel, por un poi que n'esrage.
Lors le regrete come frere fet l'autre :
« Tant mar i fustes, bone épée [doutable]!
» Qui vos ara, ben doit avoir barnage
» Et en son cuer proueche e vasselage. »
Lors le rameure, gentement la rafaite ;
Corte avoit non et tot por cel afaire [1].

Plus loin, Karaheu revêt Ogier de ses propres armes et lui
donne Courtaine, qu'Ogier conservera désormais :

« Ogier, dist-il, je vos donrai m'espée,
» Cortain la bone, qui tant est redotée [2]. »

Dans la version du *Renaud de Montauban*, publiée par
M. Michelant, il n'est rien dit de l'origine de Bayard. Quand
les fils d'Aymes sont adoubés chevaliers, on amène à Renaud
un cheval

. . . . qui tos estoit faés ;
Baiars avoit à non, issi fu apelés.
La sele li fu mise et li poitraus fermés.
Onques ne fu tel beste à bors ne à cités.

Évidemment l'auteur de ce roman n'en savait pas plus long
sur l'origine de Bayard que sur celle de Maugis. Quant à Fro·
berge, nous voyons que, dans la cérémonie de l'adoubement,
Ogier ceint une épée à Renaud ; mais le nom de Froberge n'arrive que bien tard, lorsque les quatre frères se rendent à
Vaucouleurs, à la p. 173 de la version imprimée, qui remplit
457 pages. On a vu plus haut que, d'après le texte de Montpellier, Renaud a emporté Froberge dans son pèlerinage. Dans le
long récit que nous avons cité au commencement de cette
étude, il est dit qu'il la tenait de Charlemagne [3]. C'était une
solution simple ; on peut supposer que l'auteur se rappelait
ces paroles d'Ogier à Renaud :

« Karles nostre emperere est mult preus et cortois.
» Ja vos dona il armes voiant tos les François [4]. »

Mais il n'y a dans ces vers qu'une allusion à l'adoubement
des fils Aymon par l'empereur.

L'auteur de *Gui de Nanteuil* a cru rehausser l'intérêt du duel de Gui et d'Hervieu de Lion en y mêlant quelques noms empruntés aux légendes anciennes. L'épée qu'Ayglentine ceint à Gui est «une dez .III. que Galan fist seur mer[1].» Celle d'Hervieu n'est pas moins remarquable :

> Ele fu Vivien, si l'ot merveillez chiere ;
> Une nuit saint Jehan li embla .I. lechierre[2].

Malgré cette illustre origine, elle se brise dans le bouclier de Gui. — Si l'épée de Vivien était destinée à si mal finir, que dire du destrier de Renaud? C'est encore à Hervieu, c'est-à-dire à l'un des traîtres de la gent Ganelon, que le trouvère a eu l'étrange idée de le donner :

> Baiart li amenerent, onques n'i ot croupière ;
> Il ot sele d'yvoire à merveillez legiere[3].

Et dans le combat, quand l'épée d'Hervieu vient de se briser entre ses mains, Gui de Nanteuil, sans plus hésiter,

> Au bon cheval Baiart a la teste tolue.

Le trouvère voyait peut-être une leçon de morale dans le fait que l'épée et le coursier perdaient toutes leurs vertus une fois remis à des mains déloyales ; mais c'est là un point de vue très-moderne. Mieux valait laisser courir Bayard dans la forêt d'Ardenne et ne pas toucher à l'épée de Vivien.

Pour en revenir à Maugis, je dirai que son duel avec Atenor reproduit souvent les péripéties du combat de Brunamont et d'Ogier. Le second récit a été inspiré par le premier.

Maugis possède Bayard et Froberge ; il sait l'art des enchantements ; il n'a plus qu'à revenir auprès des siens. Il oblige Oriande à lui avouer de qui il est fils, quelle est sa famille. Dès lors, il est destiné à quitter Rocheflour.

Ici commençait pour le trouvère un second sujet : Maugis à la recherche, en *quête* de sa famille, employant toutes les ressources de sa science et de son courage pour vaincre les ob-

---

[1] V. 951. — [2] V. 1004. — [3] V. 1009, s.

stacles qu'il rencontrera sur son chemin. L'auteur n'était lié par aucun récit antérieur. Il créait lui-même la matière de son roman ; il avait libre carrière et pouvait faire preuve d'originalité. Dans le long extrait que nous avons donné, on a pu reconnaître une certaine science de la composition, l'art de conter sans trop de longueurs ; çà et là, de la vivacité, de l'esprit, une naïveté agréable. Ces qualités suffisaient-elles dans une œuvre destinée, non pas à rivaliser avec l'épopée grave et grandiose de l'âge précédent, mais à combiner d'une façon heureuse des éléments disparates, provenant les uns des chansons de geste, les autres des romans d'aventure et de galanterie ?

Je crains que la narration que je vais analyser ne satisfasse qu'à demi notre attente. Ce n'est pas en France que la fusion des deux genres s'achèvera en une épopée tour à tour noble, spirituelle et gracieuse. Nous sommes loin encore d'Arioste. Cependant c'est dans ces obscures origines qu'il faut chercher les racines du grand arbre qui, à la Renaissance, porta de si belles fleurs.

III

MAUGIS D'AIGREMONT

Analyse de la suite du texte

[**Fol. 158 r° a**]. Oriande sait qu'elle va perdre son ami ; elle en ressent une vive douleur. Arrive un messager de *Touleite la grant*. Les sages Goulias, Aufaré et Landri, demandent que Baudri se rende auprès d'eux dans les quinze jours. Ils ont trouvé dans un souterrain un livre que le sage Ypocras y avait caché. Baudri demande à sa sœur qu'elle lui prête Maugis. Elle y consent, mais sans espoir de revoir son ami.

Maugis s'arme et monte sur Bayard. Oriande charge Espiet de l'accompagner.

> Mez il li venist miex que il fu demourez,
> Que Baiart l'estrangla, ch' est fine veritez [1].

Les vieux maîtres les accueillent avec honneur ; ils instruisent Maugis, qui fait de rapides progrès et reçoit la qualification de *Mestre* Maugis.

Maugis est donc allé tout simplement prendre ses grades à l'École de Tolède. Aux yeux du trouvère, les écoles arabes où l'on étudiait les sciences et la médecine sont purement des écoles de magie, et Hippocrate se trouve être le patron de cet art. L'événement qui appelle Maugis à Tolède est la découverte d'un livre du célèbre médecin. Nous quittons le domaine

---

[1] A la fin du poëme, Bayard tue Espiet d'une ruade ; il ne l'étrangle pas.

de la sorcellerie populaire et de la féerie du cycle d'Artus : la magie veut avoir les apparences de la science. La confusion d'ailleurs remontait loin ; on sait les légendes sur Alexandre, Hippocrate, Virgile. D'après le Pseudo-Turpin, la magie ou nécromancie (*nigromance, ingromance*) est un art qu'il est permis d'étudier ; mais qui ne doit pas être pratiqué, parce qu'il ne saurait se passer du concours des démons. Les préceptes en sont formulés dans un livre exécrable (*libēr sacratus, immo execratus*). Pour ces raisons, bien qu'il puisse être considéré comme le huitième des arts libéraux, il ne fut pas représenté sur les murs du palais de Charlemagne [1].

Galafre régnait sur Tolède et sur l'Espagne ; il avait deux fils : Marsire ou Marsile, l'aîné, Baligan, *li mainsnés* [2]. Maugis s'éprend de la femme de Marsile, qui était belle, et lui témoigne en secret son amour. Au mois de mai, Galafre tient sa cour. Il rappelle à ses barons qu'il est vieux et frêle : il a cent ans passés.—[**158 r° b**] Il est très-inquiet à la suite d'un songe étrange :

> 1 Anuit songei .i. songe dont moult sui effreés,
>   Quer il m'estoit avis, ains qu'il fust ajournés,
>   Là dehors en chele isle tout contreval les prés,

---

[1] V. mon édition de Turpin au ch. xxxi : « Dę septem artibus quas Karolus depingi fecit in palatio suo », p. 60 ; — à propos des magiciens de Tolède, *Morgante,* c. xxv, ott. 43 :

> . . . . .sendo in Tolletta
> Dove ogni negromante si raccozza.

Dans le même chant (ott. 81), Marsile a recours aux sages de Tolède pour qu'ils interprètent les prodiges qui ont suivi son accord avec Ganelon.

[2] Le trouvère connaissait la légende du séjour de Charlemagne en Espapagne. Au fol. 167 v° b, il est parlé d'un haubert que l'empereur avait jadis conquis sur Braimant. Maugis à la cour de Galafre, défenseur de Marsile, qui en fait son sénéchal, ressemble fort à Mainet ; mais ses amours sont moins excusables. V. pour cette légende ancienne mentionnée par le Pseudo-Turpin, et dont on a la forme la plus agréable dans les *Reali,* M. G. Paris, *Hist. poét. de Ch.,* ch. iii, p. 227, s. L'auteur de la Chronique, si longtemps attribuée à Turpin, a eu sans doute le premier la pensée de faire de Balugant, l'émir de Babylone, un frère de Marsile.— De longs fragments du *Mainet* primitif, environ 800 vers, ont été retrouvés en 1874 par le regretté Boucherie et publiés par M. G. Paris dans la *Romania,* juillet-octobre 1875. Cf. Gautier, *Ep. Nat.,* 2e éd. ; III, p. 37-40.

Tout iert mon cors d'argent, et mon chief sourorez
Et mi dui pié de plon: ainsi iere formés.
5 Puis nous venoit d'oisiaus et de bestez plentés
Que onques n'en vit tant homme de mere nés.
.I. lion y avoit qu'estoit descaennez,
Le chief m'ostoit du bu par fine poostés.
Apres chele avison fu en une autre entrés
10 Que il m'estoit avis que Maugis le senés
Les oisiaus et les bestez cachoit de ches regnés,
Et de prendre Maugis sunt moult forment penés.
Par lui estoit Marsile mes fix roi couronnés,
Et Baligan en [Perse] iert sus .i. pin montés[1].
15 Tuit i furent li arbre du païs aclinés.

Maugis explique le songe. L'empereur de Perse doit venir
attaquer Galafre et le tuera. Maugis secourra les fils de Galafre. Marsile restera roi d'Espagne et Baligant sera élu roi
de Perse. A peine Maugis a-t-il parlé que le songe se réalise.
L'amiral de Perse campe déjà sous les murs de la ville. Galafre, au premier choc des armées, est tué par l'amiral. —
[**158 v° a**] Le géant Escorfaut, armé d'une épée, de cinq
épieux, de cinq dards, de trois couteaux, d'un croc, d'une be-
saiguë et d'une masse, promet à l'amiral de prendre Tolède.
Il commence par enfoncer à coups de masse la porte de la ville;
mais les assiégés ont le temps de laisser tomber la *porte cou-
lante de cuivre sarrazinour*. Marsile et Baligant tentent une
sortie; le premier est fait prisonnier par Escorfaut. Sa femme
se désole; Maugis la réconforte. — [**158 v° b**] Il s'arme et va
à la rencontre du géant. Après bien des coups donnés et reçus
de part et d'autre, ils échangent quelques paroles. Maugis
apprend à Escorfaut qu'il est fils du duc Beuves. Comme
il se fait tard, le géant propose d'interrompre le combat[2].
— [**159 r° a**] Tous deux vont passer la nuit au camp de l'ami-

---

[1] Ms. « en presse. »

[2] Cf. le combat d'Ogier et de Braihier. Les deux géants se portent le doigt
aux dents comme garantie de leur fidélité à leur parole. Dans *Ogier :*

Pour le miex crerre feri son doit au dent;

Ici :

Son doit fiert à sa dent pour Maugis miex fier.

ral. Celui-ci s'engage, si Maugis est vainqueur, à livrer son
royaume et sa tête. Les barons de Perse, après avoir vainement essayer de détourner leur seigneur de cette pensée, con-
sentent à le *pleiger* envers Maugis. Escorfaut héberge Maugis
et renvoie Marsile à Tolède.

> Le jaiant moult se paine de Maugis acisier,
> Mès onques n'acointa plus felon losengier.

Le lendemain matin, le combat est repris. Si Maugis voulait adorer Mahomet, Escorfaut lui donnerait en mariage sa
fille.

> ....Escorfaude au vis cler
> Qui est assez plus noire qu'errement destrempé [1].

Maugis refuse et finit par le tuer. Les barons de Perse tiennent leur parole, livrent l'amiral, et Marsile lui tranche la
tête.—[**159 v° a**] Aquilant de Maiogre, parent de l'amiral, part
pour Valdormant son domaine; mais les barons de Perse
prennent Baligant pour amiral et seigneur. C'est lui qui secourra Marsile contre Charlemagne. Marsile est roi de Tolède; il prend Maugis pour sénéchal, puis commence la guerre
contre Aquilant. On assiége la cité de Valdormant. La reine
Ysane apprend que Maugis est chrétien et dès lors s'intéresse
à lui; son fils Brandoine et Aquilant font une sortie.—[**159
v° b**] Maugis tue Aquilant; deuil d'Ysane:

> Mès vous l'avez souvent en .I. proverbe oï
> Que jenne fame a tost oublié viel mari.

Le siége se continue. Ysane envoie par Espiet des messages
d'amour à Maugis. Celui-ci pénètre la nuit dans la ville par une

---

[1] Cf. *Huon de Bordeaux*, v. 6520, s. Le géant Agrapart fait la même offre
à Huon:

> « Si te donrai .I. moult rice present:
> » Ma suer germaine, noire est com arement;
> » Graindre est de moi, si a .I. piet de dent. »

L'expression si fréquente dans les chansons: *noir comme arrement*, ou
errement destrempé, noir comme l'encre, s'est conservée dans le franco-
italien: *negro cum agrament stemprà. Bovo d'Antona*, v. 1160, éd. de
M. Rajna, à la fin des *Reali di Francia*,

fausse posterne et a un entretien avec elle dans un verger pendant qu'Espiet fait le guet. — [**160 r° a**] Ysane reconnaît Maugis à l'anneau qu'il porte à l'oreille ; elle lui apprend qu'elle est sa tante. Il sort de la ville avec Espiet et rencontre le roi Brandoine : combat des deux cousins germains. — [**160, r° b**] Embarras de Maugis, qui sait avec qui il se bat.—[**160, v° a**] Maugis renverse Brandoine, lui révèle leur parenté, et le menace de le tuer s'il ne se convertit pas. Brandoine renie Mahomet, et tous deux rentrent dans la ville, où Ysane pleure à la vue de leurs blessures. — [**160 v° b**] Après le baptême de Brandoine la paix est conclue, et Maugis revient à Tolède avec Marsile, qui a pleine confiance en lui et lui remet son pouvoir et ses trésors. Maugis n'en continue pas moins ses amours avec la femme de Marsile ; et une nuit, un Sarrasin les aperçoit tous deux dans la chambre de la reine. — [**161 r° a**] Marsile est averti ; il accourt, frappe à la porte et la fait enfoncer.

Mais Maugis s'est transformé en un cerf dont les andouillers sont garnis de pierres étincelantes. Le roi n'en menace pas moins la reine. Celle-ci consent à être brûlée vive si elle a eu avec Maugis d'autres rapports qu'avec la bête que l'on voit[1].—[**161 r° b**] Maugis raconte sa mésaventure à ses maî-

---

[1] Paulin Paris (*Histoire littéraire*, XXII, article sur *Maugis d'Aigremont*) a présenté une analyse très-développée des amours de Maugis avec la femme de Marsile, dont le trouvère oublie de donner le nom (Bramimunde), et avec Ysane. Il remarque que la surprise des amants et la proposition que fait la reine de subir l'épreuve du feu sont des emprunts au *Lancelot du Lac*. En comparant les citations contenues dans cet article et le texte de Montpellier, je constate dans ce dernier une lacune au fol. 161 r° b.— On voit dans mon résumé que, lorsque Maugis et Espiet quittent l'Espagne, ils perdent les provisions que les vieux maîtres leur avaient données, puis se réfugient dans un bois. Mon texte continue ainsi :

A icheste parole la nuit si les sousprent ;

Or personne n'a parlé. L'analyse de l'*Histoire littéraire* permet de remplir cette lacune. Chemin faisant, Maugis et Espiet ont faim. Maugis demande conseil au nain, qui trouve un expédient :

    « Sire, dist Espiet, vos parlés malement,
    » Desesperer est pire que venins de serpent.
    » Meillor larron de vous n'a dus qu'en Orient,
    » Je méismes en sai quanque mestier appent ;

tres Baudri, Bourias, Ferrant de Rise. Ils lui donnent un bouclier d'or et deux mulets chargés de provisions. En compagnie
d'Espiet, il quitte Tolède. Cependant Escorfaut de Monglai a
trouvé dans la chambre de la reine les gants de Maugis et les
a remis au roi. On poursuit Maugis ; mais Espiet et lui se réfugient dans un bois, après avoir abandonné leurs deux sommiers. De là, ils vont offrir leurs services à l'amustant de Melent. — [**161 v° a**] L'amustant est en guerre avec Vivien de
Monbranc. Dans la mêlée, les deux frères. sont aux prises un
moment ; puis se séparent, et Maugis tue le roi ou amachour
Sorgalan.—[**161 v° b**] Vivien emporte le corps de Sorgalan à
Monbranc, lui fait de belles funérailles et devient l'époux
d'Esclarmonde. Il envahit les terres de Beuves d'Aigremont.

Maugis se décide à aller à la recherche de son père et de sa
mère.—[**162 r° a**] Maugis fait ses adieux à l'amustant de Melent, qui le comble de présents :

> Donner li fist d'avoir carchié .i. arragon ;
> A Espiez donna .i. bon destrier gascon,
> Et o sommier mener li donna .i. garchon
> Qui ot non Fousifie [1] et est de sa maison.

Un paumier qu'ils rencontrent leur apprend qu'Hernaut

> » Si emblerons assés et donrons largement.
> » Tolons denier as riches, donnons à povre gent.
> » Jà n'en pesera Dieu, le pere omnipotent. »
> Dist Maugis : « Tu paroles bel et courtoisement. »

L'*Histoire littéraire* ajoute : « Il faut convenir que les règles de l'honneur
et de la courtoisie ont fait quelque progrès depuis Maugis et le trouvère qui
l'avait choisi pour son héros. »

M. Rajna, au sujet de la sympathie dont est entouré le larron Maugis, rappelle que l'auteur du *Renaud*, « un peu socialiste », a le soin de nous avertir
que Maugis n'enleva jamais rien aux pauvres :

> Mes onques à vilain n'embla un oef pelé...
> Mes ainc n'embla vilain vaillant un esperon.
> (*Orig. d. Ep. Fr.*, p. 435.)

[1] Dans *Simon de Pouille*, *Folsifie* est un messager que l'amiral Jonas
envoie aux chrétiens avec le dessein de les faire tomber dans un piège. Fr.
Michel, préface de *Charlemagne*, p. xcvi, Gautier, *Ep. nation.*, 2ᵉ éd., III,
p. 349, note.

de Moncler et Othes d'Espolice sont assiégés dans Moncler par l'empereur Charles depuis un an. Maugis envoie Espiet à Maiogre, pour demander des renforts à Ysane et à Brandoine.

La ruse que Maugis emploie pour entrer dans Moncler mérite d'être rapportée :

> Maugis et Fousifie vont vers l'ost de Paris.
> Moult par est le bon lerre esmaiez et pensis
> Comme il entre en Moncler dont li mur sont voutis.
> Oes de quel boidie Maugis s'est entremis.
> 5 De Baiart descendi par dessous .ii. olis,
> Vistement se desarme, n'i a plus terme quis;
> Sus Baiart est monté, le bon destrier de pris,
> Maugis vest maintenant .i. moult blanc souplis
> Et desus cape close d'un sanguin de Paris,
> 10 Et capel rouge aussi avoit en son chief mis;
> .ii. gans ot en sez mains plus blanc que flor de lis.
> Sus le cheval monta qui fu fort et braidis.
> Bien semble cardinal, par foi le vous plevis.
> Puis dist à Fousifie assez valent avis:
> 15 «Chest sommier me menez droit à Moncler la chis.
> »Se Franchois t'aresonnent, ne soiez esbahis,
> » A qui est chel sommier? — di lor, biau dous amis:
> »A .i. cardinal est de Rome beneïs. »
> Atant s'en est torné, à la voie s'est mis.
>
> 20 Quant departi se fu Maugis de Fousifie,
> A l'ost Kallon s'en va toute la voie antie,
> Es hebergez entra par une praerie,
> Outre s'en va par l'ost, n'i a chil qui desdie.
> Le roi se sist devant seur .i. drap de Roussie,
> 25 Le sommier voit passer, à haute vois escrie :
> « A qui est chil sommier? ne me chelez tu mie. »
> Fousifie respont où moult ot de boidie:
> «Sire, à .i. cardinal de Romme la garnie,
> »Mès larrons orgueilleus, que le cors Dieu maudie,
> 30 » .xxx. clers nous ont mors par lor grant estoutie:
> »A paine ai amené chesti à garantie.

8

» Mi sire vient ichi tout seul sans compengnie. »
« Chen poise moi, dist Kalles, se Dex me beneïe. »
Adonc monta le roi, il et sa baronie,
35 Encontre le legat vont moult grant compengnie.
Devant le tref l'encontrent de soie d'Aumarie.
Maugis lieve la main qu'il ot bele et fornie,
Et les saigne et assoult de Dieu le fix Marie.
« Sire legat, dist Kalles, mon cuer moult se gramie
40 » Des larrons orgueilleus, que Ihesus maleïe,
» Qui vous ont assailli et votre gent leidie. »
Et Maugis li respont, qui entent la boidie :
« Sire emperere Kalles, ne leiroi ne vous die,
» Par vous i sunt li lerre qui font la roberie.
45 » Mi sire l'apostole en a bien l'œvre oïe.
» Sus païen deüssiez mener cheste estoutie.
» Or avez cheste terre gastée et essilie. »
« Sire legat, dist Kalles, se Dex me beneïe,
» Il commencha premier cheste estoutie. »
50 » Sire roi, dist Maugis, lessiez votre folie,
» Je parleroi o conte et à sa baronnie,
» Quer je i voudroi mès hui prendre hebergerie. »

Dist l'emperere Kalles : « Biau sire cardinal,
» Vous en vendrez o moi, moult par me sera bel. »
55 « Non ferai, dist Maugis, ains irai au castel,
» Quar parler vueil au conte et à cheus de l'ostel,
» Volentiers abattre la noise et le chembel. »
« Ales, dist l'emperere, au cors .S. Daniel. »
Et Maugis esperonne, si s'en torna isnel.
60 Devant lui esgarda contreval .i. ruissel,
Fousifie a veü ester sus le ponchel ;
A l'issir des hebergez, u pendant d'un vauchel,
Encontre de vitaille carchié .iiii. poutrel,
De pain, de vin, de char, si i ot maint oisel :
65 Si les conduit Dunaimez, Salemon et Hoel.

Maugis voit les sommiers venir et amener
Que Naymes et Hoel et Salemon le ber
Conduisoient à l'ost pour Kallon presenter.

    Moult est lie Maugis, le vaillant bacheler,

70   Petit prise son sens s'il nes en peut mener.

    .i. encantement fet qui moult fet à loer.

    Cheuz qui lez sommiers mainent, a fet si encanter

    Qu'il lor fist du castel les tentez resembler ;

    Les sommiers, qui vers l'ost prenoient à aler,

75   A fet vers le castel ariere retorner ;

    A .ii. barons puissans lez fet avant mener.

    Quant Francheis l'ont veü, si prennent à crier :

    «He! Naimez de Baviere, où devez vous aller?

    » Voulez vous donques Kalle guerpir et adosser ? »

80   Maugis tint .i. baston, grant coup lor va donner,

    Et dist li .i. à l'autre : « Or le lessiez aler,

    » Chi a mal cardinal, Dex li puist mal donner.

    » Ainz mez ne vi à prestre si vilain coup donner. »

    Et Maugis lor commenche hautement à crier :

85   «Ales, fix à putain, Kallemaine conter

    » Que Maugis le bon lerre l'est venu encanter.

    » Fet me sui cardinal pour lui embriconner,

    » Asses tost li feroi le siege comperer. »

Maugis entre au château avec Naymes, Hoel, Salomon et tout son convoi. Après que le comte Hernaut a rassuré les chevaliers français, Maugis se fait reconnaître de son grand-père, et lui apprend que sa fille Ysane est reine de Maiogre et qu'elle a deux fils qui viennent d'être baptisés : ils sont avertis du besoin où est le comte, et se préparent à le secourir. Cependant l'armée des Français attaque Moncler. Maugis désarçonne Ogier. — [**162 v° *b***] Hernaut et ses chevaliers entourent Ogier, qui est fait prisonnier. Le combat redouble de violence et les Français sont en pleine déroute. Guillemer l'Escot, avec quinze chevaliers, se réfugie dans un marais d'où ils ne peuvent plus sortir. Charlemagne fait prendre les armes à toutes ses forces. En passant près du marais, Hernaut raille Guillemer et ses Ecossais :

    Le quens Hernaut les voit, o le flouri grenon ;

    A Guillemer l'Escot a dit un gap felon :

    « Sire Escot Guillemer, peschiez vous as poissons ?

» Il i a moult plus rainez que perchez ne saumons.

» Trestous vos Escotois, pleüst Dieu et son non,

» I fussent avec vous et Normans et Bretons[1]. »

Quand Charlemagne et son *ost* arrivent sur le champ de bataille, Maugis rappelle Hernaut et son oncle le roi Othon d'Espolice. —[**163 r° a**] Ils rentrent dans Moncler. Charlemagne fait donner l'assaut à la ville. En voyant Guillemer dans le marais, Griffes et Charles se moquent de lui au lieu de l'aider. L'assaut échoue, et Guillemer qui a été oublié est obligé de se rendre à Hernaut. — [**163 r° b**] Un messager apporte la nouvelle que Beuves d'Aigremont, serré de près par Vivien l'amachour, demande d'être secouru. Maugis se déguise en *paumier* ou pèlerin :

> Le bourdon prent u poing et l'escrepe au costé,
> .i. capel ot u chief en trente lieus chité,
> Son vis a taint d'une herbe qui est de grant bonté[2].

---

[1] Cet épisode m'a tout l'air d'avoir été suggéré par les lourdes plaisanteries que Renaud décoche à Ogier quand celui-ci a dû repasser la rivière :

> « Ogier, ce dist Renaus, estes vos pescheor?
> » Se tu as pris anguiles u troites u saumon,
> » Fai m'ent tel compaignie, com doit faire frans hom.
> » U tu passes cele ewe, si vien joster à nos...
>   (P. 207, cf. 210-211.)

Renaud, en le voyant sur l'autre bord de la rivière, lui dit en raillant de lui vendre les poissons qu'il avait pris, ou bien s'il voulait jouter encore contre lui, qu'il allait le joindre de l'autre côté. Bibl. bleue.

[2] Ce tour de Maugis n'est qu'une imitation, mais très-abrégée, du passage si connu du *Renaud de Montauban* (p. 250-257). La chape fait sans doute partie du costume de *paumier*, mais le vers du *Maugis* indique qu'elle avait une célébrité particulière. Ici, comme en d'autres endroits, l'auteur de la version publiée par M. Michelant me paraît altérer un texte moins prosaïque. Dans son récit, Maugis ne se sert guère de son chaperon que pour y mettre les trente livres que les seigneurs lui donnent; mais il semble que ce costume lui est ordinaire, car Richard dit à Ogier (p. 271) :

> « Jou ai veü Maugis o le chaperon lé. »

J'accepterais volontiers, pour ma part, la supposition de M. Rajna: « In quel » tempo egli (Maugis) possedeva probabilmente una *tarnkappe*, e poteva a » suo piacere rendersi invisibile. » *Or. d. Ep. F.*, p. 435. Dans *Gaufrey* (v. 8195, s.), Malabron revêt sa cape quand il veut devenir invisible :

Il se rend au camp des Français ; mais un espion de Charles, Grafumez, a été témoin de son déguisement et le trahira. Quand l'empereur voit arriver le pèlerin, il dit à Othon et à Othoé :

« Ves ichi un paumier, moult a son cors lassé.
» Il pert bien à sa char qu'il a moult loing esté. »
Dist Sansez de Borgoigne : « Vous ditez verité,
» Itiex menues gens aront la majesté.
» Nous, haus hommez, povon moult estre espuanté
» Qui tuon les vilains qui gaaignent le blé. »
Dist l'emperere Kalles : « Vous dites verité[1]. »

[**163 v° a**] Maugis les salue ; il vient des pèlerinages de St-Jacques et de Rochemadour ; il demande à manger. L'empereur tient à le servir lui-même, et, après le repas, lui donne un hanap d'argent. Au sortir de la tente de Charles, Maugis rencontre l'espion Grafumez qui l'arrête, lui dit qui il est, appelle à l'aide. — [**163 v° b**] Après une lutte violente, Maugis est amené à l'empereur ; on le charge de chaînes. Charles envoie Grafumez offrir à Hernaut de lui rendre son petit-fils, si de son côté il veut se soumettre. Mais Fousifie rencontre Grafumez, se dit espion lui aussi de Charles, se fait tout raconter, puis assomme à demi le malheureux, que le comte Hernaut ordonne de pendre à un pin. La colère des Français est grande. Cependant le messager de Beuves repart pour Aigremont avec une lettre pour le duc ; on lui fait savoir que

Le folet ot sa cape vestu et endossé ;
Si n'est nul qui le voie, che est la verité,
Puis que Il a sa cape vestu et endossé.

A la page suivante, Malabron couvre Robastre d'un pan de son manteau et le délie sans que les géants s'en aperçoivent. Dans *Garin de Montglane*, Perdigon l'enchanteur ayant emprisonné Robastre, Malabron apporte à son fils la cape invisible d'Auberon. Robastre recouvre sa liberté et s'amuse à jouer mille tours à ses ennemis et à ses amis. Gautier, *Ep. françaises*, 2e éd., IV, 251. — Nous verrons plus loin qu'Espiet se sert d'un *capel* pour ses enchantements ; est-ce une réduction de la chape en question ?

[1] Nous avons ici la première forme, timide encore, mais déjà éloquente, de cette protestation contre la dureté féodale que La Bruyère devait exprimer avec tant d'énergie en faveur des paysans, qui méritent « de ne pas manquer de ce pain qu'ils ont semé. »

Maugis est son fils, et pourquoi on ne peut lui porter secours. Le messager tombe entre les mains des Sarrasins ; on trouve sur lui la lettre et on la fait lire

> A un clerc renoié dont en l'ost assez ont.

[**164 r° b**] Vivien, enchanté de ce qu'il apprend, laisse le messager rentrer dans Moncler. Quand Beuves est renseigné, il fait écrire à ses frères Girard de Roussillon, Doon de Nantueil, Aymes de Dordonne, Renier de Vantamise. Pour protéger le départ du messager, Beuves sort de grand matin et surprend les gardes de l'ennemi. Il tue Corfrain et blesse Danemont d'Abilant. — [**164 v° a**] Vivien s'arme et attaque Beuves. Leurs chevaux sont tués. Beuves est relevé par ses chevaliers et rentre dans Aigremont. L'amachour est furieux :

> Forment li oïssiez le duc Buef menachier,
> Mès il fet moult que fol de tel chose afichier :
> Par temps li couvendra d'autre Martin pleidier[1].

Espiet est arrivé à Valdormant ; sur son avis, Brandoine réunit son armée, et avec sa mère Ysane part pour secourir Hernaut de Moncler. On campe à quelques lieues de Moncler. Brandoine envoie Espiet saluer son aïeul de sa part. Espiet veut traverser l'ost de Charlemagne :

> N'ot que .iii. piez de lonc, si pot bien randonner ;
> .i. enfant de .vii. ans semble le bacheler,
> Si en a plus de .c. qui n'en veut mesconter,
> Et sot trestous langagez courtoisement parler.

Espiet entre sous la tente de Charlemagne, et, irrité de ce que Maugis est prisonnier, forme le projet d'effrayer l'empereur. Celui-ci le trouve très-beau et lui demande qui il est[2].

---

[1] Cf. *Gui de Bourgogne*, v. 1402-1404.

[2] Espiet est beau en souvenir d'Auberon.

> Si n'a de grant que .iii. piés mesurés ;
> Mais tout à certes est moult grant sa biautés,
> Car plus est biaus que solaus en esté.
>   (*Huon de Bordeaux*, v. 3155, s.)

Quand Auberon raconte à Huon comment une fée, après l'avoir condamné

Espiez fu dolent, forment ot grant doulour
Que Maugis en prison estoit à tel doulour ;
Pour chen veut à Kallon fere .I. poi de paour.
Maugis l'a conneü, n'ot mès joie gregnour ;
5 Volentiers i parlast, s'il en eüst leisour.
Espiez s'aresta devant l'empereour.
Kalles le regarda, si li dist par amour,
Quer mès si bel enfant n'avoit veü nul jour,
Il li a dit : « Enfes, ditez moi, par amour[1],
10 » Où ales vous? dont estez? dont sunt vo conditour? »
« Sire, dist Espiez, Ihesu le creatour ;
» Mez de mon errement vous dirai la vraiour.
» Je sui nes de Touleite, fix d'un encanteour ;
» De son mestier m'aprist et de ses sens plusour.
15 » Tant en sai que vous onques ne veïstez meillour.
» Je sai bien ostoier .I. faucon osteour
» Et garder par mestrie .I. destrier misaudour.
» De trestous estrumens ne fu tel deduitour :
» Bien sai chanter et lire et sui bon conteour ;
20 » N'onquez ne fu à homme duc, prinche ne contour,
» Se je vueil, que sa fame ne m'emast par amour.
» Or est mon pere mort, si vois querrant seignour. »
» Par S. Denis, dist Kalles, tu es de grant valour.
» Ne fust une deschez, à moi fust le sejour.
25 » Monstrez nous de vos giex la mestrie et la flour.
» Je te donrai assez, se es tel joueour. »
» Sire, dit Espiez, volentiers sans demour.
» Vous en ares assez, mez n'en aiez freour,
» Quer de bons et de biaus en verrez ja plusour. »

Li tref fu large et grant d'un paile de Tudele,
Et la plache fu grant, tous furent en rouele.

à ne pas grandir, lui accorda par compensation le don de beauté, il dit de
lui-même :
      « Autant sui biaus con solaus en esté. »
                (V. 3512.)
Il en dit autant à Charlemagne, v. 10400.

      Le nain-chevalier de *Lancelot du Lac* est laid.
[1] Ms. « mez enfes. »

Espiez .ɪ. capel fist de gla[y et] de cenele[1],
Sel mist sus¦le jonchel qui fu fresche et nouvele,
Puis a feru dessus du rain d'une canele.

35   .ɪ. encantement fist où ot mestrie bele,
Quar vis fu à Kallon que dessus la rouele
Du capel de bo[n]et qui fu fet à Tudele[2],
Du capel de bo[n]et qui fu fet à Bordele,
Sailli demaintenant .xxx. et une puchele ;
40   Vestuez sont d'orfrois, petitez les memmeles.

Fol. 165 r° a. L'une cante .ɪ. sonnet, et l'autre une viele.
Onques mès melodie ne fu veü tant bele.

L'encantement fu fier, de voir le vous plevis,
Que à tous fu ensemble et à Kallon avis
45   Que tous les semble à estre en gloire en paradis.
Moult s'en rist bonnement le bon lerre Maugis.
Li encantement faut et finement a pris ;
Kalles li emperere en a durement ris,
Onques mès menestrel ne vit si bien apris.
50   « Segnors, dist Espiez, ne soiez esbahis.
» Ja en verrez .ɪ. autre qui encor vaut tex .x. »
Il fiert sus le capel, tantost en sunt saillis
.ɪɪ. grans serpens felons et .ɪɪɪɪ. coquatris,
Escorpions et tigrez plus de .ʟxx.
55   Qui s'entrecombatoient comme deables vis.
N'i vousist l'emperere pas estre pour Paris.
Il reclame S. Jaque et le ber S. Denis
Que de mort le deffende, que il n'i soit malmis.

Moult par fu orgüeilleus ichel encantement,
60   Quer avis fu à Kalle et à toute sa gent
[3] . . . .
Quer laiens ot de bestez si grant c[r]ooullement

---

[1] Ms. « de gla de cenele. »

[2] Ms. « bovet. » Le scribe n'a pas compris l'expression *chapel de bonnet* qu'il avait sous les yeux ; après avoir d'abord écrit *bonnet*, il a barré le mot d'un trait rouge et l'a remplacé par « bovet. »

[3] Lacune évidente, probablement d'un vers.

Que il ne garde l'eure que il muire à torment;
Et gietent feu et flambe issi espessement
Que tout le paveillon en alume et esprent,
65 Et que Kalles meïsme à sa barbe le sent.
A sa main l'a sachié que peus en sache .c.
Il se voue à S. Jaque et au ber S. Vinchent.
Espiez et Maugis en rient bonnement.
Et quant chen fu venu que il prist finement,
70 Kalles ne fu si lie pour l'or de Bonivent,
Et dist à Espiez : « Amis, à moi entent.
» Le matin te feroi paier à ton talent. »

Espiet, malgré sa suffisance, n'invente guère. Sa conversation avec l'empereur rappelle en bien des points le passage de
Huon de Bordeaux où le chevalier, tombé dans une affreuse
misère pour n'avoir pas respecté les ordres d'Auberon, rencontre Instrument le Jongleur, et va offrir ses services à Yvorin. Parmi les talents dont Espiet se vante, plusieurs sont empruntés à Instrument et à Huon, à l'un ceux de ménestrel, à
l'autre ceux d'élever l'épervier et de se faire aimer des belles dames[1]. Mrlin, de son côté, s'est vanté à Viviane de posséder de grands secrets. Le premier jeu d'Espiet est une reproduction de celui par lequel Merlin essaye d'abord de satisfaire
la curiosité de la jeune fille : « Merlin se tire un peu à l'écart,
» fait un cercle, revient à Viviane et se rassied sur le bord de
» la fontaine. L'instant d'après, la demoiselle regarde et voit
» sortir de la forêt de Briosque dames et chevaliers, écuyers
» et pucelles se tenant main à main et faisant la plus belle fête
» du monde. Puis jongleurs et jongleresses se rangent autour
» de la ligne que Merlin a tracée, et commencent à jouer du
» tambour et d'autres instruments. Les danses s'ébranlent et
» les caroles, plus belles et gracieuses qu'on ne saurait dire[2]. »
—Le second jeu d'Espiet est d'un tout autre caractère : des
serpents lancent des flammes et épouvantent les assistants.
Plus loin, Maugis y aura recours dans sa lutte avec l'enchanteur Noiron. Dans Gaufrey, Malabron l'emploie pour mettre

---

[1] *Huon de Bordeaux*, v. 7214, s.; 7401, s.
[2] P. Paris, *R. d. l. T. R.*, II, p. 177.

en déroute les dix géants qui ont enchaîné son fils Robastre[1].
Maugis, pour accomplir ses plus surprenants prodiges, se
borne à prononcer un *charme*. Espiet a recours aux procédés
de l'art. Il trace un cercle comme Merlin, pose un chapeau
sur le sol et frappe dessus comme tout enchanteur bien appris.

L'empereur garde Espiet à dîner. Le soir venu, le «folet»
enchante Charlemagne et ses barons; ils sont pris d'un lourd
sommeil. Espiet veut alors délivrer Maugis; mais les fers sont
trop lourds et bien rivés. Maugis prononce un *charme* ou formule magique, et ses chaînes volent en éclats. Le «folet sené»
lui conseille de partir. — [**165 r° b**] Sans Espiet, Maugis eût
tué Charles; il se borne à placer dans la main de l'empereur
un gros bâton, barbouille de noir le visage de Milon, coupe
les grenons du comte Elimant et tond Garin. Ils brisent les
coffres, enlèvent tout l'or et l'argent, et en chargent un fort
sommier. Maugis monte sur le cheval de l'empereur. Puis ils
chargent quinze sommiers de provisions. Maugis demande
congé à Charles, et ils s'en vont. Maugis se dirige du côté de
l'armée de Brandoine, tandis qu'Espiet conduit les sommiers à
Moncler. Mais Lambert le Berruyer se trouve sur le chemin
de Maugis. — [**165 v° a**] Il le reconnaît et voudrait l'arrêter.
Maugis le renverse de cheval, puis arrive au camp de Brandoine.

Cependant Charles et les quatre seigneurs se sont réveillés;
ils apprennent que Lambert est grièvement blessé, et consta-
tent que la vaisselle d'or et d'argent a été enlevée. — [**165
v° b**] De même on a fait main-basse sur tous les vivres du roi.
Landri, un traître, frère d'Amauri (les auteurs de cette guerre
entre Charles et Hernaut), conseille d'assaillir Moncler. Les
Français, conduits par Amauri, vont fourrager et mettent le
feu à un des villages d'Hernaut. Ils rencontrent Maugis et
l'avant-garde de Brandoine. Amauri tue Guinemer de Maiogre; mais, légèrement blessé par Maugis, il prend la fuite.
Charlemagne fait prendre les armes à Landri de Vermandois,
frère d'Amauri, et à quinze mille chevaliers. — [**166 r° a**]
Maugis, dans le combat qui s'est engagé, tue Landri; mais il

---

[1] *Gaufrey*, v. 8627, s.

est entouré, et son cheval est tué sous lui. Il sonne du cor, et Espiet lui amène Bayard. Brandoine arrive à son tour, suivi de ses barons et de son armée.

[**166 r° b**] Charles apprend à qui il a affaire. Il se met à la tête de toute son armée. Hernaut et Othon d'Espolice envahissent le camp, pillent et brûlent tout. Charles, du haut d'une montagne, contemple avec effroi l'armée de Brandoine. De son côté, Maugis a reconnu l'oriflamme et le dragon de l'empereur. — [**166 v° a**] Le combat s'engage, Hernaut de Moncler vient y prendre part. Brandoine et lui se combattent sans se connaître, et le comte n'est sauvé que par l'intervention d'Espiet et de Maugis. L'aïeul et le petit-fils s'embrassent et les Français sont repoussés. Charles apprend que son camp a été pillé. — [**166 v° b**] Charlemagne voit la victoire de l'ennemi et prie Dieu de garder la France « qu'elle ne soit honnie. » Le soleil, qui était haut encore, se couche aussitôt et le combat s'arrête. L'empereur, découragé, écoute l'avis du duc Sanses ; il charge Sanses et trois autres barons de demander à Hernaut de lui rendre Dunaimez, dont les conseils lui sont nécessaires. — [**167 r° a**] A ce moment, Hernaut recevait un secours d'hommes et de provisions que lui envoyait la fée Oriande. Il permet aux barons prisonniers d'aller au camp de l'empereur. — [**167 r° b**] Les Français auraient un pauvre repas si Espiet ne leur amenait de Moncler un convoi de vivres. Dunaimez conseille à l'empereur de s'accorder avec Hernaut. — [**167 v° a**] Dunaimez expose à Hernaut les conditions de la paix : l'empereur lui rendra son fief agrandi ; mais, de son côté, il fera hommage à l'empereur et lui remettra les clefs de son château.

A lui ires à pié, en braies, trestout nu.

Maugis exige à son tour que l'empereur consente à venir combattre Vivien l'amachour, qui assiége Aigremont. Charles accepte. — [**167 v° b**] Charles reçoit l'hommage de Hernaut, lui donne le Val de St-Vincent et un riche *garnement* qu'il conquit jadis à Tolède, quand il occit Braimant :

Hons, quand il l'a vestu, mal ne douleur ne sent[1].

---

[1] C'est évidemment le haubert merveilleux que l'Orgueilleux avait ravi à Auberon, et qu'à son tour Huon de Bordeaux reprend au géant.

Il y a grande fête à Moncler; mais Maugis rappelle la situation de son père, et Charles donne l'ordre du départ. Un
espion de Vivien court en apporter la nouvelle à l'amachour.
— [168, r° a] Vivien ne s'effraye pas, car tous les Sarrasins
dépendent d'Esclarmonde :

> Lors fet ses bries escrire sans nule arestoison,
> Et mande sez amis à sa deffension,
> Sorbaré d'Aumarie et le viel Faussaron,
> Et le grant amu[r]afle de l'isle de Moisson,
> L'amiral de Palerne et de Naplez Corbon,
> Et de Mase Fabur, et le riche Amadon,
> Et Ronflart et Flambart et le roi Rubion.
> Avant en Sarragonne manda Matefelon.
> A Rise s'asembla la mesnie Noiron.

Les païens sont réunis sous les murs d'Aigremont. Beuves
et la duchesse s'effrayent d'abord en voyant toutes ces tentes
ennemies. Mais du côté du *Pui Droon,* Beuves aperçoit une enseigne suivie de beaucoup d'autres: c'est celle de son frère
Girard de Roussillon. Puis apparaissent les enseignes de Doon
de Nanteuil, du vieux comte Aymes de Dordonne, qui est accompagné de ses fils Renaudin et Alard le blond. — [168 r° b]
Du côté du *pui* de Mayence brille l'oriflamme de France. L'armée de Brandoine vient se ranger à côté de celle de l'empereur. Au loin, Beuves distingue les enseignes de ses frères
Hernaut et Othon. L'empereur tient un conseil et décide d'envoyer un messager à l'amachour. Ogier s'offre ; mais Charles
ne l'accepte pas. Maugis se charge d'aller proposer à Vivien
de « guerpir Mahom et ses grans foletés. » — [168 v° a] Maugis rencontre sur son chemin Girard de Roussillon, son oncle,
qu'il désarçonne sans le connaître ; mais les fils d'Aymes et
Doon de Nanteuil accourent, et Maugis s'enfuit. — [168 v° b]
Charlemagne envoie à son secours ; mais on se reconnaît, et
Girard est fier d'avoir un tel neveu. Maugis, arrivé devant
Vivien, le salue suivant la formule ordinaire :

> « Chil [Dame]dieu de gloire qui en crois fu pené
> » Saut et gart le duc Buef d'Aigremont la chité,
> » Et Hernaut de Moncler, le viel canu barbé,

» Et Kalle l'emperere qui est lor avoué,
» Et chestui amachour et trestuit si privé. »

Vivien le reprend courtoisement :

« Amis, dist l'amachour, tu n'es mie sené.
» Du salut que m'as fet ne te soi je nul gré,
» Si laie[n]z com tu l'as souhaidié et oré. »
Quant Maugis l'a oï, si a en haut parlé :
5 « Amachour, de Mahom soiez vous salué ;
» Burgibuz et Pilate et Noiron le desvé
» Vous soient hui ensemble tout à votre costé,
» Et Lucifer lor fix, e trestuit li maufé. »
« Amis, dist Viviens, or as tu bien parlé ;
10 » Des or mès peus tu dire ton bon et ton pensé. »
» Sire, chen dist Maugis, n'en iert mot trestorné.
» Mesagier ne doit estre de noient encombré.
» Je sui mesagier Kalle, le fort roi couronné.
» L'emperere vous mande, qui moult a poosté,
15 » Que lessiez Mahommet, si ferez que sené,
» Que pourchiaus estranglerent quant il fu enivré. »

Vivien s'emporte. Il a reconnu dans Maugis celui qui a tué l'amachour Sorgalant. Les païens entourent le chevalier ; il en tue cinq et s'élance sur Bayard, qu'il avait eu le soin de tenir par la bride. Dans ce danger, il reste fier et menaçant :

Il tint nue Froberge trestoute ensanglantée.
« Amachour, dist Maugis, ch' est verité prouvée ;
» Onques de bonne geste ne fustez engendrée,
» Quant m'as fet assaillir à ta gent mal senée.
» Par la foi que je doi à la vierge henourée,
» Ta mort si est escripte au trenchant de m'espée. »

Pendant que Maugis est ainsi entouré, son père est sorti d'Aigremont pour aller s'entendre avec ses frères ; mais, assailli par les païens, il est obligé de se réfugier dans une grotte, « le creus à la guivre », et de là, se couvrant de son bouclier qui ferme l'entrée, il appelle à son secours. Le bruit se répand parmi les païens que Beuves est mort. Maugis entend ce

cri, et, sans demander congé à Vivien, part pour secourir son
père. Il disperse les Sarrasins qu'il rencontre. — [**169 r°** *b*]
Il appelle le duc, le dégage, et celui-ci apprend que le chevalier qui vient de le sauver est son fils. Après une scène
touchante de reconnaissance tous deux se dirigent sans tarder
vers Aigremont. Un enchantement de Maugis trouble la vue
des païens, qui se jettent en furieux les uns sur les autres.
Beuves et Maugis sont reçus par la duchesse, qui s'afflige à la
vue des blessures de son époux. — [**169, v°** *a*] La duchesse
apprend que Maugis est son fils ; elle reconnaît l'anneau qu'il
porte à l'oreille ; elle est dans la joie.

Cependant les païens ont recouvré le sens, et Vivien se décide à employer un sien enchanteur qui sera le rival de Maugis. C'est Noiron, un géant tout noir qui sait plus que Simon
Mage. Il commence par lancer une flèche qu'un diable conduit
et qui, sans qu'on la voie venir, va percer un chevalier à côté
de Beuves. En même temps, les assiégés s'imaginent que la
ville est en feu, et courent çà et là. Le désordre est au comble.
— [**169, v°** *b*] La lutte s'engage entre les deux enchanteurs.
Noiron fait que la porte d'Aigremont saute hors de ses gonds,
et les païens peuvent se répandre dans la ville ; mais Maugis fait apparaître une haute tour à la place de la porte ;
celle-ci est rétablie grâce à la surprise des païens. La lutte se
continue donc dans l'intérieur de la place et les deux enchanteurs en viennent à se combattre corps à corps. Noiron est
blessé. — [**170, r°** *a*] Il trouble l'esprit de Maugis et de ses
alliés. Ils croient que Maugis se noie dans une eau courante,
et les païens en profitent pour en tuer un grand nombre.
Maugis, quand l'enchantement a pris fin, donne à son tour
une preuve qu'il n'a pas oublié les leçons de son maître Baudri. Les païens se croient entourés de flammes, courent au
hasard, se plaignent et se démènent. Maugis profite de leur
désarroi pour trancher d'un coup d'épée le bras gauche de
Noiron. Celui-ci appelle à son secours tous les diables d'enfer ;
ils ne peuvent rien contre Maugis qui est protégé par la vertu
de l'anneau. Ils volent pareils à des corbeaux et font un grand
bruit qui effraye les chrétiens. Tout autour de Maugis ils font
jaillir la flamme des pierres et des cailloux. — [**170, r°** *b*] Les
diables ne peuvent sauver Noiron des mains de Maugis qui

les a conjurés. Ils redoublent leur épouvantable tempête, et
après avoir mis le feu à trente maisons vont se poser hors de
la ville sur une tour occupée par les païens. Elle s'écroule et
trois cents païens sont écrasés. Puis ils prennent leur vol et
passent avec un grand fracas au-dessus de l'armée de Charlemagne. Noiron essaye encore son art contre Maugis. Celui-
ci se croit assailli par un serpent :

Noiron li encantierre fu forment abosmé,
Du bras qu'il a perdu a moult le cuer iré.
.1. encantement fist dont il estoit sené,
Qu'avis fu à Maugis, le vassal aduré,
5 C'un serpent li sailloit, merveilleus et cresté,
Qui tant li getoit feu que tout l'avoit brullé.
Qui donc veïst Maugis du bon branc acheré
Escremir tout par li, com s'il fust forsené,
Et reclamer en haut Ihesu de majesté.
10 Qui le veut esgarder, bien semble forsené.
Le duc Buef qui le voit en est tout trespensé.
Cuident que li deable l'aient du sens jeté.
Du-Buef ist de la tour, et o lui son barné,
Où il estoient tuit pour li deable entré ;
15 Venus sunt à Maugis qui estoit violé
De l'encantement fort qui si l'a estonné.
Dus Buef le cuide prendre, et o lui si privé,
Mès le primerain a Maugis si assené
Que mort l'a devant li à la terre versé.
20 Adonques fu dus Buef durement aïré ;
Maugis avoit son fix à .S. Jaque voué
Qu'ille meite en son sens se il li vient à gré.
De l'encanteor n'ont tant ne quant avisé,
Quer d'un encantement fu pour eus avisé.
25 Quant de l'encantement fu Maugis descombré,
Et son pere duc Buef li a dit et conté
Comme il ot son baron orendroit afolé :
« Pere, chen dist Maugis, quer j'estoie encanté.
» Vees vous le glouton qui est à moi mellé ?
30 » Onques mès ne vi homme d'encanter si sené.
» Se chïens ne m'eüst Damedieu amené,

» Par forche vous eüst à l'amachour livré ;
» Par lui fust abatue sainte crestienté. »
« Biau fix, chen dist dus Buef, vous ditez verité.
35 » Beneïte soit l'eure que tu fus engendré. »

[**170, v° a**] Maugis fait prendre Noiron et on le lance au moyen d'un mangonneau dans le camp de Vivien [1]. Le corps en tombant tue Rubion de Carthage et s'écrase aux pieds de l'amachour qui est couvert de sang. Cependant Maugis et Beuves se rendent au camp des chrétiens. En chemin, ils dispersent un corps de païens et font prisonnier le chef, Murgalant de Persè, qui promet de renier Mahom. Charlemagne tenait un conseil de ses barons. — [**170, v° b**] On était inquiet du sort de Maugis dont on n'avait plus de nouvelles depuis qu'il s'était rendu au camp de Vivien. Mais Desier de Pavie voit venir la troupe des chevaliers d'Aigremont. Maugis raconte brièvement comment il s'est acquitté de son message. On baptise Murgalant dont Beuves est le parrain. Charles lui donne un grand duché en Allemagne ; il s'appellera désormais Beuves l'Allemant. Le nouveau chrétien annonce que les païens attaqueront le lendemain, et on se prépare à leur résister. Mais un espion de Vivien court tout lui rapporter et le matin les païens prennent les armes.

[**171, r° a**] Les païens s'avancent dans la prairie. Les Français forment sept *batailles*, l'armée de Brandoine trois. Charles repartit les batailles entre Brandoine, le roi Othon d'Espolice et les quatre frères. Maugis est en tête avec mille chevaliers ; il porte l'oriflamme. De leur côté s'avancent Vivien et ses ba-

---

[1] La dame de Honguefort fait placer dans une perrière le sénéchal de Galides et un autre chevalier qui ont été vaincus par Bohor; ils sont lancés ainsi dans le camp des assiégeants. P. Paris, *R. d. l. T. R.*, V, p. 130-131. — Dans *Simon de Pouille*, qui paraît plus moderne que le *Maugis* (nous avons vu qu'il place Vivien d'Aigremont à la cour de Charlemagne) les chrétiens traitent de même Tristamant qui les a trahis:

> Amont la tour l'enmenent à guise de garçon,
> En mangonel le si saichent de rendon,
> Si a droit l'ont balancé com se fust un boucton.
> Aux piez l'Amirant chiet devant son pavillon.

Fr. Michel. préface de *Charlemagne*, p. LXXXIX.

rons. Maugis et son corps s'élancent les premiers. Beuves
d'Allemagne, le nouveau chrétien, se distingue dans la mêlée.—
[**171, r° b**] Vivien et son père se rencontrent deux fois. La seconde, Beuves, est fait prisonnier; et Vivien allait lui trancher
la tête, quand le fort roi Ysoré lui fait remarquer que la mort
de Beuves exaspérerait les chrétiens et qu'il vaut mieux garder un tel otage à Monbranc. — [**171 v° a**] Vivien suit ce
conseil. Maugis, quand il sait que son père a été pris, rend au
roi l'oriflamme, qui est confiée à Fagon de Balesgues; puis il se
jette dans le combat, tue le vieux Flambart de l'île des Ténè-
bres, l'amiral Ysoré, Arpatris. Charles et les trois frères combattent aussi vaillamment. Brandoine tue Sorbrin, qui portait
l'oriflamme de la gent Apolin, et le roi Alipantin. Vivien essaye
vainement de continuer la lutte.

> L'amachour Vivien voit ses païens mourir,
> Tel duel a et tel ire du sens cuida issir;
> .IIII. cors d'arain fist et corner et tentir,
> Mez de son grant empire que hui ot à baillir,
> 5   Ne peut demi millier alier n'acueillir.
> Par tout les voit à .c. et à millier gesir,
> Et cheus qui sont en vie, voit toutez pars fuir.
> Mahommet reclama à plours et à souspir.
> «He! duc Buef d'Aigremont, moult par te puis haïr.
> 10 » Par toi et par ta geste m'estuet le champ guerpir,
>   » Quer je voi mez gens mors de toutez pars gesir. »

[**171 v° b**] Vivien, en quittant le champ de bataille, rencontre et blesse légèrement son aïcul Hornaut. Maugis, monté
sur Bayard, rejoint l'amachour. Un combat violent s'engage
entre les deux frères. — [**172, r° a**] Vivien porte à Maugis un
coup qui le renverse, et il allait l'achever, quand un ange
descend du ciel et une lumière éclatante éblouit Vivien. Maugis en profite pour se redresser et recommencer la lutte; mais
son épée s'engage dans les armes de son frère, qui la lui arrache des mains. — [**172 r° b**] Maugis désespéré a recours à
son art. Vivien s'imagine qu'il est à Monbranc devant l'autel
de Mahom et de Tervagant. Il s'agenouille et adore Mahom.
Maugis lui enlève Froberge et sa propre épée. Vivien revient

à lui, et après quelques discours se reconnaît son prisonnier.
Il aura sa liberté quand le duc Beuves aura été rendu aux
siens; il refuse de changer de religion et se promet bien de
recommencer plus tard la guerre. Maugis le conduit à Aigremont.

[**172 v° a**]Quand l'amachour paraît devant la duchesse, elle
reconnaît avec surprise l'anneau d'or qu'il porte à l'oreille. Il
est grand et beau et ressemble à Maugis. Après l'avoir me-
nacé de mort, s'il ne rend le duc Beuves, la duchesse lui demande de qui il est fils. Il sait simplement que la belle Esclarmonde l'a acheté sur le rivage, et lui a dit qu'il est issu de
haut parage et fils d'un amiral puissant. Maugis interrompt
ces discours. Comment aura-t-on le duc Beuves? Vivien s'offre
pour aller le chercher lui-même, et donne sa parole à l'empereur et à tous les assistants. — [**172 v° b**] La duchesse obtient
la promesse qu'il forcera Esclarmonde à lui révéler le secret
de sa naissance. Il revient à Monbranc, apprend à sa femme et
à Beuves tout ce qui s'est passé, et charge Escorfaut de Monglai de ramener le duc sain et sauf à Aigremont. — [**173
r° a**] Vivien arrache à Esclarmonde la vérité.

    L'amachour Vivien courouchié et marri
    Enmena Esclarmonde au gent cors segnouri
    En la chambre pavée, n'i ot noise ne cri.
    Le branc avoit sachié, nel mist pas en oubli.
5   «Dame, dist Vivien, ja m'avez vous nourri
    » Et moi pris à segnor, forment vous en merchi ;
    » Or vous pri pour Mahom, gardez n'i ait menti,
    » Ditez moi qui je sui et de quel lieu je sui,
    » Et, se vous ne le feitez, n'ere par votre ami. »
10 Quant Esclarmonde l'ot, tout le sanc li fremi,
    Paour a que Mahom ne soit pas li guerpi.
    «Par Mahommet, dist ele, d'un amiral [Persi]
    » Estez né et extrait, dist chil qui vous vendi. »
    Il respont : « Par Mahom, vous i aves menti.
15 » Quant fu à Aigremont tout le voir en oï,
    » Et, se vous nel me ditez, par foi le vous plevi,

V. 12. Ms. « d'un amiral parti. »

» Orendroit vous feroi de chest siecle partir. »
Et, quand ele l'entent, moult s'en espeüri,
Cuide que d'Aigremont li ait esté gehi.
20 Ele a dit : « Vivien, pour Mahommet merchi !
« Verité vous diroi, loialment vous affi.
« Sire, dist Esclarmonde, amachour segnouri,
» Fix es Buef d'Aigremont qui or torna de chi.
» Mez là où tu fus né ot grant noise et grant cri.
25 » Là t'embla .i. païen qui à moi te vendi.
» Encor en ai le paile, qui est à or sarti,
» Où fus envolepé u maillolet peti
» Quant nasquis de la dame à qui on te toli. »

Quant l'amachour oï la dame ainsi parler
30 Qu'il estoit fix dus Buef d'Aigremont dessus mer,
D'ire et de mautalent commenche à alumer :
« He las ! chetif, dolent, or devroie desver
» Quant ai fet mon chier pere traveillier et pener.
» Pres ne m'a fet deable dedens enfer aler.
35 » Pour quoi le m'avez fet si longuement cheler ?
» Moult le vous couvendra chierement comperer. »
Ja li feïst la teste hors du bu dessevrer,
Mez au pié li chaï pour la merchi crier.
Il l'ama durement, ne la vout adeser,
40 Anchois se prist en sus forment à doulouser.
Par ire va l'espée à la terre ruer.
Et de ses dras trestous s'est alé desnuer,
N'i laisse fors les braiez ne cauche ne souler.
Devant lui Esclarmonde a le paile aporté.
45 L'amachour si le prist, sel commenche à ploier.
De la chambre est issu, si commenche à errer.
Esclarmonde ne vout targier ne demorer,
Miex vout ele mourir que de lui dessevrer.
De li et d'Esclarmonde ne vous vueil plus conter.

A peine Beuves est-il de retour à Aigremont que Maugis
veut que l'on parte pour assiéger Monbranc et se venger de
l'amachour. — [**173 r° b**] Mais la duchesse intervient : « Vivien est ton frère », dit-elle.

A ce moment apparaissent Vivien et Esclarmonde. Vivien se jette aux pieds de son père, lui baise la jambe, lui demande pardon pour tout le mal qu'il lui a fait. Il raconte comment il a été vendu à Esclarmonde, et montre le *paile* dans lequel il était roulé quand il fut enlevé par Tapinel. C'est grande fête à Aigremont. Vivien et Esclarmonde sont baptisés. Il gardera son nom ; mais la duchesse donne le sien à sa bru, qui s'appellera *Avice*. Puis on procède à leur mariage suivant la loi chrétienne. On se sépare ; chacun part pour son pays. Alors se produit un accident qui fait passer Bayard et Froberge des mains de Maugis à celles de Renaud.

> En Aigremont fu grant la joie et li barnés,
> Et la feste tenue tant qu'il fu desaubez.
> A la loi crestiennes sunt andui espousés.
> A .i. lundi matin sunt trestuit aprestés,
> 5 Chascun va reperier de lan il fu tornés.
> Maugis à Espiet a Baiart demandés,
> Il li queurt amener par le chanfrain dorés.
> Baiart l'a u talon par deriere hurtés
> Que le souler fendi, le sanc en est volés.
> 10 En son pié fu blechié, si en est aïrés.
> Il tenoit .i. baston, grant coup l'en a donnés.
> «Maleoit fils de diable » l'a Espiet clamés.
> Baiart l'a entendu, quer il estoit faés.
> Sachiez de verité, il en a moult pesés.
> 15 Il a escous la teste, si l'a du pié frapés
> Que il l'avoit illeuc tout mort agreventés.
> Qui donc veïst Maugis dolent et abosmez,
> Pour l'amour à la fée [l'avoit] si aamés.
> Li baron et li prinche ont Maugis confortés.
> 20 Renaudin son cousin a Maugis apelés.
> « Cousin, chen dist Maugis au courage adurés,
> » Je vous doins chest destrier de bonne volentés. »
> Il a deschaint Froberge au pont d'or neelés,
> A Renaut son cousin avoit le branc donnés,
> 25 Et Renaus l'en avoit bonnement merchiez,
> Puis fist par le cheval mainte ruiste fiertez,
> Ainsi com vous orrez, se je sui escoutés.

Au duc Buef d'Aigremont ont congié demandés,
Et le duc Buef les a à Ihesu quemandés.
30 Kalles vers douce France est lors acheminés,
Roi Brandoine en ramene [o li] son grant barnés,
Le quens Hernaut en rest droit à Moncler alés,
Et Othon d'Espolice, le fort roi couronnés.
Girart à Roussillon a son cheval tournés,
35 Et Doon à Nanteuil, ne s'i est demourez.
A Dordonne s'en va Aymez le viel barbés.
Viviens s'en reva à Monbranc sa chités.
.II. evesques en a ensemble o lui menez
Qui le peuple du resne [ont] tost crestiennés[1],
40 Et, qui ne vout chen fere, si ot le chief coupez.
Duc Buef à Aigremont est en pes demourez,
Et Maugis, le sien fix, qu'il avoit aamés.

EXPLICIT LE ROMANS DE MAU. LE VAILLANT
ET DE .W. SON FRERE L'AMACHOUR DE MONBRANC.

[1] Ms. « a tost crestiennes. »

IV

LE MAUGIS D'AIGREMONT ET LE RENAUD
DE MONTAUBAN

L'auteur a traité complétement le sujet qu'il s'était tracé, les *Enfances Maugis,* et la mort d'Espiet explique suffisamment pourquoi Maugis ne veut pas conserver Bayard. D'ailleurs le frère d'Oriande, l'ami fidèle du fils de Beuves, ne figurant point dans les aventures traditionnelles des *Quatre Fils Aymon,* mieux valait pour la vraisemblance le supposer mort qu'indif· férent. Dans Pulci[1], Morgante disparaît également au moment où l'action rentre dans le domaine des traditions consacrées sur Roncevaux. La morsure d'un crabe a raison du géant in-vincible.

On a pu remarquer que Renier de Vantamise, ce treizième fils de Doon, a fini par disparaître du récit sans que l'auteur s'en soit autrement occupé. On verra dans le *Vivien de Mon-branc,* dont nous donnerons plus loin le texte, que les person-nages qui ne sont point mentionnés dans le *Renaud de Mon-tauban* meurent tous en temps utile : Hernaut de Moncler, Othon d'Espolice, Brandoine. Le terrain est ainsi dégagé des fictions que la tradition plus ancienne ignorait, et des romans de date plus récente à la chanson de geste, le passage se fait tout naturellement et sans effort.

Mais si, dans la rédaction du *Maugis* et du *Vivien,* l'auteur n'a jamais perdu de vue qu'il rédigeait une véritable intro-duction à l'histoire des fils d'Aymes, et que le plus grand mé-

---

[1] *Morgante,* c. xx, ott. 50-52.

rite de ses inventions serait d'y respecter les données de la légende, il a cru néanmoins qu'il pouvait sans inconvénient remanier le vieux texte, de façon à ce qu'il se reliât sans solution apparente de continuité avec son œuvre propre. Le remaniement du *Renaud de Montauban*, qui a été conservé dans le manuscrit de Montpellier, ne peut êtré attribué qu'à un trouvère intéressé à en faire la suite naturelle du *Maugis d'Aigremont*.

En effet, une fois Maugis reconnu et présenté à tous comme le fils de Beuves, n'était-il pas étrange qu'il ne fût fait aucune allusion à son existence dans la première partie du *Renaud de Montauban*, partie très-distincte, où il ne s'agit que des démêlés de Beuves d'Aigremont et de Charlemagne? Dans la version de Montpellier, Maugis est à côté de sa mère, quand le corps de Beuves, qui a été assassiné par Grifon de Hautefeuille, est rapporté à Aigremont.

> De l'estour sunt partis atant li .x. serjant.
> .iiii. lieuez plenierez ala le cors saignant
> Que les plaiez ne porent estanchier tant ne quant.
> Des jornéez qu'il font ne vos iroi contant.
> 5   Vindrent à Aigremont à un avesprement ;
> La duchoise s'estut as fenestrez devant,
> O lui Maugis son fix que ele aime forment,
> Cheus a veüs venir courouchiez et dolent
> Qui lor seignor aloient tout adez regretant.
> 10   Quant la dame l'oï, s'en ot le cuer dolent.

> Tres parmi la chité la nouvele en ala
> Quo lor soignor oot mort, formont lor on peoa.
> La duchoise et Maugis grant duel en demena :
> «Sire Dex, fet Maugis, quel damage chi a!
> 15   » Se je vif longuement, Kalles l'acatera. »
> «Biau fix, dist la duchoise, ne vous esmaiez ja.
> » Le duc Girart, ton oncle, moult bien vous aidera.
> » Ainchiez que li an passe, moult le courouchera
> » Et Renaut, ton cousin, que Aymez engendra. »

Par cette addition, l'accord est rétabli entre les deux romans, et Maugis apparaît déjà comme le futur vengeur de la mort de Beuves.

Mais notre trouvère ne pouvait s'en tenir là. L'idée-mère du *Maugis d'Aigremont* est l'explication de ce que la légende des *Quatre Fils Aymon* offrait d'incomplet et d'obscur. La mort de Beuves et le Renaud de Montauban une fois réunis par l'usage en un seul récit, et bien que, même dans le manuscrit de Montpellier, la première des narrations se termine par la formule consacrée « explicit la mort dus Buef d'Aigremont », on ne pouvait méconnaître que dans les querelles de la famille d'Aymes et de Charlemagne tous les torts n'étaient pas du côté de l'empereur, ce qui était en contradiction avec la fière loyauté des quatre fils Aymon. D'autre part, on pouvait être choqué de la facilité, assez peu naturelle, avec laquelle Charlemagne et le duc Aymes oublient, l'un la mort de son fils, l'autre la mort de son frère. Il y avait trop de meurtres inexpliqués dans la première partie, trop de bonne humeur et de gaieté dans le début de la seconde. Le vieux texte pouvait donc être corrigé d'une façon utile.

Déjà, dans le *Vivien de Monbranc*, il y a eu entre Charlemagne et Lohier d'un côté, et Beuves et Maugis de l'autre, une rupture complète dans des circonstances où, on le verra, l'empereur et son fils agissent de la façon la plus blessante pour les fiers barons. C'était un motif, non suffisant à notre point de vue, mais du moins un motif de haine entre Charles et Beuves, et une explication de la colère du duc d'Aigremont, quand Lohier vient lui apporter les ordres menaçants de l'empereur. Notre trouvère a fait davantage. Il a fondu ensemble la *Mort de Beuves* et le commencement du *Renaud de Montauban* de la façon suivante :

L'envoi d'un premier message de Charlemagne et la mort du messager, Enguerrand d'Espolice, sont supprimés[1]. C'était un meurtre de moins à la charge de Beuves, meurtre que le trouvère n'aurait su comment excuser ; c'était aussi la suppression d'un double emploi.

---

[1] Cette suppression a été également constatée par M. Rajna, dans le ms. civ, 3, 16, de Venise. *Rinaldo da Montalbano*, p. 23. D'après les indications données par M. Rajna (p. 6-8), il contient des allusions à la guerre d'Espagne où Roland s'empara de Nobles.

On n'était plus sensible à cette sorte de gradation qui plai-
sait aux vieux seigneurs féodaux, aux yeux desquels se charger d'un second message, quand les premiers messagers avaient
été mis à mort, était le comble de l'héroïsme [1]. Lohier, l'ennemi
de Beuves, va le provoquer dans son château, et la mort est
le prix de cette témérité. C'est pendant le voyage de Lohier à
Aigremont, avant que sa mort soit connue et qu'il y ait du
sang entre les deux familles, que l'empereur adoube chevaliers les fils d'Aymes. Dans la version plus ancienne, cette cérémonie a lieu après la mort de Beuves, lorsqu'une réconci-
liation est intervenue entre Charles et les frères du duc. Aymes
a pris part aux deux guerres successives entre l'empereur et
sa famille ; mais ni l'un ni l'autre n'ont l'air de s'en souvenir,
et Charles comble de caresses Renaud et ses frères. Dans la
version de Montpellier, Aymes et ses fils, qui se sentaient liés
envers l'empereur, n'ont pas soutenu Beuves après l'attentat
qu'il avait commis. Dès qu'ils en reçoivent la nouvelle, ils
quittent la cour de l'empereur et vont à Dordonne. Ils content
à la duchesse tout ce qui s'est passé.

> Quant la dame les vit, ses a mis à reson :
> « Sire, bien vegniez vous ? » — « A Dieu, beneïchon. »
> » Est Renaut, mon cher fix, chevalier à bandon ? »
> » Oïl, ma douce dame, le gentil hons respont,
> 5 » Adoubez nous a tous l'emperere Kallon ;
> » Si home devenimez, feeulté li devon ;
> » Mez j'en dout durement qu'encor nel courouchon. »
> « Renaut, chen dist la dame, vous ferez que bricon. »
> « Dame, chen dist Renaut, ne sai que nous feron.
> 10 » Mellez sommez à Kalle, ja ne vous cheleron.
> » Sans congie departimez de la court entre nous,
> » Quer li dus Buef, mon oncle, le sire d'Aigremont,
> » Si a ochis Lohier qui estoit fix Kallon. »

---

[1] Dans *Roland*, malgré la mort de Basan et de Basile (v. 207-209, éd.
Gautier), Naimes, Roland, Olivier, s'offrent pour porter le message à Marsile:
mais l'empereur ne veut envoyer aucun des douze pairs. Il refuse également
d'accepter Turpin; C'est alors que Roland propose son beau-père, et encore
offre-t-il d'y aller à sa place (v. 244-316).

Quant la dame l'oï, si en ot marison.
15 Bien set de verité ch'est lor destruction.

La dame Marguerie s'ala moult dolosant,
Qu'ele doute la guerre et le destruiement.
«Biau fix, chen dist la dame, .i. petitet m'entent,
» Sus toute creature va ton seignor servant.
20 » Et vous, sire dus Aymez, moult me vois merveillant
» Que de Kallon partistes si aïréement. »
Et respont li dus Aymez, qui le cuer ot dolent,
Que le duc d'Aigremont, mon frere le vaillant,
A mort le fix Kallon à son acherin brant.
25 «Sire, chen dist la dame, pour Dieu omnipotent,
» Ne te va de lor fet pour rien entremetant;
» Mès aidiez à Kallon, mon seignor le vaillant,
» Mès aidiez à Kallon, ton seignor, loialment. »
Et respont li dus Aymez: «Si m'aït .S. Amant!
30 » Or soit comme il pourra des ichi en avant. »

Aymes et ses fils suivent les conseils de la duchesse Marguerie[1] et ne prennent point part aux guerres que Girard de
Roussillon et Doon de Nanteuil soutiennent contre Charles.
Mais, quand la paix se fit, on négligea de s'assurer l'assenti-
ment de Renaud, Alard, Guichard, Richard et Maugis. Cette
négligence ne devait pas rester sans conséquence.

En tout ceci, le trouvère a été préoccupé de sauver la loyauté
d'Aymes de Dordonne, assez compromise dans l'autre version.
La duchesse est l'interprète exact de cette conception nouvelle de la légende.

Le début de l'histoire des Fils Aymon se trouve par suite
modifié. Charles est bien disposé pour Aymes et ses fils, et
veut les récompenser:

«Dus Aymez, dist le roi, moult par estez preudom;
» Je vous aim loialment, de verté le dison.
» Je donrai à vos fix moult bele pension.
» Je feroi senescal de Renaut le baron,

---

[1] Elle est appelée Aye dans l'édition de M. Michelant.

5 » Aalart et Guichart porteront le dragon,
    » Et Richart portera mon estourin faucon. »

Aymes s'incline devant la volonté de l'empereur, tout en
rappelant qu'il n'a pas oublié la mort de son frère Beuves.
Renaud, Alard et Guichard expriment des sentiments pareils,
et, après une violente querelle, Charlemagne chasse grossiè-
rement Renaud. Après cette scène, le calme renaît. On dîne;
puis les uns vont *behourder*, les autres jouent aux *tables* et
aux échecs. Renaud et Bertelais jouaient ensemble. Le fils de
l'empereur insulte son adversaire et le frappe au visage;
Renaud, d'un coup de l'échiquier d'or, étend Bertelais mort à
ses pieds[1]. Alors s'engage un véritable combat, où se distingue
le « vassal Amaugis. » Les quatre frères et « Amaugis, leur
ami », quittent Paris et s'enfuient à Dordonne[2]. De là les fils
Aymon iront bâtir Montessor sur la Meuse, tandis que Charlemagne *afie* leur père, qui a promis de ne pas les secourir.

La *Bibliothèque bleue* suit fidèlement le texte du manuscrit
de Montpellier pour tout ce commencement de l'histoire des
fils Aymon, et ne fait guère que le résumer ou le traduire. A
propos du cheval que, d'après cette version, Renaud avait déjà
quand il fut armé chevalier, elle se conforme à la tradition
créée par le *Maugis:* « Puis Renaud monta sur son cheval
» Bayard, qui jamais n'eut son pareil; car, pour avoir couru
» dix lieues, il n'était pas fatigué. Ce cheval avait été nourri
» en l'île de Blescau, et Maugis, fils du duc Beuves d'Aigremont,
» l'avait donné à son cousin Renaud. »

L'intérêt que présente le remaniement que contient le ma-

---

[1] Cette version des origines de la querelle de Renaud et de l'empereur est
assez conforme au récit que fait Renaud lui-même dans le texte de M. Michelant, p. 227. Cf. aussi dans *Ogier* la mort de Baudouin. Je reviendrai sur tout
ceci à propos du *Rinaldo da Montalbano.*

[2] Une des versions du *Renaud de Montauban* « fait retenir les trois frères
» de Renaud dans la chartre de l'empereur jusqu'au moment où leur cousin
» Amaugis ou Maugis vient les délivrer, grâce aux sorts qu'il jette autour de
» lui; c'est encore là une pâle imitation de la prison d'Ogier dans la tour de
» Reims, et l'on ne doit pas s'y arrêter. » *Bibliothèque nation.*, ms. 7183,
f° 67. *Histoire littéraire*, XXII, p. 674-675. Le ms. de Venise contient également cet épisode; mais on ne le retrouve pas dans le *Rinaldo da Montalbano.* P. Rajna, *Rinaldo d. M.*, p. 34.

nuscrit de Montpellier vient de ce qu'il a été fait par un homme qui se rendait parfaitement compte des conséquences des additions et des changements qu'il faisait à la légende. Il abrége très-souvent ; sa langue épique est de la décadence ; mais il n'a pas altéré le caractère général du vieux roman et il a tiré habilement parti des données qu'il possédait. Cela explique le succès de son œuvre. J'ai dû faire souvent usage de ce texte ; je crois pouvoir en reproduire un passage assez intéressant, qui permettra d'en comparer le style avec celui de la version imprimée[1]. La *Bibliothèque bleue* suit encore ici le texte de Montpellier.

Le roi Yon expose à ses conseillers que l'empereur exige que les fils d'Aymes soient remis entre ses mains et leur demande leur avis.

> « Segnors, dist [le] roi Yon, .i. conseil vous demant :
> » Ne me le donnes mie du tout à mon talent,
> » Mès si que bien en die li petit et li grant.
> » Kallemaines de France, l'emperere puissant,
> 5 » Est entré en ma terre par moult grant mautalent.
> » Durement me menache, moi et toute ma gent,
> » Se je les fix Aymon tous .iiii. ne li rent,
> » Ne me leira castel, bourc ne vile en estant.
> » Mès onques le mien pere ne tint du sien .i. gant,
> 10 » Non fera ja le fix en trestout son vivant.
> » Se il a avec lui Olivier et Roullant,
> » Et j'ai Renaut o moi et Richardin l'enfant ;
> » Et, se il a dus Naimes, Berenguier et Bruiant,   .
> » J'ai Guichart, Aalart, Amaugis le vaillant ;
> 15 » Et, se il a aussi Ogier le combatant,
> » J'ai Guichardin d'Espagne, Godefroi le puissant.
> » Se il a .xii. pers, et je en ai autretant ;
> » Se il a .c. mile hommes, de .c. mile me vant ;
> » S'il est rois, et je rois, s'il a branc, et je branc.
> 20 » Je demant vo conseil, ne le m'ales chelant ;
> » (Mez) conseillies moi à droit que Dex vous soit aidant. »

---

[1] Dans le texte imprimé, ce passage comprend 218 vers (p. 154-160). Il n'y a que cinq barons dans le conseil du roi ; mais chaçun parle longuement, et il y a deux délibérations successives.

Premerain a parlé Godefroi, che m'est vis.
« Je me merveil, dist il, par le cors S. Denis,
» Que vous queres conseil que Renaus soit ochis.
25 » Il est votre linge homme et vo carnel amis,
» Et de votre seror a il .II. fix nourris,
» Et si vous a vengié de tous vos anemis. »

Apres avoit parlé le mal quens d'Avignon :
Dex li doinst male honte, il ne dit se mal non.
30 « Riche roi de Gascoigne, entendez ma reson :
» Se vous perdez Gascoigne pour .I. tout seul baron,
» Et vous toutez vos gens donnez pour .I. povre hon,
» Le gieu avez perdu par le cors .S. Symon.
» Tout li mont vous tendroit à fol et à bricon.
35 » Delivrez lui Renaut qui me semble felon. »

Le quens de Monbendel apres lui a parlé :
» Riche roi de Gascoigne, sachies de verité,
» Enfin vous veut honnir qui chen vous a loé.
» Quant Renaus vint à vous de segnor esgaré,
40 » Il ne sembla pas homme qui eüst povreté.
» Son mendre escuier iert de [vair] afublé[1].
» Ains que Renaus eüst son esperon ostés,
» [Il] vous dist moult tres bien qu'à Kallon iert mellés.
» Vo serour li donnastes et une ducheé
45 » Acuicié à les marchez et de lonc et de lé.
» Par ichel .S. apostre c'on quiert en Noiron pré,
» Ne doit porter couronne ne tenir roialté
» Qui pour paour de mort rent si riche barné.
» Encor n'avez perdu ne castel ne chité.
50 » Se traïssiez Renaut, trop aves mal ouvré,
» Quer en trestoutez cours serez au doi monstré.
» Jamez n'arez heneur en trestout votre aé.
» Judas qui Dieu traï, serez tous jours clamé. »

Apres parla Antiaume à la barbe flourie,

---

[1] Ms. « de vert afuble. » —Ed. Michelant, p. 157:
     Ses pires escuiers iert de gris afublés.

55 Damedieu li doinst mal le fix .S. Marie.
  « Riche roi de Gascoigne, chestui ne creez mie,
  » Enfin vous veult traïr. Ne lerroi ne vous die :
  » Les .IIII. fils Aymon sunt de povre lignie,
  » Delivrez li Renaut, qui qu'en pleurt ne qui rie.
60 » Miex est qu'il soit honni que vo gent soit perie. »

    Apres parla Guinant, .I. duc qui tint Baione :
  « Roi, chil vous veut traïr qui chest conseil vous donne.
  » Renaus le fix Aymon est moult noble personne,
  » Plus vaillant que son pere n'a il jusqu'en Sessoigne.
65 » Ichil roi ne doit mie à droit porter couronne
  » Qui pour paour de mort son baron abandonne. »

    Après parla Hunalt qui le poil ot canu,
    Et a dit à Guinant : « Tu as le sens perdu.
  » Quant tu verras chest regne gasté et confondu
70 » Et brisié maint castel et maint mort abatu,
  » Toi ne caudra il gueirez qui soit pris ne vaincu. »
  « Assez miex, dist Guinant, si m'aït or Ihesu. »

    Apres parla Bernart qui moult ot fier courage,
    Le septisme des contez, et dist moult grant outrage :
75 « Riche roy de Gascongne, moult ferez grant folage
  » Se vous Renaut tenes contre le fort roi Kalle.
  » Kalles est moult cruel et de moult haut parage,
  » Rendez [à] li Renaut et trestout son parage. »
    Quant le roi Ys l'entent, si leva le visage.
80 Or le rendra à Kalle et à tout le barnage.

Ce morceau est très-supérieur pour le fond et la forme à ce que nous lisons dans le *Renaud de Montauban*. Yon parle ici avec une fierté vraiment royale, et ses conseillers s'expriment avec une éloquente concision. La phraséologie épique de notre trouvère se ressent d'ordinaire de l'usure du temps ; on a donné tant de coups d'épée depuis Roncevaux et Aliscans ! Mais quand il sort de l'imitation trop matérielle, quand il n'est plus gêné par l'embarras des récits de batailles, et que, soit dans le *Maugis,* soit dans l'histoire des Fils Aymon, il exprime

des idées et des sentiments qui lui appartiennent, il devient
intéressant. Le mot de Maugis à Vivien :

Ta mort si est escripte au trenchant de m'espée,

les paroles des barons reconnaissant leur cruauté envers les
pauvres serfs qui *gagnent le blé,* le sourire du petit Maugis
sur les genoux d'Oriande, bien d'autres passages, nous le mon-
trent capable de prendre tous les tons. Il est d'ailleurs moins
ignorant que la plupart de ses devanciers. Il connaît la Sicile
et ses volcans ; il ne sait de l'Orient que ce qu'en rapportaient
les pèlerins ; mais du moins les noms propres ne sont pas trop
altérés. Ces qualités ne sauraient remplacer le souffle épique,
l'ardeur héroïque et sincère des premiers âges ; mais elles
donnaient le succès présent et permettaient de soutenir sans
trop d'infériorité la rivalité des romans qui dérivaient directement des légendes bretonnes.

Je voudrais définir le procédé de composition de l'auteur du
Maugis. Il a emprunté au *Lancelot du Lac* la naissance des fils
de Beuves et l'éducation de Maugis par une fée, et à la légende d'Artus le lieu où se passe l'enfance de son héros. Quand
il conduit Maugis à la cour de Galafre, en fait le champion de
Marsile et l'amant de la reine, il imite les récits sur la jeu-
nesse de Charlemagne et les amours de Lancelot et de Genièvre. Les fils à la recherche de leurs pères, les combats entre
père et fils avant qu'ait lieu l'inévitable reconnaissance, dérivent des sources germaniques. Dans le personnage d'Espiet,
nous voyons la double influence de *Huon de Bordeaux* et de la
Table Ronde. De la Table Ronde vient aussi le caractère ga-
lant de Maugis, qui a des aventures amoureuses tout comme
le bon Gauvain. Mais d'où sortent ces espions qui se hâtent à
travers le récit, renseignant les princes sur ce qui se passe
chez leurs ennemis ? Notre auteur a trouvé le type si intéressant qu'il n'a pas hésité à présenter d'abord le neveu d'Oriande
comme un espion, et dans le remaniement des *Fils Aymon,* ce
n'est plus un messager, mais un espion qui apprend à Beuves
les projets de Charlemagne [1]. Le sans-façon avec lequel Maugis

---

[1] Dans *Renaud de Montauban,* je n'ai trouvé qu'un espion (p. 220), dont
d'ailleurs Espiet me semble dériver :

se met successivement au service de Marsile et de l'Amustant de Mellent[1], la remarque que chez les Sarrasins il y avait maint clerc renégat, indiquent la fin de l'enthousiasme religieux. Dans les romans italiens, Renaud et Roland se comporteront souvent comme le fait ici Maugis dans ses voyages en pays sarrasin.

Le monde féodal est dépeint tel que nous le voyons dans *Renaud de Montauban* et les chansons de la même époque. Les barons faits prisonniers, grâce à la ruse de Maugis, sont très-satisfaits de l'aventure, parce qu'elle les dispense de tirer l'épée au profit de l'empereur dans la guerre qu'il soutient contre ses vassaux révoltés. Naymes ou Dunaymes [2] est le conseiller indispensable du roi, comme toujours, et Charlemagne est obligé de prier ses ennemis de lui rendre celui sans lequel il ne sait rien décider. Le roi de Saint-Denis est ce qu'il restera désormais, très-menaçant, très-violent, très-obstiné, mais malheureux dans ses entreprises, raillé, vaincu, mais néanmoins protégé de Dieu quand l'honneur de la France est en cause. Il finit par avoir l'hommage de ses barons, mais à la condition de payer leur soumission.

L'opposition des Sarrasins et des chrétiens est en général marquée des mêmes traits que partout. Cependant on ne voit plus d'allusion au royaume chrétien de Jérusalem, et les agressions viennent des mahométans. A l'époque de la composition de ce roman, l'effort des croisades n'aboutissait qu'à des échecs et à des revers. Le roi de Jérusalem n'a été conservé, à la fin

Iluec ot une espie ki Pinax avoit non,
Et cil estoit de Frise, .xv. piés ot de lonc
Et voloit contrefaire Maugis le fort larron.

Dans le ms. de Montpellier, il est appelé *Maupin,* dans la Bibliothèque bleue *Pignaut.* — Dans *Ogier,* v. 4877, Gérémie, espion de Didier; v. 7339, un espion d'Ogier ; v. 9863, un espion de Brehus.

[1] Dans *Huon de Bordeaux* (v. 7540-8175), Huon devient le champion d'Yvorin de Monbranc, frère de Gaudisse, et tue Sorbrin; puis il est aux prises avec Geriaumes, devenu de son côté le champion de Galafre. Les deux chrétiens font ensemble la conquête d'Aufalerne, et Huon retrouve Esclarmonde.

[2] Nous avons aussi rencontré la forme Du-Buef. En italien, *Dusnamo* devint le nom ordinaire du bon duc de Bavière.

du *Renaud de Montauban,* que par respect pour la tradition
poétique.

Je relèverai un procédé assez important : le dédoublement
des personnages. A côté de Maugis, nous avons Espiet et Vivien, représentant, l'un la science magique, l'autre la vaillance chevaleresque. Cela ne suffit pas ; à Maugis est opposé
un troisième enchanteur : Noiron. D'ailleurs le trouvère imagine, sans hésiter, des personnages nouveaux : Hernaut de
Moncler, Ysane, Brandoine ; tantôt il invente les noms, tantôt
il les prend au hasard dans d'autres récits. Il y a en tout cela
plus d'intelligence et de métier que d'originalité vraie. Cependant telle page, on a pu s'en convaincre, n'est pas sans
mérite. La plupart des chansons de geste de date récente sont
d'une fatigante prolixité. Ce n'est le défaut ni du *Maugis,* ni
surtout du *Vivien de Monbranc.* D'une manière générale, la
narration de notre trouvère est bien composée, et il sait éviter
tout désaccord entre ses conceptions et la légende. En faisant
du *Maugis,* du *Vivien* et du *Renaud de Montauban,* un ensemble
homogène où les faits se suivent dans un ordre clair et naturel, il s'est approprié le plus populaire des récits du moyen
âge.

Je ne sais si le personnage de Maugis a réellement gagné à
devenir l'objet d'un poëme distinct. On a été sévère pour la
facilité avec laquelle il aime successivement Oriande, la reine
épouse de Marsile, sa tante Ysane[1]. Ce qui me frappe, c'est
qu'il ne s'attache vraiment à aucune. Il quitte la douce fée,
abandonne la reine, celle-ci au milieu d'un embarras terrible,
sans paraître ému. Sans doute, à la fin du *Vivien de Monbranc,*
il reviendra à Rocheflour auprès de son amie Oriande ; mais il
ne s'éprend d'aucune dame à la façon des chevaliers de la cour
d'Artus. Il devient de plus en plus le guerrier rude et batail-
leur des chansons de geste. En rase campagne ou en champ
clos, il ne redoute personne. Il n'emploie sa puissance magique que dans des circonstances graves, dans l'intérêt des siens
ou pour désarmer son frère. Il est, en un mot, très-digne d'entrer dans la compagnie de Renaud et de ses frères. Mais, si
nous négligeons l'amusante histoire de son déguisement en

[1] *Histoire littéraire,* XXII, p 701-703.

cardinal, il paraît moins inventif, moins gai que dans l'histoire des Fils Aymon. Il semble céder à Espiet l'usage d'une partie de ses dons. Il a la conception prompte, la répartie toujours prête ; mais l'armure de chevalier a fini par alourdir sa démarche. Il n'a plus rien du lutin primitif, car, sa science d'enchanteur, il la tient des sages qui l'ont instruit, et, quand il l'emploie à propos, il ne peut s'empêcher de s'écrier :

. . . . bien fist qui me l'aprit !

Remaniée et complétée, l'histoire des Fils Aymon passa en Italie et y fut l'objet d'une imitation qui tantôt suit les versions françaises, tantôt les modifie, tantôt s'en écarte décidément ; mais, avant d'aborder l'examen du *Rinaldo da Montalbano,* je crois devoir reproduire le texte du *Vivien de Monbranc,* tel qu'il a été conservé dans le manuscrit de Montpellier[1]. Ce petit poëme est une véritable chanson de geste qui, pour le fond et la forme, ménage la transition entre le roman et l'épopée, le *Maugis* et le *Renaud de Montauban.*

[1] Il est à croire qu'on le retrouvera, dans d'autres mss., entre le *Maugis d'Aigremont* et l'histoire des Fils Aymon.

V

VIVIEN DE MONBRANC

Dans la trilogie que forment le *Maugis*, le *Vivien* et le roman des Fils Aymon, la seconde de ces compositions a pour objet de compléter les antécédents de l'histoire des Fils Aymon. L'hostilité particulière de Beuves d'Aigremont pour Charles et le meurtre de Lohier y trouvent une explication dans le mauvais accueil que Beuves et Maugis reçoivent à la cour de Charles, lorsqu'ils vont demander à l'empereur de secourir Vivien. Maugis s'annonce déjà comme l'adversaire de l'empereur. L'amitié des fils d'Aymes et de Maugis se forme dans la lutte qu'ils soutiennent ensemble contre les Sarrasins, et où le jeune Renaud fait l'épreuve des mérites de Bayard et de Froberge. Les personnages qui ont figuré dans le *Maugis*, mais qui ne devaient pas reparaître dans le *Renaud de Montauban*, sont définitivement écartés de la scène, soit qu'ils meurent, soit qu'ils s'établissent en pays lointain. Maugis ne reviendra à Aigremont qu'après la mort de son père[1], et Vivien ne quittera plus Monbranc, où le bruit de ce qui se passe en France n'arrive point jusqu'à lui.

Le sujet proprement dit est le siége de Monbranc. Les incidents se succèdent avec assez de variété, mais sans longs développements, car l'auteur est pressé d'en finir avec cette sorte de transition et de passer à l'histoire des Fils Aymon ; à

[1] Je parle toujours d'après la version de Montpellier, où Maugis est mentionné dans la *Mort de Beuves* et au commencement du *Renaud de Montauban*.

l'occasion des funérailles des chrétiens, il ne peut s'empêcher de dire (v. 1061, suiv.):

> Ne soi pour quoi le deuil vous seroit racontés,
> Je ai trop à fere, ja n'en seroi mellés.

Les qualités et les défauts de la narration sont les mêmes que dans le *Maugis,* les ressemblances avec le *Gaufrey* aussi fréquentes.

Vivien, malgré sa conversion, a gardé son titre d'*amachour.*

Au point de vue de l'histoire de la légende des Fils Aymon, le *Vivien* marque davantage une conception neuve, déjà indiquée dans le *Maugis.* Les célèbres frères Beuves, Doon, Aymes, Girart et les enfants Maugis, Renaud, Alard, sont engagés dans une guerre contre les Sarrasins. Reprise comme elle l'a été à la fin du *Renaud de Montauban*[1], cette conception constitue une transformation réelle de la légende. Dès lors Renaud et son lignage n'apparaissent plus seulement comme des barons indociles; ils sont aussi, quand il le faut, les défenseurs de la chrétienté. L'auteur songeait à Roncevaux en écrivant les dernières *laisses* de ce court poëme.

---

[1] V. l'extrait du ms. de Montpellier cité au commencement de ce travail.

Sommaire

Les Sarrasins, poussés par les prédications de leur apostole Califre, décident de reconquérir Monbranc et de châtier Vivien et Esclarmonde. Il sont conduits par le soudan de Babylone, l'amiral de Perse, le roi de Nubie, le roi Joacab de Claudie, le roi Machabré, le roi de Barbarie et bien d'autres (1-86).

Ils débarquent au port Alibrandin, à cinq lieues de Monbranc. Ils marchent sur la ville. Vivien est averti de leur projet et de leur approche. Il consulte sa femme, qui lui conseille de faire appel à son père Beuves, à Girart son oncle, à son frère Maugis et au roi Brandoine son cousin. Mais Vivien veut d'abord éprouver ses forces. Dans un premier combat, il tient tête à l'avant-garde des ennemis ; mais l'arrivée du soudan sur le champ de bataille l'oblige à s'enfermer dans Monbranc (87-191).

La reine Avice[1] engage de nouveau Vivien à recourir à ses parents et à prier Beuves d'aller demander l'aide de Charlemagne. Le chevalier David est chargé du message. Pour que David puisse passer, Vivien attaque le camp des Sarrasins. Le messager arrive à Aigremont. Brandoine est d'avis que lui, Girart de Roussillon, Doon, Aymes, Hernaut de Moncler et Othon d'Espolice, se préparent sans tarder à secourir Vivien, tandis que Beuves et Maugis iront en France réclamer l'appui que l'empereur doit à ses vassaux ; si Charles est sourd à leur demande, on lui refusera désormais tout hommage. Beuves et son fils vont à Laon. L'empereur refuse de marcher au secours de Vivien, parce que l'on ne peut faire la guerre pendant l'hiver : que les assiégés s'efforcent de tenir jusqu'à la belle saison. Beuves reproche à l'empereur de trahir ses vassaux ; il lui déclare qu'il lui rend son *hommage* et que toute sa parenté en fait autant. Maugis, de son côté, annonce à Charles qu'il lui causera de cruels ennuis. Les deux barons partent ; mais Lohier, que les paroles de Maugis ont rendu furieux, se met à leur poursuite avec cent chevaliers. Il échange quelques coups d'épée avec Beuves et Maugis ; mais celui-ci a recours à un enchantement, et Lohier renonce à sa poursuite et revient à Laon (192-375).

Beuves et Maugis sont de retour à Aigremont, où déjà leurs parents ont réuni une puissante armée. On part pour Monbranc. Quand l'on en est à une demi-journée, on décide d'avertir Vivien. Fousifie sera le

[1] On se rappelle que ce nom a été donné à Esclarmonde par sa marraine Avice, la duchesse d'Aigremont.

messager. Les barons se logent dans la plaine. On s'arme, et le commandement de l'avant-garde est confié à Maugis, qui emmène avec lui les deux fils aînés d'Aymes, Alard et Renaudin. Comme ils ne sont pas encore chevaliers, ils prennent chacun pour arme un lourd bâton carré. Renaud monte sur Bayard. Cependant Fousifie, qui par un enchantement s'est transformé en géant, s'avance monté sur un dromadaire et passe à travers les Sarrasins, qu'il injurie et qui s'enfuient de toutes parts. Il est reçu à Monbranc et apprend à Vivien l'arrivée de ses parents. Vivien fait une sortie ; après de beaux faits d'armes, il est désarçonné et fait prisonnier ; son destrier Passavant se dégage et revient à Monbranc. Dame Avice et les chrétiens sont dans le deuil, quand ils voient que Passavant est revenu sans son maître (376-558).

Vivien est entre les mains du soudan, qui l'insulte et le menace. Le roi Josué conseille d'envoyer le prisonnier à Babylone. Sorbrin de Balesgués est chargé de le conduire. Le *chartrier* aura l'ordre de le battre et de le frapper tous les jours. Pendant que Sorbrin l'emmène, Vivien se lamente à haute voix et reproche à sa famille de l'abandonner. Maugis l'entend et avertit Renaud que c'est sans doute un prisonnier chrétien et que la ville est déjà prise. Ils attaquent les Sarrasins, et Renaud et Alard font merveille avec leurs bâtons. L'armée du soudan prend les armes. Cependant Vivien est délivré et se fait reconnaître. On l'amène au camp chrétien. Il supplie son père de secourir au plus tôt sa ville, où Avice est en proie à toutes les inquiétudes. Les chrétiens prennent les armes et forment sept échelles. Beuves, accompagné de Maugis, de Vivien, de Renaud et d'Alard, commande la première (559-672).

Les chrétiens arrivent sous Monbranc. Les païens ont formé dix échelles. La bataille commence par les exploits de Vivien et de Renaudin ; mais le soudan vient au secours des siens, et la première échelle des chrétiens est repoussée. Girard de Roussillon entre en ligne. Renaudin brise sa perche en portant un coup qui rompt la tête à un cavalier et les reins au cheval. Bayard défend son maître. Renaud a l'inspiration de tirer Froberge. Tous les corps des chrétiens sont engagés, les assiégés les rejoignent, et, après une longue et sanglante mêlée, les Sarrasins sont mis en fuite ; mais Othon d'Espolice a été tué par le soudan, Hernaut de Moncler par l'amiral Clargis, Brandoine par l'amiral de Perse. Le soudan doit son salut à la vitesse de son dromadaire et s'embarque avec ce qui reste de son armée. Les diables leur donnent si bon vent qu'ils arrivent à Babylone sans encombre (673-1038).

Les chrétiens enterrent leurs morts et élèvent sur le lieu un monastère où cent moines liront leur psautier. Quant aux restes d'Othon, d'Hernaut et de Brandoine, on ensevelit les entrailles à Monbranc, dans le monastère de la Sainte-Trinité, et les corps, lavés de vin, sont enveloppés dans des cuirs de cerf. L'armée les rapportera. Chacun s'en retourne dans son pays. Maugis part pour Rocheflour, où il retrouvera Oriande, son amie. Il n'emmène avec lui que son fidèle Fousifie. De son vivant, il ne reverra plus son père. Vivien demeure à Monbranc, où les païens ne vinrent plus l'attaquer. Désormais Beuves devait vivre en paix jusqu'au jour où la mort de Lohier causa une longue guerre entre l'empereur et le lignage de Beuves. Et, quand la paix eut été faite, la guerre recommença entre Charlemagne et les fils Aymon et Maugis.

Le trouvère remercie les seigneurs et les belles dames pour l'argent qu'ils lui ont donné à foison. Il annonce qu'il va chanter l'histoire des *Quatre Fils Aymon* (1039-1097).

Fol. 173 v° *a*.   CHI COMMENCHE VIVIEN L'AMACHOUR [1]

    Segnors, or escoutez, se Dex vous beneïe,
    Bonne canchon qui bien doit estre oïe.
    Che est de Vivien de Monbranc la garnie,
    Fix dus Buef d'Aigremont à la chiere hardie
5   Et frere Amaugis qui tant sot de boidie.
    [Il] ot la loi Mahom et Tervagant guerpie
    Et crut en Damedieu le fix sainte Marie.
    Ja orrez la canchon, mez qu'il ne vous ennuie,
    Si comme l'amiral qui iert roi de Persie,
10   Sodant de Babiloine et le roi de Nubie,
    Et le roi Joacab qui tint toute Claudie,
    Et le roi Machabré, le roi de Barbarie,
    .xxv. amirals de moult grant segnourie,
    Asegierent Monbranc la fort chité garnie.
15   Chist autre jougleor ne vous en chantent mie,
    Quer il n'en serent pas la monte d'une alie ;
    Mès je vous en diroi, j'en soi toute la vie,
    La vraie estoire, or vueil qu'el soit oïe.

---

[1] Je mets entre parenthèses ( ) les lettres ou les mots superflus ; entre crochets [ ], la leçon que je propose en quelques endroits pour remédier aux erreurs ou aux oublis du copiste.

6. Ms. « Vivien ot. » — 10. Ms. « Sodant. » Dans la suite, l'abréviation « Sod. » aux vers 455 et 581 « Soud. »

Chen fu à une feste, qui moult est esjoïe,
20 Du baron .S. Jehan que len aoure et prie.
Là font païen grant feste en lor mahommerie
De lor dieu Mahommet qui ne vaut une alie,
Pour chen que à chel jor, sachiez le(i) sans boidie,
L'estranglerent les truiez par sa grant glout[on]nie.
25 A ichel jor tint feste, qui moult iert enforchie,
Sodant de Babiloine qui moult ot courtoisie.
.XXXII. rois i ot de la loi païennie,
.XXV. amirals qui Dex n'amoi[en]t mie.
Califre l'apostole de la loi païennie
30 Lor preeicha chel jour lor creanche honnie ;
Aprez si lor a mis tel parole en l'oïe
Dont en .I. jor moururent de païen .X^c. mile,
Et maint de nos Francheis i mourut à hasquie,
Ainsi com vous orrez ains l'eure de complie.

35 L'apostole Califre commenche à sarmonner
A la gent sarrasine qui Dex puist mal donner ;
La vie Mahommet lor commenche à monstrer,
Comment il s'en ala au fort vin enivrer,
Comment il se lessa as truiez estrangler,
40 Quant u fumier ala dormir et reposer.
Dient païen : « Tel dieu fet forment à loer ;
» Tout le monde le doit servir et henourer. »
Quant ot fet li Califre son sarmon definer,
En une autre maniere commencha à parler.
45 En haut a dit à tous, ne le vout pas cheler :
« Moult vous devroit à tous dedens les cuers peser
» De Vivien l'aufage qui s'est fet baptisier
» Et sa fame Esclarmonde qu'est de vos parenté ;
» Aprez furent païen à martire livré[s] ;
50 » De notre loi destruire se vout forment pener,
» Jamez jour n'amera Sarrasin ni Escler.
» Mahom en a tel duel, je vous di sans fausser,
» Jamez ne le verrez nule joie mener,
» Ne nul miracle fere, ne nul semblant monstrer. »

49. Ms. « livrer. »

55 Quant le Sodant l'entent, bien cuide forsener
De chen qu'il ot Califre dire et raconter.
Lors vient à Mahommet, si commenche à jurer
Qu'il fera son barnage venir et assembler ;
Jamez ne finera par terre ne par mer,
60 Tant que devant Monbranc fera ses os jouster ;
Et rois et amiraus li revont afier
Que il voudront lor os et conduire et mener,
Vivien destruiront s'il le peuent trouver.
Le Sodant les en prist forment à merchier.
65 « Barons, dist le Sodant, n'i devon demourer,
» Ne devon plus targier à chest fet amender ;
» Mez chascun mant ses hommez sans point de l'ares-
« Sire, dient païen, bien fet à greanter. »   [ter. »

Sodant de Babiloine fu durement plain d'ire,
70 Où qu'il voit sez mesagez, si lor commenche à dire :
« Alez tost vistement semondre mon empire. »
Li mesagers s'aprestent et chacun d'eus s'atire,
Amiraus et aufagez semonnent tout à tire.
Bien furent .c. milliers qui de prez les revide.
75 Vivien menachoient qui de Monbranc iert sire.

Sodant de Babiloine assemble [le put lin]
A l'issue d'aoust, si commenche ga[a]ing.
Bien [i] furent .cᵐ. du lignage Cayn,
Entresic à la mer ne pristrent onques fin.
80 Dedens les nes font meitre et pain et char et vin,
Fol. 174 rᵒ ⍺. Apros i sunt entré tous ensemble à .i. brin.
Li marinier qu'es guie ne sunt mie tapin,
Miex connoissent la mer qu'escrivain parchemin.
Tant nagierent ensemble o soir et o matin
85 Que de Monbranc coisirent le grant pales marbrin,
Atant sunt arivé au port Alibrandin.

76. Ms. « li glouton de put lin. »
86. Le « port Alibrandin » est calqué sur le « port Alixandrin », dont il est si souvent question ; mais, dans *Huon de Bordeaux*, le port voisin de *Monbranc* est *Aufalerne*.

Au port Alibrandin sunt |païen arivé,
A .v. lieuez petitez de Monbranc la chité,
Puis se sunt vistement fervestus et armé.
90 Sodant de Babiloine si lor a quemandé,
Puis a roi Acarin le Sodant apelé,
Li amiral Joas et le viel Triboé.
«Barons, dist li Sodant, or oiez mon pensé :
» Prenez .xxx^m. hommez qui bien soient armé,
95 » Entresic à Monbranc n'i ait resne tiré. »
« Sire, dient li roi, or soit à votre gré. »
Atant se sunt parti, rengié et ordené.
Par le païs s'espandent rengié et ordené,
Si que tout le païs ont à honte livré,
100 N'i remest bonne vile que il n'aient gasté,
Trestout le païs ardent, n'i est rien demouré.
.I. crestien convers qui les ot avisé,
Vers la chité s'en fust tout le chemin ferré ;
Vivien et sez hommez avoit dedens trouvé.
105 Quant vint devant le roi, si fu si effreé
Que au roi ne parla ne n'a nul mot sonné,
Ains s'asist devant li, si li a escrié :
«Vivien, gentil sire, mal vous est encontré.
» Païenne gent chevauchent qui aient mal dehé.
110 » U premier front devant sunt bien .c^m. armé.»
Quant Vivien l'entent, s'a .i. souspir geté,
Puis dist au mesagier : « Il t'ont espuanté,
» Et si ne t'ont blechié ne plaié ne navré. »
Lors monta en la tour dont li castel sunt lé,
115 Et voit venir païen dont ne [se] sunt gardé.
De Ihesu les maudit, le roi de majesté.

Vivien le convers lez païen avisa,
Moult s'esmaie forment que itant en i a.
Atant est descendu, de sa tour devala,
120 Où que il voit sa fame, douchement l'apela :
«Dame, conseilliez moi, moult malement me va.
» Païen viennent sus nous d'outre la mer de là. »
Puis la prist par la main, en la tour la mena.
Tout entour le païs la dame regarda,

125 Ne voit fors Sarrasin dont le païs peupla.
    Vivien l'amachour durement s'esmaia.
    « Sire, chen dist la dame, ne vous esmaiez ja.
    » Vous prendrez .i. mesage qui point n'arestera
    » Tant qu'à Aigremont viegne ; ileuc le'contera
130 » Au dus Buef li tien pere qui secours t'amenra.
    » D'ileuc à Roussillon le message en ira,
    » Au duc Girart ton oncle ton besoing nonchera.
    » Maugis au roi Brandoine tost savoir le fera. »
    Et, quant le roi l'entent, douchement la baisa.
135 « Beneiete soit la dame qui tel conseil donna ;
    » Mès, s'il vous plest, mon cors, dame, si s'armera,
    » Tant que j'aie essaié la forche à cheus de là,
    » Et sarai de ma gent comment el m'aidera. »·
    Ses armez a demandées, et on li aporta ;
140 .iii. escuiers l'armerent, la dame lor aida.

    Trois escuiers armerent Vivien au vis fier,
    Et, quant il fu armé, lors se fist il plus fier
Fol. 174 rᵒ b. Que lion ne serpent qui deschent de rochier.
    .ii. serjans li amainent Passavant son destrier.
145 Vivien i monta par le doré estrier,
    Puis fist ouvrir la porte pour sa gent essaier ;
    Et Sarrasin commenchent qui ains ains aprechier,
    A mains de .iiii. archiez furent ja li premier.
    Quant Vivien les voit, si commenche à huchier :
150 « Diva, qui estez vous, lecheor, pautonnier ?
    » Qui vous a quemandé à ma terre essillier ?
    » Mole est la segnourie, je l'ai à justisier. »
    Et Tassinel respont : « Tes toi, faus losengier,
    » Sodant de Babiloine sommez gonfanonnier.
155 » Si alon prendre terre où puist son ost logier,
    » Que trestout ton païs voudra il essillier. »
    Et respont Vivien : « Chen veil je calengier,
    » De votre cors meïsme me vengeroi premier. »

    Les .ii. os s'entraprechent par milieu d'un vauchel.

141. Ms. « au fier vis. »

160 Vivien lesse courre le bon destrier isnel,
    Sus l'escu de son col va ferir Tassinel,
    Tant com hanste li dure l'abati du poutrel;
    Du caïr que il fist espandi le chervel.
    « Outre, dist Vivien, t'ame ait Luciabel. »
165 Puis feri Madiant .i. legier bacheler,
    Mort l'a jus abatu par deles .i. ruissel.
    Et le tiers abat mort qui ot nom Finabel,
    Puis escrie ses hommez : « Ferez, franc damoisel. »
    A iches[t] mot se fiert ens u greignor tropel,
170 A l'un coupe le bras, à l'autre le musel,
    Au tiers coupe la cuisse et au quart le chervel.

    Moult fu grant la bataille et la mellée fiere,
    Crestiens i ferirent d'angoisseuse maniere.
    Vivien fu devant, ne se tint pas deriere;
175 Passavant esperonne qui queurt comme levriere,
    Va ferir Estifé sus l'elme de Baviere,
    Si souef l'abat mort qu'il chaï par deriere.
    Et, quant païen le voient, ne font pas bele chiere;
    Lors acueillent nos gens et devant et deriere.
180 Quant Vivien les voit, si fist dolente chiere;
    Il escrie « Monbranc! bonne gent droituriere! »
    Il brocha Passavant en la gent pantonniere!
    Va ferir Acarin sus la broigne doubliere;
    L'ame s'en est alée en enfer estraiere.
185 Puis esgarde le roi contreval la bruiere,
    Lors voit venir Sodant delez la sablonniere.
    Il a dit à sez hommez: « Gent de bonne maniere,
    » Retornon au palez, ne soion pas laniere. »
    Vers la chité les maine, mez il va tout deriere.
190 Cheus ouvrirent lez portez qui sunt as murs de pierre,
    Et notre gent i entre qui ne fu pas laniere.

    En la chité entra Vivien le hardis.
    Encontre vint Avice, la bele au cler vis;
    Puis li demande : « Sire, est vo cors point malmis ? »
195 « Nennil, dame, dist il, à Dieu en rent merchis. »
    Adonc ont mis les tablez, au mengier sunt assis.

Et, quant orent mengié li conte et li marchis,
Vivien le convers est en estant saillis ;
D'une part se torna du grant palez voutis,
200 Et avec li mena chevaliers jusqu'à .x.,
Et si i fu sa fame qui moult ot cler le vis.
« Seignors qui me loez, dist le prinche gentis,
» Pour secours trametrai à mes prochains amis. »
» Sire, chen dist la dame, chen m'est avis
ol.174 v° a.205 » Que vous mandez dus Buef et Girart et Maugis,
» Et mandez roi Brandoine qui est votre cousins. »

« Sire, chen dist la dame, envers moi entendés.
» Mandez le roi Kallon, qui tant est redoutés,
» Qu'il vous viengne secorre, que ch'est votre avoués. »
210 « Dame, dist Vivien, bien conseillié m'avés. »

« Sire, chen dist la dame, entendez mon avis.
» Mandez dus Buef vo pere, qui tant est de grant pris,
» Qu'il mande Kallemaine le roi de Saint Denis. »
« Chest conseil est moult bon », chen respont Savaris.
215 « Voire, dist Vivien, son cors soit beneïs ;
» Mez de mesagier querre sui forment entrepris. »
Là ot .i. chevalier qui ot à nom Davis.
Quant il ot la parole, si est avant saillis,
Puis a dit hautement : « Gentil roi seignouris,
220 « De fere le mesage sui prest (et) amanevis. »
Quant Vivien l'entent, si l'en rent cent merchis.
Le Maigremor li donne qui a le poil flouris.
Mez païen sunt logié enmi le pre flouris.

Environ la chité furent païen logié,
225 Chele nuit se cuidoient estre bien aeisié ;
Mez Vivien le ber autre chose a pensé,
Son barnage apela et si lor a nunchié :
« Or tost courez as armez, n'i ait plus detrié.
» La nuit est bele et clere, tost seron reperié.
230 » Feitez tant que il soient un petit esveillié.
» Plus nous en douteront li paien renoié.
» Et Davis s'en ira errant à cheminer. »

Lors se queurent armer ; n'i ont plus demouré,
Es chevaus sunt montez qui sunt appareillié.

235 Lors's'en issirent tuit moult bien encouragié,
Bien furent .xxx^m. qui sunt d'armez prisié.
Vers la tente Sodant se sunt acheminé.
Ichele nuit se sunt païen moult mal gueitié,
Ne se donnerent garde, si lor a escrié

240 Vivien hautement qui n'i a plus targié :
« Ma[r] n'i avez mon resne gasté ne essillié. »
Lors ont trenchié lez cordez où li pel sunt fichié,
Par lez paveillons ont lez espées lanchié ;
Maint païen ont ochis et maint ont mehaignié.

245 Et Vivien le ber n'en a nul espargnié,
Ochis a Malaquin et Butor l'enforchié,
Maudras et Banient et Foret l'envoisié ;
Florabant et Flohart a il si empirié.
Sodant de Babilonie est par le tref cachié.

250 Atant vindrent païen armez et haubergié.
Vivien nous eüssent malement empirié,
Mez Davis dans le mesage li a moult bien aidié,
Et puis s'en est parti, onques n'i prist congié,
Son chemin acueilli, tost se fu esloignié.

255 Lors assembla sez hommez, n'i a plus detrié.
En la chité entrerent joiant et envoisié.

Nos crestiens entrerent en la chité majour,
Et Davis chevaucha la terre par vigour.
Dez jornéez qu'il fist, n'i ferai lonc sejour.

260 Tant erra le mesage dessuz le misaudour
Que il voit d'Aigremont le palez et la tour.
Seignors, oes comment il li avint chel jour.
Le duc Buef tenoit court, onques ne vi greignor ;
Atant es vous Davis dessus le misaudour,

265 Tous lez a saluez de Dieu le creatour
Fol. 174 v° b. De par roi Vivien le hardi pongneour.

» Segnors, dist le mesage, Dex m'a fet [grant] henour
» Quant chi vous ai trouvez ensemble à .I. jour.
» Roi Vivien vous mande, à qui Dex doinst honnour,
270 » Que vous l'alez secourre chascun à son atour,
» Que païen l'ont assis environ et entour,
» Sodant de Babiloine et le roi Amaflor
» Et l'amiral Joas à qui Dex doinst tristour,
» Et bien .xxv. rois qui sunt superiour,
275 » Qui ont assis Monbranc le palez et la tour ;
» Et si vous mande tous pour Dieu le creatour
» Que vous le secoures, que n'i feitez demour,
» Et que vous mandez Kalle le riche empereour
» Que il viengne secourre son home sans demour(e). »

280   Li mesagier a bien contée sa reson.
Lors responnent ensemble clerement à haut ton :
« Chertez ne peut faillir au secors li frans hon. »
Au mengier sunt assiz, sans fere lonc sarmon ;
Et, quant orent mengié et beü li baron,
285 Buef apela Brandoine et Girart et Doon
Et Maugis son enfant et Aymez de Dordon
Et Hernaut de Moncler, le riche roi Othon.
« Segnors, dist le dus Buef, entendez ma reson.
» Sodant de Babiloine a moult le cuer felon ;
290 » S'à forche prent mon fix, jamez ne le verron. »
« Barons, chen dist Brandoine, savez que nous feron ?
» Entre nous qui chi sommez notre effors manderon,
» Et le duc Buef mon oncle et Maugis le larron
» Si s'en iront en Franche trestout droit à Kallon.
$\overset{2}{3}$95 » En despit le tendroit, chen seroit mesprison ;
» Pour chen seroit reson que nous [le] maudisson,
» Et, s'il ne veut venir secourre le baron,
» Hommage li rendez et lez nos à bandon.
» Mez ne seron sez hommez ne de lui ne tendron. »
300 « Sire, chen dist dus Buef, issi esploiteron. »
Lor chevax furent pres, n'i firent lonc sermon.
Onques il ne finerent, si vindrent à Laon ;
Kallemaine trouverent ens u mestre donjon,
De Dieu le saluerent qui souffri passion,

305 Toute li ont contée l'afere et la lechon,
   Puis li monstrent le brief qui est u quarrenon,
   Que porta le mesage l'autr' ier en sa meison.
   Quant Kalles l'entendi, si bessa le menton ;
   Aprez, quant il parla, si a dit à bas ton :
310 «Segnors, à cheste fois les piez n'i porteron.
   » L'ostoier en iver n'est mie de saison.
   » Atendez jusqu'à tant que il soit Rouveson ;
   » Se tant se peut tenir, adonc le secourron. »
   Et, quant Maugis l'entent, ne dist ne o ne non,
315 Et le duc Buef son pere en ot grant marison.
   Il parla hautement que moult ot cuer felon,
   Pour poi ne fer[it] Kalle le roi de Monlaon.

   Le duc Buef si parole qui mautalent esprent :
   » Sire drois emperere, or oez mon semblant.
320 » Vous failliez au secors Vivien mon enfant,
   » Et, quant il sera mort, sel serez secourant.
   » Dant roi, vous en euvrez com mauvez recreant.
   » Puis que vous me failliez, votre hommage vous rent.
   » Ne tendroi mès de vous de terre plain .i. gant,
325 » Ne je ne li mien frere nous n'en tendron noient,
   » Ne mon niez roi Brandoine, ne Othon le vaillant,
   » Ne Hernaut de Moncler le viel o poil ferrant.
Fol. 175 r° a.   » Je le di de par eus, il le vous sunt mandant. »
   Quant le duc ot parlé, si saut Maugis avant.
330 Moult hautement parla et dist au roi itant.
   « Sire roi, dist Maugis, entendez mon semblant.
   » D'une tele vantanche par devant vous me vant
   » Que bien vueil que tuit l'oient li petit et li grant,
   » Des or mès vous feroi courouchié et dolent. »
335 « Roi, chen dist le duc Buef, à maufe te quemant. »
   Seur les chevax monterent de grant ire pensant.

---

311. Dans *Gaufrey*, l'hiver oblige le roi Danois à lever le siége de *Roche-brune*, château de Passerose (v. 7259 suiv.).

312. Cf. *Gui de Nanteuil*, v. 376 : « Ja ne verrez passer premiere Rouvoison.» — C'est la fête des Rogations.

317. Ms. « feroi. »

Lohier ot les parolez de Maugis le vaillant,
De duel esragera s'il ne se va venjant.
.u. chevaliers manda qui de lui sunt tenant,
340 Puis dist : « Armez vous tost, feitez, jel vous quemant.
» S'iron aprez dus Buef et Maugis son enfant. »
Aprez Maugis s'en vont à esperon brochant,
Lohier devant les autrez estoit plus d'un arpent.
Le duc Buef d'Aigremont si le va perchevant ;
345 A Maugis le monstra, si se va sousriant.
Atant es vous Lohier qui lor va escriant :
« Arier vendres, lechierre, ne vous ires vantant. »
Puis va ferir Maugis, n'i va plus atendant.
Maugis n'iert point armé, si le douta forment ;
350 Le mante[l] à ermin li va tout decoupant.
Maugis douta le fet ; et chil l'empaint avant,
Du cheval l'abati, mez il fu en estant,
Puis a treit(r)e l'espée. Et duc Buef maintenant
Fert Lohier [de] sus l'elme .i. coup en trespassant ;
355 Au bon destrier coupa le chef, Lohier deschent,
Et Maugis remonta dessus son auferran[t],
Puis en vint à son pere, si dist : « Alon nous ent. »
Adonc se sunt torné contreval .i. pendant,
Et Lohier remonta, puis va apres pongnant.
360 Ja fust il à dus Buef malement croullement,
Se ne fust Amaugis qui .i. encantement
A fet, de quoi il set asses et larguement,
Qu'aus chevaliers fu vis qui l'alerent sievant,
Que une grant riviere voit apres eus bruiant ;
365 Bien i cuident noier, si retornent atant.
Et Lohier esperonne qui tous jors fu devant.
Mès tant ne sot aler que ne li soit semblant
Que l'eve soit tous jors aprez lui [a]courant.
Kalles estoit as tres de son palez devant,
370 Et, quant coisi [Lohier], si se va merveillant ;
Dedens Laon s'en entre ; et li encantement
Failli à ichele eure et a pris finement.
Et Kalles vint encontre si li va demandant :

341. Ms. « Si iron. »

« Biau fix, dont venez vous? » et il li va contant :

375 « De Maugis encauchier, trop set d'encantement. »

Et Maugis et son pere si ont chevauchié tant

Qu'il vindrent (à) Aigremont tout droit à l'ajornant.

Parmi la mestre porte [sunt] entré maintenant :

Encontre sunt alé chevalier et serjant,

380 Puis lor ont demandé com lor est couvenant,

Et il ont respondu : « Moult sommez esmaiant

» Que le roi nous failli tout au commenchement,

» Et li deïsmez bien hautement en oiant

» Que nous de li jamez ne seron fie tenant. »

385 Par devant Aigremont moult fu grant l'asemblée.

Girart de Roussillon à qui proesce agrée

I ot bien .xv^m. de gent bien atournée,

Et le duc de Nantueil .xv^m. assemblée,

Quens Aymes de Dordonne .xx^m. de bien armée,

Fol. 175 r° b. 390 Roi Brandoine .xx^m. tout par nombre contée,

Et Othon d'Espolice .xiiii^m. armée,

Hernaut en ot .xx^m. qui bien fu ajournée.

Et Davis a forment sa besoigne hastée ;

Ne sai que je feïsse ici longue arestée ;

395 A la voie se meitent sans fere demourée,

Et Davis les conduit, qui bien sot la contrée,

Asses pres de Monbranc à demie journée.

Lors se fu tost li ost (tout) en .i. val esconsée.

« Segnors, dist li dus Buef, bonne gent henourée,

400 « [Or] prenon .i. mesage par bonne destinée

» Que nous envoieron en la chité loée. »

« Chertez, chen dist Maugis, chi a reson membrée. »

« Segnors, chen dist Maugis, pour Dieu le fix Marie,

» Cheste reson est bonne, se chascun si otrie.

4'5 » Le mesagier est prest, se Dex me beneïe,

» Qui sauvement ira en la chité garnie. »

Lors se leva Maugis à la chiere hardie,

378. Ms. « est entre. »

400. Ms. « que prenon. »

401. Ms. « que nous envoieron envoieron. »

Son escuier apele qui ot nom Fousifie :
« Amis, venez avant : se Dex vous beneïe,
410 » En la chité irez qui qu'en plort ne qui rie.
» Salues moi mon frere de par la baronnie. »
Lors se court adouber richement par mestrie.
Or vous leiron ichi à icheste fiée :
A la voie se met que plus ne s'i detrie.
415 Si vous raconteron de la franche lignie
Qui la nuit se loga en une praerie.

En une praerie sunt nos barons logié,
A . v . lieuez se sunt de Monbranc hebergié.
420 Par le conseil Girart et Doon l'enforchié
Firent crier par l'ost que fussent haubergié.
Maugis vint as barons et si lor a nunchié
Que l'avangarde à fere li aient otrié.
« Avec moi enmerroi Renaudin le prisié
425 » Et Aalart son frere au courage enforchié.
» S'arai . m. chevaliers de bien fere enheitié. »
Et li baron responnent : « Si soit à Dieu congié. »
Maugis s'apareilla que n'i a detrié,
Renaut et Aalart ne s'i sunt atargié,
430 . ii . grans bastons ont pris et en lor col plungié
Pour chen que il ne furent de noient chevalier.
Baiart ont amené que on ot deslié,
Et Renaut i monta qu'à estrief n'en sot gré.
A la voie se meitent que n'i ont detrié.
435 Et le mesage a tant erré et chevauchié
Qu'il a l'ost des païen de bien pres aprechié,
Apres a de sa main son visage seignié.

Fousifie se saigne quant les Turs a veüs,
Puis les avoit maudis de Dieu le roi Ihesus.
440 Adonc a pris une herbe dont s'est apercheüs,
Sus li l'avoit portée bien . xiii . ans et plus ;
Adonc l'a conjurée et fist son carne sus.

---

438. Dans le *Maugis*, Fousifle est donné à Maugis par *l'amustant de Mellent*. Était-il chrétien? L'auteur ne songe pas à nous le dire. On voit d'ailleurs
que Maugis lui a enseigné son art.

Lors fu grant et corsu, quarrés et parcreüs,
Bien ot .xiii. piés sans la teste et li bus,
445 Et la teste en ot .iiii., bien fu desconneüs;
Son dromadaire fu si grant et si corsus
Que tref ne paveillon ne breham bien cosus
Ne semble pas si grant as païen mescreüs.
.i. baston il portoit, greille fu et menus;
450 Si sembleit .i. grant quesne esbranchié par dessus.
En icele maniere s'est en l'ost embatus;
Fol. 175 v° a Et, quant il fu entr'eus, si cria sus et jus:
«Fix à putain, glouton, confonde vous Ihesus.
» Ne vous puet garantir Mahommet ne Cahus,
455 » Les fourques sunt drechiez où Soudant iert pendus.»
Quant païen l'ont oï, chele part sunt courus,
Mez, quant voient qu'il est si grant et si corsus,
Et qu'en son col avoit levé .i. si grant fus,
A lor tres se reperent trestout taisant et mus,
460 Et il s'en passa outre, ne s'i est arestus.
Desi à la chité en est pongnant venus.

A la chité s'en vint Fousifie pongnant,
A sa vois qu'il ot clere va as murs escriant:
«Ouvrez moi tost la porte, je vous pri et quemant. »
465 Chil des murs le regardent; quant l'ont veü si grant,
Lors n'i ot si hardi qui ne s'en espuant;
A haute vois escrient: « Fel cuvert souduiant,
» Ja chïens n'enterrez, se Dex plest le puissant. »
Quant l'entent Fousifie, si se va sousriant,
470 Adonc deffist son carne et son encantement,
Si fu en tel maniere escuier com devant.
Lors l'a reconneü Vivien de Monbranc.
La porte li ouvrirent trestout demaintenant,
Et Fousifie i entre, si les va saluant.
475 Vivien va encontre, si le va acolant.

---

416. D'où vient ce dromadaire? Dans *Gaufrey*, Baudrés, messager de
l'amiral Quinart, est monté sur un dromadaire. Tierri le lui enlève, traverse
ainsi le camp ennemi et pénètre dans Grellemont, où étaient assiégés Gaufrey,
ses frères et Robastre (v. 4041 suiv.).

« Sire, salus vous mande duc Buef le combatant,
» Et tout votre lignage qui vous sunt secourant,
» (Mez) Kallemaines de Franche vous est du tout fail-
« Par Dieu, dist Vivien, bien le font mi parent. [lant. »
480 » Pour l'amour du secors qu'il me vont amenant,
» M'en istrai je là hors armé sus l'auferrant. »
Lors fist sonner .I. cor qui fu d'os d'olifant ;
Les chevaliers si s'arment quant le vont entendant.
Ne furent pa[s] .IXᵐ., jel sai à essient.
485 Les portez font ouvrir tost et isnelement,
Serréement chevauchent envers le tref Sodant.

Devers le tref Sodant sunt crestien venu.
Païen furent levé, si les ont percheü,
Lor escrient as armez, n'i ont plus atendu.
490 Le Sodant si s'arma sus .I. cuir d'or batu,
Son destrier li amainent c'on clamoit Sancperdu.
Le Sodant i monta qui moult l'a chier tenu.
Et nos crestiens sunt tantost à eus couru,
Maint en ont trebuchié et maint à mort feru.
495 Vivien lesse courre parmi .I. pre herbu,
Sus son escu feri .I. païen maloistru.

Les .II. os s'entrapressent contreval la campeingne.
Atant es vous .I. roi qui fu de Burianne ;
Vivien l'abat mort du destrier de Bretaigne.
500 .I. autre en a feru si que il le mehaigne,
Et le neveu Sodant a mis jus de brehaigne,
Au caïr que il fist trestout il le mehaigne.

Moult fu grant la bataille et par mons et par vaus.
Atant es vous Sodant atout .VI. amiraus.
505 Bien furent .XXXᵐ. qui n'ont pas cuers loiaus.
Es crestiens se fierent com[me] leu entre aigniaus,
.IIIIᶜ. en abatent à terre des chevaus.
Quant Vivien le voit lors fu ses devers couraus,
A retorner ariere ont torné lez chevaus,
510 Et ses hommez apres contreval les costaus.

Moult [fu] grant la bataille, orgueilleuse et felonne.

Vivien l'amachour maint ruiste coup i donne.
Sodant de Babiloine envers li esperonne.

Quant Vivien le voit, vers lui son cheval torne,
515 Et fiert si le Sodant sus l'elme en la couronne,
Mort l'eüst abatu de la sele à Argonne,
Mez Sodant recula, quer li vassal ressoigne.
A Vivien escape, dont il ot grant vergonne,
Et li païen felon Vivien avironne.
520 Tant n'en sot trebuchier que il plus n'en foisonne.
Il a trenchié par mi l'amiral de Valdonne,
Mez li païen de Perse et cheus de Babiloine
L'abatent du destrier c'on li tramist d'Argonne.

Le roi Vivien fu cheü de son destrier
525 Droit devant le Sodant qui gueirez ne l'ot chier.
Tant s'estoit combatu à la gent l'aversier
Qu'il n'ot nul de sez hommez ne crier ne huchier ;
.IIII. fois crie Monbranc, mez ne li ot mestier.
A forche l'ont seisi li cuvert losengier,
530 Sodant de Babiloine l'ont rendu prisonnier.
Seignors, or escoutez, pour Dieu le droiturier,
S'orrez de Passavant qui moult fist à prisier.
Quant il vit son seignor abatu en l'erbier,
Lors regibe dez piés et fet semblant si fier ;
535 Puis a baé la gueule en guise d'aversier
Com se vousist les Turs devourer et mengier.
.I. païen a saisi droit parmi le gosier,
De la sele le leve com .I. raim d'olivier,
Puis le flati à terre aussi com fust legier ;
540 Au chaïr que il fist le fist tout debrisier.
Puis en ferist .I. autre des piez u hanepier
Qu'il li fist la chervele voler et espanchier,
Et au tiers et au quart fist lez costez brisier.
Et Sarrasin forment prennent à eslongnier.
545 Lors le lessent aler, ne l'osent detrier.
A la chit de Monbranc donc vint à l'escleirier.

534. Dans *Gaufrey*, le cheval de Doon est *Regibet*, ainsi nommé parce que son maître seul pouvait l'approcher (v. 219 suiv.).

Quant crestiens le virent sans seignor reperier,
En la chité entrerent, s'en (i) amenent li coursier.

Crestiens s'en entrerent en la chité garnie.
550 Pour lor seignor demainent moult grande plorerie,
Et, quant la dame entent la grande plourerie,
Par les degrez avale de la sale perrine,
Et treuve deschendue la riche baronnie.
Quant la dame les voit, moult fu espeürie.
555 Quant coisi Passavant, le destrier de Sulie,
Qu'il revint sans segnor, adonc fu esmarie ;
Lors se pasme la dame, moult estoit esmarie.
Fousifie la lieve et puis si la castie.
Chi lerron de la dame et de sa compengnie,
560 Diron de Vivien qui Dex soit en aïe.
Mené l'ont en la tente o Sodant de Persie,
Ses armez li osterent et li .i. d'eus le lie.

En lor tres se desarment païen qui Dex mal face ;
Sodant de Babiloine ont desarmé sa face.
565 Quant il fu desarmé, si s'asist en la place,
Son prison demanda en moult petit d'espace,
Et il li ont mené sans fere lonc estrace.
Quant le Sodant le voit, durement le menace,
Ses deus poins qu'il ot grans ens es cheveus li lace,
570 Assez li fet de honte comment que il li place,
De sanc vermeil li cuevre et le vis et la face.
Ja l'eüst mehaignié ou ochis en la place,
Quant le roi Josué de sez poins li esrace.

Fol. 176 r° a. « Sire riche Sodant, dist le roi Josués,
575 » Vous feitez vilennie et forment mesprennés,
» Quant par devant nous tous chest chetif ochiés ;
» Mez, se le mien conseil et mon los en creés,
» Vous le bailleres, sire, Sorbrin de Balesgués,
» Et si le conduira à tout .m. bien armez
580 » Es tours de Babiloine en vos grans fermetés. »

578. Vers répété.

«Par Mahom, dist Soudant, bien conseillié m'avez. »

Lors apela Sorbrin : «Bel ami, cha venés.

» Feitez isnelement et si vous en alés.

» .M. Sarrasin armez ensemble o vous merrés,

585 » Desi Alibrandin ne vous aresterés,

» Puis passeres la mer, ne vous en douterez,

» Vivien chest chetif ensemble o vous merrés,

» Es tours de Babiloine soit mis et enserrés,

» Au chartrier si me ditez, si chier com vous m'avez,

590 » Que il soit chascun jour bien batu et frapés. »

Donc l'enmainent païen, de lor tres sunt tornez,

Et il reclaime Dieu, le roi de majestez :

«Ha! bele douce amie, jamez ne me verrez ;

» Hay ! biau trez dous pere, jamez ne [me] verrez ;

595 » Elas! que direz vous, quant vous chest plet sarés?

» Et ma dame vo fame, de qui je sui amés?

» He Dex ! et que fet ore mez richez parentez,

» Girart de Roussillon et Aymez le barbez

» Et Doon de Nantueil et Hernaut de Moncler ?

600 » Et vous cousin Brandoine, pour quoi tant demourés?

» Et vous, Maugis, biau frere, vilainement ouvrés,

» Et vous, roi d'Espolice, oublié vous m'avez. »

Et li païen chevauchent baut et jaiant et liés,

Il puierent .I. mont, li cuvert renoiez,

605 Onques n'en seurent mot, ne s'ont garde donné.

Si lor vint au devant Amaugis le senés

Qui faisoit l'escargueite atout .M. adoubés ;

Bien a oï son frere, comment s'est dementés,

Que li oi regreter son riche parentés ;

610 Renaudin apela : « Biau cousin, escoutés. »

  « Renaudin, biau cousin, dist Maugis, or entent.

» J'oi chi venir païen que le cors Dieu gravent ;

» Il mainnent .I. prison qui forment va criant,

» Moult va notre lignage et nous tous regretant.

615 » De mon frere me doute que l'amiral Persant

» N'ait prise sa chité et li mis à torment.»

«Sire, dist Renaudin, qu'alon nous atendant?»

Renaudin a les mos oïs et escoutés
Que Maugis li ot dit, lors se sunt acoisiés,
620 L'escargueite feisoit et Aalart l'ainsnés,
Et Maugis les conduit tout .ı. chemin ferrés.
Bien orent Vivien comment s'est dementez.
Quant Renaudin l'entent, si lor a escriés:
«Fix à putain, glouton, le prison me lerrez.»
625 Quant Sarrasin coisirent des armez la clartés,
Lors n'i ot si hardi ne fust espuantés.

Sus l'agait de no gent sunt païen embatus.
Maugis point le cheval qui saut lez saus menus,
Va ferir .ı. païen amont sus son escus,
630 Tant com hanste li dure l'abat mort estendus.
Puis a treite l'espée au brun coutel moulus,
Si en feri .ı. autre que par mi l'a fendus.
Renaudin en a .ı. de son espié ferus
Si fort que tout li froisse et les os et le bus;
635 Et Aalart son frere a d'autre part ferus.
Fol. 176 r° b. Chascun feri le sien là où l'a consieüs.
Onques n'i demoura ne cauf ne quevelus,
Fors .ııı. qui s'enfuïrent le grant quemin batus.
Au Sodant ont conté com lor est avenus.
640 Quant le Sodant l'entent, grant duel en a eüs,
Lors escria: «As armez, n'i ait plus atendus.»
Et il si firent tous des qu'il l'ont entendu.

Li Sarrasin s'armerent à forche et à bandon,
Bien furent .ııᶜ. mile li encrismé felon.
645 D'eus vous lerroi ichi, si vous raconteron
De Renaut, de Maugis et d'Aalart le blont.
Tost et isnelement s'en vindrent au prison,
Puis li ont demandé son estre et son non,
Et il lor a conté sans point d'aresteison,
650 Quant orent desconfit Persant et Esclavon:
«Je ai nom Vivien, et vous, comme avez non »
Et Maugis li respont par moult bele reson:

« Je sui Maugis vo frere, et chil dui valleton
» Sunt vo cousin germain et fix au viel Aymon. »

655 Maugis prist Vivien son frere le baron,
Puis le mainent as tentez où furent li baron,
Adonc le conjoïrent entour et environ.
«Seignors, dist Vivien, pour Dieu, quel la feron?
» Ma chité ont assise Persant et Esclavon,

660 » Plus sunt de iic. mile ainsi com nous cuidon,
» Et ma fame est dedens en moult trez grant frichon. »
«Biau fix, chen dist dus Buef, chertez plus n'aten-
Lors furent endossé li haubert fremillon,   [dron. »
Tantost furent armé, n'i font demoureson.

665 .vii. eschielez ont feitez de lor gent sans tenchon :
La premiere si fu au duc Buef d'Aigremont,
La seconde Guichart, la tierche au viel Aymon,
La quarte roi Brandoine, la .ve. Doon
Hernaut a la sisime, la .viie. Othon,

670 Renaut et Aalart et Maugis le larron
Et Vivien son frere qui ot cuer de lion,
Font la premiere eschele, vont s'en à esperon.

Nos crestiens chevauchent à forche et à vigour,
.vii. eschielez ont feitez chele gent de valour.

675 A Monbranc chevauchierent, onques n'i ot demour
Tant [qu'il oient] la bruit de la gent païennour,
Qui se furent armé par matinet au jour,
.x. eschielez ont feitez, Sodant ot la menour.
Et crestiens lor viennent sans fere nul demour,

680 Entreferir se vont, onques n'i ot destour.
Vivien fut devant où moult ot de valour,
Il point et esperonne le destrier misaudour,
Va ferir .i. païen sus l'escu paint à flour,
Du destrier l'abat mort empres .i. quarrefour,

685 A haute vois escrie : « Vous mourrez à doulour,
» Le louier vous rendroi comme de tel valour. »

Es pres dessous Monbranc commencha la bataille.

676. Ms. « Tant que voient. »

Il n'i a crestien que Sarrasin n'asaille,
Mès dessus tous les autres Vivien s'i imaille.
690 Atant es vous pongnant Pinabel de Soraille
.i. soudoier feri qui fu de Cornouaille,
Mort l'a jus abatu à terre où il baaille,
Puis apela nos gens : « Chetive garchonnaille,
» Tous i morrez à honte, ne cuit que nul s'en aille. »
695 Quant Renaudin l'entent, cuidiez que ne l'en caille.
Vers lui torna Baiart, cuidiez que il li faille,

Fol. 176 v° a.   De son pel le feri, ne lui caut qui en caille,
Si souef l'abat mort qu'il ne bret ne baaille ;
Puis en refiert .i. autre qu'il li ront la coraille,
700 Et le tiers et le quart ra il ochis sans faille,
Puis crie à haute vois : « Segnor, metez en taille. »

Grant fu le capleïs contreval li essart.
Et Renaudin brocha son bon destrier Baiart,
Et fiert .i. Sarrasin dessus son estouart,
705 Autresi le gravente com se fust .i. poupart ;
Puis rochist Malatart, Malaquin et Guimart,
Et Salemon d'Egypte, .i. felon Achopart,
Puis ra ochis Mandoire, .i. amiral gaignart.
Mez le riche Sodant qui fu en lor esgart
710 Revient à lor secors ass[e]z plus que soi[t] tart.
Bien sunt .LX^m. et felon et gaignart.
Gautier nous ont ochis et de Senlis Achart,
Et Morant et Tierri et Lambert et Benart
Et Audemer l'Escot et le comte Benart,
715 Aymer de Venise et le courtois Richart,
Et tiex .v^c. des autrez qui ne furent couart.

Ja fust dus Buef ochis et s'eschiele matée,
Quant sorvint une eschiele de bonne gent armée ;
Girart de Roussillon l'a conduite et guiée.
720 Il crie Roussillon à moult grant alenée,
.i. amiral fiert si sus la targe dorée,
U cors li met la lanche une aune mesurée ;

707. « Achopart » Cf. *Gaufrey*, v. 3353, 4053, etc. *Ogier*, v. 796, 991.

Quant Sarrasin le virent, [il font] une assemblée,
Sus le cors veïssiez grant noise et grant criée.
725 Et Girart maintenant si a sachié l'espée,
.i. Sarrasin en fiert sus la cheicle dorée,
Mort l'a jus abatu de la sele dorée,
Puis cria «Roussillon! » à haute vois levée.
Quant Renaudin l'entent s'a la perche levée.
730 Chele part adrecha Baiart de randonnée,
Sus le hiaume feri .i. Turc de Valfondée
Qu'à la terre en abat toute la chervelée,
Et au cheval a toute trenchié l'eschinée.
A chel coup est la perche en .ii. moitiez froée.
735 Et quant Sarrasin virent qu'ele fu debruisée
Tost li coururent sus tous à une huée;
Ja eüssent la broigne en .xxx. lieus faussée,
Se ne fust le destrier à la croupe tieulée
Qui henit et regibe et fet si grant menée;
740 A l'un brisa le col, à l'autre l'eschinée.
De païen fist iluec si tres grant lapidée,
Merveille est que Renaut ne fist la reversée.
Oez quele aventure Ihesu li a donnée :
De Froberge li membre dont l'alemele est fée,
745 Qui pendoit à l'archon de la sele dorée.

Là fust l'enfez Renaut malement malbaillis
Ne fust chele aventure que Dex li a tramis.
Et le vaillant Renaut qui fu de moult grant pris
Si l'a amont levée qui moult fu engramis;
750 Parmi son elme fiert .i. roi de Moravis,
En .ii. moitiez le fent et le cheval de pris.
Lors dient l'un à l'autre : « Chen est .i. Antecris,
» Qu'il atendra à coup il sera tout fenis. »
En fuie sunt torné, si ont le camp guerpis,
755 Se ne fust l'amirant qui sire est des Persis.
Il escrie s'ensengne : « Or avant, Sarrasins! »
Lors courent à Renaut plus de .m. Bedouins.
Fol. 176 v° b. Ja fu mort et ochis, ja n'en escapast vis,
Quant dus Buef et ses hommez et Girart le marchis
760 Lez secoururent bien as bons brans acherins.

Ja fussent li païen maté et desconfis,
Quant l'amiral Joas et l'amiral Clargis
Et le roi Joacas et l'amiral Persis
Vindrent en la bataille sus les chevax de pris.
765 Et crestiens les ont as bons brans acherins
Trez vigoureusement par ire recueillis ;
Mez tant fu grant la presse de felon Sarrasins,
Ne vausist lor deffense vaillant .ii. parisis.
Fuïr les couvenist ou remaindre tous vis,
770 Quant Aymez de Dordonne o le grenon flouris
Et Doon de Nantueil le chevalier hardis
Vindrent en la bataille à .xx^m. fervestis

Là où Do de Nantueil as païen assembla
Et Aymez de Dordonne que moult forment ama,
775 Do escrie Nántueil, mie ne se targa,
Puis a brandi la hanste et l'escu acola.
Joas ala ferir que premier encontra,
Chen fu .i. amiral qui onques Dieu n'ama ;
Tant com hanste li dure du destrier l'abat.
780 Puis regarda sus destre, .i. païen avisa
Qui .i. de nos barons en .ii. moitiez coupa.
Lors fiert si le païen que en .ii. le coupa,
(Puis fiert si le païen que en .ii. le coupa).
Atant es vous Sodant qui forment se hasta,
785 Hernaut ala ferir que premier encontra,
Si souef l'abat mort que li espié froissa.
Quant Aymez de Dordonne ot coisi cheus de là,
.i. escuier apele et si li envoia
A Othon d'Espolice qu'ariere lui lessa ;
790 De venir en l'estour durement le hasta,
Et le bon roi si fist quant le mes escouta.

Quant Othon fu venu à ichele envaïe,
Es païen se ferirent trestous à une hie.

---

783. Vers répété par suite d'une distraction du copiste, qui se perdait dans
cette série de coups d'épée prodigieux.
785. Ce ne peut être Hernaut de Moncler, encore vivant au vers 807 s.

Rois Othez esperonne le destrier de Nubie,
795 Et fiert .i. amiral du resne de Persie;
Parmi le gros du cuer le gonfanon li guie,
De la sele l'eslongne une grande brachie.
Et duc Buef d'autre part fierement s'i manie.
Vivien de Monbranc ses grans cous i emplie.
800 Renaut et Aalart ne s'i oublient mie,
Et Aymez de Dordonne qui pis ne valoit mie
En ochist tant et tue, n'est nus qui nous en die.
Mez tout chen ne leur vaut la monte d'une alie
Que tant i est venus des païen de Larie,
805 N'est hons qui les milliers ne les .c. vous en die.
Ja tornassent les dos, il n'i durassent mie,
Quant au bon conte Hernaut le conta une espie,
Et au bon roi Brandoine qui moult ot grant hasquie.
Lors s'escria Hernaut à haute vois serie :
810 «Or avant, biau dous niés, ne vous atargiez mie.»
Chascun dez esperons son bon destrier i guie.

Brandoine voit l'effors des Sarrasins felons.
Li et le quens Hernaut qui fu de grant renons
Ens en la gregnor presse mainnent lor contenchons,
815 A destre et à senestre fierent les Esclavons.
A ichele envaïe fu ochis Clarions
Et Cabrueil et Faussart, Salatre, Licions,
Et Gingados d'Egypte et le roi Faussarons,
Fol. 177 v° a. Corberon et Fausirez et l'amiral Ebrons
820 Et bien x^m. Turs de lor meillors barons.
Quant le Sodant le voit, plus dolent ne fu hons;
Lors fist sonner .i. cors dont grans estoit li tons,
Et broche le cheval des trenchans esperons.
.i. chevalier feri qui moult estoit preudons,
825 Trestout le pourfendi desiques es archons.
Puis regarda sus destre li amachour felons,
Et a veü roi Othez qui sus païen felons
Carpente e[t] de s'espée païen met en frichons.
Grant duel en ot Sodant, lors fiert des esperons

---

795. Vers répété, mais barré d'un trait rouge.

830 Et a treite l'espée et s'en va vers Othons.
Sodant l'a si feru par tel devisions
Que par mi fu coupé et visage et mentons.
Le bon roi chaï mort maintenant dez archons.
L'ame s'en est alée, Dex li fache pardons.

835 Et le Sodant escrie Babiloine à haut tons :
« Ferez, frans Sarrasin, [quer] mar les redoutons.
» .I. des leur ai ochis, loés en soit Mahons!
» D'Espolice iert rois, Othez estoit ses nons. »
Pour lui sunt li Francheis moult dolent et embrons.

840 Quant Othez fu ochis, grant i fu la doulour.
Crestiens en menerent et grant noise et grant plour.
Lors ont le cors porté sous .I. arbre sans flour,
En sus de la bataille .I. poi en .I. destour.
Ileuc si le couchierent sus l'escu paint à flour.

845 Tost et isnelement repairent en l'estour,
Es païen se ferirent isnel et sans demour,
Moult i o[n]t abatu et trebuchié des lour.
Ja fussent desconfit (et) sans terme et sans demour,
Quant l'amiral Clargis qui Dex doinst deshenour,

850 Ala ferir Hernaut sus l'elme paint à flour,
Jusqu'es dens le fendi, onques n'i ot retour.
Quant Francheis l'aperchurent, s'enforcha la doulour.

Or jut le quens Hernaut parmi le pre flouris.
Chen fu duel et damage du bon baron de pris ;
855 Quant ses hommez le seurent, n'i ot ne gieu ne ris.
He Dex! com le regrete Vivien et Maugis!
Lors couchierent Hernaut desus son escu bis,
Les Othez d'Espolice l'en ont porté et mis,
Puis retornent ariere es u grant fereis.

860 Lors ferirent païen es costez et es pis,
Plus de .X^m. en ont affolez et malmis.
Vivien de Monbranc fu chevalier eslis,
Il drecha son visage, si a veü Clargis.
Quant Vivien le voit moult en fu asouplis,
865 Il ne fu pas si lié pour tout l'or de Paris.
Vivien li tourna le bon cheval de pris,

L'espée tint u poing, si a feru Clargis
Que le cors du païen du tout espeüris.

Quant Clargis fu ochis crestiens furent lié,
870 Et Sarrasin dolent et forment esmaié.
Ja fussent desconfit et mort li renoié,
Quant l'amiral Persis, qui le cuer ot iré,
A fet sonner .i. greile, s'a sa gent ralié.
« Seignors, dist l'amiral, mal sommez engignié.
875 » Quant je passai cha outre et je sui arivé,
.» Bien cuidai tout conquerre et meitre sous mon pié;
» Mez trop sunt crestien aduré et prisié,
» Ja n'emporteron rien du lor à bon marchié.
Fo¹. 177 rº ᵇ. Lors broche le cheval o poil aplennié
880 Et se fiert en Francheis com deable en moustier.
Roy Brandoine le voit, forment len a pesé,
A l'amiral s'en vient, ne s'i est detrié,
Ja li fera savoir s'il a fet bon marchié.

Roy Brandoine coisi l'amiral Lucion.
885 Quant vois ochis son oncle, moult en ot grant frichon,
Lors brocha le cheval qui Sauterel ot non,
Et tint l'espée nue au pont doré enson.
L'amiral en feri sus son elme roon,
Trestout le pourfendi desiques en l'archon.
890 Il a estors son coup, mort l'abat u sablon.
Bien se preuve Brandoine le roi de grant renon,
A plus de .xxv. en fet voidier l'archon.
Ja fussent li païen mis à destruction,
Quant l'amiral Corsuble et le roi Medion
895 Et le roi de Damas et le roi Danemon
Vindrent en la bataille, chascun ot gonfanon.
Et Sodan demoura u mestre paveillon,
Sa gent fet adouber entour et environ.
Et le Sodan monta sans point d'aresteison,
900 Atout .xxxᵐ. hommez s'en ist du paveillon.
Ja eüssent nos gens male confession,
Quant chil dé la chité s'en issent à bandon

Et furent bien .xx^m. hardi comme lion.
Fousifie devant porta le gonfanon.

905   Cheus de la chite issirent à esperoń brochant,
       Bien estoient .xx^m. que bourgeis que serjant.
       Entre païen se fierent moult aïréement,
       Maint en i ont ochis et livré à torment,
       Moult ont bien au Sodan moustré lor mautalent.
910   Et d'autre part estoit le caplement moult grant,
       Quant l'amiral Corsuble et le roi Mediant
       Et le roi de Damas et le roi Corniquant,
       Atout .xxx^m. hommez vont les nos aprechant,
       Et le fort roi Brandoine les a veüs venant.
915   Il broche le destrier, moult le va argüant,
       .i. espié vit à terre, si l'en leva errant
       Et fiert roi Medeas en son escu devant.
       Parmi le gros du cuer li va le fer passant,
       Mort le trebuche à terre du bon destrier courant,
920   Puis escria « Maiogre ! » à sa vois hautement.
       Quant ses hommez l'oïrent, chele part vont tournant ;
       Là ot maint elme fraint et maint païen senglant.
       Atant es vous Corsuble et l'amiral Persant
       Et le roi Danemont et le roi Abilant
925   Brandoine vont ferir en son escu devant ;
       A terre le couvint caïr de l'auferrant,
       Mez tost resailli sus le hardi combatant.
       Le fort [roi] Danemont feri à l'encontrant,
       Les mamelez li trenche, tout va aval glachant,
930   Chil chaï mort à terre du bon destrier courant ;
       Et Brandoine seisi le destrier auferrant,
       De plain vol i sailli Brandoine maintenant.
       Mez que li estrief eüst à son talent,
       L'ont païen si feru et deriere et devant,
935   Et dessous lui ochis le bon destrier courant.
       A la terre le meitent ariere maintenant.
       Ja l'eüssent ochis et livré à torment,

916. « vit à terre » répété

12

Et crestiens ferir du riche branc d'achier,
Moult durement se prennent trestous à esmaier.
Lors fuient qui miex miex, n'i voudrent plus ester.
1015 Et quant le Sodant vit ses Turs esparpeillier,
Et il vit crestiens envers lui aprechier,
Lor ne les atendist pour plain .I. val d'ormier.
Des esperons à or a brochié le destrier.
Et crestiens l'encauchent qui Dex gart d'encombrier.
1020 Sodant i convenist demourer prisonnier
Que Fousifle l'ot abatu du dest[r]ier,
Mez Sarrasin l'assaillent et devant et derier.
Ja l'eüssent ochis, n'en peüst reperier,
Mès Girart i sourvint, o lui maint chevalier;
1025 Et quant le voit Sodant envers lui aprechier,
Dessus le dromadaire monta sans atargier,
Puis s'en torna fuiant par delez .I. rochier.
Et le soleil abesse, si prist à anuitier,
Si demoura la cache, si ont fet redrechier
1030 Fousifle qu'il treuvent à pié les .I. rochier.
Es tentez as païen se vont la nuit couchier
Desi à l'endemain qu'il virent escleirier.
Les païen es nes entrent, les voilez font drechier,
Et deablez lor donnent si bon vent et plenier
1035 Que jusqu'en Babiloine n'i orent encombrier.
D'eus vous lerroi ichi, si vous voudroi nunchier
Des Francheis qui se firent chele nuit aeisier,
Et dormirent la nuit tout à lor desirier.
L'endemain, quant il virent le soleil raier cler,
1040 Lors se font nos barons moult bien appareillier
Et puis si font le champ sus et jus recherquier.
Li baron en la plache firent fere .I. carnier.
Les mors firent dedens jeter et balanchier,
Puis fist on en la plache .I. moustier estorer
1045 Et fere une abeïe qui moult fet à prisier.
Dedens ont mis .C. moingnez qui liront lor sautier.

Quant nos crestiens orent le carnier aprestés
Et tous nos crestiens et mis et enterrés,
Ne mès le roi Othon où tant avoit bontés,

1050 Et Hernaut de Moncler, Brandoine le senés ;
Tous les cors dez .iii. prinches ont à Monbranc portés
Ens u mestre moustier de Sainte Trinités.
Fu le servise dit, hautement celebrés,
Mès les cors des barons n'i sunt point enterrés,
1055 Fors seulement l'entraille c'on en avoit ostés,
Et puis furent dedens de bon vin bien lavés ;
En .iii. bons cuirs de cherf les ont envolepés.

Fol. 178 r° a. Chascun vers son païs se sunt acheminés,
Le segnor en reportent chascun en [son] regnez.
1060 Ne soi pour quoi le duel vous seroit racontés,
Je ay trop à fere, ja n'en seroi mellés.
Aprez s'en retorna chascun en son regnez,
Vivien demoura à joie et à santés,
Et Maugis o s'amie ala par verités.

1065 Maugis en Rocheflour s'en ala o s'amie.
Il n'enmena o lui ne mès que Fousifie,
La duchoise sa mere a lessié moult marrie,
Et le bon duc son pere de revenir li prie.
En plourant se depart, le cuer li atendrie.

1070 Maugis part de son pere, le chevalier membré,
Jamez ne le verra à jour de son aé ;
Et Vivien demeura à Monbranc sa chité,
Moult tint en pes la terre et toute l'erité,
C'onques plus de païen ne fu aresonné ;
1075 Et le duc Buef son pere aussi en sa chité.
En pesa le duc Buef moult longuement esté,
Entresic à .i. jour que il vous iert conté
Que Kalles l'emperere o le grenon mellé
Tramist à Aigremont Lohier son fix l'ainsné
1080 Pour demander servise au duc Buef le barbé.
Ochis i fu li enfez, si com vous iert conté,
Puis fu à Kallemaine tramis et renvoié,

1054 et suiv. Cf. *Roland* (éd. Gautier), v. 3685-3694, et *Turpin,* ch. xxvii, *de Corporibus mortuorum aromatibus et sale conditorum.*
1062. Ms. « en sunt regnez. »

Puis en mourut duc Buef, ch' est fine verité.
1085 Si en fu le lignage en guerre son aé,
Mès puis fu la pes feite de trestout le barné,
Et de tout le lignage prist le roy feeulté,
Ne mez que de Renaut et d'Aalart l'ainsné
Et de Guichart son frere, de Richart le mainsné,
1090 Et de Maugis le lerre où tant ot de bonté.
Par lui fu Kallemaines maintez fois aïré.

Segnors et belez damez, Dex vous fache pardon,
Vous qui de votre argent m'avez donné foison.
Ihesucrist le vous rende qui soufri passion.
1095 Aprez vous chanteron dez .iiii. fiex Aymon,
Ainsi comme il vengierent le duc Buef d'Aigremont
Que Kalles avoit fet ochirre en traïson.
Ihesus le roi de gloire, par son saintisme non,
Nous otroit par sa grace de paradis le don.

Explicit

EXPLICIT LE ROMMANS VIVIEN DE MONBRANC
LI AMACHOUR GENTIL QUI TANT FU CONQUERANT.

VI

RINALDO DA MONTALBANO

Deux chants anciens, la *Mort de Beuves* et l'histoire des
Quatre Fils Aymon, furent d'abord unis dans l'usage ; puis le
second fut augmenté successivement d'une guerre soutenue
en Gascogne contre Charlemagne par Renaud, ses frères et
Maugis, du pèlerinage de Renaud et de Maugis en Palestine
et des faits qui suivirent leur retour en France. Deux poëmes
plus récents, consacrés aux fils de Beuves, vinrent enfin compléter cet ensemble ; et dans le manuscrit de Montpellier, nous
avons constaté qu'un remaniement adroit avait achevé la fusion de ces divers éléments en un tout suffisamment un et homogène. Mais les dernières versions ne faisaient pas oublier
les plus anciennes, et l'on peut admettre que les Italiens en
connaissaient plusieurs quand ils firent passer dans leur littérature populaire l'histoire de Renaud. Ils ne pouvaient songer à revenir en arrière et à supprimer ce qui s'était greffé
sur les légendes primitives. Ils prirent donc pour objet principal de leur imitation l'ensemble formé par le *Maugis,* le *Vivien*
et le *Renaud de Montauban,* parce qu'ils y trouvaient, après une
exposition, trop longue sans doute, mais qui en somme satisfait l'esprit, une suite de faits se déroulant clairement et sans
peine. La coexistence de plusieurs versions les autorisait à
puiser à leur gré dans l'une ou l'autre, et surtout à modifier
à leur tour la légende et à la remanier encore dans la même
pensée que l'avaient fait leurs devanciers, de façon à lui donner, soit plus d'unité, soit plus d'agrément, soit un caractère
plus moral. En tout cela, ils ne firent que se conformer à l'exem-

ple qui leur avait été donné par nos trouvères. Ceux-ci te-
naient à raconter des choses nouvelles et le proclamaient en
tête de leurs chants; n'était-ce pas inviter leurs imitateurs
étrangers à ne pas reproduire servilement les textes qu'ils
avaient sous les yeux? Les conteurs italiens avaient le droit
de montrer qu'eux aussi ils savaient plus, qu'ils imaginaient
mieux que leurs devanciers. Si dans les poëtes lyriques italiens
du XIII.e siècle, il est souvent fait allusion aux héros des romans français [1], quelle connaissance de ces matières ne devaient
point posséder ceux qui préféraient aux sonnets et aux can-
zones les récits de l'épopée française? Encore aujourd'hui, la
passion pour les aventures de nos chevaliers s'est conservée
en Sicile avec une vivacité extrême [2]; mais ce qui est de notre
temps une exception curieuse, était la règle générale au XIIIe
et au XIVe siècle, quand le grand nom de Charlemagne était
encore sans rival, quand les guerres entre vassaux et suze-
rains, chrétiens et Sarrasins, étaient choses d'un intérêt tout
contemporain. Je crois donc que cette sorte d'érudition était
assez répandue pour qu'il n'y ait pas lieu d'être surpris des
altérations que les légendes ont subies en Italie, et qu'il ne
soit pas nécessaire de supposer, à chaque modification que l'on
constate, un poëme français ou franco-italien perdu qui en
aurait été l'origine. Les comiques latins aimaient à faire de
deux pièces grecques une seule pièce latine, ce qu'ils appe-
laient *contaminare fabulas*. L'initiative des auteurs me paraît
souvent une explication suffisante. Il était naturel qu'en présence de récits dont un grand nombre portaient la marque de
remaniements considérables, les Italiens ne se soient pas crus
obligés à faire le métier de simples traducteurs [3]. Cette façon

[1] V. Bartoli, *i Primi due Secoli della Letteratura italiana*, c. II. § 2: *la
Lingua e la Poesia francese in Italia* (p. 92-110), et c. x, p. 279 s. Cf.,
en ce qui concerne le cycle breton, Graf, *Giornale storico*, V, p. 102-130.

[2] J'ai renvoyé déjà à l'article de M. Pitré sur cette question (*Romania*. XIII,
p. 315-398). Ce maintien en plein XIXe siècle d'une tradition épique si ancienne est un des plus curieux phénomènes de l'histoire littéraire.

[3] Dans son étude intitulée *la Rotta di Roncisvalle* (*Propugnatore*, vol. IV:
tirage à part, Bologna, 1871), M. Rajna examine les formes qu'a prises en
Italie la Chanson de Roland, et il arrive à démontrer, par la comparaison des
textes, qu'à chaque étape des modifications successives du récit l'on constate
l'imitation de modèles d'âges différents. Dans sa conclusion, il écarte nette-

de voir me paraît justifiée par la comparaison du *Rinaldo da Montalbano* et des versions françaises de l'histoire des Fils Aymon.

Les romans italiens qui ont pour objet les aventures de Renaud et de sa famille paraissent dériver de deux textes anciens, l'un en prose, l'autre en vers[1]. Je les examinerai en me servant de l'analyse qui en a été donnée par M. Rajna.

Le roman en prose commence par la description d'une cour plénière tenue par Charlemagne à l'occasion de la Pentecôte, quand l'arrogance de Girard de Fratta a été abattue, c'est à-dire plusieurs années après la guerre d'Aspremont. Charles est au milieu de ses barons, assis sur sa chaire impériale. Comme il fait chaud, l'empereur se fait apporter une coupe de vin. Après avoir bu, il la passe à Aymes (Amone); mais Ghinamo de Bayonne, un duc mayençais, ennemi d'Aymes, qui a épousé Clarice qu'il aimait, se lève et lui reproche d'oser boire à la coupe impériale alors qu'il a été déshonoré par sa femme. Il affirme qu'il a eu les faveurs de Clarice, et que Renaud et ses frères sont ses fils. Il donne pour preuve la connaissance qu'il a d'une tache que la duchesse a sur le corps, et quelques bagatelles qu'il tient d'une servante qu'il a subor-

---

ment l'opinion que le roman chevaleresque italien se serait détaché d'un seul coup de ses racines françaises: « Dall' esame istituito mi sembra appaia chia-» ramente che la letteratura cavalleresca della Toscana s'attiene a quella delle » provincie settentrionali e altresì della Francia per un numero di fili ben » maggiore che forse non si credesse; le creazioni straniere continuarono ad » essere note sull' Arno nella loro propria lingua non solo per tutto il tre-» cento, ma ancora fino al declinare del secolo XV. »

[1] Le travail de M. Rajna a été publié d'abord dans le *Propugnatore* (vol. III) sous le titre de *Rinaldo da Montalbano*, puis en tirage à part (Bologna, 1870). C'est à cette seconde édition que je renvoie. Le roman en prose a été conservé dans deux manuscrits de la bibliothèque Laurentienne cotés, l'un XLII. 37; l'autre LXXXIX, 64. Le premier a été achevé le 15 avril 1506. Il contient cinq livres. Le second semble de la fin du XV⁰ siècle ou du commencement du XVI⁰. Il contient seulement les trois premiers livres du précédent. Le poëme se trouve dans un manuscrit de la Palatine (E, 5, 4, 46). Il est divisé en cinquante et un chants, comprenant en tout 2038 octaves. Le manuscrit paraît dater du milieu du XV⁰ siècle. Le copiste a laissé en blanc beaucoup de mots et même des vers entiers. P. Rajna, *l. l.*, p. 3-4. — M. Rajna est convaincu que tous les romans italiens en vers, où il s'agit de Renaud, dérivent du texte de la Palatine.

née. Aymes part aussitôt pour aller demander des explica-
tions à la duchesse. Cependant Roland envoie un messager à
Clarice pour lui apprendre ce dont Ghinamo s'était vanté, et
il lui fait dire que, si le fait était vrai, elle eût à se tuer : « *car,
si le fait est vrai, je te ferai poursuivre par le monde entier, et je
ferai manger aux chiens ton corps et celui de tes enfants ; mais,
s'il n'est pas vrai, fuis cette colère et hâte-toi, car Aymon est
parti et va à Dordonne pour te tuer.* » Clarice effrayée se réfugie dans un de ses châteaux, appelé Monte-Armino, où elle
reste cinq ans. Après ce laps de temps, Renaud étant en âge
de porter les armes vient dans la chambre de sa mère et la
menace de lui donner la mort si elle ne lui dit de qui il est
fils. Elle se jette à ses pieds et lui jure qu'Aymes est son
père [1].

Comme bien d'autres chansons de geste, le *Renaud de Montauban* [2] commence par une cour plénière, tenue à la Pentecôte,
où l'on voit Charles assis sur son *faudestueil,* entouré de rois,
de chevaliers, d'archevêques, d'abbés ; et c'est également dans
une réunion pareille, qui a eu lieu aussi à la Pentecôte, que
l'empereur annonce à Aymes qu'il veut adouber ses fils chevaliers.

Entre la version imprimée et celle de Montpellier, il y a
de notables différences. Dans toutes les deux, Charlemagne
profite de la réunion de sa cour pour se plaindre de Beuves
d'Aigremont, qui ne daigne pas le servir. Mais la raison de
l'absence de Beuves, d'après le texte imprimé, est qu'il est
resté l'ennemi de l'empereur depuis que Doon de Nanteuil a
a été chassé de France. Ainsi la querelle du suzerain et du fier
vassal a ses origines dans la légende de Doon. Dans le texte
de Montpellier, Charlemagne, qui sait que, depuis le refus
qu'il a fait de secourir Vivien, il ne peut plus compter sur
l'hommage de Beuves, et qui lui-même ne saurait rappeler
sans inconvénient le vrai motif de son différend avec le duc
d'Aigremont, allègue que Beuves, lors de la guerre des Ses-

---

[1] N'ayant sous les yeux qu'une analyse où M. Rajna me paraît insister sur
les points qu'il juge les plus importants, je ne puis éviter quelques lacunes.
Ici l'on ne sait ni où le duc Aymes est allé, ni ce qu'il a fait.

[2] Ou plutôt la *Mort de Beuves d'Aigremont,* comme je l'ai expliqué déjà.

nes, a fait cause commune avec les barons qui s'obstinèrent à
ne pas donner leur aide à l'empereur. L'argument n'est pas
mal trouvé, car le père de Vivien aurait eu ainsi les premiers
torts. Je reproduis le commencement de la version de Montpellier.

CHI COMMENCHE LE ROMMANS DEZ .IIII. FIX AYMON

Barons, oes canchon de grant nobilité.
Toute est de vraie estoire, sans point de fausseté,
Onques meillor n'oïstez ains puis [que] Dex fu né.
A Saint Denis en France que Dex a tant amé,
5   Le trouva on u roulle et l'autre auctorité,
Comme Kalles de France, le fort roi couronné,
Guerria le duc Buef d'Aigremont la chité,
Et Girart .i. sien frere qui tant ot de bonté,
Et Doon de Nanteuil o le grenon mellé,
10   Et Aymon de Dordonne le vassal aduré.
Chil .iiii. furent frere et d'un pere engendré.
Il n'ot si vaillans hommez en la crestienté.
Kalles les haï moult et vers eus fu iré,
Ainsi com vous orrez se je sui escouté.

15   Che fu à Pentecouste, après l'Ascension,
Kalles fu à Paris, en sa mestre meison.
Moult i fu grant la court de chevaliers baron.
Tuit i furent venu chil prinche de renon,
Salemon de Bretaigne, [de]¹ Maus conte Huon
20   Et Yvon et Yvoire, Berengier et Haston,
Et tant des autrez que nombre n'en savon.
A la court est venu dus Aymez de Dordon,
Et avec li ses fix qui sunt de grant renon.
Tuit .iiii. sunt vallet, n'ont barbe ne grenon.
25   Kallemaines se lieve, si parla com preudon.
«Barons, che dist le rois, or oes ma reson.
» Tante terre ai conquise et tante region
» Dont li seignor me servent ou il vueillent ou non.

¹ Ms. « du. »

» Je conquis Guiteclin, ichil Sesne felon,

30　» En Sessoigne la grant que nous outre tenon.

» Là perdi Baudouin, que nous tant amion.

» N'i daignierent venir mi chevalier baron

» Fors le duc des Normans et le roi Salemon.

» Par icheus de Herupe hu ge salvation.

35　» Le duc Buef d'Aigremont n'i fu pas, chen set on.

» Lambert le Berruier et Rohans le Breton

» Et Gaufrei de Bordele que nous perdu avon,

» Assez i mandai autrez qui sunt de mon roion :

» N'i daignierent venir, foi que doi .S. Symon.

40　» Je mandai en aide Girart de Roussillon

» Et Doon de Nanteuil et son frere Bevon :

» N'i daignierent venir, pour voir le vous dison.

» Barons à vous me plaing, nobile compengnon

» Mez par icheste barbe qui me pent au guernon,

45　» Venjance en arai, qui qu'en poist ne qui non.

» Au duc Buef manderai, le sire d'Aigremon,

» Qu'il me viengne servir à coite d'esperon

» Et amaint avec lui .iiii^c. compengnon.

» Et se il le refuse, que il die que non,

50　» Je manderoi Francheis de meute et de randon,

» Trametrai li .c^m. de gent de grant renon

» Qui destruiront sa terre et metront en carbon.

» Qui sera le mesage? barons, or l'eslison. »

Dunaymez conseille au roi de choisir le messager, et, comme personne ne s'offre, Charlemagne désigne son fils Lohier.

J'ai cité ce passage, non-seulement parce que le fait de remplacer la guerre avec Doon par la guerre des Sesnes a donné l'idée au romancier italien de parler lui aussi d'une guerre intéressante pour des Italiens, celle d'Aspremont ; mais parce que nous trouvons ici, réunis en un seul vers, les noms d'Yvon, d'Yvoire, de Bérenger et de Haston. Les Italiens substituèrent Otton ou Ottone à Haston, et dès lors ces personnages furent inséparables :

Avino, Avolio, Ottone e Berlinghiere [1].

---

[1] V. Thomas, *Nouvelles Recherches sur l'Entrée de Spagne*, p. 48-49.

De là à les regarder comme frères, il n'y avait qu'un pas; on les supposa fils de Naymes de Bavière. Mais cette parenté n'avait d'autre origine que le hasard qui avait présenté à la mémoire de nos trouvères une suite de noms formant si naturellement un alexandrin:

> Et Yvon et Yvoire, Berengier et Haston[1].

La nouveauté du début du roman italien consiste dans le rôle important attribué à Ghinamo. L'idée en soi n'a rien d'original, car la calomnie est une arme employée souvent par le lignage de Ganelon. Grifes de Hautefeuille, le père de cette famille détestée, trahit et calomnie ses frères dans le *Gaufrey*. Dans *Parise la duchesse,* douze traîtres de la race de Ganelon s'entendent pour accuser Parise d'avoir empoisonné le frère du duc Raymond son époux. Amaury, qui, après avoir poussé Charlot à attaquer sans raison les fils de Sevin, soutient la cause de l'empereur contre Huon de Bordeaux, appartient à la même famille. Mais la nature du reproche fait au duc Aymes sort des habitudes de l'épopée française. Dans nos chansons, les querelles entre les barons, leurs révoltes contre Charlemagne, ont d'ordinaire leur origine dans la violation, alléguée à tort ou à raison, de quelque droit féodal; il s'agit tantôt d'un hommage refusé au roi, tantôt d'un fief ardemment convoité, tantôt d'actes de pure violence. Ici c'est la vie privée qui est en cause. La femme d'un des plus fiers barons est accusée d'adultère, et son mari est pour cela jugé indigne de boire à la coupe du roi. Je vois là un double emprunt aux romans bretons: d'abord le hanap merveilleux où les dames chastes pouvaient seules boire sans inconvénient, hanap que nous retrouvons dans Huon de Bordeaux et qui est bien pour quelque chose dans le dénoûment de ce poëme, puis l'habitude d'apprécier la valeur morale des personnes pour d'autres motifs que les qualités purement guerrières de vigueur et de courage. L'accusation elle-même d'adultère, mais ne visant que la femme regardée comme coupable, se rencontre dans le *Macaire* et le *Fioravante.*

[1] Dans *Gui de Bourgogne* même ordre que dans le vers italien : « Ne Yvon ne Yvoire, Haton ne Berangier », v. 417, cf. 348, et 4414. Je reviendrai sur ce roman dans le chapitre suivant.

Y avait-il quelque indication dans la légende des Fils Aymon qui pût amener l'auteur italien à supposer que l'odieuse
calomnie de Ghinamo ne soulèverait pas la réprobation una-
nime de Charles et de ses barons? Je n'oserais l'affirmer, et
je demande que l'on voie surtout dans ce que je vais en dire
le désir de faire connaître les textes dont je dispose.

L'auteur du roman italien en prose connaissait l'histoire
d'Ogier le Danois et l'a même intercalée dans la suite de son
récit[1]. Le fait n'a rien d'étonnant, puisque Ogier est de la
même geste que Renaud, et n'a cessé, pendant le siége de Montauban, de donner aux fils Aymon des preuves de son amitié. Or, si l'on compare dans le manuscrit de Montpellier les
deux récits où sont contées les morts si semblables de Baudouinet et de Bertolais, on n'est pas éloigné de penser que de
cette comparaison ait pu naître l'idée de suspecter la légiti-
mité des fils Aymon. Dans ce manuscrit, la dispute de Baudouinet et de Charlot est beaucoup plus développée que dans
la version imprimée. Charlot vient de perdre la partie, et son
roi est mat dans un coin de l'échiquier:

> Le fix le roi fu forment aïrés
> Quant il se voit si forment enanglés,
> Baudouinet commenche à ramposner:
> « Fix à putain, pour quoi m'as forjouez?
> 5 » Ogier ton pere, le mien serf racatez,
> » Ne m'eust dit mat pour lez membrez couper. »
> Dist Baudouin: «Damoisiau, vous mentés.
> » Ma mere chertez ne fist ainc puteés.
> » Ele fu fille le castelain Guirrez
> 10 » De saint Omer qui tant fist à loer.
> » Voir fu, mon pere en fist sa volenté:
> » Comme haut homme bien en ot poosté.
> » En chele dame fu mon cors engendré.
> » Ne plot à Dieu qu'il fussent espousé,

---

[1] Rajna, l. l., p. 42. — Cela était tout naturel, car dans la légende française, les noms d'Ogier et de Renaud étaient inséparables. Le cycle de Doon
de Mayence s'est formé autour des histoires de ces deux grands vassaux. En
Italie, Roland, le héros de Roncevaux, devait faire négliger le bon Danois et
se substituer à lui dans l'amitié des fils Aymon

15   » Ele n'iert pas de si grant parenté
     » Comme mon pere, chen soit de verité,
     » Souventez fois en ai mon cuer iré.
     » Fame n'est pute sel n'a homme tué
     » Ou son enfant murdri et estranglé. »
20   Kallot l'entent, ainc ne l'en prist pité,
     Ains saut en piez, s'a l'eschequier combré.

     Kallot le fel, qui Dex doinst encombrier,
     A .ıı. mains prent le pesant eschequier ;
     Baudouinet en ferit u frontier,
25   Seur le brun marbre le fet mort trebuchier [1].

Dans la version de Michelant, Renaud, insulté et frappé par Bertolais, va se plaindre à Charlemagne, qui ne veut pas l'écouter et le traite de mauvais garçon. Renaud reproche alors à l'empereur la mort de Beuves d'Aigremont, qui ne doit pas rester impunie; pour lui, il ne s'associera pas à l'indifférence de son père et de ses oncles. Charles, irrité, le frappe de son gant au visage, si bien que le sang coule à terre. Renaud s'en va; mais, au milieu de la salle, il rencontre Bertolais, et, dans sa colère, lui fend la tête d'un coup d'échiquier.

Dans le texte de Montpellier, Renaud et ses frères ont été adoubés chevaliers par le roi avant que l'on sût la mort de Lohier, et ni eux ni leur père n'ont pris part aux guerres qui ont suivi; mais il n'y a pas eu non plus de paix conclue entre eux et le roi. Aussi, quand Charlemagne offre spontanément

---

Voici le texte de l'édition Barrois (v. 3169 s.) :

     « Bastars, dist-il, mult es outrequidiez,
     » Fel et quvers et trop en remanciés.
     » Ogier tes peres, li miens hom cavagiés,
     » N'en desist tant por tot l'or desos ciel,
     » Ardoir en fu, en un conpieg noier.
     » Mal le pensastes, vos le comperrés chier. »
     A ses deus mains a saisi l'esqueker,
     Bauduinet en feri el fronter,
     Le test li fent, s'en salt li cerveler ;
     Desus le marbre le fist mort justichier.

On peut comparer le texte de Montpellier avec le passage correspondant cité par Barrois dans sa préface, p. LXVI, et qui en dérive évidemment.

d'honorer les fils Aymon et que leur père lui rappelle la mort
de Beuves, Renaud n'hésite pas à intervenir :

> «Sire, chen dist Renaut, qui fu li graindrez hom,
> » Chevalier nous feïstez, neer ne le povon ;
> » Durement vous haon, ja ne vous cheleron,
> » Pour la mort au duc Buef le sire d'Aigremon,
> 5 » Quer à nous ne feïstez pes ne acordoison. »
> Kallemaines l'oï, si drecha le menton,
> Adonques rougi Kalle aussi comme carbon.
> · «Renaut, fui toi de chi, fix à putain, garchon.
> » A moult petit s'en faut, ne te met en prison. »
> 10 «Sire, chen dist Renaut, ne seroit pas reson.
> » Puisque ne l'amendez, à itant nous taison. »

> A itant le lessierent li .iii. bacheler,
> Renaut le fix Aymon lessa atant ester,
> Aalart et Guichart le vont reconforter,
> 15 Et puis aprez mengié alerent behourder.
> Et li auquant s'asieent et prennent à jouer.
> Renaut et Bertelai si ont pris .i. tablier
> Et uns eschez d'ivoire, si pristrent à jouer.
> He Dex ! à grant martire les convint dessevrer.

> 20   Renaut et Bertelai sunt au jouer assis,
> Et tant i ont joué que il i ot estris.
> Bertelai le clama fix à putain chetis,
> . Et a hauchié la paume, si le feri u vis.
> Tel bufe li donna que le sanc est saillis.
> 25 Et, quant Renaut le voit, si en fu moult marris.
> Il saisi l'eschequier qui fu à or massis,
> S'en feri Bertelai tres par mi lieu du vis
> Que trestout le fendi entresiques u pis.
> Mort l'avait étendu, or est levé le cris.

La *Bibliothèque bleue* suit assez exactement cette version.
«Renaud dit hardiment au roi qu'il le haïssait, parce qu'il avait
» fait tuer son oncle par trahison ; mais nous en aurons, lui
» dit-il, raison quelque jour. Charlemagne rougit de colère, et

» lui dit: Jeune téméraire, ôte-toi de ma présence; je te jure
» que si je n'avais égard à cette auguste compagnie, j'ordon-
» nerais qu'on te mît dans une prison où tu pourrais te repen-
» tir de ton audace. Renaud ne dit plus mot.

» Le dîner étant prêt, ils s'assirent tous à table, excepté
» Salomon et Godefroi, qui servait ce jour-là; mais Renaud ne
» pouvait rien manger en pensant à l'affront qu'il avait reçu,
» et songeait toujours comment il pourrait se venger. Ses frè-
» res le consolaient. Après le dîner, les seigneurs allèrent à la
» récréation, et Bertelot, neveu de Charlemagne, appela Re-
» naud pour jouer aux échecs avec lui.

» Bertelot et Renaud s'assirent pour jouer aux échecs, qui
» étaient d'ivoire et l'échiquier d'or massif. Ils jouèrent tant
» qu'ils eurent dispute; de sorte que Bertelot appela Renaud fils
» de catin, et le frappa au visage, dont il sortit du sang. Quand
» Renaud se vit ainsi outragé et blessé, il prit l'échiquier de
» furie et en cassa la tête à Bertelot, qui mourut sur place.
» Il s'éleva un grand bruit dans le palais que Renaud, fils d'Ay-
» mon, avait tué Bertelot, neveu du roi. »

J'ai cité volontiers cette imitation, parce qu'elle reproduit
avec fidélité tous les traits essentiels du modèle.

J'en reviens à l'injure faite, dans ces deux passages, à Baudouinet et à Renaud. Le premier y répond par une justifica-
tion de sa mère qui nous paraît peu satisfaisante, mais qui
prouve que ce mot, trop souvent répété dans nos chansons de
geste, n'était pas toujours une insulte banale. Renaud, dont le
cas est autre, outragé deux fois de suite par Charlemagne et
Bertolais, frappé par celui-ci, tue le neveu de l'empereur.

Est-il impossible que cet outrage, pris au sérieux dans *Ogier*
et répété dans les *Fils Aymon* par Charlemagne et son neveu,
ait engagé un imitateur à en tirer tout un drame? Si Bertolais
qualifie ainsi la mère de Renaud, pourquoi un Ghinamo n'en
dirait-il pas davantage? Cette pauvre invention, qui gâte le
commencement de notre histoire des Fils Aymon, s'explique
d'ailleurs assez par la notoriété des infidélités de trop de belles
dames du cycle d'Artus, au niveau desquelles allaient descendre
les châtelaines de notre épopée.

Il n'y a de vraiment italien dans le fait de Ghinamo que son
audace à se poser en Don Juan.

Le nom de Ghinamo de Bayonne a dérouté jusqu'ici les conjectures. La famille de Ganelon, devenue en Italie la geste des Mayençais, était cependant assez riche en traîtres pour qu'il ne fût pas nécessaire d'inventer un nom nouveau. Dans celui-ci, je verrais volontiers une modification par simple transposition de syllabes du nom d'Amauguin le brun, personnage de la famille de Ganelon, qui, au commencement d'*Aye d'Avignon,* accuse faussement Garnier de Nanteuil d'avoir comploté la mort de l'empereur. Ce personnage reparaît encore dans *Gui de Nanteuil,* et nous retrouvons dans *Parise la duchesse* un Aumaguin, fils de Hardrez, et par conséquent du lignage de Ganelon, qui se déguise en pèlerin pour tromper le duc Raymond et lui faire croire que Parise a empoisonné son frère Beuves. Quant à la situation géographique du fief qui lui est attribué, elle ne surprendra point si l'on songe que des noms de lieu du midi de la France, tels que Montauban, Avignon, Valence, reviennent souvent dans les chansons où il est traité de la geste de Renaud.

Monte-Armino est formé sur le modèle de Montessor, Monbendel, Montauban, Montchevrel, etc.; mais le second des mots qui le composent décèle une prétention à l'érudition, dont nous retrouverons des traces beaucoup plus évidentes dans la suite du roman.

La violence avec laquelle Renaud exige de sa mère qu'elle lui révèle de qui il est fils a un caractère dramatique; mais ce n'est qu'une répétition de l'endroit du *Maugis* où Vivien contraint Esclarmonde à lui avouer que Beuves d'Aigremont est son père.

L'épouse d'Aymes est dite Clarice. C'est dame Aye dans la version imprimée[1], Marguerie dans le texte de Montpellier. L'auteur italien a préféré le nom de Clarice, plus agréable sans doute à ses oreilles, et qui dans les versions françaises est celui de la sœur du roi Yon, que son frère donne en mariage à Renaud. Pour remédier à ce double emploi et s'écarter de la tradition sans paraître la contredire, on imaginera plus tard que le roi Yon (Ivone) a une fille du nom de Béatrix qui s'éprend de Renaud et finit par l'épouser[2].

---

[1] *Renaud de Montauban,* p. 91-92.

[2] Dans le *Renaud de Montauban,* la sœur d'Yon était déjà désignée par

Le supplice dont Roland menace Clarice et ses fils ne me
semble pas d'origine française ; dans les Chansons, on parle
plutôt de pendre les gens, de les démembrer ou de les brûler
vifs. Je vois ici une simple réminiscence des « chiens dévorants »
dont Jezabel fut la proie.

La présence de Roland à la cour de Charlemagne, dès les
premières pages de la narration, et son intervention dans les
affaires domestiques du duc Aymes, sont les premiers traits
du développement d'une conception nouvelle, beaucoup plus
importante que tout le reste, et dont il est juste de reconnaître l'originalité.

Dans le *Renaud de Montauban*, Roland n'apparaît que tard.
Naymes conseillait à l'empereur, revenu de son pèlerinage en
Galice, d'attendre un an avant de recommencer la guerre contre les fils Aymon, quand arrive un jeune garçon accompagné
de trente damoiseaux de gente façon. Il porte une pelisse
d'hermine, des *hueses* d'Afrique, des éperons d'or. Son regard
est plus fier que celui d'un léopard ou d'un lion. Il est très-
bien fait et de belle tournure. Il vient au palais, descend au
perron et ne s'arrête que devant Charles. Il se fait connaître.
On l'appelle Roland ; il est né en Bretagne, à Saint-Fagon,
fils de la sœur de Charlemagne et de Milon, le duc d'Angers.
L'empereur l'embrasse et compte qu'il le vengera de Renaud.
Roland espère bien vaincre celui qui a tué son cousin Bertolais. On apprend alors que les Sesnes assiégent Cologne.
Roland est chargé du commandement de l'armée, et revient
bientôt triomphant, amenant prisonnier le duc des Sesnes,
Escorfaut, que l'on enchaîne soigneusement pour le baptiser
le lendemain. C'est alors que Naymes a l'idée de donner des
courses, afin que l'on trouve pour Roland un cheval aussi bon
que Bayard[1].

La Bibliothèque bleue n'a rien changé à ce récit, qui nous
montre Roland portant pour la première fois les armes après
la construction de Montauban, et désireux de se faire le cham-

---

deux noms différents: c'est d'abord « ma seror Aélis au cors gent », p. 117;
puis « Clarise à la clere façon », p. 223, cf. 226. Ce nom, d'ailleurs, revient
très-rarement dans le récit. Dans le premier passage, la version de Montpellier donne « ma seror qui moult a le cors gent. »

[1] P. 119-123.

pion de son oncle contre Renaud. Mais l'auteur italien avait remarqué que l'antipathie de Roland pour le vaillant fils d'Aymes n'était pas destinée à durer, et qu'après s'être mesurés ils deviennent des amis fidèles. D'autre part, il est fait allusion à la parenté de Charlemagne et d'Aymes[1] ; et, comme le duc Aymes et ses frères sont également unis par le sang à la plupart des barons de l'empereur, Roland et les fils Aymon font

---

[1] P. 47, 249. M. Rajna ne croit pas qu'il y ait trace d'une parenté entre Renaud et Roland dans les textes français (*Rinaldo da Montalbano*, p. 14). Il suffit cependant qu'Aymes et ses fils soient regardés comme du lignage de l'empereur pour que Roland soit leur cousin. L'impression générale qui ressort de la lecture du *Renaud de Montauban* est que la plupart des barons qui y jouent quelque rôle sont unis entre eux par les liens du sang. La famille de Grifes de Hautefeuille fait seule exception. Dans *Ogier*, les chefs des chevaliers traîtres qui essayent de livrer leur seigneur à Charlemagne sont Hardrés et son frère Gontier ; les deux qui se présentent à l'empereur sont Hardrés et Berengier (v. 8153 s.). Ces deux noms appartiennent au lignage Ganelon ; mais on ne comprend pas que ceux qui les portent aient pu suivre Ogier. En revanche, quand Brehus propose à Ogier de renier sa foi, le fier Danois répond (v. 11754 s.):

> . . . .« Or oi plait de bricon :
> » Ainc n'aparting Hardré ne Ganelon
> » Que Deu guerpisse et traïsse Kallon. »

C'est bien dans les *Fils Aymon* que se dessine clairement la distinction entre une geste loyale et une geste des traîtres. Pour la parenté des barons loyaux entre eux, voici quelques-uns des passages les plus importants. Alard dit (p. 212):

> « Et Ogiers li Danois, fils m'antain par mon cief. »

A la p. 213, Charles, Olivier, Roland, Salomon, Estous, Richard, Ydelon, sont réunis, et les barons, parlant des fils Aymon, se disent:

> « Cosin somes germain, près nos apartenon. »

P. 217, Ogier, parlant au nom des douze pairs, explique à Charlemagne qu'ils ont voulu l'épouvanter :

> « Que Richart no cousin feissiez delivrer. »

Dans *Ogier de Danemarche,* Ogier est cousin de Turpin (v. 9242):

> « Mes cosins est li gentis dus palais. »

Cf. 9270. — La parenté d'Ogier, qui supplie Charlemagne de l'épargner, comprend : Naymes, Guilimer l'Escot, Salomon de Bretagne, le roi Othoé, Doon de Nanteuil, Girard de Roussillon, Aymes de Dordonne, Thierry d'Ardenne, Geofroy d'Anjou ; princes, ducs ou comtes, ils sont soixante (v. 9509 s., 9526 s.).

partie d'une nombreuse famille qui peut ne pas toujours marcher d'accord, mais qui dans des circonstances graves se retrouve parfaitement unie. Tous les barons s'entendent quand
il faut refuser de pendre Richard, fils d'Aymes, ou obtenir la
liberté de Richard de Normandie.

Pour tirer parti de ces données, l'auteur italien suppose que
Roland avait atteint l'âge d'homme au moment où commence
sa narration, et que, d'ailleurs, il avait le droit de s'intéresser
à l'honneur du duc Aymes, son parent. Roland gardera ce nouveau rôle. Plus sérieux que Renaud, mais bien disposé pour
lui, il aura toujours sa part d'action dans la vie de son cousin.
Il deviendra son protecteur contre la méchanceté des Mayençais, jusqu'à ce que, par une conséquence naturelle, il y ait
entre les deux chevaliers un échange ordinaire de bons offices
et que leurs noms soient toujours associés. Cette conception,
qui devait être féconde, appartient en propre à l'Italie et ne
pouvait venir à la pensée d'un trouvère français, parce que,
chez nous, l'épopée avait trop bien arrêté les grandes lignes
de la vie du neveu de Charles. Le caractère de Roland ne
devait se modifier qu'en pays étranger. En Italie, après être
devenu le compagnon des aventures de Renaud, il finit par
imiter ses faiblesses ; et si, dans le *Morgante*, il garde sa gravité
originelle, avec Boiardo et Arioste, il tourne au chevalier errant, et son amour et sa folie sont d'un Tristan ou d'un Lancelot.

L'auteur, usant de la donnée que lui offraient les courses où
Charlemagne espérait découvrir un cheval digne de Roland,
imagine que Clarice, dans l'intention de procurer des armes
excellentes à ses fils, fait annoncer, avec l'autorisation de Charlemagne, qu'une grande foire aura lieu à Monte-Armino ; puis
il se reporte à plusieurs années en arrière pour expliquer
l'origine de deux personnages qui paraîtront bientôt en scène[1].

---

[1] Imitation évidente de l'endroit de *Renaud de Montauban* où, sur le conseil de Naymes, des courses ont lieu à Paris, afin de procurer à Roland un cheval digne de lui. P. 123-131.

M. Rajna (*Rinaldo*, p. 16) croit qu'ici le texte italien ne dérive pas du
Maugis d'Aigremont, parce que Maugis y est élevé en Espagne et non en
Sicile, et qu'il est invraisemblable qu'un écrivain ou chanteur italien ait voulu
transporter en un pays étranger une scène que les sources qu'il connaissait

La duchesse d'Aigremont, ne pouvant avoir d'enfants, avait fait un vœu ; devenue enceinte, elle partit avec son mari en pèlerinage pour Saint-Jacques de Galice. En revenant, elle donne le jour dans un bois à deux jumeaux qui, par suite de l'attaque soudaine d'une troupe de Sarrasins, restent abandonnés. L'un des enfants est recueilli par le roi Abilante, qui lui donne le nom de Vivien, l'élève comme s'il était son fils, et lui cache sa véritable origine. Le second, jeté dans un fossé, en est retiré par la dame de Belfiore, sœur d'Abilante, qui, en souvenir de l'endroit où elle l'avait trouvé, lui donna le nom de *Malgiaci* (Mau-gis); mais on l'appela Malagigi[1]. La dame élève l'enfant et l'instruit ; mais le malicieux Maugis apprend plus qu'elle ne voulait et parvient à lui dérober la connaissance de la magie, art qu'elle possédait à fond. Il s'empresse d'user du pouvoir qu'il vient d'acquérir, et contraint un démon à l'éclairer sur tout ce qui peut l'intéresser. Il sait ainsi de qui il est né, qu'il est le cousin des fils Aymon et dans quelle intention Clarice a voulu avoir une foire à Monte-

auraient placée en Italie. Se fondant sur ce que la forme *Malagigi* se rapporte au français Maugis, il suppose que la version italienne dérive d'un texte plus ancien que le *Maugis*. Il ajoute que l'absence des aventures amoureuses de Maugis indique également l'imitation d'un texte plus ancien. J'explique ces différences uniquement par la manière dont l'auteur italien a compris son sujet ; il a voulu écrire à nouveau l'histoire des Fils Aymon, modifiant, ajoutant, supprimant. Pour donner plus d'unité au commencement de sa narration, il ne sépare pas les deux enfants, fait d'Oriande la sœur d'Aquilant ; au lieu de Monbranc et de Rocheflour, il imagine Belfiore. La scène est en Espagne, lieu ordinaire des guerres entre Sarrasins et chrétiens. Dans le *Rinaldo* en vers, la guerre des Sesnes, racontée dans le *Renaud de Montauban,* devient une invasion des Sarrasins et n'est reconnaissable qu'au nom de Scrofaldo (Escorfaut). Dans *Ogier,* Brehus est roi d'Afrique, de Babylone, de Damas et des Sesnes. De son côté, l'auteur du *Viaggio nella Spagna* place à la cour du roi de Portugal l'aventure d'Olivier à Constantinople. La chronique de Turpin avait donné l'exemple de transporter en Espagne la guerre d'Agolant et celle de Fierabras (Ferracutus).

[1] « E perchè ella (la dame de Belfiore) l'aveva trovato nella fossa che gia-» cea male, gli pose nome Malgiaci ; ma egli fue chiamato Malagigi. » *Malagigi* me semble venir de la forme *Madalgis*, que nous trouvons dans l'*Entrée de Spagne :*

Madalgis le lairon et son cosin Guiçard.

(*Bibl. de l'Ec. des Chartes,* 1858, p. 255.)

La forme allemande est *Maleyis.*

Armino. Il décide qu'il procurera à Renaud « le meilleur che-
» val qui soit au monde. Il fît un enchantement et trouva que
» la mère d'Achille, quand elle apprit la mort de son fils, en-
» chanta son cheval dans une montagne, au milieu de la mer
» Océane, et qu'elle y enchanta aussi les armes et l'épée qui
» avaient appartenu à Achille. » Après avoir obtenu la per-
mission de la dame de Belfiore, Maugis va chercher Bayard
et Froberge (Frusberta[1]); puis, avec d'autres armes et d'autres chevaux, il se rend à Monte-Armino déguisé en vieillard.
Bayard plaît à Renaud qui veut l'acheter, et, après de longs
discours, tous deux vont avec Clarice au château, où Maugis
redevient tout à coup un jeune homme, à la grande frayeur de
la dame. Il se fait alors connaître, fait présent à son cousin du
cheval et de l'épée, puis s'en retourne en Espagne, à Belfiore.

Les fils d'Aymes, ayant reçu de Maugis des armes et des
chevaux, partent pour Paris, où leur mère désire qu'ils soient
adoubés chevaliers par l'empereur. Lorsque Ghinamo le sait,
il leur tend un piége, espérant les mettre à mort. Mais le bon
droit triomphe. Ghinamo est tué par Renaud, ses hommes sont
mis en fuite, et les quatre frères reprennent leur route vers
Paris, où ils sont accueillis avec grand honneur et faits chevaliers. Surviennent alors les fils de Ghinamo apportant le corps
de leur père. Les barons se divisent, et, sur le conseil de Naymes, on décide que le cadavre du traître sera pendu et que
Renaud et ses frères seront bannis de la chrétienté jusqu'à ce
qu'ils aient fait un pèlerinage au Saint-Sépulcre[2].

Les bannis partent, et Ganelon et Pinabel vont les attendre
dans la forêt do Quintafoglia. Renaud et ses frères sont sauvés
par l'arrivée très-opportune de Roland sur le champ de bataille. Les Mayençais fuient; Renaud, au lieu d'aller en Pa-

---

[1] *Frusberta*, comme *Malagigi*, est une forme résultant d'altérations successives (Frosberga, Frosberda, Frusberta). Ces noms s'étaient ainsi modifiés
par suite de la transmission orale, et cela seul donnerait à croire que l'histoire
de Renaud était répandue en Italie longtemps avant la rédaction des versions
du *Rinaldo,* dont il est traité ci-dessus.

[2] Naymes ne fait que proposer, dès le commencement du récit, d'appliquer à
Renaud la peine qui lui est imposée à la fin de sa guerre avec Charlemagne,
comme l'une des conditions essentielles de la paix.

lestine, revient à Monte-Armino, et Roland, une fois de retour
à Paris, raconte ce qui s'est passé ; mais, pour éviter le scan-
dale, il ne révèle qu'à l'empereur les noms des traîtres.

Charlemagne ayant un jour fait allusion à la trahison de
Ganelon, celui-ci lui rappelle que depuis huit ans Beuves d'Aigremont (Buovo d'Agrismonte) ne s'acquitte pas de son devoir
envers la couronne. Les barons s'offrent pour marcher contre
le vassal rebelle ; mais Charles veut essayer d'abord un autre
moyen. Un messager, Morando di Normandia (Enguerrand
d'Espolice dans le *Renaud de Montauban* imprimé), va à Aigremont. Malgré son langage outrecuidant, Beuves le laisserait
repartir sans lui faire aucun mal, s'il ne tuait un géant gardien
du pont du château[1]. Il est mis à mort, et un espion de Ganelon en apporte la nouvelle à Paris. Elle est accueillie avec in-
crédulité, et Ganelon conseille l'envoi d'un second messager.
A son instigation, Lohier (Alorino) s'offre pour cet office et
part avec mille hommes armés. Arrivé devant Beuves, il lui
parle avec violence et le menace de son épée, alors que Beuves s'était résigné à supporter les injures et à rendre hommage à son seigneur. Une lutte s'engage, et Beuves, après
avoir tué malgré lui le fils de Charles, fait embaumer le corps,
qui est rapporté à l'empereur. Charles et sa cour sont dans
le deuil et se préparent à venger Lohier.

Cependant, en Espagne, le cruel roi Abilante confie à Vivien
une armée de soixante mille hommes pour qu'il aille attaquer
Aigremont. Vivien assiége le château et fait prisonnier dans
un combat le duc Beuves. Charles et les Mayençais apprennent avec joie la captivité de Beuves, et l'empereur, malgré
Naymes, défend sous peine de mort de secourir Aigremont.
Néanmoins, Roland, Astolphe, Ogier et Olivier, partent secrè-

---

[1] « Questa città era posta in su 'n uno monte molto dilettoso, e appiè del
» monte correva uno grande fiume che si chiamava Arginore, e avea un
» grande ponte con due torre ; e Buovo vi teneva a guardia uno grande gio-
» gante. Questa città d'Agresmonte e questo ponte fecie fare Giulio Cesare,
» quand' egli acquistò la Spagnia. » (*Rinaldo,* p. 22-23.) — Quand Gui de
Bourgogne et ses compagnons, se rendant à Montorgueil, ont passé les rivières aimantées, ils trouvent à l'entrée du palais de Huidelon un géant affreux qui garde la porte principale. Gui, pour entrer, est obligé de le tuer (*Gui
de Bourgogne,* v. 1773-1820).

tement. De son côté, Maugis, ayant eu connaissance de ce qui se passe, quitte l'Espagne et va à Aigremont. Il a revêtu des armes enchantées et se donne pour un chevalier en quête d'aventures. Sa mère l'accepte pour champion, et il a un duel avec Vivien. Après bien des coups donnés et reçus, il se fait connaître à son frère, lui apprend de qui ils sont fils, et le combat et la guerre sont ainsi terminés. La reconnaissance des parents et des enfants a lieu avec des transports de joie, auxquels viennent prendre part Roland et ses compagnons. Une partie de l'armée de Vivien reçoit le baptême, les autres s'en retournent en Espagne, et Roland avec ses amis revient à Paris, où son oncle le reçoit fort mal. Mais le cœur de Charles s'adoucit bientôt; de sorte qu'il veut voir Maugis et Vivien, les accueille gracieusement et se décide à pardonner à leur père.

L'empereur envoie donc des messagers à Beuves, et celui-ci se met en route pour Paris; mais les fils de Ghinamo, poussés par Ganelon, le surprennent et le tuent pendant son voyage, puis réussissent à pénétrer dans Aigremont, qu'ils mettent à feu et à sang, et où ils laissent une garnison. Ils rapportent à Paris le corps de Beuves, et Charlemagne paraît plus satisfait que mécontent de ce qui est arrivé. Vivien et Maugis le soupçonnent de complicité, partent avec Girard pour Roussillon, et demandent aide et secours à leurs parents et à leurs amis. Toute la geste se rassemble, et les fils de Ghinamo, que Maugis fait tomber dans une embuscade, y périssent avec deux mille des leurs; Bayonne est pris et mis à sac, Aigremont recouvré. A cette nouvelle, Charlemagne se laisse induire par Ganelon à attaquer Roussillon. Les rebelles ont le dessus dans la première rencontre; mais il est trop malaisé de résister au chef de la chrétienté, et Maugis songe à recourir à son art. Il laisse à ses parents la garde de la ville, et se fait porter par son démon Malaterra sur l'Apennin, où les démons le fournissent de brefs bien et dûment scellés par le pape. Il se fait passer pour un cardinal envoyé en France comme légat, en prend le costume et se fait suivre du cortége requis. En compagnie d'un grand nombre de prêtres, d'abbés, d'évêques et de chevaliers, il passe en Savoie et de là en Bourgogne, puis va à Paris, où il fait savoir à la reine que Charles sera excom-

munié s'il ne se conforme immédiatement à un bref qu'il
apporte et par lequel il est interdit de faire la guerre à des
chrétiens. Puis il va présenter ce bref à l'empereur, et les Cler-
montois obtiennent ainsi la paix et leur pardon. Charles revient à Paris et les fils Aymon se préparent à faire le voyage
au Saint-Sépulcre, qui leur a été imposé à la suite de la mort
de Ghinamo.

Renaud et ses frères vont s'embarquer à Valence ; mais ils
sont poussés par une tempête jusqu'à l'île Perdue, où régnait
le géant Brunalmonte, fils du roi Ulivante et frère de Mambrino. Renaud tue Brunalmonte et donne le gouvernement du
pays à Morando, capitaine du navire qui les a portés. Il reprend
la mer et va au château de Gostantino, frère de Brunalmonte,
qui, après avoir tué et dépouillé le seigneur du pays, retient
sa fille prisonnière. Après une nouvelle victoire de Renaud,
le château est pris et rendu à un frère du seigneur légitime.
Celui-ci donne à Renaud un nain de belle figure, qui savait
toutes les langues d'Asie et d'Afrique. Renaud, qui se cache
dès lors sous le nom de Brandor de l'île Perdue, lui ordonne de
le conduire avec ses frères dans un pays où il y ait quelque
guerre. « Le nain traversa la Syrie. A l'entrée de la Perse, il y
» a une cité appelée Nilibi, sur un fleuve qui avait nom Fosca.
» Le pays était couvert de gens, et le soudan de Perse faisait
» le siége de la ville pour l'enlever à l'Amostant de Perse.
» Renaud se présenta devant le soudan et lui demanda une
» solde égale à celle de cent chevaliers, et le soudan dit que
» Roland et Olivier ne méritaient pas une solde pareille, et lui
» permit d'entrer dans Nilibi. » Une fois dans la ville, Renaud,
grâce à l'influence de Fiorita, fille de l'Amostant, est fait capitaine général [1]. Il justifie cette confiance, car bientôt le soudan est prisonnier et son armée est détruite. Mais le secret
de son vrai nom est révélé par deux espions de Ganelon au
soudan et par celui-ci à l'Amustant. Ce dernier n'hésite point
à jeter en prison les quatre frères et se réconcilie avec ses
ennemis. Fiorita, éprise de Renaud, offre aux captifs de les

---

[1] Ce passage est imité de celui de la *Spagna* où Roland demande à Machi-
dante une solde de trente livres, et, sur le refus du sultan, entre dans la ville
assiégée et offre ses services à Sansonnet et à son père.

faire échapper, si Renaud consent à la prendre pour femme et à lui donner son amour. Il s'y résigne, et, après avoir passé la nuit avec elle, il est secrètement rendu à la liberté, et part en promettant de revenir quand il aura achevé son pèlerinage.

Les frères arrivent à la cité de Sorini, où le roi Salione est assiégé à tort par Chiariello, frère lui aussi de Brunalmonte. Renaud se charge de le combattre; mais celui-ci, après une longue défense, voyant qu'il a le dessous, fait déchaîner contre son adversaire un farouche lion. Sa perfidie ne lui sert à rien; Renaud les tue tous deux, et son armée, qui avait pris les armes, est taillée en pièces. Cependant des espions de Ganelon étaient venus renseigner Salione; mais celui-ci les a fait pendre. Puis il accepte le baptême, et sa fille Guiletta donne au chevalier, en souvenir du combat, une riche soubreveste où est brodé un lion. Telles seront désormais les armes de Renaud. Elle obtient en échange la promesse d'un don à son choix. Les barons partent, et la jeune fille, les ayant rejoints sous un costume d'écuyer, rappelle la promesse qui lui a été faite et obtient de les accompagner avec ce déguisement. Ils arrivent à la cité de Valdinferna, et le roi Roncano, grand ami de Chiariello, les fait prisonniers par trahison. Le nain réussit à s'enfuir et va informer Salione. Cependant «Maugis, » qui était camérier du roi Charles, avait enchanté un diable » dans un anneau et l'appelait Surpini le *nouvellier* (novel-» liere); tous les jours il lui demandait ce que faisait Renaud. » Quand il sut qu'il était captif à Valdinferna », il eut peur et informa Roland, Olivier et Ogier. Ceux-ci, qu'Astolphe accompagne malgré eux, partent d'Aigues-Mortes, et, poussés par une tempête au pays de Salione, sont reconnus par le nain à leurs armes. Le roi les reçoit avec honneur, et ils se rendent sans se faire connaître à Valdinferna, qui est assiégé par le soudan, très-irrité contre Roncano, qui a négligé de se rendre à sa cour avec la belle Indiana sa femme. Le roi fait sortir de prison Renaud, qui, sans laisser paraître sa joie de revoir les paladins, tue le champion du soudan. Roncano et le soudan se réconcilient.

Surviennent pour la troisième fois des espions de Ganelon, qui apprennent au soudan les vrais noms de Roland et de ses compagnons; mais ceux-ci s'en aperçoivent à temps, se retirent et s'enferment dans la place, protégés qu'ils sont par Indiana pour l'amour de Salomon, qui lui avait fait grand honneur, quand elle avait été jetée par une tempête sur les côtes de la Bretagne. Maugis informe Salomon de l'amour d'Indiana et de la captivité des barons, et obtient qu'il parte secrètement avec Girard de Roussillon et d'autres chevaliers. Après une longue chevauchée, ils arrivent à Sorini, ville de Salione. Cependant les vivres manquent dans Valdinferna et les barons en sortent par un souterrain; mais ils sont découverts et rejoints. Ils combattent avec valeur, et, secourus à temps par Salomon et ses compagnons, remportent la victoire. Ils rentrent dans la ville, la saccagent et s'en vont. Indiana est donnée à Salomon, qui l'emmène avec lui et la fait baptiser sous le nom de Sibilla. Renaud et ses frères se rendent au Saint Sépulcre, et, quand les trois années de leur exil sont écoulées, reviennent en France.

Le second livre commence par la querelle de Renaud et de Bertolais et la mort de celui-ci; il suit assez fidèlement l'histoire des Fils Aymon jusqu'à la construction de Montauban, qui est attribuée à l'art magique de Maugis [2]. Le roi sarrasin Beges de Toulouse est devenu Mambrino d'Ulivante, qui envahit la France pour venger la mort de son frère Brunalmonte, qui a été tué par Renaud, comme on l'a vu. Les livres suivants, d'après M. Rajna, sont d'invention purement italienne [1].

Les vingt-six premiers chants du roman italien en vers diffèrent peu pour le fond des deux livres en prose dont il a été parlé jusqu'ici; mais à partir de la construction de Montauban, les deux récits se séparent et le poëme suit à peu près exactement jusqu'à la fin notre *Renaud de Montauban*. Le rôle de Ganelon a cependant plus d'importance, et Roland, au lieu de faire ses premières armes contre les Saxons, délivre la Pro-

---

[1] Renaud épouse *Beatrice*, fille du roi *Ivone*. La sœur du roi Yon était Clarice; mais, ce nom ayant été attribué à la mère des fils Aymon, l'auteur emprunte celui de la mère de Baudouinet. V. plus haut, p. 194, n. 2.

[2] *Rinaldo*, p. 33. Cependant plus loin (p. 42), M. Rajna dit que le troisième livre raconte l'histoire d'Ogier le Danois. Cela est fort important, parce que l'on retrouve dans la version française d'*Ogier* plusieurs données qui ont été utilisées par l'auteur italien dans son *Rinaldo*. V. plus haut, p. 190, n. 1.

vence envahie par les Sarrasins ; le géant Scrofaldo (Escorfaut) est fait prisonnier et reçoit le baptême. Dans *Renaud de
Montauban,* Escorfaus est le nom du duc des Saxons ; mais dans
Maugis, c'est celui d'un géant au service de l'amiral de Perse.
Pendant le siége de Montauban, le roi Gattamogliera arrive
d'Orient pour venger la mort de Mambrino et de ses frères ; il
offre son alliance à Charlemagne, qui l'accepte et promet au
païen de renier le Christ s'il le délivre de son ennemi. Les barons français indignés s'en vont à Montauban. Gattamogliera,
quand le jour est levé, défie Renaud, et celui-ci va à sa rencontre armé de Durendal. Après un long combat, il tranche la
tête à son adversaire, la présente à Charles et essaye vainement d'obtenir sa grâce.

Le poëme paraît à M. Rajna de date plus récente que le
roman en prose, et il explique la différence si complète de la
seconde partie des deux récits par l'existence supposée d'un
poëme franco-italien que le prosateur aurait imité jusqu'à la
fin du second livre, et que l'auteur de la version rimée aurait
suivi d'un bout à l'autre [1]. Cette hypothèse ne me paraît pas
nécessaire, car on peut très-bien admettre que l'auteur du
poëme ait suivi le roman en prose jusqu'à l'endroit où il aurait préféré revenir aux versions françaises, dont le caractère
vraiment épique lui semblait peut-être plus digne d'imitation.
Quant à la première partie, alors même qu'il aurait eu entre
les mains les poëmes français dont elle s'inspire, il aurait hésité à abandonner l'arrangement que son prédécesseur avait
fait, suivant le goût italien, du *Maugis,* du *Vivien* et de la *Mort
de Beuves*. Il est certain qu'avant les deux romans dont il est
question, l'histoire des Fils Aymon était connue en Italie par
les versions françaises elles-mêmes, et peut-être par de premiers essais qui ont pu être composés, soit dans ce parler
étrange que l'on appelle le franco-italien, soit en toscan. Nous
en avons une preuve dans la forme *Malagigi* que le nom de
Maugis avait prise de bonne heure, et que les auteurs res-
pectent, nous l'avons vu, tout en indiquant quelle en devrait
être la véritable traduction italienne. Mais, si l'on considère
que la plupart des romans italiens anciens se bornent à repro-

[1] *Rinaldo,* p. 41-42.

duire à peu près exactement les textes français, ou s'en écar-
tent complétement au gré de l'imagination, sans qu'il y soit
emprunté aux chants primitifs autre chose que des noms de
lieux ou de personnes[1], on reconnaîtra que rien n'oblige à
croire qu'un modèle particulier ait guidé l'auteur de la première partie du *Rinaldo da Montalbano*.

C'est ce remaniement qu'il convient d'examiner de plus près.
L'auteur italien fond en un seul récit les trois poëmes français.
Il change les noms, modifie l'ordre chronologique, introduit
des incidents nouveaux, tantôt d'un caractère très-peu héroïque, tantôt rappelant les aventures des chevaliers de la Table-Ronde, et semble prendre à tâche de montrer qu'il est
bien l'auteur de ce qu'il conte. Après une introduction d'un
goût douteux, mais qui n'est pas sans conséquence pour ce qui
va suivre, il refait le *Maugis d'Aigremont*. Au lieu de la fée
Oriande, nous trouvons une sœur du roi sarrasin Aquilant,
devenu lui-même Abilante. Belfiore, qui remplace Rocheflour,
n'est plus en Sicile, mais en Espagne; et, si Bayard est enchanté
dans une île, ce n'est plus dans le voisinage du mont Etna
qu'il faut la chercher, mais en plein Océan. D'ailleurs, par déférence pour l'antiquité classique, Bayard est l'ancien coursier
d'Achille, et Froberge est également l'épée du fils de Thétis.

Le traître Ghinamo tend aux Fils Aymon un piége semblable à celui dans lequel devait succomber Beuves d'Aigremont.
L'antagonisme de la gent de Mayence et de la geste de Clermont se continue d'un bout à l'autre de la narration et tend à
en devenir l'intérêt principal. Cette conception dérive évidemment des poëmes franco-italiens; mais l'opposition de la famille
d'Aymes et de la geste de Ganelon, composée de traîtres, est
déjà marquée dans le *Renaud de Montauban* :

> En France ot .i. linage cui Dame Dex mal dont:
> Ce fu Grif d'Autefeuille et son fils Ganelon,
> Béranger et Hardré et Hervi de Lion,
> Antiaumes li felon, Fouques de Morillon[2].

Nous avons noté que la guerre que se font Charlemagne et

---

[1] *Rinaldo*, p. 28.
[2] P. 39.

Hernaut de Moncler dans le *Maugis* a été provoquée par la malignité de Landri et d'Amauri.

Dans *Aye d'Avignon* et dans *Gui de Nanteuil*, la geste de Ganelon ne fait que machiner des trahisons contre les barons du lignage de Renaud.

La vengeance que Ganelon et les fils de Ghinamo poursuivent contre Renaud est conforme à ce qui se passe dans les romans français. A la fin de *Renaud de Montauban*, les fils de Grifes de Hautefeuille et de Fouques de Morillon, qui avait été tué à Vaucouleurs, veulent venger sa mort sur les fils de Renaud, Yon et Aymonet. Dans *Gui de Nanteuil*, Hervieu de Lion, Amalgré, Sanses et Amauguin, donnent des raisons pareilles [1], et ne cessent de tendre des embûches à leur adversaire.

C'est ici que nous rencontrons un déplacement de faits qui est très-important. La *Mort de Beuves* en entier vient s'intercaler dans le récit. Nous avons vu que l'auteur du *Vivien* a voulu rendre moins odieux le meurtre du fils de l'empereur en imaginant des torts que Charlemagne et Lohier auraient eus envers Beuves, et probablement en supprimant de son récit la mort d'Enguerrant d'Espolice, pour laquelle il n'y avait pas d'excuse possible. L'auteur italien, guidé par la même pensée, mais voulant faire autrement, suppose que le premier messager est tué parce qu'il a lui-même mis à mort le géant gardien de l'entrée du château, et que Beuves, dont il fait un modèle de longanimité, ne tue Lohier qu'à son corps défendant. Ce passage permet d'entrevoir que l'auteur italien connaissait le *Vivien*, la version des *Fils Aymon* qui le suit dans le manuscrit de Montpellier, version qui en ce point ne diffère pas de celle de Venise [2], et une version conforme au *Renaud de Montauban* imprimé. Renonçant à imiter le *Vivien* d'aussi près que le *Maugis*, il ne pouvait reproduire l'endroit où Charlemagne et Lohier accueillent si mal Beuves et Maugis quand ceux-ci demandent à l'empereur de marcher au secours de Vivien. Il

[1] *Gui de Nanteuil*, v. 250-266, 1542-1543.

[2] *Rinaldo*, p. 23-24. Je dis *en ce point*, parce que nous rencontrons plus loin des différences très-importantes. J'ai noté déjà que, d'après cette version et celle que contient le ms. 7183 de la Bibliothèque nationale, Maugis délivre ses cousins, que Charlemagne avait fait emprisonner après la mort de Bertolais. L'auteur italien n'a pas accepté cette invention.

revint alors à la version la plus ancienne, mais ne crut pouvoir la conserver qu'en la corrigeant, ce qu'il fit à l'aide d'un géant emprunté au cycle d'Artus[1] et d'un adoucissement assez malencontreux du caractère du plus farouche des vassaux.

Vivien assiégeant Aigremont nous ramène au *Maugis;* mais ici apparaît une idée nouvelle. Toutes les fois qu'un membre de la geste de Clermont est en péril, ceux qui sont à la cour de Charlemagne partent en secret pour le secourir. C'est pur emprunt aux usages des chevaliers du cycle d'Artus, qui ne cessent de se mettre en quête les uns des autres. De là une série infinie d'aventures auxquelles tous se trouvent associés. Dans le *Maugis* et le *Renaud de Montauban,* les barons, quand ils sont mécontents de l'entêtement de l'empereur, n'hésitent point à s'accorder avec les fils Aymon ; mais ils ne courent point à leur recherche. L'imitation du cycle d'Artus est donc poussée plus loin que dans nos romans ; mais ceux-ci, en d'autres points, en donnaient l'exemple. L'auteur italien, qui n'a pas voulu de fée dans sa narration, y accepte les chevaliers errants.

Le combat de Maugis et de son frère et leur reconnaissance n'ont rien de particulier ; mais on ne peut s'empêcher de regretter Esclarmonde, si belle et si tendre. Elle disparaît comme Oriande et Ysane. De même les aventures galantes de Maugis ont été laissées de côté, soit qu'elles parussent indignes de la

---

[1] Ou à Gui de Bourgogne, comme je l'ai dit plus haut. Dans ce cas, les rivières aimantées me paraissent indiquer plutôt une origine arabe. Un pèlerin décrit Montorgueil de la façon suivante :

> « La cité est si noble com ja oïr porrez:
> » .iii. eves i acourent devant par les chanez,
> » L'une a non Rupane, l'autre Marne des guez,
> » Si i cort anviron qui cort à Balesguez;
> » Escarflaires i cort, dont li floz est levez,
> » Et, d'autre part la vile, si cort li flos de mer
> » Dedens les clos des vignes, les vignes et les blez.
> » Les eves sont si fieres con ja oïr porrez:
> » De pierres d'aymant i est grans la plentés;
> » Onques Diex ne fist homes, s'il i estoit antrez,
> » Por coi éust hauberc ne ceint le branc letré,
> » Que jamès an issist an trestot son aé. »
>
> (V. 1502-1514.)

gravité de l'épopée, soit parce qu'il était trop facile d'y reconnaître l'imitation du *Mainet*.

Du *Vivien*, il reste peu de chose[1], et les guerres entre Charlemagne et ses vassaux, racontées dans le *Maugis* et le *Beuves d'Aigremont*, n'en font qu'une seule, qui est placée après la mort du duc. Pour plus de clarté, je reprendrai les versions successives de la *Mort de Beuves*. Dans le *Renaud de Montauban*, Beuves tue successivement les deux messagers de Charlemagne, Enguerrand d'Espolice et Lohier. La guerre éclate et Beuves est soutenu par ses frères. Une fois la paix conclue, Beuves va à Paris pour rendre à l'empereur l'hommage qu'il lui a promis. Grifes de Hautefeuille, Ganelon et leur lignage, offrent à Charlemagne de tuer le duc. Leur proposition est acceptée, et Beuves est assassiné dans la plaine de Floridon. Les frères de Beuves reprennent les armes ; mais cette seconde guerre est contée en quelques vers seulement, et se termine par la paix de Charlemagne et de ses vassaux.

Dans la version de Montpellier, il n'y a qu'un messager, Lohier. Aymes ne prend point part à la guerre. Elle est suivie d'une seconde guerre, racontée encore très-brièvement, mais à laquelle Aymes et ses fils, qui, on s'en souvient, ont déjà été adoubés chevaliers par l'empereur, restent étrangers.

Dans la version de Venise, le premier messager est Lohier, qui est tué ; et Beuves, quand l'empereur lui adresse un second messager, Enguerrand d'Espolice (il est le premier dans le *Renaud de Montauban*), l'accueille avec déférence et part pour Paris, dans l'espérance d'obtenir sa grâce. C'est alors qu'il est assassiné. La guerre éclate entre l'empereur et les frères de Beuves[2]. Cette troisième forme est évidemment postérieure au texte de Montpellier, dont elle paraît une variante. Le désir d'atténuer la révolte des barons aboutit à sa dernière conséquence, il la fait supprimer ; car, si, dans la version de Montpellier, Aymes reste étranger à la guerre soutenue par ses frères, Girard et Doon n'en sont pas moins en faute, tandis que l'on ne peut que les louer de venger leur frère tué par trahi-

---

[1] Ce roman a sa raison d'être dans le cycle français de Renaud, mais il n'en aurait aucune dans le remaniement italien, où les trahisons des Mayençais deviennent l'explication à peu près unique de tous les événements.

[2] *Rinaldo*, p. 23-24.

14

son. Des deux guerres, la première racontée longuement, la seconde simplement mentionnée, il n'en reste qu'une. Le rôle attribué à Enguerrand d'Espolice prouve que l'auteur connaissait aussi un texte plus ancien ou plus complet que celui de Montpellier.

L'auteur italien emprunte à la troisième version l'idée de placer la guerre après la mort de Beuves, et conserve du *Renaud de Montauban* le message et la mort d'Enguerrand, appelé *Morando* dans la prose et *Inorante* dans le poëme. Sa préoccupation principale a été de commencer par fondre en une seule narration les antécédents de l'histoire des Fils Aymon, qui dans les versions françaises restaient encore des poëmes distincts. Il a élagué, modifié, transposé, et l'on ne peut dire que sa façon de conter et son style donnent un grand agrément à son œuvre. Il n'en est pas moins vrai que la *Mort de Beuves*, dont le *Maugis* et le *Vivien* ne sont que des branches, a fini ainsi par prendre dans l'histoire des Fils Aymon une importance très-grande, parce que l'on y trouvait l'origine et l'explication de tous les événements suivants.

Il ne sera peut-être pas inutile de compléter ces remarques en insistant sur les formes qu'a prises le récit de la mort de Beuves.

Dans le roman italien, la guerre éclate par le fait des fils de Ghinamo, qui, poussés par Ganelon, tuent Beuves et prennent Aigremont. Le corps est rapporté à Paris, où se trouvaient précisément Vivien et Maugis, et ce sont les fils de la victime qui se mettent à la tête de la révolte. Pour rendre la comparaison plus facile, je dois revenir sur les versions françaises de la *Mort de Beuves*.

Dans le *Renaud de Montauban*[1], Charlemagne est réellement complice de l'attentat. Grifes de Hautefeuille et son lignage l'ont consulté avant de se risquer à tuer le duc, et, après une première objection, il leur a répondu :

« . . . . mult très bien l'otrion.
» Ales delivrement, s'en prendes vengison.
» Se m'en poes venger, je vos donrai grant don. »

[1] P. 39.

Et, quand on lui apporte la tête de Beuves, il ne cache pas
sa joie :

> Comme Karles l'oï, sel fist mult bielement.
> « Amis, ce dist li rois, ci a mult bel present. »

Dans le texte de Montpellier, que je reproduis ci-dessous,
au lieu d'une proposition faite en commun par les traîtres,
c'est Ganelon qui parle. Il prend décidément le premier rang
aux dépens de son père, qui cependant donnera le coup mortel à Beuves, comme dans la version plus ancienne. Charles,
sans faire d'objection au meurtre de son ennemi, ne veut pas
être compromis dans l'affaire, finit par dire que ce serait trahison. Le corps de Beuves est respecté et rendu à ses hommes,
qui le rapportent à Aigremont.

Je rappelle que la guerre qui avait suivi la mort de Lohier
ayant pris fin, Girard, Doon et Beuves s'en étaient retournés
chacun dans son pays ; mais ils devaient venir à Paris avant
la Saint-Jean pour servir le roi.

> Chen fu à Pentecouste que li pre sunt flouri,
> (Le duc Buef d'Aigremont en son païs verti)[1]
> Devant la Saint Jehan, ainsi com je vous di,
> Que Kalles tint sa court en la chit de Paris.
> 5 Là i furent venus li dus et li marchis,
> Le dus Buef d'Aigremont ne s'i est alentis.
> A tout .c. chevaliers est d'Aigremont partis,
> Et venoit servir Kalle le roi de .S. Denis.
> Guenelon apela son neveu Aloris,
> 10 Fouques de Moreillon i refu autresi,
> Hardrez et Berenguier que Dex puist maleïr ;
> Chil ont mis à reson Kalle le fix Pepin.
> « Sire, che a dit Guenez, entendez cha, ami,
> » Or vous vient li dus Buef à votre court servir,
> 15 » Et sunt en sa compengne .c. chevaliers de pris.
> » Moult grant honte est chen, par Dieu qui ne menti,
> » Quant vous amez cheli qui Lohier vous murdri.
> » Se vous le vouliez, par le corps .S. Remi,

---

[1] Ce vers a été transposé par une distraction du copiste.

» Nous l'ochirrion, sire, comme votre anemi. »

20 « Barons, dist Kallemaines, par bonne foi l'otri ;
» Quoi que vous en fachiez, ne soit pas sus moi mis. »

« Sire, dist Guenez, le matin mouveron
» O .iii^m. chevaliers as elmez d'Avignon.»
« Guenez, chen dist le roi, chen seroit trahison,
25 » Quer nous avon mult bien donné trievez Beuvon. »
« Sire, chen a dit Guenez, oes autre reson :
» Ja n'i metez (ja) vos mains, emperere frans hom. »
« Guenez, chen dist le roi, or feitez votre bon. »
Adonc en sunt parti Fouques et Guenelon
30 Et Escos et [Hervis]¹, Aloris et Sanson.
Bien furent .iiii^m. de hardi compagnon.
De Paris sunt issus à coite d'esperon.

Le quens Guenez chevauche sur l'auferrant destrier,
Armez d'aubers et d'elmez et d'espeez d'achier,
35 Et ot en sa compengne .iiii^m. chevalier.
Dedens .i. val parfont qui fist à resongnier
Encontrerent duc Buef il et si chevalier.
Fouques de Moreillon les escria primier :
« Duc Buef, mar ochesistez le fix Kalle Lohier ;
40 » Ainchiez que il soit vespre, l'arois comperé chier. »
Quant le duc Buef l'oï, prist soi à merveillier :
« He Dex ! chen dist li dus, qui tout as à baillier,
» Qui se gardera mez de si fet encombrier ?
» Je tenoie à loial Kallemaine o vis fier. »
45 Et Guenez esperonne sus Baiart le coursier.
Sus son escu devant ala ferir Richier
Que mort l'a abatu devant li en l'erbier.
Puis escria en haut : « Ferez i, chevalier !
« Il ont ochis Lohier, si le comperront chier. »
50 Le duc Buef d'Aigremont ne se vout atargier,
Sanson ala ferir qui estoit sus Brehier.
Mort l'avoit abatu que ne li mut pleidier.
« Outre, dist il, cuvert, Dex te doinst encombrier.»

¹ Ms. « Berhis. »

    Fiere fu la bataille et greveuse à souffrir.
55 Le duc Buef d'Aigremont, qui fut de grant aïr,
    N'ot que .c. chevaliers, chil erent .iiii. mil.
    Le champ fu mal partis à ichest envaïr.
    Es vous parmi la presse Guenelon de Montir
    Fiert Josian de Blois sus l'escu d'or voutis,
60 Mort l'avoit abatu, Dex le puist maleïr.
    Puis cria « Hautefeuille ! » bien le peut on oïr.

    Moult fu grant la bataille et dure l'envaïe.
    La gent au duc Bevon fu moult afebloïe
    Qu'il ne furent que .c. à la connestablie ;
65 Encore en sunt .l. es chevax de Nubie.
    Et le duc d'Aigremont qui les semont et prie :
    « Barons, quer i ferez, tant com serez en vie. »
    Dont hurta le destrier, s'à la lanche brandie.
    Sus son escu à or ala ferir Helie.
70 Mort l'avoit abatu en la lande enermie.
    Le duc crie « Aigremont ! » à une vois serie.
    Dex ! cheli jour i ot tante arme departie.

    La valee fu bele et le païs igaus.
    Et Grifon d'Autefueille li cuvert desloiax
75 Fiert le cheval au duc par devant li poitrax,
    Si que toute la lanche li bouta es bouiaus.
    Mort l'avoit abatu le glout les .i. terraus.
    Li dus sailli en piez, tint le branc naturaus
    Et a feru Grifon parmi l'elme à esmaus.
80 Tout abat en .i. mont chevalier et chevaus,
    Lors escrie li dus : « N'i garrez, desloiaus ! »

    Le dus Buef d'Aigremont a ochis le cheval
    Par devant lez archons, res à rez du poitral.
    Adonc est trebuchié le traître mortal.
85 Tantost resailli sus que guerez n'i esta,
    Et a sachié le branc où ot pont de cristal.
    Es les vous assemblez li baron natural.
    Le duc Buef d'Aigremont en ot o cuer moult mal :
    Bien voit que il mourra, n'en puet partir par al,

90 Mez il se vendra bien, s'en jure .S. Thomal.
Il referi Grifon parmi l'elme à esmal.
Atant i vint pongnant dessus son bon cheval
Guenelon le sien fix qui n'estoit pas loial.
Une lanche paumoie d'achier poitevinal,
95 Fiert le duc d'Aigremont devers le senestral,
Le fer li a conduit tres parmi le costal,
Si l'abati à terre comme anemi mortal.

Or fu feru à mort le vaillant chevalier,
Du coup qu'il a eü le couvint trebuchier.
100 Demaintenant li queurt Grifon li aversier,
Le haubert li souslieve qui est menu maillié,
Dedens le cors li met le branc fourbi d'achier.
L'ame s'en est partie du vaillant chevalier.
Puis li a dit Grifon : « Or as tu ton louier,
105 » Pour le fix Kallemaine l'emperere au vis fier
» Que tu feïs ochirre à duel et à pechié. »
Puis monta u cheval auferrant et coursier
Et acueilli la gent au duc Buef le guerrier.
Onques n'en escapa fors que .x. chevalier,
110 Et chil li ont juré, plevi et affié
Qu'el castel d'Aigremont l'emporteront arier.

De l'estour sunt partis atant li .x. serjant,
.IIII. lieuez plenierez ala le cors saignant
Que les plaiez ne porent estanchier tant ne quant[1].

On voit que l'odieuse conclusion de ce drame, tel qu'il était rapporté dans la version plus ancienne, a été supprimée. Si cruels et perfides que soient Ganelon et son père, ils n'osent outrager les restes de leur ennemi et apporter à Charlemagne un affreux présent. Quand ils viennent lui conter ce qu'ils ont fait :

« Bien avez fait, dist il, si m'aït .S. Simon. »

Si l'auteur italien paraît avoir suivi, pour l'ordre de sa nar-

---

[1] J'ai déjà cité la suite de ce passage au ch. *Maugis d'Aigremont et Renaud de Montauban*, p. 135.

ration de la mort de Beuves, un texte plus récent que celui de Montpellier, en revanche, il a emprunté à celui-ci l'idée du déguisement de Maugis en cardinal. L'invention lui a paru heureuse, et il a voulu en tirer un meilleur parti que son devancier. Il imagine donc que Charlemagne se résignera à faire la paix, parce que le faux cardinal Maugis lui présentera des brefs du pape et le menacera de l'excommunication. C'est dépasser la mesure. Sans doute Maugis, pour entrer dans le château assiégé de Moncler, se déguise en cardinal, et dit à l'empereur qu'il a grand tort de faire la guerre à des chrétiens, que le pape en est très-mécontent, et que Charles doit s'accorder avec ses barons; mais tout cela n'est qu'une plaisanterie d'un moment. Aussitôt hors de péril, le vaillant chevalier parle un tout autre langage, et les pauvres hommes d'armes qu'il rencontre et maltraite ne peuvent que s'écrier : « Ci a mal cardinal ! » Il y a dans toute l'imitation italienne de ce passage amusant une sorte d'emphase déplaisante : pourquoi faire intervenir le diable, et pourquoi ce diable emporte-t-il Maugis sur un sommet de l'Apennin ? Je reconnais que Fousifie était une pauvre escorte pour un cardinal-légat ; mais le trouvère avait parfaitement prévu l'objection, et, sans les larrons qui dévastent le pays, Maugis, au dire de Fousifie, eût été suivi de trente clercs[1]. — Mais Charlemagne est très-crédule. — Soit ; mais, si nous sommes choqués de cette crédulité naïve, quel intérêt peuvent avoir pour nous, non-seulement les tours de Maugis, mais tous les prodiges et de Merlin et de la suite des enchanteurs jusqu'à la belle Armide ?

M. Rajna a très-bien fait ressortir l'importance qu'a eue le *Beuves d'Aigremont* dans l'histoire de la poésie chevaleresque italienne, et je ne saurais mieux faire que de reproduire ses propres expressions :

« Je noterai avant tout que ce roman semble devoir être » compté au nombre des premiers qui soient parvenus en Ita-

---

[1] Dans *Ogier* (v. 9505 s.), lorsque Turpin va demander à l'empereur de le charger de garder lui-même son prisonnier, il est accompagné d'un cortége composé comme celui de *Malagigi :*

> Od lui mena chevaliers à plenté,
> Vesques et mognes et prious et abés.

» lie, de ceux qui, à une époque très-reculée, étaient le plus fa-
» miliers aux chanteurs et aux auditeurs de notre pays. En
» fait, qui ne connaît les inimitiés perpétuelles des gestes de
» Clermont et de Mayence? C'est sur elles que repose la fable
» d'un grand nombre de nos compositions italiennes, en par-
» ticulier du Morgante, et il n'y en a guère qui paraissent les
» ignorer. Néanmoins dans les romans français cet antago-
» nisme n'apparaît point, et il serait malaisé de trouver un
» autre acte d'hostilité entre les deux familles que ce meurtre
» de Beuves accompli précisément par des traîtres apparte-
» nant à cette race. Je suis persuadé qu'il faut reconnaître ici
» le germe d'où s'est élevée graduellement une grande plante
» qui malheureusement a envahi peu à peu beaucoup plus
» d'espace qu'il n'était juste, et a enlevé la lumière et la nour-
» riture aux autres parties du cycle. Or, puisque le Beuves
» d'Aigremont, excepté le premier livre du roman en prose et
» les lieux correspondants du poëme de la bibliothèque pala-
» tine, est très-peu connu de nos romanciers, nous aurons ici
» à observer le fait très-remarquable d'une narration tombée de
» bonne heure dans l'oubli, mais survivant dans ses effets, car
» l'on y trouve l'origine de l'un des caractères les plus saillants
» de notre littérature romanesque. [1]»

Charles condamne les fils Aymon à faire un pèlerinage au
Saint-Sépulcre. Cette idée est empruntée à la fin du *Renaud
de Montauban*[2]. Mais les aventures du cycle d'Artus attendent nos pèlerins sur la route, et il leur faut relâcher à l'île
Perdue. Nous retrouvons néanmoins le *Maugis* avec Espiet,
qui sans doute perd son nom et sa parenté, et ne serait qu'un
nain comme les autres s'il ne gardait sa beauté et s'il ne lui
restait de sa science la connaissance des langues d'Asie et
d'Afrique. Les chevaliers au service de l'amustant ou *amos-*

---

[1] *Rinaldo,* p. 21, cf. 43-44. A mes yeux, l'ensemble des chansons de geste
que M. Rajna désigne par le nom de *Beuves d'Aigremont* (Maugis, Vivien,
Mort de Beuves) n'est pas le seul exemple de l'influence que des compositions
françaises, dont il n'est plus parlé dans la suite, ont eue sur les premiers essais
du roman italien. Je reviendrai sur ce sujet dans le chapitre suivant, à propos de l'*Entrée de Spagne* et de ses suites.

[2] Je l'ai déjà dit; mais j'ajoute que le propre de la version italienne est de
transformer tout fait important en une donnée générale.

tante, la guerre contre le soudan de Perse, la passion de Fiorita pour Renaud, sont des emprunts au *Maugis* et à d'autres
récits. Maugis avait prêté son épée d'abord à Marsile, puis à
l'amustant de Mellent, contre l'amiral Sorgalé, et Florette
dans *Floovant*, Floripas dans *Fierabras*, Fleur d'espine dans
Gaufrey, comme tant d'autres princesses sarrasines, se font
d'emblée les alliées des chrétiens. Mais Renaud paraît ici se
souvenir des amours de Maugis en Espagne, et se laisse aller
à répondre à l'amour de Fiorita.

L'influence des romans franco-italiens est très-reconnaissa-
ble à partir de l'arrivée des paladins chez Salione. L'auteur
s'inspire certainement du voyage que Roland fait en Orient
dans l'*Entrée de Spagne* ou dans une des imitations italiennes
de ce roman. Je remarque que ce personnage, en se convertis-
sant et en devenant le plus fidèle allié de Renaud, ne fait que
suivre l'exemple de bien d'autres. Nous avons vu dans *Maugis*
un Beuves le Convers, pour ne parler ni de Brandoine, ni de
Vivien lui-même.

Les espions de Ganelon s'en vont partout révéler les noms
vrais des chevaliers qui, sous divers déguisements, se présentent à la cour des rois sarrasins. Nous avons rencontré plusieurs espions dans les textes du manuscrit de Montpellier
que nous avons étudiés plus haut: Espiet, Fousifie, Grafumez,
représentent un élément nouveau dans la narration épique.
Dans le roman italien, ces espions sont toujours au service de
Ganelon. Insensiblement, tout ce qui, à un degré quelconque,
a un caractère de bassesse, est attribué à la geste des Mayençais. La narration, si l'on veut, y gagne en clarté, et il n'y a
pas de confusion possible entre les deux grandes familles;
mais toute simplification de cette nature détermine à l'avance
la marche de l'action, supprime des éléments d'intérêt, engen-
dre la monotonie et prête de bonne heure à la parodie.

La famille des géants, Mambrino, Gostantino, Brunalmonte,
peut paraître chose nouvelle, et cependant nous avons aussi
bien des géants dans nos chansons. Le géant Brunalmonte et
la guerre que son frère Mambrino vient faire aux chrétiens,
ne sont qu'une imitation de l'épisode d'*Ogier* où le fils de
Gaufrey, tenu jusqu'à ce moment sous bonne garde par Charlemagne, obtient de combattre Karaheus, puis Brunamont, et,

victorieux, rentre en grâce auprès de l'empereur. C'est également dans *Ogier* que nous trouvons le premier emploi d'une donnée qui devait être féconde, celle de montrer ces géants mahométans, tous rois dans quelque contrée, venant tour à tour chercher la vengeance de la mort de l'un d'entre eux qui est tombé sous les coups des chrétiens[1].

[1] Brehus envahit la France pour venger Braimant tué par Charlemagne et Justamont tué par Pepin. Il s'écrie (v. 9874 s.):

> « Je voil aler véir les os Kallon ;
> » Prover le voil à traïtor felon :
> » Braimont ocist par mortel traïson.
> » Pépins ses pères si ocist Justamont:
> » Vengerai les, foi que jou doi Mahon. »

Cf. 9941-9951, 9993-9995, et *Mainet* dans la *Romania*, iv, pp. 319, 329.

Dans l'édition Barrois, la fin du combat d'Ogier et de Brehus est incomplète. On peut la reconstituer à l'aide du ms. de Montpellier [**Fol. 135 r° *b***], dont voici la version :

> Le coup trespasse par desseure sa teste,
> Bruiant s'en va aussi comme tempeste,
> .ii. piez ou plus dedens le pre l'enserre ;
> Et dist Ogier : « Chi a laide nouvelle.
> 5 » Se longuez vis, chest ara douleurs chertez ;
> » Mès, ains que voies, che cuit, aprechier vespre,
> » Aras ostel dedens enfer le pesme.
> » Là iras tu avec cheus de ta geste.
> » Ne te pris mez vaillant une chenele.
> 10 » N'amerai mès ne toi ne ta flavele.
> » Cresre devoies u gloriex celestre,
> » Mez, se je puis, je te donroi confesse
> » Au branc d'achier dont trenche l'alemele. »
> Lor li queurt sus le duc de bonne geste
> 15 Et tint Courtain qui est et bonne et bele,
> Et fiert Brehier qui li ot fet moleste ;
> Grant coup li donne en travers parmi l'elme,
> Les las li trenche, le collier en desserre,
> Une hantée en fet voler la teste.
> 20 Ogier le voit, en crois se giete en terre,
> Dieu en merchie le gloriex celestre,
> Sa douche mere qui pecheors rapele.
> Atant se saigne Ogier de sa main destre,
> Et se leva et tint Courtain la bele
> 25 Qui tainte estoit de sanc et de chervele.

Maugis, dans les textes français, n'a point la faculté de connaître ce qui se passe hors de la portée de sa vue. Il est renseigné par les mêmes moyens que tout le monde, et, dans le *Renaud de Montauban*, c'est grâce à la révélation de l'honnête Gontard qu'il apprend la trahison du roi Yon. Il n'a aucune action en distance, et ne vaut que là où il est présent en personne. Dans le roman italien, grâce aux démons qu'il a sous ses ordres, il se tient au courant de ce qui se passe en tout lieu et exerce une influence générale sur les événements. Ce n'est donc plus un magicien ordinaire, capable seulement de tours et de prodiges qui font illusion à ceux qu'il veut tromper : c'est un enchanteur ; tel que le sage Merlin, il est partout présent. Non-seulement les démons le renseignent, mais ils le portent là où il lui plaît. Il a recours à eux pour la construction de Montauban, qui est achevé en une nuit ; et, quand le matin Charles et Yvon viennent dîner dans le château, le repas se compose de trente-six plats qui ont été enlevés aux tables du Soudan, du Pape et d'autres princes[1]. L'auteur du *Maugis d'Aigremont*, dans son imitation du cycle d'Artus, n'était pas allé jusque-là. Sans doute, il avait fait de Maugis un écolier d'Oriande et des sages de Tolède mais, en expliquant ainsi l'origine de sa science, il n'y avait rien ajouté. Il tient si peu à faire de l'art magique le principal mérite de Maugis, qu'il place à côté de lui Espiet et Fousifle, qui, à l'occasion, font preuve d'un talent égal au sien. Il oubliait que, dans l'histoire des Fils Aymon, Maugis n'est utile que parce

> Moult bien l'essuie, o fuerre la renserre.
> Pour reposer s'asiet .I. poi sus l'erbe.
> Or feitez pès etc...

Ce passage ne comprend que sept vers dans l'édition Barrois (11850-11856), le texte a été omis du vers 4 au v. 10, par suite de la confusion des rimes *nouvelle* et *flavele*. Le dernier vers est le v. 19, où il faut corriger *hanstée*, d'après la leçon ci-dessus. Le ms. de Montpellier ne peut être pris pour principal texte, mais il conviendra de le consulter si l'on veut donner une bonne édition de l'histoire d'Ogier.

[1] *Rinaldo*, p. 32-33. — Dans la version des *Fils Aymon* de Montpellier, lorsque Renaud et Maugis sont en Palestine, c'est grâce à un enchantement de Maugis que les deux pèlerins ont à dîner. Dans son admiration pour son cousin, Renaud s'écrie : « Un deables vous fist. » V. le fragment cité au commencement de cette étude, v. 183-209.

qu'il fait ce que ses cousins ne peuvent faire, et que la geste
de Renaud n'avait pas besoin d'un bon chevalier de plus. L'auteur italien, qui voyait d'un coup d'œil d'ensemble les diverses
branches de la légende française, a reconnu que Maugis n'a
d'autre raison d'être que sa puissance d'enchanteur, et, sans
plus hésiter, il lui a attribué des dons égaux à ceux de Merlin.
Dès lors, le merveilleux aura dans l'épopée italienne une place
bien plus grande que dans nos chansons de geste, où son action est restée épisodique. Une puissance d'ordre surnaturel
planera au-dessus des événements, et son intervention se fera
sentir partout. Mais il est curieux qu'ici encore celui qui a
compris le mieux l'intérêt de l'une des données que lui offrait
son sujet, en ait négligé une autre que l'auteur du Maugis
avait acceptée, et que l'importance reconnue au merveilleux
aurait pu faire maintenir. Nous ne rencontrons pas de ces
combats entre enchanteurs où l'on peut retrouver un reflet
des conflits des génies de l'époque mythique. Malgré l'exemple
de la lutte de Maugis et de Noiron, le *Rinaldo* ne connaît d'autre magicien que Maugis.

A un autre point de vue, la tradition française s'altère notable-
ment. Maugis a pu apprendre le grimoire ; mais je ne vois nulle
part qu'il ait recours à des démons. Qu'en avait-il besoin, et
n'est-il pas lui-même d'essence assez subtile pour se passer de
l'assistance des maudits? Les païens seuls, adorateurs de Tervagant, de Jupin et d'Apolin, peuvent s'adresser à de tels
auxiliaires.

Rien n'est plus désagréable au bon génie Auberon que d'être
confondu avec la gent diabolique [1], et dans *Gaufrey*, Robastre
ayant eu le tort de dire à Hernaut de Beaulande que c'est
grâce à l'aide d'un *maufé* qu'il a passé la mer, Malabron l'en
blâme très-sévèrement et fait sa profession de foi [2] :

> «Je ne sui pas déable ne je ne sui maufé,
> » Ains sui de la partie au roi de majesté,
> » Qui en chest siecle m'a issi fet donné
> » Que par le monde vois à ma volenté,

---

[1] *Huon de Bordeaux,* v. 3339.
[2] *Gaufrey,* v. 8212, s.

» Et en toutez manieres est bien mon cors mué,
» Mès n'ai lai de maufere homme crestienné. »

Mais les bons génies, trop souvent associés aux œuvres des hommes, tendent à perdre de leur dignité primitive, et peu à peu ils se transforment en sorciers. Le fils de Beuves d'Aigremont, entouré d'agents d'aspect désagréable et commandant aux puissances infernales, n'est plus qu'un mage habile et ne se distingue guère du rival que les Sarrasins lui opposent dans le *Maugis,* du méchant enchanteur Noiron.

Le roi Gattamogliera, qui entreprend à son tour de venger Mambrino et ses frères, n'a guère de particulier que son nom[1]. Mais la promesse que fait Charlemagne de renoncer au Christ, si le Sarrasin le délivre des fils Aymon, est tellement étrange, que l'on ne peut comprendre comment l'auteur du poëme a pu l'accepter ou l'inventer. Je n'y vois qu'une application malencontreuse au fils de Pepin d'un des faits de la légende de Girard de Frette. Cette légende a été conservée dans le roman italien d'*Aspramonte,* dont elle forme la dernière partie. Elle peut être résumée en quelques lignes. — Les chrétiens étaient revenus d'Italie, et ce n'étaient partout que fêtes et réjouissances. Mais un Mayençais, Fiamiggone, tue par trahison un neveu de Girard de Fratta, Buoso (Bois, Boson). Pendant que l'empereur attaque la cité de Fiamiggone, Girard veut se venger lui-même, et, le jour de Saint-Denis, Paris est pris et mis à sac. Dès lors la guerre se continue entre Charles et Girard. Après divers incidents, l'empereur met le siége devant Vienne, et Don Chiaro (Claire, Clairon), neveu de Girard, qui dans la guerre précédente avait vaincu le roi Trojano, tombe sous les coups de Roland dans un combat singulier qui dure trois jours. Girard, après avoir ainsi perdu ses deux neveux, n'est plus maître de lui : dans sa fureur il renie Dieu, brise un crucifix, quitte Vienne et s'en va en Espagne auprès du roi Marsile. Là il renie de nouveau le Christ d'une façon solennelle, accepte la foi de Mahomet, et promet à Marsile de le faire seigneur de Vienne et de tout son duché. Marsile entre en France ; mais l'invasion des païens échoue, et Girard re-

[1] L'étymologie me semble *accatta-mogliera,* comme Cattabriga pour *accatta-brighe.*

vient à Vienne auprès de ses fils, qui depuis son abjuration ne s'entendaient plus avec lui. Charles assiége la ville. Roland et Olivier, petit-fils de Girard, ont entre eux le combat à la suite duquel la belle Aude devient la fiancée de Roland. Girard fait l'empereur prisonnier ; mais ses fils se révoltent contre lui et le jettent dans une prison où il meurt[1].

Un trouvère français, si peu respectueux qu'il fût de la dignité royale, n'aurait sûrement pas supposé que Charlemagne, le chef de la chrétienté, le roi toujours protégé par la main divine, ait pu songer à renier sa foi. Dans le *Vivien*, nous avons vu seulement que l'empereur refuse d'aller secourir Monbranc assiégé par les Sarrasins, et que ce refus est la cause de la rupture de l'empereur et de toute la famille de Beuves. Mais les légendes françaises, en changeant de pays, perdaient nécessairement de la solidité de leur fond ; l'étranger, qui les admirait, n'en avait qu'à demi le sentiment, et le côté aventureux des récits en faisait l'intérêt principal. Nous sommes sur le chemin qui conduit à la parodie de Pulci.

Les guerres entre chrétiens et mahométans, qui font le sujet d'une partie du *Maugis* et de tout le *Vivien,* sont représentées dans le *Rinaldo* par les invasions sarrasines qui se succèdent au commencement de ce roman. Mais l'honneur de repousser les païens est enlevé à Maugis pour être attribué à Renaud. La part faite à *Renaudin* dans les chansons françaises, et le besoin de grandir encore le personnage principal au détriment des autres, expliquent cette modification, qui concorde d'ailleurs avec la fin des versions françaises où Renaud, arrivé à Jérusalem, retrouve toute sa vaillance pour combattre les ennemis du nom chrétien. Le duel de Safadin et de Renaud, s'il a été connu des auteurs italiens, ne pouvait que les engager à développer l'indication donnée dans le *Maugis* et le *Vivien,* et à faire de Renaud, dès qu'il paraît en scène, le champion de la chrétienté.

Je ne peux juger de la valeur littéraire de ces deux romans

---

[1] Le *Gherardo da Fratta* forme le troisième livre du roman d'*Aspramonte,* et va du ch. 223 au ch. 259 et dernier. Pour le résumé ci-dessus, je me suis servi des rubriques publiées par M. Michelant dans le *Jahrbuch für romanische und englische Literatur* de Lemcke, vol. XI, 311-312 ; XII, 60-65. Cf. G. Paris, *Hist. poét. de Ch.,* p. 324-325.

que par les extraits qu'en a donnés M. Rajna. L'auteur du roman en prose compose, pense et écrit de la même manière que celui des *Reali:* chez tous deux, c'est la même tendance à ramener les légendes guerrières au convenu de la chronique, la même préoccupation des souvenirs classiques, la même démarche pesante. Le poëme est de même famille que la *Spagna* et l'*Orlando.* On y trouve bizarrement associés les formes de la phraséologie de nos chansons de geste et les tâtonnements d'une littérature qui tend à s'élever de la prose d'une conversation vulgaire à la poésie, alliant la platitude et l'expression figurée, sincère d'ailleurs et naïve, et offrant çà et là d'heureuses rencontres. L'habitude d'emprunter les sujets et les sentiments à des modèles étrangers et d'un autre âge pèse sur le poëte, et il n'a pas la libre allure de nos trouvères; il vole lourdement, s'élevant parfois, mais revenant bientôt raser encore le sol. L'épopée populaire italienne n'eut jamais le puissant essor de nos chansons de geste; elle est tenue par des lisières, et, sans l'inspiration de la Renaissance qui renouvela tout, elle se fût éteinte sans laisser de monument digne d'étude.

Le *Rinaldo da Montalbano* est une adaptation au goût italien de la légende des Quatre Fils Aymon, complétée par le *Maugis d'Aigremont* et le *Vivien de Monbranc.* L'auteur, à supposer qu'il n'y en ait eu qu'un, a mis à profit les données très-variées que lui offraient les dernières versions de cette légende. L'opposition des gestes de Mayence et de Clermont, l'allure plus romanesque du récit, le remaniement complet de la première partie, font du *Rinaldo* une œuvre d'un aspect fort différent de celui que présente l'ensemble formé par nos trois chansons de geste. L'auteur, néanmoins, suivait encore en ceci l'exemple des trouvères qui avaient successivement modifié et développé l'antique récit; mais, tout en faisant, lui aussi, des emprunts au cycle d'Artus, il a craint de le laisser trop paraître et a renoncé aux éléments d'intérêt que lui offraient à cet égard certaines parties des Enfances du fils de Beuves d'Aigremont. Il a accepté la magie de Maugis et a même abusé de cette donnée; mais il n'a pas voulu du royaume de féerie. Le trouvère français lui-même n'avait tiré qu'un médiocre parti du personnage d'Oriande, qui ne fait qu'apparaître au commencement du *Maugis* et dont l'action est nulle dans la suite du récit; et, si l'auteur italien a supprimé tous les personnages, sauf Vivien, qui n'avaient point de rôle dans le *Renaud de Montauban*, il était encore ici conduit par l'exemple de ses devanciers. Nous avons vu en effet que, de toute la famille et de tous les amis créés autour de Maugis, il ne reste personne de vivant au commencement du *Renaud de Montauban*. Seuls, Oriande et l'Amachour sont épargnés, l'une parce qu'elle est immortelle, l'autre parce que l'auteur l'a si bien relégué à Monbranc, que l'on ne songera guère à l'y aller chercher, à moins que le trouvère n'ait conçu de propos délibéré l'espoir que ce personnage finirait par se confondre avec Vivien d'Anseüne, élevé comme lui chez les Sarrasins.

Pour ne pas augmenter les difficultés de cette discussion, je ne fais qu'allusion aux poëmes franco-italiens que l'auteur du *Rinaldo* connaissait au moins par la *Spagna*, qui en est une imitation en octaves et en dialecte toscan, et auxquels il doit beaucoup pour la conception de son sujet et pour la manière de le traiter[1]. Il a fait pour Renaud ce que ses prédécesseurs avaient fait pour Roland, mais avec moins d'originalité et de peine, car des additions et des modifications de toute sorte avaient déjà transformé l'histoire des Fils Aymon en un véritable roman d'aventures. Peut-être avait-il entrevu que ce roman avait été déjà un des modèles français dont l'auteur de l'*Entrée de Spagne* s'est inspiré le plus volontiers, et que tel élément d'intérêt qu'il empruntait à son tour à ses devanciers italiens avait son origine première dans le *Renaud de Montauban* et ses branches.

M. Rajna, dont sur plusieurs points j'ai dû me séparer, mais qui, sans avoir eu sous les yeux les textes que j'ai pu consulter, n'en a pas moins reconnu que le *Beuves d'Aigremont* et ses branches prennent dans la version définitivement adoptée en Italie une importance qui transforme complétement l'histoire des Fils Aymon, termine son étude sur le *Rinaldo da Montalbano* par les remarques suivantes, d'où il ressort que l'épopée italienne est en germe dans cette première ébauche. «La littérature romanesque devra sembler un sujet digne

---

[1] Je dis « l'auteur », parce qu'en somme, le *Rinaldo* italien est celui des premiers livres du roman en prose.

» d'attention, non-seulement à tous ceux, et ils sont nombreux,
» qui s'adonnent de nos jours à l'étude des littératures, et
» surtout des littératures populaires, comme à une étude scien-
» tifique, mais tout autant aux amateurs, béaucoup plus nom-
» breux, des études historiques. Que tous supportent donc pa-
» tiemment ce long discours sur le *Rinaldo da Montalbano*,
» partie trop importante du cycle carolingien pour qu'il suf-
» fise d'en traiter brièvement. On y trouve, comme je l'ai déjà
» dit, les origines de la plus grande partie des traits caracté-
» ristiques du roman chevaleresque d'invention purement ita-
» lienne ; c'est la seule partie qui ait été développée à l'excès
» par des additions, des imitations, des continuations de toute
» sorte. Peu à peu les embûches de Ganelon pour ruiner la
» geste de Clermont vont se multipliant outre mesure ; ses es-
» pions, que nous avons souvent rencontrés dans la première
» partie du roman en prose et du poëme, courent par le monde
» entier ; ses artifices, sa malice, exaspèrent à tout moment
» l'âme ardente du fils d'Aymes et le forcent à tirer l'épée pour
» se défendre dans la salle même de Charles, et l'empereur,
» devenu désormais un aveugle instrument entre les mains
» d'un conseiller perfide, punit avec la plus cruelle sévérité
» celui qui est innocent ou qui du moins est digne d'indulgence.
» C'est là qu'est l'origine de ces continuels exils de Renaud,
» occasion de longues pérégrinations en Orient et d'aventures
» où viennent se mêler les autres paladins qui s'inspirent main-
» tenant de sentiments assez semblables à ceux des chevaliers
» errants de la Bretagne. Et avec ces aventures alternent, en
» se répétant d'une façon aussi fastidieuse, les invasions des
» Sarrasins en France. Toutes d'ailleurs finissent, comme celle
» de Mambrino dans notre poëme, par la mort des chefs et la
» destruction des hordes qui les avaient suivis.

» Tels sont les fils principaux dont se forma la pauvre trame
» d'un grand nombre de récits souvent d'une longueur déme-
» surée. Pour ne citer que les titres de ceux qui appartiennent
» proprement à l'histoire de Renaud et en constituent les di-
» verses branches, je nommerai le Dodonello, Baldo di Fiore
» ou l'Ancroia; l'Empereur d'Aldelia, Calidonia, le Château du
» Grand Lac, le Château de Teris, Rubion d'Anferna, les Van-
» teries de Dionesta. D'autres se rattachent étroitement au

» sire de Montauban, comme le Rinaldo et le Tapinello[1]; d'au-
» tres ne sont guère qu'une imitation de son histoire, ou lui
» laissent le rôle principal. C'est qu'en effet, en Italie, Renaud
» fut l'objet de la sympathie du public plus que les autres pa-
» ladins. Si ceux-ci voulurent garder leur réputation et ne
» pas être mis de côté comme de vieux harnais, ils durent se
» transformer à sa ressemblance et déposer leurs dépouilles
» antiques. En somme, et pour me résumer, le protagoniste
» du roman chevaleresque italien est Renaud, et, par suite,
» c'est dans les récits dont il est l'objet que nous devons et
» pouvons étudier les métamorphoses de la matière qui nous
» avait été transmise par les jongleurs français[2]. »

[1] Parmi les titres énumérés ici par M. Rajna, je relève deux noms qui sont
dans le *Maugis*. L'on a vu le roi sarrasin Rubion de Carthage aux fol. 168 r°,
170 v°. L'espion Tapineas (v. 137; — Lapiniaus au v. 142 est une mauvaise
leçon) est finalement appelé Tapinel à l'endroit où Esclarmonde révèle à Vivien le secret de sa naissance.

[2] *Rinaldo,* p. 95-96.— Dans ses articles sur les versions italiennes d'*Ogier*
le Danois (*Romania*, II, III, IV), M. Rajna a eu l'occasion de parler encore
de la transformation de la légende de Renaud en Italie. La rareté, ou même
l'absence complète de textes imprimés, rendront longtemps encore fort malai-
sée l'étude des questions de ce genre.

VII

REMARQUES SUR L'ENTRÉE DE SPAGNE
ET SES SUITES

L'*Entrée de Spagne*[1] est formée de deux parties bien distinctes: l'une a été inspirée par la Chronique de Turpin, la
Chanson de Roland et un récit perdu relatif à la prise de Nobles; l'autre est, semble-t-il, purement de l'invention de l'auteur; elle a pour objet les aventures que Roland rencontre en
Orient, quand, après l'outrage qu'il a reçu de Charlemagne,
il quitte le camp chrétien. De prime abord, l'on est peu disposé
à reconnaître quelque parenté entre ces récits et les versions
françaises de l'histoire des Fils Aymon. Cependant, si l'on examine les passages où le caractère d'Estous n'est plus seulement
orgueilleux et violent, suivant la tradition de la plupart des
chansons de geste, mais spirituel et gai; si l'on compare l'épisode de la captivité d'Ysorès et les endroits si curieux de *Renaud de Montauban* où, à propos de Richard, fils d'Aymes, et
de Richard de Normandie, les barons opposent une si ferme
résistance à l'opiniâtreté de Charlemagne, on est porté à croire

[1] Dans ses *Nouvelles Recherches sur l'Entrée de Spagne* (bibl. des Écoles
françaises d'Athènes et de Rome, fasc. 25), M. Thomas a prouvé que tel est
le vrai titre de ce roman, mais tel n'est pas le principal objet de ce travail;
M. Thomas a voulu y démontrer les trois propositions suivantes: 1o *Nicolas
de Padoue n'existe pas, mais l'*Entrée de Spagne *est l'œuvre de deux auteurs dont le premier était de Padoue et dont le second s'appelait Nicolas; le second a continué le poëme laissé inachevé par le premier.*—2o La
Prise de Pampelùne *fait partie intégrante de l'*Entrée de Spagne *et a pour
auteur Nicolas.*—3o *Ce Nicolas n'est autre que Nicolas de Vérone, auteur
de la* Passion.

que le poëme franco-italien doit bien quelque chose à la chanson de geste française. Les aventures de Roland en Orient ont
un tout autre développement que le pélerinage de Renaud ;
mais, sans méconnaître quelle part est faite aux souvenirs de
la Table-Ronde dans cette nouvelle forme de la légende caro-
lingienne, il est permis de rappeler que telle version des Fils
Aymon fait de Renaud un véritable champion de la chrétienté
en Palestine, et de trouver naturel que, dans un poëme que
l'auteur pensait conduire jusqu'à Roncevaux [1], Roland ait été
chargé d'un rôle pour lequel il était si évidemment désigné [2].
Je crois, en un mot, que, sans exagération aucune, l'on est en
droit d'attribuer à l'histoire des Fils Aymon, telle que l'Italie
l'avait reçue, formant un véritable cycle, plus variée, plus intéressante, plus populaire que la plupart des autres narrations épiques, une sorte d'influence générale sur la façon dont
l'auteur de l'*Entrée de Spagne* a compris et traité son sujet [3].
Le ressort principal de son action est l'antagonisme de la famille de Ganelon, la geste de Hautefeuille, devenue la geste
de Mayence, et de la geste des vassaux fidèles et loyaux ;
or, comme nous l'avons vu plus haut, cette donnée a été sûrement suggérée par l'hostilité des deux grandes familles ri-
vales, telle qu'elle nous est présentée dans les Fils Aymon, à
partir de la mort de Beuves jusqu'au dernier combat entre les
fils de Renaud et ceux de Fouques de Morillon, telle que nous
la retrouvons dans la plupart des romans qui composent la
geste de Doon de Mayence.

---

[1]   Là comensa je, trosque la finisun
Do jusque ou point de l'euvre Ganelon.
(*Bibl. de l'Éc. des Chartes*, IV, p. 221 (Analyse
de M. Gautier).

[2] Dans la chanson à laquelle son nom est attaché, Roland est véritablement
l'épée de Charlemagne. On n'a qu'à relire le discours qu'il adresse à Durandal
(v. 2316-2337). Ce sentiment s'est conservé même dans la mauvaise imitation
de Turpin : « Per te Sarraceni destruuntur, gens perfida destruitur, lex chris-
tiana exaltatur, laus Dei et gloria et celeberrima fama acquiritur. O quotiens
domini nostri Iesu Christi sanguinem per te vindicavi ! quotiens Christi inimi-
cos peremi ! quotiens Sarracenos trucidavi ! (ch. xxii). »

[3] On comprendra que je n'examine point ici dans quelle mesure les conclusions de M. Thomas sur l'auteur ou les auteurs de l'*Entrée de Spagne* et
de la *Prise de Pampelune* sont fondées ; mais j'appelle de tous mes vœux le
moment où le premier de ces poëmes sera publié en entier.

La *Prise de Pampelune* est une continuation de l'*Entrée de Spagne*. Mais déjà en France l'on avait composé une chanson de geste qui, dans l'ordre des faits, occupe précisément la même place que la *Prise de Pampelune:* c'est Gui de Bourgogne[1].

L'auteur de ce roman avait vu dans le ch. III de la *Chronique de Turpin* que Charlemagne avait maudit quatre villes : Lucerna, Ventosa, Capparra, Adama, dont la conquête lui avait coûté trop de peine. Le siége de Lucerne avait duré quatre mois, et ne s'était terminé que lorsque, Charles ayant invoqué Dieu et saint Jacques, les murs s'écroulèrent d'eux-mêmes et un lac s'étendit à la place de la ville La malédiction de Charlemagne n'était pas restée sans conséquence, et « ces quatre » villes, dit Turpin, sont demeurées sans habitants jusqu'à nos » jours. » D'autre part, l'on remarque dans plusieurs chansons de geste une tendance à donner aux jeunes chevaliers le pas sur les vieux héros de l'épopée. Dans la chanson d'Aspremont, l'empereur, déjà terrassé par Eaumont (le célèbre *Almonte* de l'épopée italienne), est sauvé par Roland, qui a rejoint l'armée en compagnie de ses jeunes amis et malgré l'ordre qui leur avait été donné de rester en France. Après la victoire, on adoube chevaliers Rolland, Estoz de Langres, Haton, Berengier, Ivon, Ivore[2] et le Gascon Angelier. D'un rapprochement

---

[1] Jusqu'ici l'on a cru que *Gui de Bourgogne,* une de nos chansons de geste les mieux composées et les plus intéressantes, n'a pas été connu à l'étranger. Cependant, dans l'un des deux *Inventaires du XVᵉ siècle pour la famille d'Este,* publiés par Pio Rajna dans la *Romania* (II, 49), on signale « libro uno chiamado *Guion* in francese. » M. Gautier pense qu'il s'agit plutôt de *Gui de Nanteuil,* dont il existe à Venise un ms. italianisé (*Ep. nationales,* 2ᵉ éd., IV, p. 481, n. 4). L'enchevêtrement des légendes aboutit généralement à une confusion entre les personnages qui portent le même nom. Dans la tradition française, il y avait deux Gui de Bourgogne et un Gui de Nanteuil. En Italie, les deux premiers se confondent en un seul; mais, comme la qualification de Gui le Sauvage a été appliquée au fils de Garnier de Nanteuil et de la belle Aye (V. *Aye d'Avignon,* v. 2283), les Italiens attribuent ce nom à un fils de Renaud, *Guidone Selvaggio.* Arioste le supposera fils d'Aymon. M. Rajna (*Fonti dell' Orl. Fur.,* p. 265) ne paraît pas regarder le *Gui de Nanteuil* comme une suite d'*Aye d'Avignon ;* est-ce parce que ce roman serait de date trop récente? V. pour l'opinion contraire la préface de l'édition de M. P. Meyer, p. IX.

[2] Encore un exemple de la réunion de ces quatre personnages dont j'ai trouvé aussi les noms formant un seul vers à la fin d'une version des *Quatre Fils Aymon* (Bibl. nation., 766, f. fr.).

tout naturel est sortie l'idée-mère de *Gui de Bourgogne :* faire exécuter par les fils ce que les pères n'ont pu que tenter, leur donner l'honneur de réduire les cités qui ont tenu en échec la première armée. La prise de Luiserne sera le couronnement de l'entreprise. Je remarquerai que *Gui de Bourgogne* a été en France l'objet d'une imitation au moins. Une des versions des *Quatre Fils Aymon* (Bibl. nat., ms. 766) se termine par le récit d'une guerre contre les Sarrasins où Maugis a le rôle principal et où périssent les frères et les fils de Renaud. Or parmi les rois sarrasins figurent au premier rang Ydelon de Montorgueil et son fils Danemont. Le désastre des chrétiens serait, d'après l'auteur, la cause de l'expédition que Charlemagne fit contre les Sarrasins d'Espagne.

Jetons un coup d'œil sur la *Prise de Pampelune,* titre que je remplacerais volontiers par celui de la *Conquête des villes,* qui aurait l'avantage de rappeler le ch. III de Turpin ; le cadre est celui-ci : raconter la conquête des principales villes d'Espagne opérée grâce à un renfort composé non plus des *enfants,* mais des troupes de Didier, roi des Lombards. Le plan diffère peu de celui de *Gui de Bourgogne.* L'intervention des Lombards a été suggérée par la présence dans l'armée chrétienne d'un renfort italien amené par quatre marquis[1] et du corps commandé par Constantin, préfet de Rome[2]. Dans Turpin, Pampelune est prise deux fois, la première grâce à un miracle qui rappelle la chute des murs de Jéricho[3], la seconde à la suite d'une grande guerre[4] : de là l'idée de faire coïncider l'arrivée du renfort italien avec le siége de cette ville. Comme Gui de Bourgogne, Didier obtiendra un honneur qui a été refusé à Charlemagne, et Roland dira de lui (v. 294) :

> Ch'il a feit en un jour plus bontié, sens gaber,
> Che en cinc ans n'avons feit.

Le caractère italien de certains détails frappe tout d'abord. Roland est appelé à plusieurs reprises le *sénateur romain*[5]. Il

---

[1] *Turpini historia Karoli et Rotholandi,* c. VIII.

[2] *Op. l.,* c. XI. — [3] C. II. — [4] C. VI-XIV.

[5] Il n'est pourtant pas le premier à porter ce titre. Maugis, à la fin d'une des versions des *Quatre Fils Aymon* (ms. 766, fonds fr. de la Bibl. nation., ancien 7183), est élu *senator de Rome.* L'épisode est longuement développé et dut frapper les Italiens.

commande les troupes que lui a confiées l'Église et prend
ainsi la place de Constantin (v. 5827):

> A vint mil civalers de sainte Yglise magne
> L'avant-garde conduit Rolland e sa compagne.

L'idée de placer les Lombards dans l'armée de Charles, de
leur attribuer un caractère capable d'aller jusqu'à la révolte
ouverte, de les associer à une grande entreprise commune,
est déjà dans l'épisode de la construction du pont sur le Rhin[1].
Il y avait là comme un conseil de les relever des imputations
qui pèsent sur eux dans *Ogier le Danois* (v. 4980):

> Vesci Lunbars, poi i a loialtage,
> Traïtor sont,

passage auquel Didier songe sans doute quand, pour engager
ses soldats à tenir tête aux Français et aux Thiois, il leur dit
(v. 89):

> .....or feisons si che ao desevremant
> Nul jugleour de nous male çançon ne cant.

Mont-Garzin, les masques que Maoceris fait prendre à ses
soldats[2], le personnage d'Altumajor[3], sont des emprunts faits

---

[1] V. *Chanson des Saisnes*, CLVIII-CLXVI

[2] V. 1622. Cf. Turpin, c. XVIII.

[3] V. Turpin, c. IX, XIV, XV, XVIII et le supplément *de Altumaiore Cordulæ*.
V. G. Paris, *de Pseudo-Turpino*, p. 37. L'original de ce personnage est Almanzor, qui envahit la Galice en 897. La prise et la ruine de Leon, la prise de
Santiago, les défaites des chrétiens, leur victoire à Calatañazor, formèrent
toute une légende autour du nom du chef maure. V. *España sagrada* de
Florès, XXXIV, p. 293-312; XXXVIII, p. 12. Le supplément, qui place avec
raison les invasions d'Almanzor après le règne de Charlemagne, contredit le
passage du c. XVIII, où le Sarrasin vaincu reçoit le baptême et devient vassal
de l'empereur chrétien: de là l'embarras de l'auteur de la *Prise de Pampelune*, qui, voyant dans la chronique et les suppléments des documents au-
thentiques et ayant tiré de la conversion d'Altumajor un des épisodes les
plus intéressants de son poëme, ne sait comment expliquer qu'un tel chevalier ait pu redevenir un ennemi de la foi chrétienne (v. 5647. s.).

> Alour tous li borzois Damnidieu loerent
> Seul pour Altumajour: car tous mout l'amoient;
> Mais pues la mort Zarllon asés vilainement
> Guerpi il Yesu Crist et ovra malement
> Ver la giant Crestiaine, se Trepin ne nous ment.

à la Chronique. Jonas semble venir de *Simon de Pouille,* poëme dont les Italiens ont certainement profité. Mais l'idée d'un conflit entre les conquérants de Pampelune et les autres soldats de Charlemagne est due au rapprochement de deux passages de *Gui de Bourgogne.* Quand l'armée de renfort est arrivée, ce sont les Allemands qui doivent lui céder leurs campements[1] ; et, à la fin du poëme, une querelle éclate entre Gui et Roland au sujet du palais d'Aquilant, roi de Luiserne. La ville a été prise grâce à la valeur de Gui, pendant une absence de Charlemagne, qui était allé faire ses dévotions à Saint-Jacques-de-Compostelle, et le jeune chevalier ne veut rendre le palais qu'il occupe qu'à l'empereur lui-même. Un miracle termine le débat par la destruction immédiate, et conforme au texte de Turpin, de l'objet de la dispute. Charlemagne demande au ciel que Luiserne disparaisse :

> Dont n'éussiés vos mie demie liue alée
> Que la citez est toute en abysme coulée,
> Et par desus les murs tote d'eve rasée,
> Si est assés plus noire que n'est pois destrempée,
> Et li mur sont vermeil comme rose esmerée ;
> Encor ce voient cil qui vont en la contrée.

Le combat des Lombards et des Thiois est là comme en germe ; mais le trouvère italien corrige heureusement son modèle en donnant à Roland l'honneur de rétablir la concorde entre les chrétiens.

On a encore comme une contre-partie de la prise de Luiserne dans celle de Toletèle par Hestous. Pendant que Charlemagne et Roland sont fort occupés ailleurs, le fils d'OEdon, après la mort de Burabel, roi d'Agabie (cf. Turpin, ch. IX), s'empare de l'enseigne du Sarrasin, la fait dresser, et, grâce à ce stratagème, entre dans Toletèle sans coup férir. Quand Charlemagne veut être accueilli dans la place, Hestous lui répond par un refus, et c'est à Roland seulement qu'il consent à ouvrir la porte (v. 4838-4880, 5059-5106). Cet épisode semi-sérieux, semi-plaisant, se rattache au genre mixte, confinant au roman d'aventures, auquel appartient *Gui de Bourgogne.*

Autre analogie. Une fois les fils des douze pairs engagés en

---

[1] V. 1192, s.

Espagne, ils doivent leurs succès au concours fidèle, mais peu scrupuleux, qui leur est prêté par des Sarrasins convertis. Huidelon de Montorgueil et ses fils, Danemont et Dragolant, font entrer les chrétiens dans la tour d'Augorie en trompant la confiance du roi Escorfaut, et, une fois Escorfaut converti, il livre Emaudras, roi de Maudrane, à ses nouveaux alliés. De même, Altumajour et Carpent n'hésitent nullement à introduire par ruse les Français dans les villes de leurs frères de la veille.

On sait qu'il y a une lacune considérable entre la fin du manuscrit de Venise XXI (*Entrée de Spagne*) et le point où commence le manuscrit v (*Prise de Pampelune*). Pour remplir ce vide, nous avons: 1° la *Spagna* en vers; 2° les rubriques du manuscrit perdu de la *Spagna* en prose, rubriques publiées par M. Michelant dans le *Jahrbuch* d'Ebert, t. XII, p. 65-72, 217-232, 396-406; 3° le *Viaggio di Carlo Magno in Ispagna per conquistare il cammino di S. Giacomo*. Or, si l'on examine ces divers textes, on y trouve un personnage appelé *Gione* dans la *Spagna* en vers, *Chirone* dans la *Spagna* en prose, *Algirone* dans le *Viaggio:* c'est le Guron de la *Prise de Pampelune*, et il me semble un très-proche parent de Gui ou *Guion* de Bourgogne. Lorsque Charlemagne s'est décidé à faire à Marsile la fière réponse (*Entrée de Spagne*):

> A fere tot mes venjances venut est la vigille,
> Qi m'ont meffet non dorment qe Karlons se revillle,

pauvrement traduite dans le *Viaggio:* « Ell' è venuta la vigilia di fare le nostre vendette, e chi m'à fatto alcuna onta nè ingiuria, non dorme, che Carlo si risveglia molte fiate », il confie le pouvoir à Anséis de Pontiu, neveu de Ganelon[1]. Charles est parti, les années se sont écoulées; le *Mayençais* conçoit un jour le projet d'épouser l'impératrice et de s'emparer du trône. Mais Roland, qui depuis son voyage en Orient a un démon à son service, avertit Charlemagne, et celui-ci est transporté à Paris par le démon. Il se fait reconnaître, chasse le traître Anséis, et revient après avoir confié à Algirone la lieutenance

---

[1] Ansuis de Mayence dans le *Viaggio;* Macaire, neveu de Ganelon, dans la *Spagna* en vers.

générale de l'empire. Voici, d'après le *Viaggio,* la généalogie
de ce personnage : «S'appellava Algirone, e era stato figliolo di
Gimongello, fratello dello re Salamone di Bertagna, e Flora-
pace, sorella di Florabbrazza, fo sua madre, ed erano dui fra-
telli, e l'altro s'apellava Balduino, dui giovani *infanti* di venti
anni[1].» L'auteur, ayant dans la légende de Gui de Bourgogne,
d'une part, l'histoire de son mariage avec Floripas, sœur de
Fierabras ; de l'autre, le roman qui porte son nom et où nous
le voyons, tout jeune encore, conduire en Espagne l'armée des
enfants, invente deux fils auxquels il attribuera la part de ces
récits qui ne peut se concilier avec le *Fierabras.* En effet,
l'impératrice charge les deux frères de conduire une armée
de renfort à Charlemagne. Les incidents du voyage diffèrent ; mais l'imitation est manifeste. Il me suffira de renvoyer
au passage où a lieu la rencontre des deux armées chrétiennes.

Quand le récit du *Viaggio* atteint la *Prise de Pampelune,* on
relève quelques différences. C'est Baudouin, et non Algiron,
qui enlève la couronne de Marsile. Il n'est parlé ni de l'Altumajour, ni de Carpent. La bataille des Lombards et des Français a lieu avant la prise de Pampelune, et il n'est fait aucune
allusion à la plaisanterie par laquelle Charlemagne accueille
la demande que fait Didier d'un camp où il puisse loger ses
soldats (*Prise de Pampelune,* v. 198, s.). La narration est d'ailleurs complète et va jusqu'au châtiment de Ganelon. L'auteur
y a intercalé une imitation de *Galien le Réthoré,* de manière à
associer le fils d'Olivier et d'une princesse de Portugal (alté-
ration du récit donné dans le *Voyage à Jérusalem*) à la bataille
de Roncevaux et à la fin de la guerre.

---

[1] Ch. XLI, p. 67, 69. Comp. également le passage correspondant de la *Spagna* en vers. Dans ce poëme, *Gione* n'a pas de frère. L'auteur de la *Spagna*
en prose, si l'on en juge par les rubriques, gâte tout cela ; v. surtout ch. 138.
La colère de Salomon est beaucoup mieux motivée dans la *Spagna* en vers.
J'ai déjà dit que, dans le roman en prose, le nom du personnage en question
est Chirone. Dans l'édition des *Reali,* dont je dispose (Venise, 1787, chez
Pietro Marcuzzi), je trouve à la généalogie le passage suivant : *dal re Sala-
mon nacque Lione, il qual per uso dell' arco fu chiamato Chirone.* Cette
explication classique est bien conforme aux habitudes de l'auteur des *Reali ;*
du moins, elle me paraît confirmer la forme *Chirone.* M. Rajna, dans le tableau des *Geste minori* placé à la fin de son étude sur les *Reali,* donne les
formes *Liones detto Achiron.*

La *Spagna* en vers prêterait à des observations analogues.
Ainsi l'assaut de Pampelune se fait de la même manière que
celui de Luiserne dans *Gui de Bourgogne*. Roland attaque d'un
côté, son rival de l'autre, et c'est seulement après que celui-ci
est entré dans la ville que Roland y pénètre à son tour. De même
Gui et Gione peuvent aller, l'un auprès de Huidelon, l'autre à
la cour de Marsile, sans être arrêtés par les Sarrasins, parce
qu'ils s'annoncent comme des messagers de paix. Par contre,
Guron, dans la *Prise de Pampelune,* ne dit rien de pareil : les
gardes, d'après l'auteur, avaient ordre de laisser passer trois
chevaliers chrétiens, et pas davantage. Il semblerait qu'ici,
comme pour le récit de Roncevaux, le poëme italien remonte
directement aux sources françaises.

Il me paraît dans son ensemble une imitation des deux poëmes franco-italiens, plus fidèle tout à la fois et plus indépen-
dante que le *Viaggio,* qui tantôt traduit littéralement, tantôt
abandonne ses modèles. Je me bornerai à remarquer que les
noms donnés par nos chansons de geste se retrouvent à peu
près tous dans les compositions italiennes. L'*Augalie* n'est que
l'*Algalife* du *Roland* et sera l'*Argalia* de Boiardo; *Maocéris,*
qui devient successivement *Malzarize, Malzarix, Mazzarigi,*
n'est autre que le beau Margariz de Séville du *Roland,* que, dans
le texte de Venise nous voyons, percé de quatre épieux, revenir
vers Marsile pour lui annoncer la défaite de ses premiers ba-
taillons, fait rapporté également dans le *Viaggio,* mais attribué à un *Algarix* de Séville. La *Spagna* en vers applique cette
donnée successivement au roi Bertoco après l'échec de Fal-
sirone, à un roi sans autre désignation, après la défaite de
Grandonio.

Dans ce roman, comme dans le *Viaggio,* Mazzarigi ou Malzarix meurt de la main de Roland à la fin du combat. Le personnage a été dédoublé, par suite du rôle important qu'il a
depuis la *Prise de Pampelune.* Samsonnet et Ysorès, plus tard
Sansonetto et *Isoliere,* existent déjà dans notre épopée. Dans
le *Roman de Roncevaux,* ils sont du nombre des barons qui,
étant restés auprès de Charlemagne, survivent à la destruction
de l'arrière-garde. Le premier n'est autre que l'émir Balant de

---

[1] Thomas, *Nouvelles Recherches,* p. 48.

la *Chanson d'Aspremont*. Quand il se convertit, on l'appela Samson; il est vrai que le trouvère ajoute qu'il mourut à Roncevaux[1]; mais on ne saurait songer à faire concorder les diverses formes de ces légendes. Ysorès, dans notre épopée, est surtout le nom du personnage qui, outragé dans son honneur par le roi Anséis, livrera l'Espagne aux mulsumans, nom que nous retrouvons dans le titre d'une chanson de geste célèbre: « Ci commence li Moniage Guillaume et si com il tua Ysoré devant Paris [1]. » Isolier ne gardera de ses origines que sa fierté, et représentera surtout la courtoisie chevaleresque. Mais j'avoue ne pas retrouver un ancêtre français de Çarpent qui deviendra Serpentino della Stella.

Dans l'épopée de Boiardo, les noms nouveaux ne sont nombreux, comme M. Rajna l'a vu[2], que du côté des Sarrasins; les généalogies des barons chrétiens sont établies depuis trop longtemps pour que l'on puisse y opérer des changements de quelque importance. Mais nos trouvères eux-mêmes avaient donné à leurs successeurs l'exemple de ne se refuser aucune liberté à l'égard des noms des rois mulsumans: pourvu que ces noms soient déplaisants ou ridicules, ils n'hésitent point à les employer. Néanmoins beaucoup des chefs mahométans donnés par les chansons de geste et la *Chronique de Turpin* sont conservés dans les compositions italiennes. Il y a souvent, il est vrai, tantôt déplacement d'un personnage, tantôt répétition d'un même type, tantôt modification d'un caractère. Le roi Galafre, devenu Galafron, règnera fort loin de l'Espagne, au Cathay; Rodomont viendra se placer à côté de Ferragus, dont il prendra à son compte la férocité primitive; du roi Aigolant dérivent d'autres rois, Agramant, Agrican. Boiardo, à l'occasion de ce dernier, imitera un instant, dans son récit

---

[1] Une version italienne d'*Anséis de Carthage* a été publiée en 1871 par M. Ceruti. Elle est intitulée *la Seconda Spagna*. Elle est suivie de l'*Acquisto del Ponente* ou conquête de l'Espagne par le roi sarrasin Tibaldo. On voit comment le cycle du Roi est rattaché à celui de Guillaume d'Orange. Le ms. d'où ont été tirés ces deux romans appartient à l'Ambrosienne et date de la seconde moitié du XVᵉ siècle. M. Gautier, à propos d'*Anséis de Carthage*, ne parle de la *Seconda Spagna* que d'après les rubriques du manuscrit Albani, aujourd'hui perdu (*Ep. nation.*, 2ᵉ éd., III, p. 638-639, note).

[2] Rajna, *Fonti dell' Orlando Furioso*, p. 20-21.

semi-héroïque, semi-badin, le passage le moins épique de la
Chronique. On se rappelle que Roland et Ferracutus ont ensemble une interminable discussion théologique, que les auteurs de l'*Entrée de Spagne* et de la *Spagna* en vers reproduisent scrupuleusement, mais qui est abrégée dans le *Viaggio*.
Roland voudrait essayer de convertir Agrican, comme jadis il
a voulu convertir Ferracutus. Agrican, moins conciliant que le
géant, répond qu'étant enfant, il a cassé la tête au maître qui
voulait l'instruire ; qu'il faut laisser la doctrine au prêtre et au
docteur, et que Roland, avec toute sa science et sa sagesse, fe-
rait mieux ou de dormir, ou de parler d'armes et d'amour. Cependant, une fois blessé à mort, il demande et reçoit le baptême[1]. L'allusion à la science de Roland serait inintelligible
si l'on ne se rappelait les distiques consacrés dans la Chronique
à l'éloge du vaillant chevalier[2]. De ce centon, il suffira de citer deux vers :

> Dogmata corde tenens, plenus velut arca libellis :
> Quisquis quod voluit fonte fluente bibit.

Parfois tel nom ancien est appliqué à un personnage nou-
veau, parce qu'il sonne bien. La belle Bradamante doit probablement le sien aux transformations suivantes : dans le
Roland, la reine, épouse de Marsile, est appelée *Bramimunde*
dans la première partie, *Bramidonie* dans la seconde. Elle est
dite *Braïdomme* et *Braidamonde* dans le *Roman de Roncevaux*.
La *Spagna* en vers donne *Branda ;* le *Viaggio*, *Braidamonte*.
Ce nom parut sans doute trop beau pour être porté par une
Sarrasine. Le quatrième livre du *Rinaldo* en prose, intitulé
Mombello, a pour sujet les amours d'Aymes et d'une jeune
païenne de la Dacie : de cette union irrégulière naît la coura-
geuse *Braidamonte*, qui, au sixième livre (*Rubione d'Anferna*),
sera vaincue par son frère Renaud. La guerre d'Anferna une
fois terminée, elle épouse son oncle Girard de Roussillon.
Arioste la suppose fille de Béatrix, par respect pour la famille
d'Este[3].

---

[1] *Orl. innamorato*, l. I, c. xviii, ott. 31 ; — c. xix, ott. 16.
[2] C. xxiv : *de Nobilitate, moribus et largitate beati Rotholandi martyris*.
[3] V. P. Rajna, *Fonti dell' Orl. fur.*, p. 46-47 et 516-517. La version du
Rinaldo qui a pour sixième livre le *Rubione* est autre que celle que M. Rajna
a étudiée dans le *Rinaldo da Montalbano*. V. *Fonti*, p. 45, n. 2.

Boiardo modifie légèrement le nom primititif, de façon à lui donner un sens conforme au caractère du personnage, et la sœur de Renaud sera *Brandiamante* (aimant les épées). Arioste adoucit le mot en *Brandamante*. De même de *Rodamonte* (ronge-montagne) il fera *Rodomonte*, par pur besoin d'euphonie.

Le nain Brunel, plus tard roi de Tingitane en récompense de ses services, qui se vante de pouvoir accomplir les prodiges les plus merveilleux et va jusqu'à dire :

> Ruberò al Papa il suon de la campana[1],

est proche parent du Maugis primitif.

Parmi tous ces personnages, il en est un dont la destinée est plus particulièrement intéressante.

Dans la *Chronique de Turpin*, Estous ou Estoult[2] est un des principaux chefs de l'armée de Charlemagne, l'égal d'Arnaud de Beaulande, du roi Arastagnus, du duc Engelier, du roi Gondelbuef, d'Ogier et de Constantin. Voici les passages qui le concernent : *Estultus, comes lingonensis, filius Odonis, cum tribus millibus virorum bellatorum*[3]; il est le seul à qui Turpin attribue un compagnon, *Salomon, socius Estulti*[4]; dans la marche sur Pampelune, il conduit le second corps de troupes[5]; il figure à la tête de son armée dans la bataille sous Pampelune[6]; il est enseveli aux Aliscans avec Salomon[7].

Estous est un des compagnons de Roland dans la *Chanson d'Aspremont*[8] ; il doit à la manière dont il a été présenté dans *Gui de Bourgogne* d'être placé au premier rang dans la *Prise de Pampelune*, à côté de Roland et mieux en vue qu'Olivier,

---

[1] *Orl. innam.*, l. II, c. III, ott. 39-42.

[2] Estoul est encore, en Languedoc, un nom de famille assez répandu.

[3] C. XI, p. 17 de mon édition.

[4] *Ibid.*, p. 18. — [5] *Ibid.*, p. 19. — [6] C. XIV, p. 24. — [7] C. XXIX, p. 55.

[8] Estous a déjà attiré l'attention. V. Mussafia, Préf. d. l. *P. d. Pampelune*; G. Paris, *Hist. poét. de Ch.*, p. 183-189; L. Gautier, *Ep. nation.*, 2e éd., III, p. 177, s.; Pio Rajna, *Propugnatore*, ann. IV, p. 83. Dans la *Chanson d'Aspremont*, lorsque Roland demande d'être fait chevalier, il ne sépare pas sa cause de celle de son ami Estous :

> Je ai servi de la cope au mengier,
> Estoz de Lengres set devant vos trenchier.
> Se moi et lui ne fetes chevalier,
> Autre serjant vos covient porchacier.

qui devient de plus en plus un simple reflet de son ami. Si nous prenons, en effet, non le texte du manuscrit de Tours qu'ont publié MM. Guessard et Michelant, mais celui du manuscrit de Londres qu'ils citent souvent dans les notes, nous voyons que, dès le commencement du roman, c'est le fils d'*Odon de Lengres* qui montre le plus de décision et de hardiesse entre les fils des douze pairs. Quand le fils de Ganelon réclame la couronne, Estous le fait taire, et, après avoir dit de lui-même qu'il est trop violent pour faire un roi de France, il s'associe aux conseils du sage Bertran. Le fils de Ganelon s'étant permis de protester, Estous est sur le point de le frapper d'un bâton (cf. *Otinel*, v. 101-108). On choisit pour roi le fils de Samson, Gui de Bourgogne, et l'on part pour aller secourir les *pères* qui soutiennent depuis si longtemps la guerre.

Les premiers incidents du voyage mettent encore en relief la témérité d'Estous, soit qu'il veuille attaquer l'imprenable cité de Montorgueil, soit qu'il franchisse un gué pour en venir aux mains avec les Sarrasins, soit que, dans un grand combat, il joute avec le chef des païens, Danemont. Il est vrai que, dans la suite du roman, Gui de Bourgogne devient l'objet unique de l'attention, et qu'Estous ne se montre plus que rarement, tantôt pour parler durement à son père qui ignore qui il est, et qui lui répond :

> ....Tu as mult verai non :
> Tu es fel et estous ; Estous t'apele l'on ;

tantôt pour menacer le roi Huidelon plus vertement encore que ne l'ont fait Gui et Bertran :

> Estous, li fils Œdon, n'i volt plus arester,
> A sa vois qu'il ot clere commença à crier :
> « Huidres de Montorgueil, ne te quier à celer,
> » Laissié ont du mesage, mès je t'an voil conter, » etc.;

tantôt (v. 2175) pour réclamer l'honneur de jouter avec le fils de Huidelon, dans des circonstances auxquelles songeait l'auteur de la *Prise de Pampelune* quand il a imaginé de faire jouter Guron (transformation évidente de Gui ou *Guion* de Bourgogne), le messager de Charles, contre deux chevaliers de Marsile.

Dans *Renaud de Montauban,* Estous est sans doute l'un des barons dont Charlemagne est constamment entouré ; mais, bien que le compagnon de Roland, il n'a pas un rôle important. Une seule fois il prend la parole de façon à faire connaître son caractère : c'est dans des circonstances graves. L'empereur a demandé à ses pairs de se charger de pendre l'un des fils d'Aymes, Richard, qui est prisonnier. Béranger, Ydelon, Ogier, Turpin, Salomon, Roland, Geoffroy d'Anjou, Olivier, ont successivement refusé. Charlemagne s'emporte et rappelle quelle terrible vengeance il a prise des douze pairs qui avaient comploté sa mort. Puis il s'adresse à Estous et lui fait les plus belles promesses ; s'il veut pendre Richard, il lui donnera Clermont d'Auvergne, Montferrant, d'autres fiefs. Le jeune chevalier répond adroitement :

« Sire, ce dist Estous, merci, por amor Dé.
» Ves là Œdon, mon père, qui tient les iretés.
» Onques n'en oi encor ne chastel ne cité ;
» Ains sui compains Rollans de mes armes porter ;
» Si me vif de mes armes com autre bacelers.
» Mais quant aurai la terre et tenrai l'ireté,
» Adonc ferai je, sire, toute vo volenté. »
« Par saint Denis, dist Karles, vos i covient aler.
» Je me sui por les autres à vo cors aboutés. »
« Sire, est ce donc à certes que vos issi parlés ? »
« Oïl, ce dist li rois, si me garisse Dés. »
« Par foi, ce dist Estous, or vos oi je jurer ;
» Mais par cele corone que vos deves porter,
» Vos ne volries estre al caaignon fermer,
» Emperere de France, por .XIIII. cités. »
« Oes, sire, dist Guenes, com vos a ramprosné [1]. »

Ces fières et spirituelles reparties avaient sans doute attiré l'attention des auteurs de l'*Entrée de Spagne* et de la *Prise de Pampelune.* Désormais Estous n'est plus seulement le guerrier le plus rude et le plus *felon* de l'armée, le fils d'un père *où moult ot estoutie* (*Gaydon*, p. 144). Son caractère est conçu d'une façon plus complexe et plus riche. Il est aussi rusé qu'entreprenant, beau parleur, plaisantant volontiers, grand

[1] *Renaud de Montauban,* p. 267.

ami de Roland, mais moins confiant que le *comte de Clermont*. Nous avons vu comment il prend Toletèle et comment il se permet de *gaber* aux dépens de l'empereur. Mais déjà, lorsque Didier, s'étant réconcilié avec Charlemagne, lui offre le palais dont la possession a provoqué un si terrible combat, Estous n'a pu s'empêcher de dire tout net ce qu'il pense (v. 402, s.):

> « Dexirier, dist Hestous, de ce ne dubités,
> » Qu'il le prendra tre bien, pues que ensi le priés ;
> » Car de si feites graces vous feroit il asés.
> » Se je l'ostel eüse ensi com vous gaagnés,
> » Aotre queo duc Hestous [n'i seroit hosteliés].»
> Quand l'empereur l'oï, si en rist à cief cliniés
> E pues dist : « Sire Hestous, por Dieu de maïstés,
> » Or prendrai je l'hostel pour fer vous plus iriés.»
> « Bien le croi, dist Hestous, sire, nel moi juriés,
> » Car plaisant sempre fustes, courtois, bien costumés.»

Quand Charlemagne se risque à demander aux pairs quel est celui d'entre eux qui consentira à céder sa place à Maoceris, c'est Estous qui lui répond, et il le fait de façon à ôter toute illusion à l'empereur (v. 552, s.):

> Primer parolle Hestous, que lieve contre mont
> E dist : « Sire emperer, par Dieu le roi dou mont
> » Nous ne somes par toi en host ci à cist pont,
> » Mes pour amor de cil que de bien fer est pront,
> » Ce est Rolland tuen niés, à cui Danideu dont
> » Acomplir suen voloir, car maint preu en auront.
> » Il ne i a nul de nous si bais ne si aou font
> » Que ne soit duc ou prince ou grand marchis ou cont.
> » Mieus amons [nous] mourir ou le cuens de Clermont
> » Che tenir quant que vaut Paris jusque en Piemont. »

Il faut toute l'autorité de Roland pour que son ami consente à ne plus se défier de la loyauté d'Isorés, le nouveau chrétien. Un moment la trahison semble évidente. La douleur d'Isorés, les reproches qu'Estous fait à Roland, la réponse de celui-ci, forment une petite scène qui n'est pas sans mérite (v. 4445, suiv.):

16

Lour quand Isorés oit celle giant pourçeüe,
De dolour qu'il en oit fist ciere irascue ;
Pues enclina le cief e tint sa boce mue.
« Rolland, ce dist Hestous, la çouse est avenue
» Que je vous ay huy tant noncee et menteüe.
» La parole d'Hestous ne veut être creüe ;
» Mais ce me reconforte et de parlier m'argüe,
» Che la force aou lion est as las enbatue,
» E la pie est aou broy atainte e retenue.»
« Estous, ce dist Rolland, ancour n'est mie rendue
» La proie as Saracins, ains sera cier vendue
» Avant que nous crions l'ensagne recreüe.»

Le silence si expressif d'Isorés, l'ironie d'Estous, la fermeté confiante et fière de Roland, ne pouvaient être mieux rendus, et je ne pense pas que l'on me sache mauvais gré d'avoir reproduit un passage aussi remarquable ; après l'avoir lu, on comprend que des poëmes composés et écrits, abstraction faite de la langue, comme la *Prise de Pampelune* (je ne parle pas de l'*Entrée en Espagne* dont, à mon grand regret, je ne connais que l'analyse, où d'ailleurs les beaux vers ne manquent pas), aient pu rendre populaires en Italie des récits d'origine française.

Ainsi le personnage d'Estous commence à se dégager de cette série monotone où se répétait à l'infini le type du chevalier robuste et courageux. En même temps se produit un fait qui relève de la philologie. Du substantif *Langres* il était naturel de tirer un adjectif: Estous de Lengres ou de *Langles* (cf. angelus, angle, angre), ce qui dans l'usage populaire ne diffère nullement d'Estous de l'*Angles*, sera dit Estous l'*Anglais*. Cette transformation se fait sous nos yeux dans la *Prise de Pampelune:* v. 4408, Hestous l'Englois; v. 4845: E à cinc çant civalers Englois de sa maison; v. 4870: A cent des siens Anglois Hestous baud et novel. — Le fait a lieu pour d'autres qu'Estous. Sur le conseil de Ganelon, on envoie à Marsile les deux messagers dont il est parlé si souvent (v. 2547):

Dous civalers de Langles, ond l'un d'eu se noma
Basin, l'autre Basel.

Le premier est appelé ailleurs (v. 459) l'Englois Basin [1].

Que restait-il à faire aux poëtes italiens ? A préférer au nom d'Estous ou d'Estoult celui d'*Astolfo,* qui leur était plus familier ; et c'est ainsi que le *comes lingonensis* de Turpin se transforme en un beau prince *Astolfo inglese,* riche, spirituel, aimable, d'une galanterie qui a son origine dans les aventures amoureuses des autres paladins, et en particulier d'Olivier à la cour de l'empereur de Constantinople.

Il n'est pas sans intérêt de retrouver dans les vieux textes tel trait que les poëtes de la Renaissance ont fait ressortir avec prédilection. On sait que, dans les romans italiens, Astolfe est fréquemment désarçonné : ce qui lui vaut les railleries de ses compagnons, et qu'il n'est à l'abri de cette sorte d'accidents que du jour où le charitable Boiardo met entre ses mains la lance d'or du frère d'Angélique. Cette légende remonte haut. Dans la *Spagna* en prose [2], nous voyons Astolfe, prisonnier de Ferragus, en compagnie des autres pairs, moins Roland, commencer déjà à rejeter sur son cheval la chute malencontreuse qui l'a livré à son adversaire : « Chome Astolfo » molto si schuso dell' essere abattuto, e chome fue difetto del » suo chavallo, e chome Ferraue gli fecie mangiare in sua pre- » senza, e poi fecie nella torre in una chamera fare letti per » loro. »

Il est curieux que le futur possesseur de la lance d'or périsse dans le *Viaggio* précisément parce que son adversaire, le Vieux de la Montagne, est muni d'un bouclier enchanté qui aveugle ceux qui ont le malheur de le regarder. Turpin, instruit par l'exemple d'Astolfe, a soin de fermer les yeux avant d'aborder le Sarrasin. Il peut ainsi le tuer et lui enlever le bouclier ; mais cela ne l'empêche pas d'être obligé de fuir devant Malzarix. Le bond que fit le cheval de l'archevêque en cette circonstance laissa quatre empreintes sur le sol :

---

[1] M. Thomas, *Op. l.*, remarque que, dans l'*Entrée de Spagne*, Estous est d'abord, comme dans la légende française, fils d'Odon, duc de Langres ; mais que bientôt une confusion singulière s'introduit, et sous la plume du scribe et dans l'esprit même du poëte : pour eux, Estous commence à ne plus être Lengrois ou même Lenglois, mais Englois, et ses soldats sont d'Angleterre.

[2] Au ch. xxii, d'après les rubriques publiées.

« anche chi ci va, lo po vedere[1]. » Boiardo doit peut-être à cet endroit l'idée de confier la lance enchantée à Astolfe et l'épisode comique où Turpin fuit devant Roger, tombe avec son cheval dans un ravin et ne doit son salut qu'à la générosité du jeune chevalier[2].

Les romans italiens qui dérivent de l'*Entrée de Spagne* et de la *Prise de Pampelune* se terminent par le récit du désastre de Roncevaux, et achèvent ainsi de remplir le cadre que l'auteur de l'*Entrée de Spagne* s'était tracé. La *Spagna* en vers, la *Spagna* en prose, la *Rotta di Roncisvalle* et les derniers chants du *Morgante*, ont été de la part de M. Rajna l'objet d'une étude minutieuse, d'où il résulte que chacune de ces compositions successives, tout en s'inspirant de celles qui la précédaient, présente souvent des traces d'une imitation directe de la *Chanson de Roland* et de la *Chronique de Turpin*, et que, par conséquent, les textes français ont été connus en Toscane jusqu'à la fin du XVe siècle. L'imitation du *Galien*, que l'on rencontre dans le *Viaggio*, est une nouvelle preuve à l'appui de l'opinion de M. Rajna.

Plus l'on étudiera les romans italiens du moyen âge, et plus l'on y retrouvera la marque d'une connaissance très-étendue de notre littérature épique. Telle chanson de geste, dont aucun texte italien ne fait mention d'une façon expresse, a été néanmoins récitée sur les bords du Pô et de l'Arno, et l'épopée italienne lui doit plus qu'on ne pense. On ne saurait nier qu'*Aye d'Avignon* et *Gui de Nanteuil* ne forment un ensemble dont aient pu tirer parti des imitateurs intelligents. J'ai cru y voir dans Amauguin le prototype de Ghinamo ; et, d'ailleurs, l'opposition si nettement marquée entre la geste des traîtres et le lignage des barons loyaux, le rôle chevaleresque du Sarrasin Ganor, la variété des aventures, offrent avec le roman italien des caractères de ressemblance qu'il suffit d'indiquer. Restait à trouver dans ces poëmes un endroit qui eût été l'objet d'une imitation incontestable.

M. Rajna, arrivé aux prodiges qui, dans les compositions italiennes, suivent la trahison de Ganelon, ajoute : « Aucune

---

[1] C. LIII, p. 187.
[2] *Orl. innam.*, l. III, c. IV, ott. 41-45.

version française ne contient rien de semblable. » La question est intéressante et mérite d'être étudiée de plus près.

Dans la *Chanson de Roland*, lorsque Ganelon va recevoir le gant, le bâton et la lettre, il se produit un fait que les Français regardent comme un mauvais présage :

> Li Emperere li tent sun guant, le destre ;
> Mais li quens Guenes iloec ne volsist estre ;
> Quant le dut prendre, si li caït à tere :
> Dient Franceis : « Deus ! que purrat ço estre ?
> « De cest message nus aviendrat grant perte[1]. »

Quand Roland apprend qu'il est chargé du commandement de l'arrière-garde, il reproche durement cette maladresse à son parâtre.

Plus loin, une tempête et un tremblement de terre se déchaînent sur toute la France au moment où l'armée de Marsile va entrer en ligne, et le trouvère s'écrie[2] :

> C'est la doulur pur la mort de Rollant !

Mais rien de pareil n'a lieu lorsque Ganelon conclut avec Marsile l'accord qui livre aux Sarrasins Roland et les douze pairs.

Il en est autrement dans les romans italiens.

Dans la *Spagna* en vers, avant même que Ganelon et Marsile aient eu d'entretien secret, le ciel avertit le traître qu'il connaît ses intentions :

> Essendo Gano e Marsilio a sedere,
> Sì com' io dissi nel' altro cantare,
> In su una sedia di grande valore,
> Che 'l tradimento vole ordinare,
> Dio dimostrò alhora per suo potere
> Che quella sedia si vide fiaccare,
> Marsilio e Gano caderno in terra.
> Il mal pensier però Gan non differà.

Ganelon est étonné ; mais il n'en reste pas moins résolu à trahir les Français.

***

V. 331. — [2] V. 1437.

De même que dans la Chanson, Marsile conduit son hôte dans un jardin ; mais l'auteur croit devoir donner une courte description du lieu :

> Aveva in quel giardino una fontana
> Con cierti pomi d'intorno adornata,
> Ch' al mondo non è ignuna si sovrana,
> D'un prato bello tutta atornïata[1].

On apporte le livre où est racontée l'histoire de Mahom, et c'est la main posée sur ce livre que Ganelon jure de trahir Roland.

Dans la Chanson, les choses se passent autrement. Ganelon n'oublie pas qu'il est chrétien et jure sur les reliques enfermées dans le pommeau de son épée :

> Sur les reliques de s'espée Murglais
> La traïson jurat, si s'est fors faiz[2].

C'est Marsile qui prête serment sur le livre qui contient la loi de « Mahum et Tervagan. »

Alors le Christ

> Volle mostrar miracolo compiuto ;
> Che quella fonte d'aqua così chiara
> Diventò rossa come sangue [e] amara ;
> E gli alberi dell' orto si secaro,
> La giente allor maravigliossi molto[3].

Je remarque d'abord que dans la *Spagna* il n'est fait aucune mention de la chute du gant, et que Roland n'y réclame pas contre le choix qui a été fait de lui pour commander l'arrière-garde. Le premier mauvais présage est donc supprimé ; mais, par compensation, nous en trouvons un autre, plus intelligible sans doute pour les auditeurs italiens : la chute du siége où Ganelon et Marsile avaient pris place, siége qui est bien le fauteuil d'ivoire sur lequel, dans la Chanson, on dépose le livre sacré des Sarrasins, mais que l'auteur italien a cru plus naturel d'employer à un autre usage.

---

[1] Texte donné par M. Rajna, d'après le ms. de la Laurentienne, *Rotta di Roncisvalle*, p. 74. — [2] V. 607. — [3] Cité d'après M. Rajna, *Op. l.*, p. 74.

Restent trois détails : la fontaine, le changement de couleur que subissent ses eaux, les arbres qui se dessèchent.

C'est aux romans de la Table-Ronde que remonte l'habitude de décrire des jardins ornés de fontaines. Mais l'idée de montrer la nature protestant contre un acte odieux de trahison n'est pas sans exemple dans notre épopée. Dans *Renaud de Montauban,* lorsque le roi Yon et ses barons ont décidé de livrer les fils Aymon à Charlemagne, et que, sur l'avis de Raimon, on convient de les amener à se rendre sans armes dans la plaine de Vaucouleurs, nous trouvons un prodige de même nature que le changement de couleur des eaux de la fontaine de la *Spagna* [1] :

> Por saint Renaut fist Dex illuec grant monstrison.
> Escrist est à Tremoingne, en la fiertre au baron :
> La chambre qui fu blanche, en mua sa color ;
> Illueques devint inde et perse, com charbon,
> Et li .I. ne vit l'autre, ains chaïrent trestot.
> Une grant pièce jurent illuec en pamison,
> Puis issent de la chambre, lor conseil finé ont.

Il n'y a pas là d'imitation proprement dite, mais une sorte de transposition. Il semble, d'ailleurs, que l'auteur de la *Spagna* n'a pas voulu s'en tenir à cette seule application d'une donnée qu'il trouvait heureuse [2]. D'après lui, pendant que Charlemagne est à Saragosse, Ganelon tue le gardien de la prison où il était enfermé, prend un cheval et s'enfuit ; mais Dieu fait descendre un brouillard épais, et, le jour suivant, le traître, qui n'a pu s'éloigner, est repris par ses gardiens [3]. Dans le *Roman*

---

[1] *Renaus de Montauban,* p. 160.

[2] Toutes les littératures, tant qu'elles en sont encore à la période de l'imitation, ne négligent rien dans les modèles dont elles s'inspirent. On est tout surpris quand on voit quels emprunts les Latins ont faits aux Grecs : idées, images, coupes de vers, le poëte latin reproduit tout avec une sorte de superstition. Dans l'édition que j'ai donnée d'une imitation italienne (*il Fiore*) du *Roman de la Rose,* on peut voir comment aucun mot digne d'attention, aucun détail intéressant, n'a échappé à l'imitateur, bien que souvent un seul de ses sonnets soit composé d'emprunts faits sur toute l'étendue du vaste poëme.

[3] Rajna, *Rotta di Ronc*, p. 94.

de Roncevaux, Ganelon s'enfuit deux fois, d'abord quand les
Français, revenant dans leur pays, s'arrêtent sur les bords
de la Sorges ; le traître est repris, non sans peine, par Othon,
que viennent aider Ysorés et Samsonnet[1]. Dieu a allégé le
poids des armes d'Othon pour qu'il puisse rejoindre Ganelon.
La seconde fois, le jugement de Dieu allait décider entre Gon-
drebuef de Frise et Ganelon ; mais à peine celui-ci est-il à
cheval qu'il s'échappe encore ; on le rejoint, et il est ramené
à Montloon. C'est alors que Pinabel se présente pour défendre
la cause de son oncle[2]. L'auteur de la *Spagna* réduit ces deux
tentatives d'évasion à une seule ; mais il essaye d'ajouter quelque relief à son récit, et, comme il a supprimé la poursuite
d'Othon, il donne à l'intervention divine la forme que l'on a
vue plus haut. Le *Viaggio* se borne à suivre exactement le récit du *Roman de Roncevaux,* si ce n'est que l'on était déjà arrivé
à Blaye quand a lieu la première évasion de Ganelon.

Dans *Aye d'Avignon,* nous retrouvons les arbres qui deviennent stériles à la suite de la trahison de Ganelon.

Bérenger, ne pouvant plus défendre Grellemont, abandonne
la place, mais emmène avec lui Aye d'Avignon, qu'il a enlevée
à Garnier. Quand ils débarquent à Aigremore, le roi Ganor les
fait prisonniers, retient Aye qu'il veut épouser, et envoie les
fils de Ganelon au roi Marsile, qui leur fera bon accueil en
souvenir du service qu'il a reçu de leur père. Bérenger et ses
frères sont donc conduits en Espagne, à Morinde, qui était la
capitale de Marsile[3] :

> Morinde fu assise ou chief de .IIII. mons ;
> .II. [eves] fors et rades li corent environ,
> De par trestote Espengne amainnent garison.
> Les murs en furent tous asmans et macedon,
> Que tors i ot moult grans entor et environ,
> Estre la maistre selle le roi Marcillion
> Qui tient très bien de lonc le trait à .I. bojon.
> Çà dehors est la place, estoit droit au perron ;
> .IIII. loriers i a de moult bele façon.

---

1 V. 11115-11560. — 2 V. 12452-12624.

3 Dans *Anséis de Carthage,* la capitale de Marsile est également Morinde ;
elle est la Mecque dans la *Seconda Spagna.*

Ilec porparla Ganes la mortel traïson
Dont morurent à glaive li .xii. compaignon.
Si grant vertu i fist Damediex por Karlon
Que des loriers qui furent là planté, environ
Ainc puis n'en porta nul ne foille ne boton,
Et si sont trestuit vert de terre jusq' en son[1].

Il est remarquable qu'aucune des données que présentaient les textes français n'a été négligée : il y a toujours une version où elle est employée.

La tempête et le tremblement de terre mentionnés par la *Chanson de Roland* ont été transportés, par l'auteur de la *Spagna* en prose, à l'endroit où il raconte la trahison de Ganelon. A peine Ganelon et Marsile ont-ils promis avec serment, l'un de livrer l'arrière-garde chrétienne, l'autre de payer le prix convenu, qui est la couronne de France, qu'un grand vent s'élève, ébranle la fontaine et fait trembler Ganelon, qu'il est nécessaire de rassurer; enfin tout se calme. « Dicie Turpino » che in questo medesimo dì venne e giunse quel vento tra gli » padiglioni di Carlo, e tutti gli gittò per terra con tutte le » loro bandiere e gonfaloni, e massimamente gittò per terra » quegli del conte Orlando e d'Ulivieri e d'Astolfo e degli altri » paladini molto più che gli altri, del quale segnio lo re Carlo » e gli altri signiori presono grande ammirazione, dicendo : » Iddio ci aiuti. » Ce prodige se renouvelle encore quand, le troisième jour, Marsile et Ganelon prêtent serment sur le livre de Mahomet. Cette fois la fontaine s'écroule, ainsi que de nombreuses maisons. Les conditions de la paix, qui doivent être soumises à Charlemagne, sont enfin arrêtées, et la tempête et le tremblement de terre se reproduisent une dernière fois[2].

On voit que l'auteur de ce roman, qui reproche si volontiers à la *Spagna* en vers de ne pas suivre exactement le récit de Turpin, c'est-à-dire les versions françaises ou franco-italiennes de la *Chanson de Roland,* tient à bien marquer les emprunts qu'il fait lui-même aux sources anciennes. D'ailleurs, il s'est ingénié à profiter de tout ce qui avait été négligé par son prédécesseur.

M. Rajna a remarqué que les versions italiennes puisent

[1] V. 1605 s. — *Rotta di Ronc.*, p. 42-43.

indifféremment dans les récits français, la *Chronique de Turpin* et les poëmes franco-italiens. Voici un exemple où une indication de Turpin a été l'origine d'un épisode intéressant.

D'après la Chanson, Baudouin, le fils de Ganelon, était resté en France, et son père, avant de partir pour la cour de Marsile, le recommande à ses compagnons d'armes[1].

Dans la *Chronique de Turpin,* Baudouin figure au nombre des chefs de l'armée de Charlemagne[2]. A la fin du combat de Roncevaux, il se réfugie avec Thierry dans une forêt, où ils se tiennent cachés[3]. Il reparaît au moment où Roland est sur le point d'expirer, cherche vainement de l'eau, que le mourant réclamait pour calmer sa soif ardente, le bénit et part dans la crainte que les Sarrasins ne le surprennent[4]. Il arrive devant Charlemagne au moment où Turpin, de son côté, racontait comment il avait appris par une vision la mort de Roland et de Marsile ; il dit tout ce qui s'est passé et qu'il a laissé Roland agonisant[5].

On ne pouvait tirer un plus mauvais parti d'un personnage doublement intéressant comme fils de Ganelon et frère de Roland. Dans plusieurs versions italiennes, les Sarrasins, avertis de la présence sur le champ de bataille du fils de celui à qui ils devront la victoire, et le reconnaissant à un signe convenu, ont grand soin de l'épargner jusqu'au moment où, sur le conseil de Roland, il change de costume et ne tarde pas à succomber.

L'auteur de la *Spagna* en prose a voulu revenir au texte de Turpin sans renoncer à l'idée de compter Baudouin au nombre des guerriers qui meurent à Roncevaux. Aucun chrétien n'a pu échapper aux coups des Sarrasins, excepté le fils de Ganelon, qui s'est armé et s'est enfui vers le camp de Charlemagne. Dans sa course, il reçoit plusieurs blessures mortelles. Il rencontre Salomon et lui raconte le désastre. Le roi de Bretagne revient sur ses pas, la nouvelle se répand ; Baudouin raconte à Charlemagne la destruction de l'arrière-garde, et, après avoir maudit la trahison de son père, il tombe et meurt[6]. Pulci a certainement eu raison de s'inspirer du récit de la

---

[1] V. 295, s.; 364, s. — [2] C. xi, p. 18. — [3] C. xxi, p. 42; xxii, p. 44. — [4] C. xxiii, p. 50. — [5] C. xxv, p. 50. — [6] Rajna, *Rotta di Ronc.*, p. 45.

Spagna en vers, plutôt que de la variante imaginée par le prosateur.

Dans le *Viaggio,* l'on rencontre ici une singulière contradiction qui montre que l'auteur, désireux surtout de former
une compilation plus riche que ses devanciers, oublie parfois
de mettre ses notes en ordre. Dans son récit, Ganelon, en trai-
tant avec Marsile, demande bien que l'on ne fasse aucun mal
à son fils, qui restera dans la vallée avec Roland et qui sera
reconnaissable à son cheval blanc[1] ; mais, dans le combat, il
n'est pas plus question de ce fils que dans nos chansons de
geste. L'auteur a été sans doute embarrassé par l'emploi qu'il
avait déjà fait du nom de Baldovino pour désigner le frère
d'Algiron. Aussi lorsque Roland, à bout de forces, demande
avec instances quelques gouttes d'eau, ce n'est plus à son frère,
mais à l'archevêque Turpin, qu'il s'adresse[2]. On a, par compensation, l'histoire du fils d'Olivier, Galeant, et l'on ne saurait blâmer l'auteur d'avoir utilisé une des plus heureuses variantes de la *Chanson de Roland.*

M. Rajna, se fondant sur ce que Baudouin, fils de Ganelon,
se retrouve dans toutes les versions italiennes, tandis que,
d'après la Chanson, il a été laissé tout enfant en France, en
induit que l'introduction de ce personnage dans le combat
est due probablement à l'âge franco-italien[3]. La première idée
appartient cependant à la Chronique ; et, dès lors, si l'on songe
que Turpin n'a rien inventé en matière de narration épique,
ne peut-on pas supposer qu'il emprunte cet emploi du personnage de Baudouin à une version de la *Chanson de Roland?*

Dans la *Spagna* en vers, il n'est point parlé de Baudouin
dans l'entretien de Marsile et de Ganelon, et c'est Falserone
qui a l'idée de faire épargner le jeune chevalier. Il avertit ses
barons que Baudouin porte sur son vêtement un faucon d'argent sur champ d'azur : ce sont les armes de la lignée de
Griffes de Hautefeuille. Dans le *Morgante,* c'est Ganelon qui
songe à la sûreté de son fils et en fait une des conditions de
son pacte avec Marsile. Le roi sarrasin lui donne sa propre
soubreveste, qui empêchera que Baudouin ne soit confondu

---

[1] C. xxxvii, p. 127. — [2] C. liii, p. 191. — [3] *Rotta di Ronc.,* p. 81.

avec les autres chrétiens. Dans ce poëme, Roland n'a pas de lui-même la pensée de conseiller à Baudouin de changer d'armure. Il rencontre *Buiaforte*, fils de son ancien ami le Vieux de la Montagne, qui lui apprend quelle trahison a été ourdie par Ganelon, et lui explique pourquoi Baudouin est épargné par les Sarrasins.

A propos de la *Chronique de Turpin*, et sur le point de n'en plus parler, me passera-t-on d'essayer d'y retrouver l'explication d'une difficulté qui a jusqu'ici embarrassé les critiques? Le chiffre des soldats que Charlemagne confie à Roland est de 20,000 dans la Chanson[1] et dans la Chronique[2]. Dans l'*Entrée de Spagne*, cette troupe est fournie par le Pape, ce qui peut résulter d'une confusion entre les 20,000 soldats de Roland et les 20,000 autres que le préfet Constantin amène de Rome. Mais, dans les récits italiens, on trouve le chiffre de 20,600 (*Spagna* en vers et en prose) et de 20,666 (*Viaggio*). Le second nombre n'est qu'un exemple de cette précision d'abord sérieuse, puis ironique, qui caractérise le roman italien; mais il n'en est pas de même du premier. Je n'y verrais pour ma part que le résultat d'une mauvaise lecture. L'on peut admettre que, dans l'expression «cum viginti millibus Christianorum», l'on ait écrit l'abréviation *milbus* de telle sorte que le *b* ait été pris pour un *v* ou v, et que le signe représentant *us* se soit confondu avec le signe r^c. Dès lors on aura cru lire *cum viginti mil* vi^c .

Le roman chevaleresque italien du moyen âge aboutit au *Morgante* de Pulci; c'est l'œuvre d'un lettré, et dès lors l'épopée populaire cède la place aux inventions plus brillantes, mais moins sincères, des poëtes de cour.

Parmi les motifs que Pulci tient de son devancier anonyme, l'auteur de l'*Orlando*, il en est un, celui de la femme guerrière, dont il n'a pas été parlé jusqu'ici. C'est qu'en effet, dans nos chansons de geste, on ne rencontre pas de châtelaine qui songe à revêtir une armure et à courir le monde. La Galacielle de l'*Aspramonte* est-elle l'aïeule de toute cette famille où brillent Bradamante, Marfise et Clorinde? Boiardo et Arioste semblent le reconnaître en lui donnant pour enfants Marfise et

---

[1] V. 789. — [2] C. xxi.

Roger[1]. Sans doute en Italie les réminiscences classiques sont chose ordinaire, et Penthésilée, Camille, l'Ippolita de la *Teseide,* sont sûrement les personnages auxquels les poëtes de la Renaissance songeaient le plus, quand ils jetaient leurs héroïnes dans la mêlée des batailles ; mais le moyen âge italien avait eu aussi des amazones, telles que Meridiana et Antea. Dans une des suites d'*Aye d'Avignon,* dans le long roman de *Tristan de Nanteuil,* nous voyons Aye, déguisée en chevalier sous le nom de Gaudion, combattre longtemps dans les rangs des païens[2].

M. Rajna n'accepte pas l'idée émise par P. Paris[3], qu'Aye déguisée en chevalier pourrait bien être le premier exemple de la femme guerrière dans la poésie romanesque. Il distingue la femme guerrière et la géante[4]. L'origine de ce type ne me semble devoir être rapportée à aucun personnage déterminé. La chanson de geste tournant de plus en plus au roman, et les guerres perdant leur gravité primitive pour ressembler à de simples tournois, les dames, qui sont l'occasion de la plupart des querelles, devaient finir par descendre dans l'arène ou bien se risquer, elles aussi, en quête d'aventures. L'héroïne du roman est une forme gracieuse du chevalier errant. Les armures des vieux seigneurs féodaux étaient trop lourdes pour des châtelaines, et la femme de Beuves d'Aigremont, comme la femme de Renaud, ne parlent de la guerre qu'avec effroi.

Je voudrais résumer en quelques mots la pensée qui me paraît se dégager de ces recherches. De l'épopée française à l'épopée italienne, il n'y a pas de solution de continuité ; le genre se modifie suivant le talent des auteurs et en perdant insensiblement de sa variété primitive ; mais, jusqu'au seuil de la Renaissance, le roman populaire italien s'applique encore à rester fidèle à ses origines françaises et ne s'en sépare qu'à son insu. Au fur et à mesure qu'augmente le nombre des compositions, il devient plus malaisé d'y démêler la part de l'an-

---

[1] *Orl. innam.,* l. II, c. 1, ott. 70-73 ; l. III, c. v, ott. 24 s. Cf. Rajna, *Fonti dell' O. F.,* p. 44-45, 447-453.

[2] M. P. Meyer, préface de *Gui de Nanteuil,* p. xix.

[3] *Histoire littéraire,* xxvi, p. 268.

[4] *Fonti dell' Orl. Fur.,* p. 41-43.

cien et du nouveau, parce que chacune d'elles est à son tour l'objet de remaniements et le point de départ d'imitations plus ou moins originales, et un fait semblable s'était produit en France dès la seconde époque de notre poésie narrative. Mais, tout compte fait, il est peu de données générales, ou même de détails intéressants, dont l'on ne puisse retrouver l'origine ou des exemples dans des œuvres françaises.

ADDITIONS

LE MANUSCRIT 766

Ce manuscrit (ancien 7183) contient le *Maugis d'Aigremont* et une version de l'histoire des Fils Aymon. Le *Maugis*, qui n'est pas suivi du *Vivien*, est complet, sauf une lacune considérable (v. 278-444 du texte de Montpellier), et contient environ 8,000 vers. Le texte de Montpellier est écourté en nombre d'endroits, mais me paraît en général donner une leçon plus ancienne. Les circonstances m'ont empêché de consulter à temps le texte de Paris. Je cite l'endroit où est raconté comment Esclarmonde adopte Vivien [**Fº 3, rº** *b*]:

> Ele reçut l'enfant dedenz sa geronnée.
> La dame l'esgarda qui fu preuz et senée,
> Onques si bele rien el mont ne fu trouvée.
> « Par Mahommet, dist ele, qui mainte ame a sauvée,
> » Il vivra longuement, n'i a mestier celée.
> » Or ait non Vivien par bone destinée. »
> Ainsi li a mis non, c'est verité prouvée.
> Vivien fu clamé tant com il ot durée.
> Tant vescu longuement que il l'ot espousée.
> Quant Maugis ot la teste à Sorgalant coupée
> O le brant acerin, soz Melant en la prée,
> Fu la dame et s'anor à Vivien donnée.

La généalogie donnée par Oriande contient seulement les noms suivants : Beuves, Girard de Roussillon, Aymes de Dordonne, Guion de Nanteuil (*sic*), Otes de Polise, Hernaut de Moncler; mais j'y relève une bonne leçon :

> O vous passa le Far sans nef et sanz dromon.

Le texte de Montpellier donne *la mer*, et a supprimé plus

haut l'itinéraire qu'a suivi l'esclave en se dirigeant vers la Sicile : Milan, Rome, Aspremont. De même, il abrége par trop la fin du discours d'Oriande :

> « Si vous oï plorer tot sol sans compaignon
> » El maillolet petit qui fu de grant renon,
> » Et je vous emportai sor le mul arragon.
> » Soavet vous norri aval en ma meson
> » Tant qu'estes chevalier et as armez preudon.
> » Mon cors et mon avoir vous ai mis à bandon,
> » Et or vous ai perdu, n'i ai recouvroison. »

Dans le ms. 766, l'on a, si je ne me trompe, un essai de conciliation de la version du *Beuves d'Aigremont* de Montpellier et des versions plus anciennes. Voici le résumé de la partie la plus importante.

Après la mort d'Enguerrand et de Lohier a lieu une longue guerre ; puis la paix est accordée à Beuves et à ses frères. Les traîtres, dont aucun n'est désigné par son nom, conseillent à l'empereur de se venger de celui qui a tué son fils. Il ne répond rien ; seulement, « tant ont prié le roi qu'il font otroiison. » A cet endroit, le trouvère interrompt sa narration pour parler des quatre fils Aymon. Ils étaient à Dordonne. Leur mère leur dit que la paix est faite entre leur père et l'empereur, et leur conseille d'aller à la cour servir Charlemagne. Ils prennent de beaux vêtements et se présentent à Charles, qui leur offre de les faire chevaliers.

Le jour suivant a lieu l'adoubement de Renaud et de ses frères. Après une quintaine où Renaud se distingue entre tous, on rentre à Paris, et le vaillant chevalier distribue de riches présents.

Cependant les traîtres sont allés à la rencontre du duc d'Aigremont. Le combat a lieu dans les prés sous Bordeaux. Ganelon n'y joue aucun rôle : Griffes de Hautefeuille est seul responsable du meurtre.

Pendant que l'on tuait son époux, la duchesse racontait à ses fils Maugis et Vivien un songe qui l'avait effrayée. Maugis promet que, s'il arrive malheur à son père, il saura le venger. Arrive le corps. La duchesse s'évanouit. Les messagers disent ce qui s'est passé et ajoutent ce détail, emprunté à la version ancienne, que les traîtres ont coupé la tête à leur victime.

On rend les derniers honneurs au duc, et l'évêque tâche de consoler la duchesse ; mais ses deux fils avertissent Girard de Roussillon. Tout à la fois, on apprend à Paris la nouvelle de la mort de Beuves, et Charles reçoit un messager de Girard qui lui déclare une guerre implacable. Cette guerre néanmoins est à peine indiquée, et la paix est conclue. Puis Charles tient sa cour à Paris. Les fils Aymon y viennent, tout en se promettant de venger leur oncle. On joue aux échecs. Bertelès et Renaud jouent ensemble. Le premier s'irrite, insulte Renaud dans les termes que l'on sait et le frappe. Mal reçu par Charlemagne, Renaud proteste et rappelle la mort de Beuves : *entre lui et Charles il n'y a pas eu d'accord.* L'empereur le frappe au visage. Renaud s'éloigne, rencontre Bertelès et le tue. Un combat violent s'engage, et les fils Aymon peuvent fuir. On les poursuit : Alard, Guichard, Richard sont pris et seraient pendus, si Aymes n'obtenait qu'ils soient enfermés dans une *chartre* où, mal nourris, ils ne pourront vivre longtemps. Cependant Renaud a rencontré Maugis, et celui-ci, par un enchantement, tire ses cousins de prison.

Ce remaniement dérive de celui de Montpellier, mais ne le vaut pas, bien que l'auteur du *Rinaldo* s'en soit inspiré.

ORIANDE

Ce nom me paraît emprunté à celui que porte, dans le *Mainet*, la belle Sarrasine qui deviendra l'épouse de Charlemagne : Orionde Galie. La fille de Galafre connaît les arts, sait prédire l'avenir et consulte le ciel dans un miroir magique. Plus tard, le nom de Galienne sera attribué à une fée, dans *Galien le Rhétoré*. Peut-être le miroir que Galienne consulte pour connaître le passé et l'avenir, est-il l'origine du procédé que Marsile emploie, dans l'*Entrée de Spagne*, pour savoir de quel côté Charlemagne va conduire son armée. V. *Romania*, IV, l'article de M. G. Paris sur *Mainet*, p. 311, 312, et l'article de M. Rajna sur *Ogier le Danois*, p. 416. Ce nom d'Orionde serait-il la marque de l'application aux Enfances de Charlemagne d'une variante des légendes germaniques sur Œrwandil et Orendel ? V. Simrock, *Deutsche Mythologie*, 4° édit., 245-247.

Dans le *Karlmeinet* ce personnage se dédouble en Galienne et Orie (v. *Hist. poét.* p. 489).

LA PRISE DE PAMPELUNE

Au commencement de *Gui de Bourgogne,* Charlemagne est à Nobles, dont il a fait la conquête ; il énumère les villes qu'il a prises : Bordele, le Groing, l'Estoile, Quarion ; Richard de Normandie nomme encore : Estorges, Navarre, Pampelune. Charles regrette de n'avoir pu prendre encore Cordes. Sur le conseil de Richard, il décide d'attaquer d'abord : Montorgueil, Montesclair, Luiserne, Augorie, Carsaude. Dans la *Prise de Pampelune,* l'auteur semble se donner la tâche de compléter le récit de son devancier. La prise de Nobles ayant été contée dans l'*Entrée de Spagne,* il commence par la prise de Pampelune, puis il continue par la Stoille (l'Estoile, Estella), le Groing (Logroño), Toletèle, Cordes (Cordoue), Charion (Carrion), Saint-Fagon (Sanctus Facundus), Masele (?), Lion (Leon), Storges (Estorges, Astorga). Sauf le siége de Toletèle et la reddition de Saint-Fagon, Masele et Lion, il suit le plan tracé dans *Gui de Bourgogne.* Il n'est rien dit de Navarre, et avec raison, car ou bien ce n'est qu'une confusion avec Nagera (Nazare, *P. de P.,* v. 2993), et la guerre de Nagera est déjà dans l'*Entrée de Spagne,* ou il s'agit de la contrée et l'indication n'a plus d'intérêt.

L'auteur de la *Prise de Pampelune* avait remarqué dans Turpin deux chefs sarrasins, l'Altumajor de Cordoue et Ebrahim, roi de Séville. Tous deux figurent dans l'armée d'Aigolant (c. IX), et survivent seuls à la prise de Pampelune (c. XIV). Après la prise de Mont-Garzim et de Nagera, ils rassemblent sous Cordoue les forces de l'Andalousie, et, malgré le stratagème des masques, sont vaincus. Ebrahim est tué, Altumajor rend Cordoue aux chrétiens et se convertit. Charlemagne partage l'Espagne à ses soldats, sauf la Galice (c. XVIII). Dans la *Prise de Pampelune,* le chef des rois sarrasins est Marsile, et Aigolant disparaît d'une narration où il n'avait que faire ; Maoceris est roi de Pampelune (Dans le Roland, Margariz de Séville est le plus vaillant et le plus beau des Sarrasins, v. éd.

Gautier, v. 955, s., il blesse Olivier, v. 1311; sa fuite, cxxiv,
s.); Marsile lui donne Séville en échange (*P. de P.*, v. 1538).
Dans l'action, il remplace l'Aigolant et l'Ebrahim de Turpin.
L'auteur, afin de rendre plus intéressant le caractère d'Altumajor, imagine qu'héritier légitime de Cordoue, il en a été
banni par son tuteur Jonas et, qu'un ami de son père lui a légué la Stoille. Puis il emprunte à *Gui de Bourgogne* l'idée de
l'attaque de cette ville (qui figure d'ailleurs au catalogue de
Turpin) et suppose qu'Altumajor, fait prisonnier sous la
Stoille, se convertit et donne dès lors son aide aux chrétiens.
Charlemagne lui rend Cordoue.

M. G. Paris (*Hist. poét. d. Ch.*, p. 176) avait déjà remarqué
que la conquête de l'Estoile (ou la Stoille) n'est indiquée que
dans *Gui de Bourgogne* et la *Prise de Pampelune*.

Dans la *Spagna* en vers, l'on retrouve Maoceris et Ysorès,
devenus Mazzarigi et Isoliere, mais Altumajor est supprimé,
sans doute à cause de son nom qu'il était difficile d'italianiser,
et Carpent qui prend sa place (Serpentino della Stella), après
un brillant combat avec Roland, préfère mourir plutôt que de
renier sa foi.

IVON, IVOIRE, OTTON, BERENGER

La parenté de ces personnages dans les poëmes italiens me
paraît dériver des faits suivants. La Chanson de Roland nomme
ensemble Bérenger et Otton, puis Ivon et Ivoire. Turpin,
dans sa liste des *pugnatores*, oublie Yvon, mais donne réunis
Yvorius, Berengarius, Hato (c. xi). Tous trois sont ensevelis
aux Aliscans (c. xxiv, *in fin.*). L'association de ces noms est
très-ancienne, et, reproduite dans plusieurs romans français,
elle est devenue indissoluble dans la poésie italienne.

Errata

P. 19, v. 269, *lisez :* destrenpois ; 27, v. 554, en son ; 32, v. 731, quant ; 60, v. 329, misaudour ; v. 340, nus hons ; 62, v. 407, Boucan ; v. 409, il i vint isnel ; 67, v. 601 et 77, v. 975, *corrigez :* encrime felon ; 93, l. 10, *lisez :* mulet *misaudour ;* 110, l. 3, *lisez :* essayé de détourner ; 112, l. 20, *corrigez :* et [ert] de sa maison ; 113, v. 8, *corrigez :* sorpelis ; 119, v. 9, *rétablir :* mez ; v. 24, le ms. 766 donne : Ne fust une desteches o moi fust le sejor, *corrigez :* ne fust mie d'este-ches ; 125, v. 3, *lisez :* Si l'aiez (habeas) ; 130, v. 11, *lisez :* par ; 140, v. 1, *supprimez :* [le] ; 141, v. 45, *corrigez :* Acui[t]ié ; 151, v. 16, *lisez :* Quer il n'en sevent pas ; 152, v. 20, l'en Joure ; v. 49, *supprimez* [s] ; 153, v. 79, 154, v. 95, 181, v. 1077, *lisez :* entre si c' ; 153, v. 82, *lisez :* ques guie ; 155, v. 135, Beneeite ; 156, v. 182, pautonniere ; 158, v. 241, *supprimez :* n' ; 158, v. 252, *supprimez :* dans ; 165, v. 508, *lisez :* lors fu ses deus couraus ; 171, v. 710, plus que soi cart ; 172, v. 733, trenchie ; v. 753, Qui l'atendra ; 175, v. 859, *corrigez :* e[n]s u grant fereis ; 176, v. 881, *lisez :* l'en ; v. 885, *corrigez :* voit ; v. 887, *lisez :* en son ; 187, v. 19, *corrigez :* du Mans conte Huon 191, v. 16, *lisez :* chen soi de verité ; v. 18, s'el.

www.ingramcontent.com/pod-product-compliance
Lightning Source LLC
Chambersburg PA
CBHW070454030726
47503CB00004B/1036